공부 이야기

공부 이야기

초판 1쇄 발행 | 2014년 12월 12일

지은이 | 장회익
펴낸이 | 조미현

편집주간 | 김수한
교정교열 | 최미연
디자인 | 정재완

펴낸곳 | (주)현암사
등록 | 1951년 12월 24일 · 제10-126호
주소 | 121-839 서울시 마포구 동교로12안길 35
전화 | 365-5051 · 팩스 | 313-2729
전자우편 | editor@hyeonamsa.com
홈페이지 | www.hyeonamsa.com

ⓒ 장회익 2014
ISBN 978-89-323-1714-4 03800

＊이 도서의 국립중앙도서관 출판시도서목록(CIP)은
  e-CIP 홈페이지(http://www.nl.go.kr/ecip)에서 이용하실 수 있습니다.
  (CIP제어번호: CIP2014032006)

공부 이야기

한 공부도둑의 앎과 삶 이야기

장회익

ㅎ현암사

« 개정신판을 내면서 »

2008년에 출간된 『공부도둑』은 독자들의 많은 사랑을 받았
지만, 그 내용 가운데는 읽기에 다소 부담스러운 부분들이 있
었고 또 출판사의 사정으로 책의 보급이 순조롭지 못한 점이
있어서 부득이 개정신판을 내게 되었다.

　이 책은 본래 가볍게 읽히도록 기획되었지만, 뒤쪽으로 갈
수록 다소 번거로운 내용들이 있고 이해하기도 쉽지 않은 부
분들이 있어서 독자들에게 미안한 감이 없지 않았다. 그래서
이번에는 주로 후반부를 재구성하여 부담을 줄이고, 마지막
부분에서는 내가 그간 새로 겪어온 사실들을 중심으로 내용
을 크게 보완하면서도 되도록 부담 없이 읽히도록 배려해보
았다. 바라건대 이것이 잔잔한 '이야기 책'으로 읽혔으면 하
고, 그래서 제목도 『공부 이야기』로 바꾸었다.

　여기에 이번 개정신판을 내면서 특히 떠올랐던 생각 두 가
지만 첨부한다. 하나는 공부는 나이를 먹어가면서 더 재미있
어질 수도 있다는 사실이다. 이미 초판을 낼 때도 내 나이가
적지 않았지만 그간 칠팔 년이 경과하면서 공부가 더 재미있

어지고 있다는 사실을 고백해야겠다. 다른 하나는 공부에는 오로지 앎의 깊이를 더하겠다는 생각 하나만으로 충분하다는 점이다. 그렇게 하면 저절로 더 아름다운 삶, 더 즐거운 삶으로 이어진다는 것이 내 최근의 생각이다.

이 책을 통해 더 많은 사람이 공부하는 삶이 얼마나 즐겁고 행복할 수 있는지를 느껴주기 바라며, 겸하여 이 책이 좀 더 예쁘게 태어나도록 애써주신 현암사 여러분께 감사를 드린다.

2014년 11월
장회익

올해로 나는 이 세상에 태어나 첫 호흡을 시작한 지 정확히 70년이 된다. 정말 놀라운 사실은 지금 이 자리에 앉아 이 글을 써나가는 순간까지 내 심장은 70년이라는 긴 시간 동안 단 몇 초도 중단하지 않고 계속 맥박을 유지해왔으며, 내 허파 또한 단 몇 분도 쉬지 않고 호흡을 지속해왔다는 점이다. 그리고 앞으로도 당분간은 이 놀라운 활동이 지속되리라고 보는데 이것이 도대체 어떻게 가능하게 되었는지 잠시 생각해보고 싶다.

아마도 이 몸이 바로 내 것이라고 생각하는 것보다 더 어리석은 일은 세상에 없을 것이다. 이것이 이렇게 있기까지 부모님과 그 위로 올라가는 모든 조상님은 물론이고, 40억 년이나 이어진 이 온생명이 결국 내 몸의 주인이자 좀 더 큰 의미에서 나 자신일 수밖에 없다. 그러니까 이 안에서 함께 삶을 이루어나가는 모든 사람 그리고 내 형제나 다름없는 모든 생명붙이가 지금까지 내 몸을 지탱해준 내 몸의 주인이라 아니할 수 없다.

그러면 이들의 도움으로 이런 긴 삶을 이어온 나 자신은 이들에게 무엇을 해줄 수 있나? 나는 결국 내 삶 자체를 송두리째 줄 수밖에 없다. 내 삶을 뜻있게 살아드리는 것 이상 내가 해줄 것이 또 무엇이겠는가? 그런데 내가 간직하고 있는 내 삶의 한 부분, 곧 나의 내면적 삶은 이제 곧 내 개체와 함께 종말을 고할 것이다. 그리고 이것은 내 개체의 종말과 함께 곧 사라질 것이다. 그 안에 어떤 것이 담겨 있더라도 그 이후에는 무의미해질 것이다. 그래서 그 안에 조금이라도 의미 있는 것이 담겨 있다면 내가 살아 움직일 수 있을 때 이를 뱉어놓지 않으면 안 된다. 마치 누에가 실을 뽑듯이.

내 내면에 토해낼 실이 얼마나 있는지, 그 실이 얼마나 소중하게 쓰일지는 내가 관여할 문제가 아니다. 나는 우선 토해 놓고 볼 일이다. 그래서 내가 가진 모든 것을 내 진정한 주인에게 전해주고 가야 한다. 물론 무덤에까지 들고 가야 할 것, 그래서 온전히 묻어야 할 것이 훨씬 더 많으리라고 생각한다. 그러나 그 가운데도 내놓고 쓸 만한 것이 혹시 있다면 역시 내놓고 가는 것이 옳을 것이다. 이것이 불필요한 문화적 공해거리만 아니라고 한다면.

그래서 우선 내 지나온 자취를 점검해보기로 했다. 그리고 얻은 생각은 내 삶이 끝없이 '앎'을 추구하며 지내온 과정이 아니었나 하는 것이다. 이것은 뭐 그리 대단한 탐험의 길도 아니었고 또 대단한 성취를 얻은 것도 아니었지만, 그저 즐기면서 함께해온 놀이로는 의미 없지도 않았다는 생각이 든다. 평생 앎과 숨바꼭질하며 살아온 생애라고도 할 수 있다. 그래서 나는 나 자신을 공부꾼이라고도 했고 때로는 앎을 훔쳐내는 학문도둑이라고도 했다. 그저 앎을 즐기고 앎과 함께 뛰노는 것이 좋았다. 그래서 이 과정 자체를 그저 생각나는 대로 적어보기로 했다. 혹시 이러한 앎의 유희에 흥미 있는 사람이 있다면 그 공감하는 바를 넓혀보자는 것이 하나의 취지라고 할 수 있다.

형식은 되도록 파격을 취했다. 전체를 열두 '마당'으로 나누고 마당마다 이야기를 몇 '토막'씩 담았다. 이 안에는 되도록 사실에 바탕을 두되 내 상상과 추측 그리고 느낌 등을 자유롭게 삽입함으로써 형식에 매이지 않는 입체적 영상을 시도했다. 그러니까 이 안에는 현실적으로는 가능하지 않은 가상적 대화도 있고 또 추측을 바탕으로 한 시나리오도 적지 않게 담겨 있다. 그러한 점에서 이것은 정확한 사실의 기술일 수는 없지만 어느 점에서는 사실에 바탕을 두고 서술하는 내용보다 더 사실에 가까울 수도 있다. 등장인물은 원칙적으로 익명으로 표기했고, 오직 우리 사회의 공인으로 인정되는 경우에만 실명으로 처리했다. 등장인물 가운데는 고의는 아니지만 악역을 맡게 되는 분들도 있는데, 이는 오직 드라마에서 맡는 역할 정도로 생각해주면 좋겠다. 여기서 중시한 것은 개별적인 사실성이라기보다는 전체 구성 안에서 갖는 의미의 현실성이기 때문이다.

그러한 의미에서 내 이야기 전체는 내 경험을 되도록 충실하게 표출하기 위한 허구의 체계일 수도 있으며, 기본적으로는 그렇게 받아들이는 것이 온당하리라고 생각한다. 단지 이 안에서 내가 전달하고 싶은 '의미'만이 굴절 없이 전달되기를 바랄 뿐이다.

　마지막으로 이 책에 적힌 글 가운데는 이미 다른 곳에서 발표된 것들이 더러 있다. 일일이 출처를 찾아 밝혀야 하는 것이 도리이겠으나, 체제상 번거로워 생략했다. 관련 저작물의 출판사들께 너그러운 양해를 빈다.

2008년 4월
장회익

차례

첫째 마당

본풀이

호랑이 이야기

도시에 살다 보니 이사를 자주 다니는 편인데, 그때마다 내게는 신경 쓰이는 물건이 몇 가지 있다. 그중 하나가 증조부 때 만들어놓은 우리 집 가첩家牒이다. 당시에 두 부를 만들어 하나를 큰집인 우리가 보관하고, 다른 하나를 작은집인 종고조부從高祖父 댁에 보관했다는데, 그 댁의 것은 행방이 묘연하다고 하니 결국 내가 보관하는 것이 유일본이 되는 셈이다.

표면에 누렇게 기름을 매긴 한지 20여 장 분량의 필사본으로 그 크기가 어정쩡하여 도무지 둘 자리가 마땅하지 않다. 그래서 대개는 어디 깊숙한 서랍 밑바닥에 따로 놓았다가 이사 때가 되면 꺼낸다. 대단한 보물도 아니지만 잃어버리기라도 하면 낭패여서 조심스럽게 거두게 되는데, 너무 깊이 집어넣으면 찾기가 어렵고 눈에 잘 띄는 데 두자니 혹시 분실될까 염려스러워 이래저래 여간 신경이 쓰이는 게 아니다. 이제는 복사본도 넉넉히 만들었고, 우리말 번역본도 대략 하나 꾸며서 돌려 보고 있기에 한결 마음이 놓이지만, 그래도 원본이 제일 소중하지 않겠는가?

내용이라야 별 대단한 것이 아니다. 인동仁同 장씨 족보에서 추린 우리 직계 조상들의 계보와 내 5대조의 행적을 중심으로 한 우리 집안 이야기가 좀 들어 있다. 그 가운데 이런 이야기가 나온다.

아버지의 병세가 위독했다. 백약이 무효였다. 당시 13세이던 소년은 낮이면 약을 달여 드리고 밤이면 엎드려 하늘에 아버지의 회생을 빌었다. 이렇게 하기를 삼칠일三七日이 되던 날 밤 삼경에 홀연히 정신이 몽롱해지며 산곡으로 가고 싶은 마음이 들었다. 이게 대체 좋은 징조인지 나쁜 징조인지 헤아릴 수 없었지만 끓어오르는 마음을 참을 수 없어 문밖으로 몇 걸음 걸어 나갔다. 칼날 같은 바람이 살을 베는 듯했고 칠흑 같은 어둠에 지척을 분간하기가 어려웠다. 그런데 앞에 커다란 물체 하나가 어른거렸다. 가만히 들여다보니 큰 호랑이였다. "네가 날 해칠 수 있겠구나" 하고 잔뜩 경계하는데, 호랑이는 오히려 고개를 숙이고 꼬릴 흔들며 부르는 듯 멈칫멈칫 앞서 걸어가는 것이 아닌가. 호랑이를 따라 어느 바위 아래 이르니 약 한 봉지가 놓여 있었다. 주머니에 넣고 돌아와 열어보니 알약 두 알이 들어 있었다. 이를 아버지께 드려 복용케 하였더니 그날로 병이 나으셨다.

이 무슨 호랑이 담배 피우던 시절의 이야기인가 하겠지만 사실은 그리 오래된 이야기가 아니다. 내 증조할아버지載相, 1882~1947가 당신의 할아버지錫兄, 1835~1895에 대해 기록한 내용이다. 그러니까 이 기사가 말해주는 대로라면 1847년 어느 때의 일이다.

지금 나는 다음과 같은 상상에 잠겨본다.

아홉 살 난 나를 증조할아버지께서 부르신다.

"이리 오너라. 내 너한테 옛날 내 할아버지 이야기 좀 들려주마."

"네, 어서 해주세요."

"이분이 열세 살 때이지. 그런데 이분의 아버지, 그러니까 내게는 증조할아버지 되시는 분이 몹시 편찮으셨단 말이야."

"그래서요?"

"그런데 아무리 약을 달여 드리고 간호해도 도무지 낫지를 않는 거야."

"……."

"……."

"할아버님! 그 얘기를 직접 할아버님의 할아버지한테 확인해보신 건가요?"

"요놈 봐라. 당돌하긴. 내가 열네 살 때까지 살아 계셨는데 그럼 안 물어봤겠어."

"그래, 뭐라고 하시던가요?"

"바로 내가 지금 너한테 한 이야기 그대로지."

"그 할아버지 뻥이 좀 세시네요."

"요런 발칙한 놈을 봤나! 이리 와. 매 좀 맞아라."

나와 내 증조부 그리고 그분의 할아버지, 곧 내 5대조는 연령 차이로 보면 이런 대화를 나눌 수 있는 사이였다. 사실 내 증조부가 생존하셨을 동안 나를 불러놓고 이런 이야기를 나누고 싶어 하셨는지도 모른다. 그런데 섭섭하게도 나는 그 무렵 증조부와 가까이 있지 못했다. 뒤에 다시 말하겠지만 당시 나와 우리 부모는 먼 도시에 나가 살고 있었는데, 이분 임종 때도 아버지·어머니는 나를 외가 쪽 친척집에 맡겨놓고 다녀오셨다. 그래서 결국 내게는 이런 대화를 나눌 기회가 영영 사라지고 말았다.

수수께끼 풀이

이 가첩은 1931년, 그러니까 내가 태어나기 7년 전에 만들어졌다. 내 증조부는 족보와는 별도로 자신의 직계만을 중심으로 하는 가첩을 마련하여 내 5대조 이후 우리 집안의 내력을 좀 더 소상히 알리려 한 것인데, 이 믿기 어려운 이야기를 거기에 써놓았다. 그분은 이 이야기에 얼마나 심취하셨는지 이 책의 세 곳, 즉 '통정부호군공通政副護軍公가장家狀초략抄略', '통정부호군通政副護軍장공張公효행孝行서序', '통정부호군공通政副護軍公묘갈墓碣'에 모두 이 이야기를 조금씩 다른 형태로 담아놓았다. 여기서 말하는 통정부호군공이 바로 이 이야기의 주인공인 내 5대조이다.

　내가 매 맞을 각오를 하고라도 증조부께 대들어 이 이야기의 진위를 캘 수 있었다면 얼마나 좋았을까? 불행히도 이제는 영영 묻혀버린 수수께끼가 되고 말았다. 그러나 세상일은 언제나 잃는 것이 있으면 얻는 것도 있는 법. 나는 이 수수께끼를 계기로 오히려 내가 태어난 집안의 모습, 곧 내 뿌리를 찾아 나서고자 한다. 나 스스로 이 수수께끼를 풀어내 과거를 열어보고, 그 안에 갇힌 조상들을 오늘의 세계로 이끌어내 나와 서로 소통할 수 있게 된다면 그 또한 별로 나쁠 게 없지 않은가?

사실 이 이야기는 오랫동안 나를 곤혹스럽게 했다. 한마디로, 이것이 사실일 수 없기 때문이다. 사실이 아닌 것이 사실의 자리를 차지하고 앉았으면 그것이 아무리 화려하게 꾸미고 있다 하더라도 사실의 세계를 어둡게 하며, 따라서 사실로서 내 과거는 묻히게 된다. 그래서 나는 이것이 사실과 어떻게 연관되는지 밝혀보려고 한다. 그렇게 함으로써 사실의 세계가 열리고 내 과거, 내 조상들의 생생한 모습이 드러날 것이다. 그러고 나서 나는 직접 그들과 대화를 시도하리라. 신화의 세계에 올라가 있는 신의 음성이 아니라 우리가 사는 세계로 내려온 살아 있는 음성을 들어보겠다는 것이다.

그렇다면 도대체 어떻게 해야 이를 둘러싼 신화의 외피를 벗기고 그 속살을 드러낼 수 있을까? 내가 이 이야기를 문자 그대로 받아들이지 못하는 이유는 그 내용이 오늘의 우리 상식에 비추어 너무도 합당하지 않기 때문이다. 그렇다고 내 증조부가 이것을 허투루 날조해 넣었다고 생각하기도 어렵다. 결국 진실은 그 중간 어디께 있을 것이다. 그래서 비교적 가능성이 높은 몇 가지 가정을 설정하고, 이들을 통해 진상이 어디쯤 놓여 있을지 한번 가늠해보겠다.

우선 이야기대로 병환이 있었고, 약을 구해 왔으며, 도중에 호랑이를 만났다는 것은 당시 정황으로 보아 충분히 있을 수 있는 일이다. 사실 이 어른이 살던 동네인 오천澳川은 '범이 운다'는 뜻을 지닌 호명면虎鳴面의 중심 마을인데, 면 안에는 지금도 토속지명으로 '범우리'라는 마을이 있다. 그만큼 이 지역은 호랑이가 흔했다는 얘기이다. 그리고 또 하나 추측할 수 있는 것은 당사자의 효도가 지극했다는 점이다.

이 점에 관해서는 이 일화 외에 다른 기록들도 증언하고 있으며, 당시 사회에서 효행은 보기 드문 일도 아니었다. 또 한 가지 주목해야 할 점은 당시 사람들이 지녔던 사유 구조이다. 이들은 효행이 지극하면 하늘이 감동하고 하늘이 감동하면 호랑이 같은 영물이 나타나 사람을 돕는다는 것을 곧이곧대로 받아들일 심성이었다. 이러한 점들을 하나로 연결해보면 다음과 같은 시나리오가 엮어진다.

소년은 아버지의 병세가 갑자기 악화되어 위기로 치닫고 있음을 느꼈다. 더 지체할 수 없음을 감지한 소년은 주변에서 가장 용하다고 소문난 의원을 찾아가 구급약을 몇 알(어쩌면 청심원 몇 알) 구해 주머니에 넣고 집으로 달려오는 길이었다. 그런데 길 앞에 호랑이가 앉아 있지 않은가! 무척 놀라고 당황하던 차에 호랑이는 자신의 먹이가 아니라고 판단했는지 조용히 물러나 앞으로 슬금슬금 걸어갔던 것인데, 그게 바로 소년이 가야 하는 방향이었다. 조심스럽게 뒤를 밟아 따라가던 중 어느 바위 밑에서 호랑이는 슬쩍 비켜 산으로 올라갔고, 그 틈에 소년은 정신을 잃다시피 달려 집으로 뛰어들었다. 집에 들어서기 무섭게 "호랑이!"라는 외마디 소리와 함께 기진해 쓰러지면서 호랑이 만나기 전에 있었던 일들이 일순간 기억에서 사라졌다. 소년이 의식을 회복한 뒤 어른들이 물었다.

"너 어디서 이 약을 구해 왔어?"
"생각이 안 나요. 약을 구하겠다는 생각으로 밖에 나갔던 것까지는 알겠는데, 호랑이를 만났던 것 말고는 아무 생각도 안 나요."
"그래서 어떻게 했니?"
"호랑이를 살살 따라왔는데, 호랑이는 큰 바위 밑으로 사라지고 그담에는 나 혼자 뛰어왔어요."
"오호라, 그 호랑이가 너를 안내해서 약봉지 있는 데를 알려줬구나!"

그런데 공교롭게도 이 약을 복용한 아버지가 말끔히 회복되었다! 이 기적 같은 이야기는 순식간에 퍼져나갔고, 먼 훗날 그 소년의 손자로 태어난 내 증조부는 어려서부터 이 이야기를 익히 들으며 자랐다.

어쩌면 이것보다 좀 더 평범한 이야기였을 수도 있다. 소년은 약을 지어 왔고 가는 길 혹은 오는 길에 호랑이와 한참 동행했다. 그런데 신통하게도 그 약이 효험이 있었다. 소년이 이렇게 사실대로 이야기했는데도 이야기를 듣던 사람들의 상상이 더해졌고, 다시 사람과 사람 사이에 이야기가 옮겨지면서 조금씩 호기심을 자극할 '해설'이 덧붙었을지도 모른다. 이야기는 이렇게 당사자 자신의 해명과는 무관하게 이미 제 갈 길을 가는 것이다.

여기서 내가 이렇게 해명한다고 해서 이 호랑이 이야기가 지닌 본래 의미가 상실되는 것은 아니다. 어느 면에서 이 이야기는 사실보다 더 사실다운 면모를 지니고 있다. 곧 '사람들의 삶'이라고 하는 또 하나의 면모이다. 여기서 읽어내야 할 점은 그 안에 갇힌 '평범한' 한 사건만이 아니라 이것을 바라본 당시 사람들의 마음이며, 이를 다시 기록으로 남긴 옛 어른들의 뜻이다. 그래서 지금 내게 중요한 것은, 한편으로 그 안에서 '사실'과 '문화'를 구분해낼 안목을 유지하면서도, 이것이 어울릴 때 만들어지는 '신화' 또한 있는 그대로 느껴보는 일이다. 이러한 신화마저 없었다면 세상이 얼마나 더 삭막하겠는가?

어디 이 이야기에서뿐이겠는가? 우리는 결국 칸트Immanuel Kant가 오래전에 설파한 대로 '사실 그 자체'만을 알 수도 없거니와 사실 그 자체만이 항상 중요한 것도 아니다. 그렇기에 우리는 지금도 부단히 신화를 만들어나가는 것 아닌가? '신화'를 사실 자체와 혼동하는 것은 매우 어리석은 일이지만, 신화를 신화로 파악할 수만 있다면 신화 또한 아름답고 유익할 수 있다. 나는 지금 이 글을 쓰면서 최대한 사실에 바탕을 두려고 노력하지만 이것 역시 사실만의 기록일 수 없음을 잘 알고 있다. 나 또한 내가 겪거나 생각해온 일들을 나 자신의 눈과 마음을 통해서 밖에 되살릴 수 없다. 그렇기에 이것 또한 먼 훗날에 본다면 또 하나의 '호랑이 이야기'가 될지 모르지만 그것 이상 내가 지금 무엇을 할 수 있겠는가?

골마을 집안과 용고개 할아버지

호랑이 이야기의 진상이야 어찌 되었든 한 가지 확실한 것은 이 소년과 그 후예가 되는 우리 집안 사람들은 그날 밤 그 호랑이에게 큰 신세를 졌다는 점이다. 이건 호랑이가 내 조상의 병을 낫게 해주어서가 아니라(이 일을 지금 누가 믿으랴) 그 소년을 해치지 않고 돌려보내주었기 때문이다. 만일 그가 그날 소년을 물어 갔더라면 그분의 후예가 될 우리 집안 모든 사람이 이 세상에 아예 태어나지도 못했을 것이다.

동네에서는 우리 집을 '골마을 집' 줄여서 '골마'라고 한다. 동네에서 뒷산으로 접어드는 골 입구에 자리 잡고 있다는 뜻이다. 그리고 우리 집안에서는 호랑이 이야기의 주인공인 내 5대조를 '용고개 할아버지'라고 부른다. 그분의 묘소가 '용고개'라 부르는 산중턱에 있기 때문이다. 그러니까 우리 '골마을 집안'은 용고개 할아버지의 후예이고, 이 어른은 '골마을 집안'의 시조 할아버지가 되신다. 이 글에서 나는 이분을 '상上 할아버지'라 부를 것이다. 본래 '상 할아버지'라면 살아 계신 할아버지들 가운데 제일 웃어른을 지칭하지만, 나는 지금 우리 집안의 어른들이 모두 살아 계신 것처럼 여기며 글을 쓰기에 우리 집안의 첫 어른이라는 뜻에서 이렇게 부르는 것이다.

사실 옛 어른들을 지칭하는 호칭 문제는 무척이나 까다롭다.

더구나 조상의 호칭을 함부로 했다가는 불경스럽다고 지탄받는다. 성함을 직접 언급하는 것은 아예 금기로 되어 있다. 굳이 성함을 기록할 일이 있더라도, 예컨대 '용고개 할아버지'의 경우 '통정부호군通政副護軍휘諱석형錫兄공公'이라고 해야 한다. 여기서 휘諱는 '꺼린다'는 뜻인데, '내가 그 이름 두 글자를 써서는 안 되는 처지인 줄 알고 피하려 하지만 도저히 피할 방법이 없어 부득이 적어야겠으니 용서를 빈다'는 뜻이다. 그러나 나는 이 굴레부터 벗어던지고자 한다. 이분을 어두운 신줏단지 속에 가두어둘 것이 아니라 가까이 불러내어 수염을 좀 건드려가며 함께 웃을 수 있는 인자한 할아버지로 되돌리는 게 뭐 그리 잘못된 일인가? 그리고 앞에 길쭉하게 적힌 통정부호군은 또 뭔가? 이게 바로 어른이 쓰고 있는 '감투'인데, 이 우스꽝스러운 감투도 좀 벗겨드리는 게 어떨까? 내가 보고 싶은 것은 내 상 할아버지의 맨얼굴이지 그 감투가 아니지 않은가?

드디어 내게 기회가 왔다. 1993년 어느 날, 나는 시골 고향 집에 가서 할아버지가 책상 밑에 두고 쓰시던 조그만 나무 궤짝 하나를 정리한 일이 있다. 그동안 우리 가족 누구도 그 궤짝에 무엇이 들어 있는지 별 관심도 없었고, 관심이 있었다 하더라도 한문으로 적힌 어수선한 문서들을 읽어낼 재주가 없었다. 그러다가 이러저러한 사유로 내가 이제 한문을 좀 읽게 됐고, 또 이 집안의 주손이어서 이것들을 한번 살펴보아야 할 처지이기도 했다. 그렇게 살펴나가다가 예상치 않게 교지敎旨, 조선시대 관직 임명장 두 통과 호적단자戶籍單子 두 통을 찾아냈다. 교지는 각각 상 할아버지와 (그분의 맏아들이신) 내 고조부에게 교부된 것이었고, 호적단자는 두 통 다 상 할아버지 앞으로 발행된 것이었다.

이걸 보면 우선 상 할아버지의 정식 감투가 통정부호군이 아니라 굳이 말하면 절충부호군折衝副護軍이라고 해야 옳다. 그가 받은 교지에는 절충장군折衝將軍 용양위龍讓衛 부호군副護軍이라고 적혀 있는데, 절충장군이 통정대부通政大夫와 동격인 정삼품 당상관이므로 그렇게 고쳐 부른 것이다. 그런데 이것 또한 무관에 비해 문관을 선호하는 다소 빗나간 관례가 아닌가? 그리고 이것조차 나이 쉰넷에 받은 것이니, 그럼 그 전에는 무엇이란 말인가?

이 점은 당시 예천군수 이름으로 발행된 호적단자들에서 밝혀진다. 이것은 이분이 스물한 살과 마흔한 살 때 각각 발행된 것인데, 여기에 보면 그 신분이 유곡역리幽谷驛吏라고 되어 있다. 당시 유곡도幽谷道라 하여 이 지역 일대의 교통망이 구성되어 있었는데,* 내 고향 마을에 역참驛站이 하나 있었던 모양이고, 이분은 이를 관리하는 관헌이었던 것이다. 더구나 그분의 아버지, 할아버지, 증조할아버지의 신분도 적혀 있는데, 아버지, 할아버지 역시 역리로 되어 있고 증조할아버지만 통정대부로 적혀 있다. 이것으로 나는 내 8대조까지의 신분을 족보가 아닌 공문서를 보고 확인한 셈이다. 그러니까 이들은 역참에서 말을 관리하

---

* 유곡도는 당시 역참 조직의 하나로 낙동강 상류 지대에 퍼져 있던 20개 정도의 역을 의미한다. 당시 유곡도에 속했던 역 이름을 보면 다음과 같다. 표성(聊城: 문경), 덕통(德通: 함창), 수산(守山: 다인), 낙양洛陽, 낙동洛東, 구미仇彌, 쌍계雙溪, 안계安溪, 대은大隱, 지보知保, 소계召溪, 연향延香, 낙원洛源, 상림上林, 낙서洛西, 장림長林, 낙평洛平, 안곡安谷.『한국민족문화대백과사전』15권, 260쪽.

고 말을 빌려주고, 배를 관리하고 배를 빌려주는 직책을 수행해온 것이다. 요즘으로 치면 교통 업무에 종사하는 공무원이었던 셈인데, 당시 지체 높은 양반들 눈에는 그렇고 그런 직책이어서 족보에고 가첩에고 이것을 슬쩍 감추고 있었던 것이다.

아하, 그랬구나. 대대로 말을 관리하고 배를 관리해오다니 이얼마나 멋진 일인가! 당시로는 쉽지 않은 여행도 자주 했겠고, 물론 실무를 관장하는 일이니 어려움도 있었겠지. 그렇다면 이제 이 할아버지께 인사라도 한번 드려야 하지 않겠나?

"할아버지, 말과 배를 관리하시느라 얼마나 고생이 많으셨어요. 이제 뒤늦은 후손에게서나마 위로를 받으세요. 그리고 그 호랑이 이야기, 뻥인 거 맞지요?"

천지간에 누가 내 뜻을 알겠는가

열세 살에 효자 소리를 듣고 젊어서 말과 배를 관리하다가 느지막해서야 별로 어울리지 않는 절충장군 부호군이라는 직책을 얻게 된 이 할아버지는 평소 어떤 생각을 하며 살았을까? 가첩의 기사를 보면 "선대에 고향을 떠난 이후 세덕世德을 유지하지 못하고 가세가 한미寒微해진 것을 마음 아파했으며, 선대를 추모하는 한편 후손들이 잘되게 할 계책을 마련하는 데 힘을 기울였다"라고 되어 있다. 여기서 선대라 함은 그의 9대조인 여헌旅軒 장현광張顯光, 1554~1637 이후의 선조들을 말할 텐데, 그분의 학풍을 이어 학문을 수행할 여건이 되지 못함을 애석히 여긴 것이 아닌가 생각한다. 그래서 "족보를 수기修記하여 조상을 차례대로 밝히고, 이를 후손에게 남겨 그들이 볼 수 있도록 했다"는데, 아쉽게도 당시 기록은 지금 전해지지 않는다. 아마 내 증조부가 마련한 가첩이 그때 자료를 바탕으로 하지 않았나 생각한다.

실제로 그는 시대적으로나 사회적으로 만족할 만큼 뜻을 펴고 살아갈 처지에 있지 않았다. 우선 1835~1895년이라는 연대로 표시되는 19세기 후반의 사회상은 대체로 조선왕조 말의 세도정치로 상징되는 극심한 혼란기였으며, 개인적으로는 특히 본향에서 자리를 옮겨 아직 사회에 안정적으로 뿌리를 내리지 못한 상황이었다. 그의 고조부 대에 본향인 인동을 떠나 당시 사회에서 그다지 높은 대접을 받지 못하던 역참의 일에 대대로 종사하면서 낙동강 상류 지보, 봉정 일대를 거쳐 조그만 마을 오천에 겨우 발을 붙였던 것이다.

그럼 오천이란 마을은 도대체 어떤 곳인가? 우선 오천은 그 어떤 유서 깊은 집안이 세거世居하는 반촌班村이 아니다. 오히려 낙동강 지류인 내성천乃城川의 물길을 이용하여 물품을 운반해 올 거의 마지막 지점에 해당하는 작은 교역 중심지였고, 사회적으로는 '잡성雜姓'의 사람들이 이리저리 섞여 사는 그저 중간층 정도의 사회를 이루는 지역이었다.

겨우 역참에나 종사하는 몰락한 양반 가문으로 결국 이곳에서 정착하게 된 것을 본인은 늘 탐탁지 않게 여겼을 것이다. 그리하여 "평생을 시골에 몸담아 궁색하게 지내면서 시詩와 술로써 스스로 위안했으며, 호 또한 자칭 취은醉隱이라 했다"라고 가첩에 기재되어 있다. 그나마 그에게 위안이 된 것은 이 지역의 자연경관이었을 것이다. 내성천의 백사장이 이곳에서 특히 넓게 퍼지면서 검은 절벽 밑으로 굽이쳐 흘러가는 강줄기가 지금도 그런대로 볼만한 경관을 이루고 있다. 그는 자신의 마음을 한시漢詩에 담아 다음과 같이 읊었다.

네 계절 풍경과 강 남쪽으로 떠오른 달에	四時風景江南月
한껏 취해 스스로 한가로운데	醉殺斯人自得閒
천지간에 그 누가 내 뜻을 알겠는가	天地有誰知我意
할 일 없는 흰 물새들만 창밖을 지나가는구나	白鷗無事度窓間

"멋지십니다, 할아버지. 그런데 그거 좀 너무 감상적이지 않나요? 어째 말 몰고 배 관리하시던 기개가 보이지 않네요?"

"요 녀석, 또 나타나서 말참견이냐? 내 선비 노릇 좀 해보려고 했더니 네가 판을 깨는구나."

"어디 선비가 따로 있나요. 말을 몰든 배를 관리하든 자기 밥값이라도 하는 사람이 낫지 뒷짐 짚고 한시만 읊고 다녀서야 되겠어요?"

"네 말도 일리는 있다만 거기에 내 고민이 있다. 나도 한번 뜻을 높이고 학문을 이룰 생각을 해보았지만 이 시골에 외따로 묻혀 지내다보니 그게 어디 쉬운 일이냐?"

"예나 지금이나 학문한다는 사람치고 학문 같은 학문 하는 사람이 몇이나 있나요? 다들 옛사람들 말이나 되뇌고 있지."

"그렇기도 하구나. 너는 어디 학문 같은 학문을 하느냐?"

28

"좀 기다려주세요. 아직 태어나려면 멀었어요."

"고얀 녀석, 태어나지도 않은 주제에 말참견은 그리 많으냐?"

"그런데 천지간에 그 누구도 모른다고 읊고 계신 그 뜻이라는 게 뭔지 좀 궁금하네요?"

"성미 한번 급하구나. 나중에 네가 자라나면서 알아들을 때가 되면 알게 되겠지. 그러나저러나 내 아들 손자들이 글공부나 제대로 하면서 자라는지 그게 걱정되는구나."

천한 업을 해야 자식을 붙든다

상 할아버지의 이런 걱정은 기우가 아니다. 이제 그 이후의 사정을 잠깐 살펴보자. 상 할아버지는 슬하에 아들 삼형제를 두셨는데, 그 가운데 장남이 내 고조부伸遠, 1860~1903이다. 이분이 받은 교지에는 나이 스물여덟에 선략장군宣略將軍 품계와 충무위忠武衛 부사용副司勇이라는 관직을 받은 것으로 되어 있는데, 이로 보아 대대로 내려오던 역리 일을 버리고 일찍이 벼슬길에 나섰던 것으로 보인다. 그러나 젊어서부터 건강이 안 좋았던지 별로 이렇다 할 활동 흔적을 보이지 않고, 결국 44세에 세상을 떠나고 만다. 이분은 본래 자녀를 여럿 두었으나 모두 어려서 잃고 끝으로 남매만 길렀는데, 그 아들이 이미 앞에서 언급한 내 증조부(載相)이다. 내 어머니李南珠, 1919~2013의 기록을 통해 이 무렵의 사정을 알아보자.

우리 집 선조들로 이곳으로 오신 분이 시증조모님이셨대요. 옛날에는 미신을 지켰잖아요. 아이들을 낳아서 기르려면 죽고 또 죽고 해서 8남매를 낳았는데 다 죽고, 끝으로 남매를 두고 점卜을 보니까 천한 업을 해야 자식을 붙든다고 하더랍니다. 그래서 이 동리로 이사 와서, 옛날에는 여기에 장이 섰는데, 장날 장에 나가서 밥장사와 술장사를 했답니다. 그래서 제 시조부님 남매를 기르며 이곳에서 살았대요. 그래, 제 시조부님은 늦게 난 데다가 아버지가 어릴 때 돌아가셔서 공부를 못 하셨대요. 그래도 살림은 무섭게 많이 모으셔서 촌에서 200석이 넘는 부자였어요. 내가 시집을 오니 농사를 많이 짓고요. 늘 잔칫집처럼 식구가 많고요. 그때는 먹고살기가 어려워서 얻어먹으러 오는 사람도 많았고 손님도 많이 왔어요. 머슴도 오륙 명 되고요. 그래도 일꾼들한테 일을 얼마나 무섭게 시키는지 시조부님의 별명이 '화리(화로) 영감'이에요. 일꾼들이 그렇게 지었대요. 얼굴이 화끈하도록 야단을 친다고요.

여기서 보면 내 고조모가 두 자녀를 데리고 이사 온 것으로 되어 있으나, 이는 먼 곳에서 이사 온 것이 아니다. 호적단자가 말해주는 대로 우리 선조들은 이곳에서 이미 여러 세대를 살았다. 단지 안 동네에 살다가 장터가 있는 거리 마을로 이사한 것을 두고 하는 말일 것이다. 내 고조모는 단양 우씨禹氏, 1854~1921인데, 당시 사정이 그렇게 만든 면도 있지만 우리 가계를 다시 일으켜 세우는 데 결정적인 기여를 했다.

어려운 가계를 이어받은 이 할머니는 현실적 호구책을 찾아야 했으나, 가문의 체통으로 보아 용단을 내리지 못하다가 점괘占卦가 그렇게 나온 것을 구실로 귀천을 가리지 않고 사업을 시작한 듯하다. 실제로 밥장사와 술장사까지 포함되었는지는 모르나 시장을 중심으로 유통업에 나섰던 것은 사실이며, 높은 지략과 용기를 바탕으로 엄청난 성공을 거두었다. 명색이 정삼품 당상관의 맏며느리이며, 종사품 선략장군의 부인으로 그 자신 어엿한 숙인淑人 품계를 가진 외명부外命婦로서 상민들도 천시하는 일에 발 벗고 들어선다는 것은 선뜻 납득되는 일이 아니다. 이것이 가능했다면 이는 아마도 수 대를 내려오며 역참 일에 종사하면서 생활인으로 다져진 집안의 가풍과 함께 아직 우리 집안이 미처 뿌리박지 않은 오천이라는 특수 상황 때문이라고 할 수 있다. 만일 주변에 신분을 의식하는 집안이 죽치고 있었다든지 동네 자체가 반상班常을 극심히 따지는 반촌班村이었더라면 이는 아마 불가능했을 것이다.

이 사업의 결과로 내 고조모와 증조부 모자는 얼마 안 가 재정적으로 튼튼한 기반을 세웠다. 위에 인용한 내 어머니의 결혼 시기가 1936년인데, 이때는 이미 상당한 부자였고, 내 아버지가 출생하시던 1918년 무렵에도 벌써 동네에서는 가장 큰 골마을(속칭 '골마') 집을 지은 것으로 보면 그 성장 속도가 매우 빨랐던 것을 알 수 있다.

내 증조부 또한 그 어머니와 손발이 잘 맞는 영특한 사업가였다. 모친의 용단과 함께 종래의 고루한 양반 의식을 털어버리고 철저한 현실 직업인으로 나서서 작은 교역 중심지인 고향 마을 오천의 입지를 최대한 활용하여 곡물 교역을 하는 한편, 선진

농업에 착수하여 비교적 수입이 좋은 양잠과 담배 재배 등에 힘을 기울였다. 그리고 종래 역참의 유업도 계승했는지 교통의 요지인 장터 냇가에 마방馬房을 설치하고 나룻배도 마련하여 교통을 돕는 사업도 했다. 그는 현금이 모이는 대로 땅을 사서 동네의 주요 토지 대부분을 장악했고, 당시로는 앞섰다고 생각하는 여러 시설물도 마련했다.

한 가지 예로 염소에 작은 수레를 매어 타고 다니셨다고 하는데, 이 작은 수레는 내가 어릴 때도 남아 있어서 가끔 소먹이 풀을 베어 싣고 운반하는 데도 사용했다. 내 어릴 때만 하더라도 3~4층 높이가 될 만한 담배 건조실이 있고, 후에 고등공민학교 임시 교사로 사용하기도 한 잠실蠶室이 여러 칸 있었다. 또 커다란 기와집을 냇가에 지어 주막, 이발소 기타 여러 접객 편의 시설을 운영 또는 대여했다. 증조부는 또 인동 본가에서 족보를 수기修記할 때 우리 집안의 기사를 마련하여 이에 게재했고, 이미 말했다시피 1931년에는 이를 다시 정리하여 집안의 가첩을 정비했다. 그리고 자신의 조부인 용고개 할아버지 묘를 보수하고 장문의 묘갈과 함께 대형 묘비도 마련했다.

그러나 이런 재정상의 성공과 가첩 마련 등 가통 복원 노력에도 불구하고 집안의 정신적 지주가 튼튼히 세워졌다고 말하기는 어렵다. 이미 본향 인동을 떠난 지 여러 대가 되며, 이 동안도 어느 한 위치에서 안정되게 정착하지 못하고 몇 곳으로 이전하면서 혈족과의 문화적 유대를 상실했고, 심지어 연락마저 끊겨 1923년 족보를 새로 만들 때는 인동 본가에서 우리 일족의 행방을 직접 찾아 나선 일까지 있었다.

이러한 정신적 지주의 불안은 여러 가지 형태로 표출된다. 그 첫째로 삶의 높은 지향을 제시하는 가풍이 서지 못했다. 더구나 조선 중기의 대학자였던 여헌 장현광의 직계로서 그의 격조 높은 정신을 이어받지 못했을 뿐 아니라 그의 가르침이 무엇이었는지도 집안에서는 잘 알지 못했다. 굳이 여헌 집안이 아니더라도 가통이 있는 집안에서는 세상에 나가 무엇인가 큰일을 해야 한다는 가르침이 서려 있는 법이거늘, 이 집안에서는 특히 근자에 이르러 이러한 가풍이 전혀 보이지 않았던 것이다.

야생마 길들이기

이러한 가풍의 부재는 곧 자녀 교육 문제와 직결된다. 그 대표적인 사례가 내 친할아버지志佶, 1904~1981이다. 이분에게 별명을 붙인다면 아마 '야생마'가 가장 잘 어울릴 것이다. 재정적으로 비교적 풍요로운 시기에 태어난 탓도 있겠지만 인위적 규율, 특히 학업에는 체질적으로 거부반응을 일으키는 분이었다. 내 증조부는 스스로 학업의 기회를 많이 갖지 못하여 자녀 교육에 상당한 노력을 기울였으나, 내면화된 가풍의 부재 때문인지 이것이 내 조부에게는 전혀 전달되지 못했다.

이 점과 관련하여 집안에 전해 내려오는 이야기가 하나 있다. 내 조부를 '야생마'라 부른다면 내 증조부는 '호랑이'라 불러야 마땅한 분이다. 이분은 그만큼 자손들에게 엄격했다. 거리에서도 이분이 나서면 젊은이들은 모두 '호랑이 할아버지' 오신다고 자리를 피할 정도였다. 집안사람이든 아니든 가리지 않고 젊은 이의 옷깃 하나, 자세 하나까지 마음에 들지 않으면 다 불러세워 시정을 명하시는 분이다. 그런데 바로 그 맏아들인 내 조부가 야생마인지라 대결은 불가피했다. 당시 주변의 초등학교는 집에서 시오 리 정도 떨어진 예천 읍내에 있었는데, 야생마 할아버지는 읍내에서 약 오 리 거리에 있는 자기 처가에서 다니기도 했지만, 때로는 집에서 직접 다니기도 했던가 보다. 어느 날 학교를 가지 않고 빈둥거리다가 아버지에게 잡혔다.

그러자 아버지는 아들에게 지게를 지게 한 뒤 커다란 돌 더미가 있는 곳으로 데려가 돌을 모두 멀리 있는 다른 곳으로 옮기게 했다. 그렇게 돌이 다 옮겨지자 이번에는 처음 있던 자리로 모든 돌을 다시 옮기라는 명령을 내렸다. 다시 다 옮기자 또 한번 같은 작업을 되풀이시켰다. 이유를 물을 필요도 없었다. 이유는 이미 자명하지 않은가? 결국 지쳐 쓰러질 형편이 되었을 때 마침 지나가던 친척 할아버지가 개입하여 다시 학교에 가는 것으로 낙착되었다.

이 일로 야생마 할아버지가 초등학교를 졸업하고 대구에 있는 중등학교인 대구농림학교에 진학했지만 끝내 학업에는 별로 진전이 없어 중단하고 말았다. 그 대신 운동에 재능을 보여 한동안 인근에서 이름난 정구 선수로 활동했다. (이 선수 활동은 내가 태어날 무렵까지도 이어졌는데, 그때 상품賞品으로 받은 물건 하나가 표지에 밀레의 〈만종晚鍾〉 그림이 새겨진 검은 앨범이다. 이 상품을 갓 시집온 며느리인 내 어머니에게 주셨고, 여기에 초기 우리 가족사진을 붙였다. 나는 표지에 있는 이 그림이 어떻게나 무서웠던지 누가 그 앨범만 가져오면 무서워 도망 다녔다. 후에 아버지는 이 앨범 표지 뒷면에 '밀레의 만종 해설서'를 직접 써서 붙이셨는데, 이런저런 지나간 연유로 해서 나는 아직 이 낡은 앨범을 버리지 못하고 있다.)

　결과적으로 내 증조부의 '야생마 길들이기'는 실패로 끝났다. 사업에 성공하는 방식으로 교육에도 성공하는 것은 아니라는 중요한 교훈을 얻은 셈이다. 어쩌면 이 어정쩡한 야생마 길들이기가 그 아들의 학업에 대한 혐오감만 부채질했는지도 모른다. 이를 통해 치욕적인 경험을 해서인지 야생마 할아버지는 일생 동안 학업에 공공연한 적대감이 있었고, 이것이 다시 그다음 세대인 내 아버지와 나 자신에게 엄청난 후유증으로 되돌아왔다.

　학업을 중단한 야생마 할아버지는 얼마 후 가업을 이어받았으나 선대에서 일으켜 세웠던 속도만큼이나 빠른 속도로 가세가 기울고 말았다. 여기에는 물론 어려운 과도기를 헤쳐나가게 된 시대적 상황과 엄청나게 늘어난 가솔을 부양해야 하는 어려움이 작용한 것도 사실이지만 역시 가장 큰 원인은 그분의 자질 부족에서 찾아야 할 것이다. 투철한 상황 인식과 치밀한 계획·계략의 부재 때문에 손을 대는 일마다 실패했고, 나중에는 오직 현상 유지만이라도 기하려 했지만 이미 기울어진 가계를 바로잡을 길이 없었다. 그러나 성품 하나만은 낙천적이어서 그 어떤 경우에도 스트레스를 느끼거나 실의에 빠지는 일은 없었다. 젊어서는 부족을 모르는 집안에서 자라났고, 후에는 집안이라고 하는 폐쇄된 우주에서 제왕으로 군림하고 지냈다. 여유 있었을 때는 지나가는 사람 누구나 붙잡고 주막에 마주 앉아 술잔을 따르고, 그것이 어려워졌을 때는 집 사랑마루에 혼자 앉아 소박한 술상에 탁주 한 사발만 따를 수 있으면 세상에 더 필요한 것이 없다고 생각하는 분이었다.

답답한 샌님과 똘똘한 규수

당시 우리나라에는 조혼 관습이 있기는 했으나 내 할아버지의 경우는 그것이 좀 심한 편이다. 할아버지가 12세, 할머니가 15세 때 결혼하셨다. (그래도 금실은 좋으셔서 할아버지 연세 77세가 되도록 해로 하셨고, 할아버지가 돌아가신 후 할머니는 90이 넘게 사시면서 늘 방문 앞에 할아버지 사진을 붙여놓고 하루에도 몇 번씩 들여다보며 그리워하셨다.) 이렇게 결혼하신 지 3년 만에, 그러니까 할아버지가 15세 되던 해에 장남인 내 아버지를 낳으셨다. 그러니 아버지와 할아버지는 열다섯 살밖에 차이가 나지 않는다. 그만큼 조혼이 흔하던 시절이었는데도 나이 스물이 채 될까 말까 한 사람에게 대여섯 살 되는 아이가 아버지라고 부르는 것은 남 보기에도 좀 창피했던가 보다. 다른 사람 앞에서는 절대로 아버지라 부르지 말라는 엄명이 내려졌다고 한다. 태어난 사람이야 무슨 죄가 있겠느냐마는, 이 어린 소년은 골목에서 친구들과 놀다가도 멀리서 아버지만 나타났다고 하면 숨을 곳을 찾기에 바빴다고 한다. (나 또한 아버지가 스무 살 때 태어났으므로 내 할아버지는 나이 서른다섯에 벌써 친손자를 둔 할아버지가 되셨다.)

거기다가 할아버지와 아버지는 성격까지 많이 달랐다. 내 할아버지가 타고난 야생마인 데 비해 내 아버지世善, 1918~1973는 대조적으로 샌님에 가까운 성품이었다. 자기 아버지와는 달리 이분은 무척 조용하며 수줍어하고 글 읽기를 좋아했는데, 이것 또

한 그 아버지에게는 썩 탐탁한 것이 아니었다. 그까짓 글 읽는 게 뭐 그리 중요한 일이냐, 글 읽어서 잘되었다는 사람 있으면 데려와봐라 하는 것이 바로 할아버지의 생각이었다.

지금 되돌아보면 내 아버지는 기질과 지적 능력에서 누구보다도 학문의 길에 가까이 갈 만한 분이었다. 그러나 이런 적대적 상황에서는 그것을 펴내기가 무척 어려웠을 것이다. 사실 농사짓는 집안에서 학문을 겸한다는 것은 주위의 엄청난 배려가 있지 않고는 불가능에 가까운 일이다. 요즈음은 좀 달라졌지만 적어도 당시에는 그러했다. 학문은 책과 함께 충분한 시간을 집중해야 하는 일임에 비해 농가에서 할 일은 항상 눈앞에 널려 있고, 또 때에 맞추어 해야 할 일이 대부분이다. 그러니 고된 몸을 움직여야 하는 농부의 눈에 책 읽는 일은 그저 '노는 것'으로 비치기 십상이다. 반면 수시로 일손이 필요한 상황에서 책이나 펴 들고 앉아 있는 사람의 마음이 편할 리 없다. 그래서 결국은 학문을 포기하거나 아니면 아예 집을 떠나는 길밖에 다른 방도를 찾기 어렵다. 실제로 내 아버지의 경우 비가 와서 마당에 말리던 곡식이 떠내려가는데도 모르고 있었다거나 동물이 와서 곡식을 다 파헤치는데도 책만 붙들고 있었다는 따위의 이야기가 전해진다. 이러할 때 이해가 부족한 가부장이 알게 되면 어떠한 소동이 일어날지 보지 않아도 잘 알 수 있다.

실제로 내 할아버지가 증조할아버지에게 물려받은 별난 성품이 하나 있다면 그게 바로 가부장적 권위를 행사하는 일이었다. 이분들은 집안일을 처리하는 데 어느 누구와 의논하거나 협조를 구하는 일이 없었다. 그나마 스스로 빼어난 능력을 지녔던 증조부의 경우에는 불가피했던 측면도 있었고 그게 오히려 효율적인 면도 있었겠지만, 스스로의 능력이나 이해력이 부족한 상황에서는 이것이 바로 재앙 자체였다. (사실 이러한 가부장 지배적인 분위기는 특히 교육적으로 커다란 해악을 가져온다. 그 누구도 건설적인 제안을 하기 어렵고 따라서 스스로 창의적으로 무엇을 해내겠다고는 아예 생각조차 하지 않게 되는 것이다.)

여기에 야생마 아버지와 샌님 아들이 함께하기 어려운 사유가 있다. 단지 모친(내 할머니)이 들어 어느 정도 완충 역할을 해내었지만 거기에도 한계가 있을 수밖에 없다. 이러한 경우 제일 좋은 해결 방도는 샌님이 아예 멀리 집을 떠나 신식 학교를 다니는 것이다. 이때만 해도 많은 사람이 집안 형편만 허락하면 이런 길을 걷지 않았던가?

그런데도 이 샌님은 초등학교만 마치고 진학하지 않은 채 집에 머물러 있었다. 성적이 나빴던 것도 아니고 학교 공부를 싫어했던 것도 아니다. 그나마 이 집안에서 진학하여 소기의 성과를 거둘 가장 확실한 사람이 있었다면 바로 이분이었는데 왜 그러고 있었는지 참 알기 어려운 일이다. 심지어 비슷한 나이 또래의 이분 삼촌 한 분도 서울로 유학하여 보성고보를 졸업했고, 공부를 그렇게 싫어했던 야생마 할아버지조차 대구에서 중학 과정을 다니지 않았던가? 내 증조부가 틀림없이 자기 맏손자의 재능을 알아보았을 텐데 왜 좀 적극적으로 내보내 공부시키지 않았을까?

그 한 가지 가능한 해답은 이분이 너무도 '샌님'이었기 때문이라는 것이다. 이미 삼촌들도 많고 또 아래로 형제들도 많은 터에(모든 이들이 공부하러 나갈 만큼 집안 재정이 넉넉하지는 못했다) 자기만이 나가서 공부하기 위해서는 강력한 자기주장을 펼 수 있어야 한다. 그러나 이분은 그럴 만한 기질도 없었고 또 학업에 대한 자기 나름의 강력한 자신감도 없었다. 오직 내 증조부의 명령만으로 그것이 가능했을 텐데, 이때는 이미 내 증조부의 생각이 조금 달라졌던 것 같다.

우선 몇 번 경험하면서 학교교육에 약간 실망을 했을 것이다. 야생마 길들이기에서 보았듯이 교육은 뜻대로 되는 게 아니라는 인식이 그 하나이고, 또 제법 공부를 시켜놓은 셋째 아들의 경우에도 뭐 크게 달라진 모습이 보이지 않았다는 것이 또 하나의 이유였을 것이다. 기껏 공부를 시켜놓아도 번듯한 직업을 얻어내지 못했고, 하다못해 족보 하나 읽어낼 만한 한문 실력조차 갖추지 못했다. 그럴 바에야 차라리 한문 선생을 불러다가 한문이라도 몇 자 더 가르치는 것이 낫지 않겠는가?

그래서 생각한 것이 맏손자를 멀리 공부하러 보낼 게 아니라 착실한 한문 선생 한 분을 모셔와 집에서 가르쳐보자는 것이었다. 여기서 한 가지 곁들이면 하루속히 똑똑한 손부를 하나 얻어 살림을 맡기고 집안을 안정시키고 싶은 생각도 있었을 것이다. 그분으로서는 현재 큰아들 내외에 신임이 가지 않아 그다음 단계를 위한 현실적 조처가 필요했으며, 그러기 위해서는 맏손자를 되도록 가까이 두고 그 적성을 살려나가게 할 필요가 있었던 것 같다.

그래서인지 집안에 한문 선생 한 분이 초빙되었다. 그분은 맏손자였던 내 아버지뿐 아니라 이미 중학교를 졸업하고 집에 와 있는 셋째 아들과 또 맏손자와 동갑인 넷째 아들까지 도합 세 학동을 맡아 붓글씨부터 가르치기 시작했다. 그렇게 시간이 지 난 어느 날, '필사 선생' 방에 정성 들여 보아 올린 술상이 하나 들어왔다. 그러고는 밖에서 내 증조부의 기침 소리가 들렸다.

"어허, 방에 계셨습니까?"

"날씨가 찬데 일찍 웬일이십니까? 어서 들어오시지요."

"거처가 불편하지는 않으신지요?"

"원 별말씀을 다 하십니다. 보살펴주시는 덕분에 편히 잘 지내고 있습니다."

"요즘 아이들 공부에 성과는 좀 보이던가요?"

"다들 잘하고 있습니다. 각기 진척은 조금씩 다릅니다만, 댁의 손자가 그중 착실히 합니다."

"그나마 듣던 중 반가운 일이군요. 그런데 오늘 긴히 좀 드 릴 말씀이 있어서 찾아뵈었습니다. 다름이 아니라 이번에 내 손자 녀석 혼처를 좀 구했으면 합니다. 지난번 셋째 놈 배필 을 잘 찾아주셔서 뭐라 감사를 드려야 할지 모르겠습니다만, 또 한 번 부탁을 드려야겠습니다. 그동안 우리 집에서는 가까 운 데서 이리저리 내자를 맞아들여 왔는데, 역시 견문이 좁아 그런지 집안일을 통 마음 놓고 맡길 처지가 못 됩니다. 그래 서 이번에는 선생님께 각별히 좀 부탁을 드려 똘똘한 규수를 하나 물색해봤으면 합니다만⋯⋯."

"그 사람 배필이라면⋯⋯ 가만히 보자. 우리 집안에 참한 아이가 하나 있기는 합니다만, 우선 그 부모의 의향을 떠봐야

겠네요."

"집안이라면 의성義城 말씀인가요?"

"그렇습니다. 허나 그 아이는 학교 교장을 지낸 자기 백부
를 따라 타지에 나가 자라기도 했는데, 지금은 의성 고향에
있습니다. 학교는 많이 안 다녔어도 워낙 총명한 아이라 제
동생들 천자문을 제 손으로 다 가르쳐냈지요. 내 일간 집에
좀 다녀올 일이 있으니 그때 가서 한번 운을 떼어보리다."

"나이는 어떻게 되는지요?"

"아마 댁의 손자와 엇비슷하지 싶습니다."

"그럼 제발 좀 성사되도록 부탁드립니다."

이때 초빙되어 가르쳤던 이우영 선생은 의성 지방에서 큰 가
문을 이루고 있던 경주 이씨 집안의 종손이었는데, 이 샌님을
꽤나 '똑똑한' 청년으로 보았던지 자기 집안에서 아끼는 규수를
성큼 중매했다. 이 선생님의 말만 듣고 혼인을 결정했던 두 당
사자는 당시 관례대로 혼례식 자리에 와서야 비로소 서로 처음
마주 보았다.

나중에 들은 이야기이지만 신부는 이때 샌님의 작은 몸집에
다 곧 쓰러질 듯 연약해 보이는 체격에 크게 실망했다고 한다.
신부 쪽에서는 먹고살 것이 있는 집안에 제법 똑똑한 청년이라
기에 그만하면 됐다고 응했던 것인데, 이런 허약 체질에 그렇
게 답답한 샌님일 줄이야 어떻게 알았겠는가? 한데 일은 거기
서 그치는 것이 아니었다. 집안에 먹을 것은 있다고 하나 남편
과 시아버지의 관계가 그리 원만하지도 않고, 시부모, 시조부

모가 층층이 계시는 데다 시삼촌, 시동생이 줄줄이 자라고 있어 신부에게는 사실 처신하기조차 무척 골치 아픈 고된 자리였던 것이다.

용고개를 넘으며 들은 이야기

당시 풍습이 그랬지만, 우리 집안의 맏아들은 본가에서 태어나는 일이 별로 없었다. 며느리의 첫 출산은 아무래도 친정에서 하는 것이 편할 것을 감안하여 출산일이 가까워오면 친정으로 보냈기 때문이다. 그래서 내 아버지도 종산 아버지 외가에서 나셨고, 나 또한 의성 내 외가에서 태어날 참이었다.

당시에 이미 우리 고향 마을 오천에서 그리 멀지 않은 곳에 기차역이 하나 생겼고, 거기서 기차를 타면 안동을 거쳐 의성읍에 가 닿을 수 있었다. (경북선 철로는 일제 말에 걷히고 말았다. 해방 후 뒤늦게 복원된 철로는 노선을 바꾸어 예천에서 영주로 연결되었기 때문에 이 역은 현재 흔적조차 없어지고 말았다.) 그러나 그리 가깝지 않은 길을 새댁 혼자 보낼 수는 없는 일. 그래서 집안의 큰 어른이던 내 종고조부가 어머니와 내 외가까지 동행하게 되었다. 오천에서 기차역이 있던 직산까지는 용고개라는 고개를 넘어야 하는 십 리 길이었다. 때는 정축년丁丑年 음력 시월 스무날. 벌써 가을걷이가 거의 끝나 들판은 텅 비었으나 늦가을 볕살은 여전히 따사로웠다.

"아이고, 다리도 아픈데 여기 좀 앉아 쉬어가세."

환갑을 눈앞에 둔 노인은 아직 기력이 펄펄했으나 용고개 언덕을 다 오르고 나자 이마에 땀을 씻으며 노랗게 색깔이 변한 길가 잔디 위에 풀썩 주저앉았다.

"저기, 저 언덕 아래 소나무로 둘러싸인 묘 하나가 보이는가?"

"……."

"저게 내 아버지 산소일세. 그러니까 자네에겐 시고조부가 되시는 어른이지. 이번에 출산할 아이에게는 5대조가 될 게고."

시고조부라면 까맣게 먼 옛날 어른일 텐데 이 어른의 아버지시라! 하기는 이 어른이 시조부님의 막냇삼촌이시니 그렇기도 하겠구나 하고 한참 막 헤아리는 참에 노인은 말을 이어 갔다.

"그런데 저 자리가 명당일세. 우리 집안이 모두 나서서 어렵게 구한 자리구먼. 거기가 특히 맏집으로 내려가는 자손들이 잘되는 자리라네. 그러니까 자네 집이 복을 입게 되는 자리지."

뜻하지 않은 이 말에 새댁은 볼을 살짝 붉히며 아랫배를 가만히 쓰다듬어보았다.

'이 안에 든 아이가 복을 입을 자리란 말인가?'

"그런데 거기 또 한 가지 재미있는 일이 있지. 그 산소 바로 아랫자리에 헛묘가 하나 있느니라."

"……."

"송장이 들지 않은 봉분 말이다. 이 자리가 어떤 자리인가 하니 거기 본인이 들어가 묻혀 있다고 생각만 해도 복이 오는 자리라. 그러니 내가 가서 '내가 거기 묻혔다' 생각하면 나한테 복이 오는 기라. 그런데 정작 죽어 그 자리에 묻히면 이번에는 그 집안이 크게 화를 입는 기라. 그러니 누구도 거기 정말 묻혀서는 안 되는 자리지. 그래서 아무도 묘를 쓰지 말라고 헛묘를 만들어놓고, 누구나 그 자리에 내가 묻혀 있거니 생각만 하게 해놓고 있느니. 언제 그 자리에 가거든 그 헛묘를 한번 유심히 보거라."

새댁이 어리둥절해하자 노인은 슬쩍 말머리를 돌렸다.

"말이 난 김에 내 이야기도 좀 하지. 내 구한말에 관가에 들어갔었제. 무관말직이기는 했어도 내가 이 집안에서 벼슬길에 들어간 마지막 사람일세. 그런데 자네 시증조모님 말일세. 내 큰 형수가 되시는데, 내게는 모친이나 다름없이 늘 대해주셨거든. 일찍이 혼자되어 아들 하나 데리고 억척같이 돈을 모은 분 아닌가. 나는 젊을 때 돈을 쓰기 좋아해서 용돈만 궁하면 늘 가서 손을 벌렸거든. 한번은 그러시더군. '아재는, 아재는, 얼마나 돈을 써야 한번 실컷 써봤다 하실라는기오?' 그 어른이 느지막해서 자네 서방을 업어 길렀느니."

기차 안에서 내내 용고개 이야기를 떠올리던 새댁은 이왕이면 아들을 낳아 그 복을 받게 했으면 하고 마음속으로 빌었다. 그 희구가 정말 효력을 나타냈는지 이듬해 정월 바라던 대로 아들을 낳았다. 범띠 해인 무인년戊寅年 정월 스무엿새(양력 1938년 2월 25일), 출산하자마자 새댁은 시간부터 물었다. 새벽 6시 15분, 동트는 시각이었다.

우와, 나도 이제 세상에 나왔다!

이렇게 해서 내가 세상 빛을 보았다. 보다시피 나는 용고개 할
아버지 5대 종손으로 태어나는 몸이었지만 우리 집안에서는 누
구 하나 기다리는 사람도, 반가워하는 사람도 없었다. 그도 그
럴 것이 근자에 들어 우리 집안 출산율이 얼마나 좋은지 할아버
지 형제, 아버지 형제 들이 주룩주룩 늘어서 있어 아들 손자가
뭐 그리 귀할 게 없었다. 아버지 형제만 해도 나보다 1년 앞서
태어난 넷째 삼촌까지 합쳐 (유아 사망은 제외하고도) 이미 4남 2녀나
되었고, 또 한 분은 2년 후에 태어나려고 대기하고 있었다. 말하
자면 앞차 손님들도 아직 덜 내렸는데, 뒤차 손님이 먼저 내리
려 하니 반가워할 리 있겠는가? 그래도 외가에서는 귀한 자식
태어났다고 좋아하며 전보로 알렸지만 답장조차 없었다.

음력 삼월 조이튿날, 한 달여 젖을 먹고 난 나는 드디어 고향
집으로 돌아왔다. 그런데 환영 방식부터 도무지 생뚱맞았다. 밖
에서 낳은 아이는 집으로 바로 들여보내면 안 된다고 하여 외양
간을 거쳐 여물통을 넘어 겨우 안채에 들어선 것이다. 아버지도
집에 계시지 않았다. 그동안 서울로 공부하러 간다면서 도망치
듯 사라졌던 것이다.

당연히 출생신고도 되어 있지 않았다. 어머니는 몇 달 기다리
다가 결국 할아버지를 찾아갔다.

"아버님."
"무슨 일이고?"

"아이 출생신고를 해야 하는데요."

"그러냐? 이름은 내 알고, 생일이나 적어 다고."

잠시 후 집에서 약 200미터 거리에 있는 면사무소 호적계.

"이름하고 생일을 대이소."

"베풀 장張 자, 인간 세世 자, 기이할 기奇 자."

"기이할 기奇요? 이름이 좀 별나이더."

"아이 이름 좀 별나면 어떻노? 좀 기이해지라고 그렇게 지었지 않나."

"생일을 대이소."

"음력 정월 스무엿새면, 양력으로 언제고?"

"어른, 그거 벌금 내야 되니더."

"벌금은 왜?"

"신고 날짜가 지나도 한참 지났는 기라예."

"그럼 어쩌면 좋노?"

"걱정 마이소. 벌금 안 나오게 해드림시더. 보자, 5월 14일이면 되니더."

이렇게 해서 내 이름과 생일 모두 엉뚱하게 호적에 기재되었다. 나중에 안 일이지만 인간 세世 자는 내 항렬자가 아니라 하나 위 세대의 항렬자였다. 오랫동안 항렬자를 써오지 않다가 기껏 찾아 쓴다는 것이 그만 한 계단을 잘못 계산하여 한 세대씩 높은 항렬자를 붙여온 것이다. 말하자면 단추 하나를 잘못 꿰어

46

줄줄이 틀렸던 것인데, 이 얼마나 큰 집안 망신이냐! 부랴부랴 뜯어고쳐 현재 내 이름을 쓰게 되었지만 호적 개명 절차는 그리 간단한 것이 아니어서 한동안 속을 썩였다. 여기에 대해서는 뒤에서 다시 말한다.

생일이 잘못된 것은 우리 세대에는 아주 흔한 일이다. 모두 비슷한 이유 때문일 텐데, 당하는 사람으로서는 여간 불유쾌한 일이 아니다. 이따금 가짜 생일에 생일 축하 카드를 받는 것은 그런대로 웃어넘길 일이지만 초등학교 입학이 이 때문에 1년 늦어졌고, 생일에 관계된 숫자(현재의 주민등록번호를 포함해)를 적어야 하는 일이 아마도 수만 번에 이를 텐데, 그때마다 속으로 '이건 가짠데……' 하는 약간의 죄책감을 느끼는 것까지 고려한다면 이 적은 벌금을 피한 대가를 호되게 치르는 셈이다.

옛날에는 수많은 미신이 있었지만, 그 가운데 하나가 갓 태어난 아이를 너무 소중히 여겨서는 안 된다는 것이다. 유아사망률이 높던 시기에 애지중지하다 잃으면 마치 애지중지한 것이 원인이 되어 그렇지 않았나 생각했던 것이다. 그래서 집에서 부르는 이름에 개똥이, 쇠똥이도 흔했다. 그렇게 내버린 듯 두었다가도 살아나면 천하게 내팽개쳐둔 것이 효험이 있었다고 믿었다. 내 경우에는 특별히 천한 이름을 붙여서 살려야 할 이유조차 없었다. 쌓이고 쌓인 게 아이들이었던 만큼 그저 병 없이 자라나면 다행이고, 그렇지 않으면 또 낳으면 되고…….

하지만 태어난 사람으로서야 어디 그런가? 세상에 내 생명처럼 소중한 게 어디 있나? 그래서 관계되는 모든 분에게 우선 내가 이렇게 세상에 나온 것에 감사드린다. 그리고 당시 상황이야 어찌 되었건 내가 이렇게나마 세상에 나왔다는 게 얼마나 신 나는 일이냐! 이제 넓은 세상과 한번 멋지게 부딪쳐볼 일이다.

그러고 보니 상 할아버지한테 신고부터 드려야겠군.

"할아버지, 나 이제 태어났어요."

"그래, 축하한다. 그런데 세상에 나온 기분이 어떠냐?"

"도무지 어수선하네요."

"저런, 안됐구나. 그래 살아갈 궁리나 좀 해봤느냐?"

"학문을 좀 해볼까 하는데 어떨지?"

"듣던 중 반가운 소리다. 그래, 잘해나갈 것 같으냐?"

"아무래도 번지수를 잘못 찾아온 것 같아요."

"그게 무슨 소리냐?"

"도무지 학문 냄새하고는 거리가 먼 동네예요."

"짐작이 간다. 내가 더 잘 타일렀어야 하는데 그렇게 되고 말았구나. 너무 상심하지 말고 잘해보아라. 삼씨도 삼밭에 떨어지면 인삼이 되지만 더 척박한 산에 떨어지면 산삼이 된다는 거 명심해두어라."

"고맙습니다. 할아버지, 때때로 어려울 때 좋은 말씀 주세요."

"내 집 아래 빈방 하나 있는 거 아느냐?"

"그 헛묘 말이지요. 내가 태어나기 전에 어머니와 종고조 부가 하는 얘기를 슬쩍 엿들어 알고 있어요."

"그 녀석 약삭빠르기도 하구나. 거기는 와서 눌어붙으면 안 되지만 잠시 와서 나하고 이야기를 나누면 복을 받는 데다. 틈나는 대로 자주 찾아오너라."

"네, 할아버지. 자주 찾아뵐게요."

나 기차 타고 멀리 가요

앞서 이야기한 것처럼 내 증조부는 새로 맞아들인 손자며느리(내 어머니)에 대해 내심 큰 기대를 걸고 있었다. 억척같았던 자기 어머니(내 고조할머니) 이후 이 집안에서 맞아들인 여인네들이 모두 별로 그의 눈에 차지 않았다. 내자(내 증조할머니)나 맏며느리(내 할머니)가 모두 큰살림을 다룰 만한 자질이 되지 못한다고 보았다. 그간 자기 어머니와 자기가 집안을 크게 일으키기는 했으나 그 후 집의 안주인 될 사람들이 이를 잘 다듬어나가야 하는데, 부인인 내 증조모는 이런 점에서 전혀 감각이 없는 분이었고, 맏며느리인 내 할머니는 처음부터 바느질 잘하는 사람으로 골라 데려온 것까지는 좋았는데 도무지 들어앉아 바느질하는 것밖에는 모르는 사람이었으니 답답한 노릇이었다.

결국 손부라도 좀 똑똑한 사람을 들여 집안 살림을 맡겨야 한다는 생각이 들었다. 손자 자신이야 처음부터 샌님이라 책이나 좋아한다고 하지만 이미 규모가 잡힌 살림인 만큼 손부만이라도 똑똑하면 그런대로 유지해갈 수 있으리라 생각한 것이다.

그런데 첫인상으로도 일단 합격점을 줄 만했다. 언행이 바른 데다 사태 파악도 빠르고 손놀림도 정교했다. 이전의 규수들과 달리 학교교육도 조금 받았고 가내 예의범절에도 나무랄 데가 별로 없었다. 그만하면 큰 집안의 종부 감으로 괜찮은 듯했다.

그런데 뜻하지 않았던 일이 생겼다. 결국 샌님 손자는 견디다 못해 도망치다시피 서울로 가 6개월간 측량 기술을 배우고 오더니 곧바로 만주로 가서 취직했는데, 이번에는 처자를 보내달라는 소식을 보내왔다. 아들 손자가 잠깐씩 나가 공부하고 돌아오는 일은 있었지만 나가 살면서 처자까지 보내달라는 것은 처음이었다. 더구나 이제 겨우 좀 기대를 가지고 쓸 만한 안주인을 들여앉히나 했는데, 이게 말이나 되는 일인가? 당연히 안 된다는 통보가 갔다.

그런데 내 아버지 뒤에는 내 어머니의 큰아버지, 그러니까 샌님의 처백부가 계셨다. 내게 큰외할아버지 되는 이분은 일찍이 학교 교장을 지내고 당시 학식과 경륜으로 주변의 우러름을 받고 있던 터였다. 이분은 그간의 여러 사정으로 내 어머니를 마치 자기 딸처럼 여기고 있었는데, 당시 만주에 자리를 잡고 있으면서 아버지에게도 임시 은신처를 제공하고 있었다.

이 어른이 우리 집 사정을 앞뒤로 대강 파악하고 난 후 직접 편지를 보냈다. 젊은 사람을 장기간 객지에 홀로 내버려두면 안 되니 빨리 처자를 보내라는 것이었다. 아랫사람들에게야 호랑이 같은 분들이었지만 사가査家의 지체 높은 어른이 하는 청을 함부로 거절하기는 어려웠다. 집안에서는 결국 승인했고, 나와 어머니는 고향을 떠나 이국땅 북만주를 향한 머나먼 여행길에 나서게 되었다.

이것이 1939년 여름, 그러니까 내가 세상에 태어난 후 1년 반쯤 지난 시기이다.

어머니 등에 업힌 나야 물론 이 여행이 즐거운지 괴로운지 알 길이 없었다. 그런데 나는 이 여행길에서 하마터면 어머니와 함께 아예 저세상으로 영영 떠날 뻔한 사건을 겪었다. 내 어머니가 초등교육은 좀 받았지만 물리학 지식은 영에 가깝지 않은가? 기차가 속력을 줄여 홈에 천천히 접근하고 있는데, 나를 업고 있던 어머니가 기차 출입구에서 내려다보니 플랫폼 바닥이 이미 보였고 땅에 내려서기만 하면 곧바로 걸어 나갈 수 있을 것만 같았다. 기차는 아직 움직이고 있었지만 마음이 급한 젊은 여인은 나를 업은 채 플랫폼 바닥에 내려서고 말았다.

관성에 의해 몸은 여전히 기차와 함께 가는데 발은 땅을 디뎠으니 어떻게 되겠는가? 어머니와 나는 옆으로 굴러떨어졌고, 이 광경을 보던 주위의 사람들이 모두 모여들어 일으켜 세웠다. 다행히 다친 데는 없었다. 어머니는 이때부터 움직이는 기차는 사람을 빨아 당긴다고 믿었다. 사람들이 때마침 우리 모자母子를 끌어내지 않았으면 기차 밑으로 빨려 들어갔을 거라고 했다. 나도 그렇게 믿었다. 물리학을 제대로 공부하기 전까지는.

"상 할아버지, 나 기차 타고 멀리 가요."
"가더라도 고향을 잊지는 마라."
"네, 할아버지. 그런데 이번에 죽을 뻔했어요. 용고개 가호加護가 혹시 우리를 도와주셨나요?"
"이놈, 헛소리하지 말고 앞으로 자연의 이치나 잘 배울 생각을 해라."
"네. 알았어요, 할아버지. 그럼, 안녕."

떠오르는 몇 가지 생각

아버지 등 뒤에 감추어둔 비장의 무기

어려서 내게 제일 무서운 사람은 어머니였다. 아버지와 어머니 그리고 나, 이렇게 셋이 사는데(내 바로 아래 두 동생은 일찍 죽었다) 아버지가 출근하고 나면 어머니와 나 단둘이만 남는다. 이때 어머니가 매를 들었다 하면 나는 옴짝달싹 못하고 당하는 것이다. 그렇게 몇 번을 맞았는지 기억은 없지만 이러한 경험은 한두 번으로 족하다. 한두 번 이렇게 혼나고 나면 그다음부터는 벌벌 떨게 된다. 어머니는 좀 심하다 할 정도로 엄했다. 이건 내 또래 다른 아이들의 어머니와 비교해보면 금방 알 수 있다. 어린아이일수록 이런 비교는 귀신같이 해내지 않는가? 나에게는 '엄마'라고 불러본 기억이 없다. 언젠가 "어머니라고 불러!" 하는 말이 있고 난 이후 반드시 '어머니'이지 다른 호칭이 없다. (그래도 내 동생들에게는 훨씬 너그러워서 그 아이들은 대부분 아주 늦게까지 '엄마'라고 불렀다.)

반대로 아버지는 내게 무척 관대했다. 한번은 어머니가 없는 기회를 틈타 아버지가 내 귀에 대고 살짝 물었다. "엄마가 나 없을 때 가끔 때리지?" 나는 감히 대답을 못 하고 고개만 조금 까딱했다. "다음부터 그러면 나한테 일러. 내가 혼내줄 테니까."

우와, 살았다. 이제 어머니가 꼼짝 못할 비장의 무기가 생긴 것이다. 내가 아무리 어리지만(사실은 어렸기에 더욱) 아버지, 어머니중에 누가 더 높다는 것까지 벌써부터 간파해놓고 있던 터였는데, 아버지가 내편이 되었고, 그것도 어머니 몰래 살짝 비밀결사를 해놓았으니 이제는 겁날 게 없는 것이다. ……어머니가 이제 나를 때렸단 봐라. 아버지한테 지독하게 혼날 거다……. 이얼마나 흐뭇한 생각이냐!

그런데 딱 한 가지 걸리는 게 있었다. 아버지가 마음이 변해서 이 약속을 안 지키면 어떻게 하나? 그래서 아버지를 내 동맹으로 확실하게 묶어놓을 필요가 있었다. 아버지를 깜짝 놀라게할 무슨 재미있는 이야기가 없을까? 생각 끝에 좋은 이야기를하나 고안해냈다. "아버지, 저, 있잖아요. 남자가 어린애를 낳았대요." 깜짝 놀랄 줄 알았던 아버지가 아무 놀라는 기색도 없이그저 눈만 껌벅껌벅하고 계셨다. 아, 별로 효과가 없구나. 그렇지만 아버지는 아직도 나와 한 약속을 잊지 않았겠지?

그 후 나는 오랫동안 이 비장의 무기를 써먹을 기회가 없었고, 따라서 아버지의 약속 이행 여부도 확인할 수 없었다. 그저이렇게 아버지 등 뒤에 비장의 무기 하나 감추어둔 것으로 든든했고, 어머니도 한결 덜 무서웠다. 어느 날 아버지, 어머니 그리고 나 이렇게 셋이 저녁을 함께 먹고 있었다. 그런데 내가 먹으려던 반찬 한 가지가 뚝딱 없어져버리지 않았나? 나는 더 달라고 떼를 썼다. 오늘은 없으니 다음에 더 해준다고 했지만 나는 막무가내였다. 지금 만들어내라는 것이었다. 아버지가 옆에계시니 든든했다. 아마 아버지가 더 만들어 오라고 명령하시리

라. 그런데 사태는 반대였다. 아무 말도 안 하시던 아버지가 훌쩍 일어나시더니 나를 안아 문밖으로 밀쳐내고는 문을 닫아걸었다. 나는 절망이라는 것을 이때 처음 경험했다. 이제 나는 어떻게 하나? 밖은 춥고 어두웠다. 한참 동안 문을 두드렸던 것 외에 그날 어떻게 내가 다시 집으로 들어가게 되었는지 생각이 나지 않는다.

내 기억에 아버지가 내게 벌을 주거나 꾸지람을 한 것은 이게 처음이고 마지막이었다. 나 또한 아버지만 믿고 어머니에게 무조건 떼쓰는 행태를 더는 보이지 않았다. 그러고는 훨씬 뒤에야 서서히 아하, 이분들이 그동안 고도의 역할 분담을 했구나, 규율은 세워야 하는데 그렇다고 너무 겁만 주어도 안 되겠기에 각각 한 가지씩 역을 맡아서 수행해왔구나 하는 것을 알아차리게 되었다. 물론 이분들이 실제 시나리오를 짜고 한 것은 아닐 것이다. 사실 자기들은 자기들대로 자연스럽게 행동한 것이 결국은 기막힌 역할 분담으로 낙착되었다고 보는 것이 옳을 터이다. 이게 바로 삶의 예술 아니겠는가! 시나리오 없는 삶이 때로는 시나리오 이상의 예술이 되는 것.

이런 일은 특히 내 교육과 관련하여 주효했다. 이분들은 대단한 교육자이거나 교육을 위한 대단한 포부를 가졌던 것도 아니고 어쩌면 자신들이 지닌 천성대로 혹은 습관대로 사셨을 텐데 이게 내게는 대단히 좋은 교육적 효과를 가져다주었다.

그러나 한 가지, 아버지가 내게 유별나게 관대하셨던 점에는 약간의 설명이 필요하다. 나와 아버지의 이런 관계는 아버지와 할아버지 사이 그리고 할아버지와 증조할아버지 사이에서는 상상도 하지 못할 일이다. 그런데 이러한 관계가 형성된 데는 오히려 아버지와 할아버지의 이상한 관계가 크게 영향을 미쳤다. 언젠가 어머니에게 들은 이야기이지만 아버지는 자기 아버지가 너무 무섭게 키웠기 때문에 자기는 자식들에게 절대로 그렇게 대하지 않겠다고 결심했다는 것이다. 말하자면 할아버지가 아버지에게 '해서는 안 될 일'이 무엇인지를 자기 행동을 통해 거꾸로 가르쳐주신 셈이다. 이러한 점에서 할아버지 또한 자기 나름으로 (나를 위한) 긍정적 역할을 한 것이다. 결과적으로 나는 아버지에게 무엇이든지 묻고 의논할 수 있는 친구 같은 처지에 놓이게 되었는데, 뒤에 말하겠지만 이것은 나의 지적·정서적 성장에 매우 큰 도움을 주었다.

나는 아버지를 가장 가까운 친구로뿐만 아니라 경쟁 상대로도 생각했다. 내 일차적 목표는 아버지를 따라잡는 것이고 그다음은 아버지를 넘어서는 것이었다. 그런데 다른 경쟁 상대와는 달리 아버지는 (나에게) 져주면서 즐겼고 나는 (아버지를) 이기면서 즐겼다. 나는 아버지를 단순한 경쟁 상대로 보았지만 아버지는 오히려 나를 자기의 일부로 보고, '스스로 넘어설 수 없었던 자신의 한계'를 나를 통해 넘어선다는 생각을 했던 것 같다. 그러니 나는 아버지를 넘어서서 즐거웠고, 아버지는 나를 통해 역시 '자신의 한계'를 넘어서서 즐거웠다. 이것이야말로 기막힌 원원 게임에 해당하는 것이 아닌가?

재미있는 착각

만주에서 나는 곧 주변 사람들의 귀염둥이가 되었다. 아버지 친구들은 거의 대부분 멀리 집을 떠나온 미혼의 외톨이들이어서 기회만 있으면 우리 집에 몰려들었고, 특히 내 재롱을 보며 즐거워했다. 나는 물론 그 당시 일을 거의 기억할 수 없다. 그런데 나중에 어른들 말을 들어 알게 된 내 행동 하나를 소개하면 이렇다. 한창 말을 배우던 서너 살 무렵 나는 누가 시계를 보면서 "여섯 시 반"이라고 말하는 것을 들었나 보다. 그러고는 생각했을 것이다. '옳거니, 저 물건 이름이 '여섯 시 반'이로구나.' 그래서 나는 시계만 보면 "여섯 시 반"이라고 했다. 이 사실을 알아차린 아버지 친구 임 아무개 씨는 저녁 6시 반쯤이 되어 내 주위에 여러 사람이 모이기만 하면 으레 시계를 가리키며 내게 물었다.

"세기야, 세기야, 지금 몇 시니?"

내가 시계를 힐끔 쳐다본 후 "여섯 시 반!"이라고 대답하면 그분은 부러 크게 놀라는 척하며 주위 사람들에게 능청을 떨었다.

"이것 봐, 이 꼬마가 글쎄 벌써 시계를 볼 줄 알잖아!"

내막을 모르는 주위 사람들은 정말로 놀라 입을 벌리고 감탄했다.

이미 말한 대로 나는 이 장난에 대해 아무런 기억이 없다. 그렇지만 지금 생각하기에 나 자신은 정말 내가 대단한 일을 해서 사람들이 놀란다고 생각했을 것이다. 한편으로 사람들이 무엇 때문에 놀라는지를 더 알고 싶었을 것이고, 다른 한편으로 내가 무엇인가 남들이 모두 놀라워하는 재능을 가지고 있구나 하는 자신감을 갖게 되었을 것이다. 이 두 가지는 사람의 지적 성장에 매우 중요한 요소인데, 이런 점에서 이 장난은 분명 내 지적 성장에 큰 도움을 주었을 것이다. 그러나 시일이 지나면서 이것이 곧 자기의 인식적 과오에서 온 것이었다는 사실을 알고 착오를 수정하는 좋은 경험이 되었을 것이고, 아울러 이것은 대상에 대해 단순한 이름뿐 아니라 '읽어내야 할 내용'이 있음을 알게 하는 소중한 계기가 되었을 것이다.

내가 겪은 다른 경험은 1942년 가을 만주 연길에서 예천 고향까지 기차를 타고 다녀온 일이다. 작은아버지 혼례식이 있어서 아버지, 어머니 그리고 내가 함께 갔는데, 그때 내 나이는 정확히 네 돌하고도 반년이 조금 넘었다. 당시 기억은 어렴풋하나마 지금도 단편적으로 떠오른다. 내가 가장 즐겼던 일은 기차의 창가에 앉아 지나가는 경치를 내다보는 것이었다. 세 살 버릇 여든까지 간다고 하지 않는가! 그 무렵 내가 이것을 얼마나 즐겼던지 나는 지금도 기차를 탈 때 창가 자리를 몹시 선호한다.

이때 일렬로 서 있는 전신주나 나무들이 뒤로 씽씽 달려가는 모습이 내 머리에 인상 깊게 박혔다.

"어, 전신주들이 뒤로 막 달려가네!"

이것 또한 유쾌한 착각이다. 이것이 바로 상대속도의 문제라고 알게 되기까지는 오랜 세월이 필요했지만 눈에 보이는 것이 사물의 본성이 아니라는 것을 깨닫게 하는 매우 유익한 체험이었다고 할 수 있다.

이러한 일들이야 누구나 겪는 흔한 경험일 테고 나만이 겪은 아주 독특한 경험이 하나 있다. 이것이야말로 내가 오랫동안 달에 사람이 산다고 믿게 된 계기였다. 만주에서는 난방 연료로 주로 석탄을 사용했다. 우리 집에도 석탄을 저장하는 나지막한 창고가 있었는데, 이를 우리는 '석탄 광'이라고 불렀다. 어느 날 저녁 무렵, 나는 석탄 광 위에 서서 하늘에 떠오른 둥근 달을 쳐다보고 있었다. 그런데 놀랍게도 그 달 위로 군인들이 지나가고 있지 않은가! 어떤 사람은 말을 타고 지나가고 어떤 사람은 칼을 뽑아들고 지나갔다. 한참 동안 수십 명이 지나가고 나서야 군인들의 행렬이 끝났고, 나는 무심코 집으로 들어왔다.

그때 그 장면이 너무도 생생하여 60여 년이 지난 지금도 눈앞에 그대로 어른거린다. 이것이 아마 내가 어려서 본 것들 가운데 가장 오랫동안 선명하게 남아 있는 장면일 것이다. 이 사건을 이야기하면서 나는 늘 달에 사람이 있으며 내 눈으로 똑똑히 보았다고 주장했다. 처음에는 아무도 믿지 않았지만 내가 너무도 집요하게 주장하니 몇 년 후 아버지가 결국 이 상황에 대한 해석을 내놓으셨다. 그때 달이 막 떠오르면서 산기슭에 걸쳐 있었는데, 마침 그 산기슭으로 행진하던 군인들의 실루엣이 달을 배경으로 보였으리라는 것이다. 아마도 맞는 해석일 것이다. 당시 만주 지역에는 일본 군인들이 주둔해 있었고, 이들이 이러한 형태로 훈련을 받고 있었다.

그러나 그때 정황을 가만히 돌이켜보면 당시 내 언동이 얼마나 황당했을까 짐작이 간다. 어느 날 다섯 살짜리 꼬마가 어른들 앞에 나타나더니 느닷없이 한다는 소리가 "달에 사람이 산다"는 것이다. 누구한테 들은 이야기도 아니고, 자기가 상상해서 꾸민 이야기도 아니고, 제 '눈으로 직접' 보았단다.

　"그래, 그 사람들이 어떻게 생겼던?"
　"칼도 들고 가고 말도 타고 가요."
　"그래, 몇 명이나 되던?"
　"열 명도 넘어요."

　"쟤 혹시 정신이 이상한 것 아니야? 쟤가 왜 저런 헛소리를 하지?" 이게 아마 어른들의 생각이었을 것이다. 그러나 나로서는 진지해질 수밖에 없었다. 내 눈으로 직접 보았으니까!
　이렇게 해서 다섯 살짜리 꼬마 자연학자의 (달에 사람이 산다는) 엄청난 새 '학설'이 탄생한 것이다. 남들이야 어떻게 생각하든 나는 이 '사실'을 품에 안고 이것을 나 스스로 소화하며 살아가야 했다. 내 눈으로 본 이 엄연한 사실을 스스로 철회하기까지 (아버지의 이 설명이 나에게 납득되기까지) 적어도 오륙 년은 걸렸던 것으로 생각된다. 돌이켜보면 이것이 내 생애의 한 전조였는지도 모른다. 끝없는 의문과 이해의 과정으로 점철된 내 생애를 나는 이렇게 어처구니없는 한 '학설'을 제기하는 것으로 시작했다.

동굴에서 책 읽던 소년

내가 자랄 무렵에는 어린아이들이 누릴 수 있는 가장 큰 즐거움이 어른들에게 옛날이야기를 듣는 것이었다. 텔레비전도 라디오도 없던 그 시절, 아직 책 읽을 나이도 되지 않은 아이들에게 이것밖에 또 무엇이 막 피어오르는 지적 호기심을 달랠 수 있었겠는가? 고향에서라면 수많은 친척·친구들에 둘러싸여 뛰놀았겠지만 멀리 만주에서 자라나던 나는 어쩌다가 옆집 친구 아이 만나는 것이 고작이었다. 만난다고 해야 서로 할 수 있는 이야기가 뻔했다.

이럴 때 우리 집에 가끔 들르는 둘째 외삼촌이 그렇게 반가울 수 없었다. 나도 그분을 좋아했지만 그분도 나와 어머니를 좋아했는지 우리 집에 자주 드나들었다. 위로 아무 형제도 없고 또 고향을 떠나 작은 도시에서 외톨이로 자라던 나는 사람들이 찾아오면 무조건 대환영했다. 더구나 이 아저씨는 나이도 젊어 만만한 데다가 요리조리 재주가 많아 그림도 잘 그렸고, 내가 모르는 것도 많이 알아 적어도 내게는 지식의 보물창고 정도로 비쳤다. 당연히 나는 이 아저씨에게 옛날얘기를 해달라고 졸라댔다. 그런데 이분은 태어날 때 이야기보따리는 따로 두고 나왔는지 좀처럼 옛날얘기를 해주려 하지 않았다.

그러던 어느 날 드디어 얘기를 해주겠다는 약속을 받아냈다.

"옛날에, 옛날에, 아주 오래된 옛날에 너만 한 아이가 하나 살았지."

나는 벌써 속으로 '이~' 하고 실망의 소리를 내뿜고 있었다. 어른들은 으레 할 이야기가 마땅치 않으면 나를 빗대어 이야기를 꾸며내곤 했기 때문이다.

"에이, 그런 거 말고 진짜 얘기해줘요."

"이거 진짜 얘기야. 잘 들어봐. 이 아이가 누구하고 단짝이었는지 알아?"

"누구하고?

"여우하고 단짝이었단 말이야, 여우하고."

"어! 여우하고?" 내 호기심이 갑자기 곤두섰다.

"그런데 말이야, 어느 날 이 여우하고 놀면서 산속으로 깊이 깊이 들어갔지. 가다가 그만 길을 잃어버려 한참을 헤맸는데, 저쪽에서 하얀 도복을 입고 긴 지팡이를 짚은 도인 한 분이 나타난 거야."

'흥미 만점. 이야기는 그래야 돼.' 나는 속으로 쾌재를 불렀다.

"그런데 이 도인이 책을 한 권 주는 거야. 그러면서 '이 책만 다 읽으면 도에 통달하게 된다'라고 하는 거야."

"도? 도가 뭐예요?"

"아하, 너 도가 뭔지 모르는구나. 도에 통달하게 되면 세상에 모르는 것이 없고, 세상에 못하는 것도 없지."

"우와!"

"그런데 조건이 하나 있다는 거야."

"뭔데요?"

"이 책은 아무 데서나 읽는 것이 아니라 반드시 저 동굴에 들어가 읽어야 한다고 하면서 손가락으로 저쪽을 가리키더란 말이야. 그래서 보니까 정말 시커먼 동굴이 하나 뚫려 있는 거야. 그리고 하는 말이, 만일 저 안에 들어가 이 책을 다 읽지 못하고 나오면 읽은 것이 전부 무효가 된다는 거야. 그러니까 마지막 장까지, 마지막 글자까지 몽땅 다 읽고 나와야 한다는 거야."

이야기가 점점 더 흥미를 돋우어갔다. 무엇보다도 내가 그때까지 들었던 흔해빠진 이야기가 아니라 진짜로 새 이야기였다. 나는 다그쳤다.

"그래서 어떻게 됐어요?"

"너라면 어떻게 했겠니?"

"받아서 읽지요."

"맞아! 이 아이도 고맙다고 책을 받았지. 그러고는 굴에 들어가 읽기 시작했어. 몇 날을 두고 읽고 있는데 여우가 밖에 와서 자꾸 나와서 놀자고 조르는 거야. 처음에는 물론 꿈쩍도 안 했지. 계속 읽고 있는데 여우가 자꾸 와서 나와라, 나와라 하면서 조르고 또 조르는 거야. 그래도 참고 읽고 있는데 점점 나가 놀고 싶어서 못 견디겠는 거야. 그래도 꾹 참고 읽어서 이제 딱 마지막 한 장이 남았어. 그런데 밖에서 여우가 어떻게 불러대는지 이제는 정말 더 참지 못하겠는 거야."

"그래서요?"

"그래서 그만 책을 던져놓고 나와버렸지."

"아이고 저런!" 나는 여간 섭섭하지 않았다. 도저히 여기까지 듣고 그냥 물러날 수는 없었다. 나는 다시 질문 공세를 폈다.

"그 아이가 그 책을 마저 다 읽고 나왔으면 어떻게 됐을까요?"

"그랬으면 세상이 달라졌지. 세상에 어려운 일도 없고, 배고픈 것도 없고……."

"나쁜 사람도 없고?"

"그렇지, 나쁜 사람도 없고……."

아, 이 얼마나 원통한 일인가! 나라도 이야기 속에 뛰어들어가 그 소년 대신 책을 다 읽어버리고 싶었다. 내가 그 소년이었다면 나는 그렇게 쉽게 포기하지 않았을 텐데…… 내가 만일 그 소년이었다면 그 책을 다 읽었을 거고, 그래서 도에 통달할 수 있었을 텐데…….

나는 물론 그때 '도'가 무엇을 의미하는지 잘 몰랐다. 막연히 그저 좋은 일이면 무엇이든지 다 할 수 있는 신비로운 그 어떤 능력이리라고 상상했다. 만일 그러한 능력을 갖는다면 이 세상의 '나쁜' 사람들을 모두 쳐부수고 아주 좋은 세상을 만들어낼 수 있었을 텐데 정말 안타까운 일이 아닐 수 없었다.

이 이야기는 그 후 지금까지도 내 뇌리에서 떠나는 일이 없다. 이 이야기를 듣고 난 후 내가 바로 그 소년이라는 생각에 사로잡히곤 했다. 내가 지금 그 소년이 되어 도사에게 받은 그 책을 읽고 있다는 착각에 빠지는 것이다. 어쩌면 내 생애 전체가 이 동화의 재현이었는지도 모른다. 내가 성장해감에 따라 동화 속의 '도'는 처음에 내가 환상적으로 생각했던 신비한 '도술'이 아니라 점점 더 '진리', '구원', '지혜', '해탈'이라 불릴 그 어떤 것으로 바뀌어갔다. 그러면서 도인에게 얻었다고 생각하는 이 책 또한 시기마다 크게 달라졌다. 나는 한때 물리학을 이 책이라고 생각하고 바로 이 책을 읽는 심정으로 물리학 공부를 한 일이 있다. 그러고는 다시 철학을 그리고 종교를 이 책이라고 생각하기도 했다. 그러나 지금은 어떤 지정된 학문이나 문화의 형태라기보다는 더 높은 그리하여 좀처럼 내 손이 직접 닿지 않는 그 어떤 사유의 영역이 아닌가 생각해본다.

그러면서 지금도 나는 이 책의 마지막 장에 이르지 못하고 있음을 안다. 정말 동굴 밖에서는 친구들이 이제 제발 그 부질없는 책에 더는 매달리지 말고 뛰쳐나오라고 소리를 지르는 것 같기도 하다. 그러나 나는 이 영역에서 좀처럼 벗어날 수 없다. 자꾸 그 이야기의 소년이 머리에 떠오르기 때문이다. 그리고 이것을 마지막까지 읽어내는 것만이 이 이야기를 들려준 그리고 자신의 생애를 불시에 비극적으로 마감해버린 그분의 나머지 삶을 내가 대신 이어가는 길이라는 생각을 가끔 한다. (이 아저씨는 아깝게도 6·25 전란 중에 희생되고 말았다. 스물다섯을 갓 넘긴 짧은 생애였다. 지금 이분이 살다가 간 흔적은 그 어느 곳에도 남아 있지 않다. 오직 내 뇌리에 담긴 기억 몇 토막이 전부이다. 엄격히 이야기하면 연로하신 어머니의 기억 속에는 어쩌면 더 많은 내용이 담겨 있었을지 모른다. 그러나 반세기가 흐르도록 그 기억의 문은 한 번도 열린 일이 없었다. 아마도 무덤에 이르시도록 그것을 결코 건드리려고 하지 않으셨을 것이다. 나 또한 그 문을 건드려 불필요한 아픔을 더해드릴 용기는 없었다.)

『초생달』의 추억

한글을 제법 읽게 되었을 무렵 나는 아버지에게 책을 사달라고 자주 졸랐다. 며칠을 내게 시달리시던 아버지는 드디어 내 손목을 이끌고 서점으로 가셨다. 이때 내게 책이라면 의당 만화를 의미했다. 그런데 의외롭게도 아버지는 만화 쪽으로는 눈도 돌리지 않고 밋밋하기 그지없는 책 한 권을 고르셨다. 그 표지에는 궁체 붓글씨로 '초생달'이라 적혀 있었다. '이~, 그림 한 장

없지 않아.' 마음속 깊이 실망했으나 그렇다고 무작정 불만을 털어놓을 수도 없었다. 나는 오직 항변조의 질문 한마디 던지는 것으로 불만을 대신했다.

"왜 하필 이 책을 사요?"

대답은 너무도 간단했다.

"이게 좋은 책이야."

이것이 내가 윤석중의 동요집 『초생달』과 맺은 첫 인연이다. 모든 좋은 친구가 그렇듯 『초생달』의 첫인상은 무척 덤덤했지만 나는 점차 이것과 가까운 사이가 되었다. 정말 신기하게도 이 친구는 아무한테나 말을 잘 걸었다. 바람과 구름 그리고 하늘에 떠 있는 반달과도 이야기했다. 그리고 때로는 저들의 딱한 사정을 보듬어주기도 했다. 말하자면 이런 것이었다.

말아, 서서 자는 말아

……

다리도 안 아프냐?

……

누워서 자렴.

그 후 오랜 시간이 흘렀다. 이 사이 내게는 수많은 변화와 시련이 있었다. 잦은 이사와 전란을 겪으면서 이 '친구'가 언제 어떻게 사라졌는지 기억조차 하지 못한다. 어쩌다가 나는 '말아. 서서 자는 말아'라든가 '석수장이 아들을 보고' 같은 동요 제목과 산발적으로 떠오르는 구절을 기억할 뿐이다. 당연히 이 책의 표지는 모습조차 떠오르지 않았고 구태여 떠올릴 이유도 없었다.

그러다가 어느 해인가, 내게 배달된 잡지《출판저널》의 표지를 무심코 들여다보다가 깜짝 놀랐다. 거기에 『초생달』의 옛 표지 사진이 다른 몇몇 옛 책들의 표지 사진과 함께 담겨 있지 않은가? 사연인즉, 당시 영월에 '영월책박물관'이 새로 문을 열었다는 것이다. 그래서 이곳을 소개하는 기사와 함께 이곳에 전시된 책 몇 권의 사진을 그 표지에 실었는데, 그중 한 권이 바로 내가 가져본 첫 번째 책 『초생달』이었던 것이다.

이것을 보면서 나는 어린 시절의 친구를 다시 만난 듯 반가움과 함께 가느다란 설렘까지 느끼게 되었다. 소박하다 못해 투박하기까지 한 그 장정이 여전히 정겨웠고 지나간 기억을 아련히 떠오르게 했다. 그때 만사 제쳐놓고 영월로 달려가 그동안 잊고 지내던 「서서 자는 말」의 몇몇 나머지 구절을 확인하고 싶었다. 그리고 그때 읊조렸던 나머지 동요들을 다시 읽는다면 아마도 그 시절의 마음으로 되돌아가지 않을까 하는 막연한 생각까지 들었다. 아니 '영월책박물관'에 있다는 그 책이 혹시 내가 보던 그 책은 아닐까? 혹시 책의 뒤표지에 서툰 글씨로 쓴 내 옛 이름 석 자가 적혀 있지나 않을까?

하지만 이럴 때일수록 마음을 가라앉히고 조용히 생각을 가다듬어야 하는 법. 나는 다시 생각해보았다. 내 진정한 친구 『초생달』은 지금 어디에 있는가? 그는 이미 내 기억에 담겨 있지 않다. 더구나 저 박물관의 유해 속에도 들어 있지 않다. 그는 이미 내 마음속에 녹아들어 내 마음의 한 부분이 되어 있다. 그는 내 마음의 살이 되고 피가 되어 나와 함께 한평생을 살아왔고 또 살아갈 것이다. 그러니 나는 오히려 이 친구를 내 마음속 깊은 곳에서 찾아내야 옳다. 그러나 사람이라는 게 어디 이러한 원칙론 안에서만 사는가? 조상이 이미 거기 안 계신 것을 알면서도 조상의 묘를 찾아가듯이, 혹시 영월 지방에 갈 일이 생긴다면 그 '책 박물관'을 꼭 한번 찾아가리라. 그리고 『초생달』 뒤표지에 혹시 내 옛 이름 석 자가 적혀 있는지 꼭 확인하리라.

책 읽는 도道

어려서 나는 어머니와 한편이 되어 아버지를 성토하는 일이 종종 있었다. 그중 하나가 아버지의 독서 취향에 관한 것이었다. 아버지와 어머니 모두 독서를 즐기셨다는 점에서는 차이가 없지만 두 분의 독서 취향은 서로 달랐다.

아버지는 과학이나 수학 책을 항상 옆에 두고 계셨지만 어머니는 소설책을 즐겨 읽으셨다. 그런데 그 차이는 책의 종류에만 국한되는 것이 아니었다. 독서하시는 방법도 달랐다. 어머니는 일단 책을 잡았다 하면 한 번에 끝까지 읽어내야 직성이 풀리는 성품이었다. 그래서 재미있는 책을 들었다 하면 밤을 새우면서도 읽어내셨다. 나도 그런 편에 가까웠다.

한데 아버지는 아니었다. 책을 읽다가 무척 재미있는 대목이 나오면 슬쩍 그곳에 표식을 꽂고는 책을 덮어두셨다. 어머니가 보다 못해 왜 그러느냐고 물어보셨다고 한다. 그랬더니 말씀이

"그래야 다음번에 다시 책을 펴볼 마음이 생길 게 아닌가?" 하시더라는 것이다. 어머니와 나는 아버지가 정말 이해할 수 없는 분이라고 생각했다. "아무리 다음번을 생각하신다 해도 그렇지 어떻게 가장 재미있는 대목에서 딱 끊고 덮어둘 수 있단 말이야? 말도 안 돼, 말도 안 돼" 하면서 어머니와 나는 혀를 끌끌 찼다.

나는 시간이 훨씬 지나고 나서야 아버지의 이 독서 철학을 이해하게 되었다. 사실 무엇이든지 지나치게 하고 나면 비록 당시에는 느끼지 못하지만 무의식중에 피로를 느껴 싫은 감정이 몸에 배어들게 된다. 반대로 즐겁게 하던 일은 그만둔 뒤에도 오랫동안 그 즐거웠던 감정이 그 일과 연관되어 자기도 모르게 몸속 어디에 배어 있게 된다.

그러니 중요한 것은 당시 책 몇 쪽을 더 읽느냐 덜 읽느냐 하는 것이 아니라 그 읽음에 대한 감정을 어느 쪽으로 간직하느냐 하는 데 있다. 즐거운 감정을 불어넣게 되면 당장 다음번에 또 읽을 생각이 나게 할 뿐 아니라 두고두고 그 내용이 내 기억 속에 즐겁게 부각될 것이고, 우선 좀 재미있다 하여 무리해서 지치게 만들면 지친 몸이 이걸 기억했다가 자기도 모르게 싫은 감정을 불어넣을 것이기 때문이다. 이것이야말로 아버지가 비교적 딱딱한 과학책과 수학책을 붙들고 씨름하시면서 나름대로 터득해낸 지혜가 아닌가 생각한다.

이 현상은 그 어느 곳보다도 우리 사회에서 가장 잘 나타나는 것 같다. 지하철이나 버스에서 신문, 잡지 이외의 책을 펴 들고 있는 성인을 찾아보기는 종로 거리에서 아는 사람 만나기보다 어려운 것이 우리 실정이다. 정말 20, 30대 청년들이 지하철을 타고 꾸벅꾸벅 졸거나 멍청하게 앞을 바라보며 시간만 죽이는 것을 보면 한심한 생각이 든다. 그런데 이것이 어디 그들만 탓할 노릇인가? 고등학교 때 밤 11시까지 학교에서 공부하고 집에 와서 다시 새벽 2시까지 배운 것을 익히고, 다음 날 새벽 5시면 일어나 눈 비비고 가방 들고 나가는 지옥 생활을 했으니 어떻게 책 읽는 것이 즐거울 수 있으며, 공부가 재미있을 수 있겠는가?

이러한 점에서 나는 참 좋은 교육을 받았다고 생각한다. 사실 부모님은 내게 공부하라는 말을 하신 일이 거의 없다. 그럴 필요가 없었을 것이다. 자신들 스스로 실천으로 보여주셨기 때문에 나는 그저 부모가 하는 대로 따라만 하면 그게 공부가 되었다. 더구나 아버지가 했듯이 나도 결코 무리하게 책을 읽지는 않는다. 오직 읽고 싶을 때만 읽는데, 그것만으로도 남보다 훨씬 더 많이 읽게 된다. 지금 나이 70이지만 아직도 30분 이상 기차를 타거나 버스를 탈 때 손에 책이 없으면 허전하다.

너는 그때 늘 4등을 했지

나는 춘천에서 초등학교에 입학했다. 우리 가족은 1944년 봄 만주를 떠나 강원도 춘천으로 왔고, 이듬해인 1945년 봄 나는 아직 일제 치하에 있던 '춘천공립국민학교'에 입학했다. 입학하고 반년이 지나자 해방되어서 1학년부터 우리말 교육을 받은 첫 세대가 되었다. 나는 1학년 5반이었는데, 이후 4학년 초 내가 춘천을 떠날 때까지 같은 반 학생들이 다른 반 아이들과 섞이지 않고 모두 함께 공부하여 각별한 유대를 맺게 되었다. 1학년 때는 어떤 여선생님이 담임을 했는데 별로 기억나지 않고, 2학년 이후에는 활달한 남자 선생님이 계속 따라오며 담임을 맡았다. 2학년 때인가 학교에 불이 나 강당만 남기고 학교 건물이 몽땅 타버린 일이 있다. 그래서 모든 학년에서 '5반'은 춘주국민학교로, '6반'은 봉의국민학교로 담임선생까지 포함하여 몽땅 전속시켜 나는 그 후 우리 반 학우 전부와 함께 춘주국민학교(지금은 중앙초등학교)로 옮아가 다녔다.

1학년 말 나는 우등상장이라는 것을 받았다. 빳빳한 종이에 한 면에만 글씨를 썼기에 뒷면에 그림을 그릴 도화지로 쓰면 좋겠다고 생각하며 집으로 가져왔다. 어머니는 내게 몇 번째로 주더냐고 물었다. 첫 번째로 주더라고 했더니 그게 1등을 의미한다고 했다. 그때까지 나는 1등이라는 게 무얼 의미하는지 몰랐다. 2학년 말에는 4등을 했다. 나로서는 잘했다고 성적표를 갖다 보여드렸는데 어머니는 별로 좋아하지 않으셨다. 왜 1학년 때는 1등을 했는데 그렇게밖에 못 했느냐는 것이다. 나는 1학년 때 1등 한 것으로 찍힌 게 무척 억울했다. 그것만 아니었어도 4등이면 꽤 잘한 것이고 칭찬을 들어 마땅한 일이 아니던가? 그만큼도 못한 학생들이 얼마나 많은데…….

어머니는 내가 다니는 학교에 다녀가신 일이 거의 없다. 오직 한 번 내가 2학년 되던 무렵 학교에 다녀오셨는데 척 한마디 던지신 말이, "네 담임선생, 성깔이 좀 있겠더라" 하는 거였다. 나는 이 말에 몹시 당혹스러워했다. 그때까지만 해도 선생님이라면 하느님과 사람 그 중간쯤에 위치하는 존재로 생각해왔는데 아랫사람에게도 하기 어려운 말을 그렇게 펑펑 하시다니!

3학년 말에도 또 4등이었다. 그런데 이번에는 1, 2, 3, 4등을 한 네 명이 함께 담임선생님께 항의하러 갔다. 나는 아무 말을 안 했으나 그들이 '시험 성적은 항상 장 아무개가 가장 좋았는데 왜 1등이 아니고 4등이냐'고 따져 물었다. 그랬더니 "아, 그건 잘 이해한다. 그런데 체육, 음악, 미술 과목에서 좀 떨어지기 때문에 그렇다"라고 설명했다. 나는 이 대답을 듣고 실망했다. 우리가 그런 정도를 몰라 항의하러 갔겠는가? 다른 것은 몰라도 미술 점수만은 분명히 내가 더 잘 받았는데 성적표는 옆 친구가 더 좋게 나온 것을 나는 이미 확인했던 터였다.

다들 더 말을 잃고 돌아서 나왔지만 선생님도 우리를 속인다는 생각에 씁쓸한 느낌을 지울 수 없었다. 사실 우리 네 사람은 서로 매우 친하게 지냈고 성적 순위 같은 것에는 별 관심이 없었다. 예를 들어 나는 지금 그때 누가 1등을 했는지 누가 2등을 했는지 전혀 기억이 없다. 단지 그때 이들이 자기들 성적 잘 나온 것을 오히려 항의했던 우정을 기억할 뿐이다. 훗날 대학 시절에 그들 가운데 한 명을 만났는데, 그는 나를 보고 "너는 그때 늘 4등을 했지?" 하고는 씩 웃었다.

당시 3년이나 연달아 우리를 맡았던 그 담임선생님은 성격이 좀 격한 편이어서 아이들을 잘 때리기도 했으나 가르치는 기술은 훌륭했고, 학생들도 대체로 잘 따르는 편이었다. 그 무렵에도 이미 나는 괴팍한 질문을 곧잘 했다. 질문을 통해 선생님들의 '바닥'을 드러내기도 했는데, 이것은 내가 교사들을 얼마나 신뢰할 수 있는지 가늠하는 방법이기도 했다. 학생 시절 나는 교사를 대충 세 가지 등급으로 나눴다.

1급 교사는 내가 아무리 어려운 질문을 해도 다 시원스럽게 대답하는 교사로, 극히 드문 카테고리이다. 2급 교사는 내가 질문했을 때 모르면 솔직히 모르겠다고 시인하는 교사로, 이분들은 적어도 나를 속이지는 않을 분들로 보아 일단 신뢰하면서 배웠다. 3급 교사는 자기가 모르는 것조차 안다고 우기는 교사인데, 이런 분의 말은 되도록 내 귓속으로 들어가지 못하게 경계했다. 이것은 물론 지금 내가 당시를 회상해서 하는 이야기이다. 당시에는 특별히 교사를 시험한다는 의식을 가지지는 않았고 이를 위해 질문을 만들어낸 것도 아니다. 그저 평소에 궁금했던 문제나 그때그때 떠오르는 의문을 서슴지 않고 선생님들에게 묻고, 그 대답에 따라 나름대로 이러한 판정을 내렸을 뿐이다. 그 기준에 따르면 당시 내 담임선생님은 2급이었다.

그때 내가 꼭 알고 싶었던 문제 하나는 이것이다. 여름과 겨울이 생기는 이유는 태양과 지구가 조금 더 멀어지느냐 가까워지느냐(사실은 태양의 빛이 더 머리 위에서 비추느냐 더 비스듬히 비추느냐)에 따라 결정되는데, 낮과 밤의 차이는 태양이 비치느냐 아예 비치지 않느냐 하는 것으로 여름과 겨울의 차이보다 훨씬 크다. 그런데 어째서 기온의 차이는 여름과 겨울 사이에 그렇게 큰 것에 비해 낮과 밤 사이에는 그리 크지 않은가? 이 질문을 던졌더니 이 선생님은 아주 진지한 표정으로 그것은 잘 모르겠다고 대답해주었다. 이 문제는 당시 내가 꼭 알고 싶어 궁금했는데 답을 얻지 못해 섭섭하기는 했지만 이분은 적어도 모르는 것은 모른다고 깨끗이 시인하는 분이구나 하여 안도감을 느꼈다.

전학과 개명

내가 4학년이 되던 1948년 봄 우리 가족은 춘천을 떠나 고향 오천으로 돌아왔다. 내가 열한 살 되던 해이다. 나는 다섯 살 때 잠깐 다니러 와본 후 처음이었다. 한 해 전에 증조부가 작고하셨는데 맏상제인 할아버지는 항상 누런 삼베 상복에 머리에도 삼베로 짠 누런 갓을 쓰고 지내셨다. 사랑방 앞마루 기둥들도 모두 누런 새끼줄로 총총 감겨 있었다. 처음에는 시골집이라서 그런가 보다 했는데 알고 보니 상가를 나타내는 표식이었다.

　이런 이색적인 분위기에서도 집이라든가 사람들 얼굴이 모두 낯익은 느낌을 주었고, 무엇보다도 주변에 친척들이 많아서 좋았다. 춘천에서는 친척은 고사하고 '장씨' 성을 가진 사람조차 드물어 내 성이 매우 희성인가 했는데, 여기에는 동네고 학교고 '장씨' 성 가진 사람들이 수두룩했다. 나는 곧 이곳 '호명국민학교'에 편입했다. 학교 자체는 작고 내게는 일단 낯선 곳이었지만 아래위 학년에 삼촌들이 있었고, 같은 학년에만도 당숙, 당숙모 한 사람씩 그리고 할아버지뻘 되는 친척 두 명이 있어서 무척 든든했다.

　이 무렵 우리 가족은 냇가에 가까운 구舊 장터 별채에서 임시로 거주했다. 그런데 어느 날 할아버지가 내 새 이름을 한자로 쓴 종이 한 장을 들고 황급히 구 장터 우리가 살던 집으로 들어오셨다. 아무 설명도 없이 내 이름을 저렇게 바꾸었으니 지금부터 당장 새 이름을 쓰라고 하셨다. 학교에서 호적과 다른 이름을 쓰면 안 될 텐데 어떻게 하느냐고 해도 우선 학교에서부터 새 이름으로 당장 고쳐야 한다고 하셨다. 다행히 학교에서는 이름을 쉽게 바꿔주었다.

문제는 호적인데, 이것은 법원의 판결을 거쳐야 하고, 좀처럼 잘 해주는 일이 아니어서 여간 찜찜한 일이 아니었다. 과연 할아버지가 법적으로 개명 절차를 빨리 취해주실지 또 그렇게 한다고 승인이 날지, 이 모두 당시로서는 불확실한 일이었다. 앞에서도 잠깐 언급했지만 이것은 세대 계산을 잘못하여 내 이름에 앞 세대의 항렬자를 넣은 데서 빚어진 일이다. 다급히 바꾸어야 할 이유는 알겠지만 이미 10년이나 자라오면서 내 모든 심정적 정체성이 담긴 이름을 버리고 갑자기 엉뚱하게 낯선 이름으로 불리고 대답한다는 것이 도무지 연극 같은 느낌이 들어 한동안 적지 않은 불편을 겪었다. 나는 오히려 내 이름을 내가 부를 일이 별로 없어 덜했지만 내 이름이 입에 익은 우리 부모님은 새 이름으로 부르는 것이 너무도 어색했던지 그 후에도 몇 년간 집에서는 옛 이름을 그대로 불렀다.

고향 집에 와서 한 가지 좋은 것은 아기 업는 일을 비롯해 흔히 '여자들이 하는 일'을 내가 하지 않아도 된다는 점이었다. 과거 도시에서는 어머니를 도울 사람이 따로 없었기 때문에 내가 이런 일들을 도와야 했는데, 동생을 업어주는 것이야 그리 힘든 일이 아니었지만 남자가 아이를 업고 밖에 나다니는 것이 너무도 창피스러웠다. 그런데 여기서는 여자들이 많아 이런 일은 이제 내가 신경 쓸 필요가 없었다.

그 대신 과거에는 없던 새 일이 생겼다. 소먹이 풀을 베어 오라는 것이었다. 문제는 집집마다 소를 먹이고 들판에는 모두 곡식을 심기 때문에 풀이 자랄 곳이 많지 않다는 데 있었다. 논둑이나 밭둑에 좀 자라지만 이건 서로 경쟁하면서 베어 가기 때문에 풀을 찾는 일이 보통 고역이 아니었다. 어쨌든 나는 학교만 다녀오면 소꼴 한 다래끼씩을 해놓아야 하는 가볍지 않은 짐을 지게 되었다. 당시에도 그렇게 느꼈지만 지금 생각해도 이것은 열한 살 소년에게 좀 지나친 부담이었다. 이 나이의 소년에게 일을 시키려면 우선 교육적으로 도움이 될 일을 힘들지 않은 범위에서 즐겁게 할 수 있도록 배려해야 하는데, 내 경우에는 농촌 생활이 견디기 어려운 고역이라는 생각밖에 할 수 없게 했다. 결국 나는 한두 달이 가지 않아 노예가 해방을 고대하듯 어떻게 하면 이곳 생활을 벗어날 수 있을까 하는 꿈만 꾸게 되었다.

우리 가족의 본래 의도는 이제 객지 생활을 청산하고 고향에 정착해 살아가자는 것이었다. 그런데 기대와는 달리 아버지는 역시 할아버지 아래서 함께 지내기를 무척 불편해했다. 본래 농사일이 몸에 배지도 않은 데다가 아직 할아버지가 계시니 농사 관리 일을 따로 맡을 수도 없어 무척 어정쩡한 처지가 되었다. 결국 얼마 후 청주에 직장을 얻으셨고, 우리 가족은 다시 청주로 옮아갔다.

나는 해방을 맞은 기분이 들었다. 청주에서는 유서 깊은 주성국민학교에 편입하고 싶었지만 거주 구역이 다르다는 이유로 거부당하고, 집에서 가까운 한벌국민학교에 다니게 되었다. 지금은 청주 중심부의 시원한 언덕에 멋지게 서 있는 학교이지만 당시에는 변두리에 있는 빈약한 신설 학교였다. 이 때문에 나는 불과 몇 달 사이에 전학을 두 번이나 했는데, 그때마다 낯선 학생들을 대하는 일이 무척이나 부담스러웠다. 그렇지 않아도 주변 여건이 낯설어 어수선한데 말의 억양까지 표가 나서 아이들 사이에 웃음거리가 되기 일쑤였다. 그런데 우연이었는지는 모르나 내가 새로 옮겨 간 두 곳 모두에서 전학 후 첫 번째 시험이 있고 나자 담임선생님이 깜짝 놀랐다는 투로 이번에 최고점을 받은 사람은 새로 들어온 장 아무개라고 선언하는 것이었다. 당연히 나는 새롭게 각광을 받았지만 이것 또한 내게는 부담이 되었다. 언동에 극히 조심하지 않으면 건방지다거나 버릇이 없다는 이유로 따돌림을 받거나 심할 경우 조용한 데로 불려가 얻어맞게 되어 있었다.

어수선하게 두 번이나 옮겨 다녔던 4학년 말에 내가 몇 등을 했는지는 기억이 잘 안 나는데, 5학년 말에는 분명히 내가 1등을 했다. 이 무렵에는 이미 어머니나 아버지는 내 성적에 별 관심이 없었던 것 같다. 2학년 때 4등을 했다고 어머니가 부정적인 언급을 하신 일 이외에 내가 집에서 성적과 관련하여 잘했다든가 못했다는 어떤 이야기도 들은 기억이 없다. 그저 부모님은 '쟤는 으레 성적은 잘 따는 애' 정도의 관심만 던져두었던 것이 아닌가 싶다.

내가 청주에서 5학년을 마칠 무렵 1년 건너뛰어 청주중학교 입학시험을 치러볼까 하고 잠깐 망설인 일이 있다. 그때는 그것이 가능했고 그렇게 하는 사람들도 간혹 있었다. 지금 생각해 보면 거의 틀림없이 합격했겠는데, 당시에는 혹시라도 실패하면 그게 무슨 망신인가 싶어 결국 이행하지 않았다. 그러나 그 후 나는 그렇게 하지 않은 것을 많이 후회했다. 뒤에 자세히 이야기하겠지만 나는 결국 초등학교 중퇴생이 되었고, 겨우 고등공민학교를 조금 다니다가 어렵사리 어느 시골 중학교에 편입하면서 갖은 수모를 겪었는데, 이때 만일 중학교에 합격해 이미 중학생이 되었더라면 이 모든 절차를 쉽게 뛰어넘을 수 있었을 것이기 때문이다.

인삼과 산삼

창고에 갇힌 도둑

사람이 시련을 겪어야 한다는 말은 흔히 듣는 말이다. 그런데 잘나가던 나에게 다른 것도 아닌 학업과 관련한 시련이 닥칠 줄은 꿈에도 몰랐다. 1950년 당시 학제 변경에 따라 6월에 학년이 바뀌었고, 나는 그때 막 6학년으로 올라갔다. 그러자 곧 6·25 전란이 시작되어 우리 가족은 다시 오천 고향 집으로 돌아갔다. 그간 고향을 떠나 외지에서 지내는 것을 아버지나 고향 어른들이 그리 탐탁하게 여기지 않던 차에 마침 전쟁까지 겹치고 나니 이제 아주 귀향했으면 하고 생각했었다. 한두 해 전에도 잠깐 귀향을 시도했다가 도로 나온 적이 있었지만 이번에는 외부 사정도 있고 하여 귀향 의사가 훨씬 강했던 것이 사실이다. 물론 아버지는 이미 상당 기간 고향을 떠나 계셨기에 농사일이라든가 주변 사정에 다소 소원한 점이 있기는 했으나 그래도 집안의 장자인 만큼 주인 행세도 하려면 할 수 있는 처지였다.

그런데 이번에는 전혀 다른 쪽으로 문제가 생겼다. 할아버지가 나를 학교에 아예 다니지 못하게 한 것이다. 초등학교조차 가지 말라고 하셨다. 청천벽력 같은 일이었다. 도무지 이유가 없었다. 당시 우리 집에는 할아버지 직계가족과 함께 일찍이 작고하신 할아버지 큰동생 가족이 함께 살고 있었다. 그러니까 종조모從祖母와 당숙, 당숙모가 모두 우리와 함께 살았다. 이때 넷째 삼촌과 당숙은 예천에 있는 중학교에 다녔고, 막냇삼촌과 당숙모는 초등학교에 여전히 다니고 있었다. 그런데 유독 나만은 학교에 가면 안 된다고 하셨다. 5대째 장손인 집안에서의 위치로 보나 공부에 대한 적성으로 보나 심지어 학교 성적으로 보더라도 이 집에 아직 나와 견줄 만한 사람이 나온 일이 없는데, 장학금을 마련해 특별 교육을 시켜주지는 못할망정 집안의 다른 사람만큼은 해주어야 할 것이 아닌가? 그런데 다니던 초등학교마저 다니지 못하게 하니 이게 도대체 어떻게 된 영문인가?

정말 시곗바늘이 거꾸로 돌아도 한참 거꾸로 돌고 있는 것이다. 할아버지는 그 옛날에도 명색이 중학이라는 곳을 다녔고, 그 한 세대 아래인 아버지는 공부를 더 즐겼음에도 초등학교만 졸업시키고 중학교 진학을 막아버리더니, 다시 아버지 이상으로 공부에 적성을 보이던 나를 전 국민 모두 다 다니는 초등학교조차 못 마치게 중퇴생을 만들어놓다니 이는 뭐가 잘못되어도 크게 잘못된 일이었다. 당연히 할머니라든가 내 종조부 등이 옆에서 만류해보았지만 막무가내였다. 학교에만 가지 말라는 것이 아니라 집안 일꾼들과 같이 들에 나가 일하라고 하셨다.

이러한 조처는 교육에 대한 장기적 포석으로 우선 역경을 거치게 해 단련을 시키겠다는 계책으로 볼 수도 있다. 제대로 사람을 만들려면 온실에서만 길러서는 안 된다는 것이다. 사실 이것은 옳은 이야기이다. 이러한 점에 관련하여 우리나라 옛 선비인 사숙재私淑齋 강희맹姜希孟, 1424~1483 선생이 쓴 「도자설盜子設」
에 아주 적절한 이야기가 나온다.* 이것은 그가 아들을 훈계하
려고 쓴 글 다섯 편 가운데 하나라고 하는데, 그 개략을 말하면
이렇다.

　　도둑질을 업으로 삼는 아비와 아들이 있었다. 어느 날 밤
　아비 도둑은 아들을 데리고 어느 부잣집에 들어갔다. 아들을
　보물창고로 들어가게 하고는 아들이 보물을 챙기느라 정신
　이 없을 쯤에 밖에서 문을 닫고 자물쇠를 건 다음 주인이 들
　을 수 있게 자물통을 흔들어댔다. 주인이 달려와 쫓아가다가
　돌아보니 창고 자물쇠는 그대로 잠겨 있었다. 주인은 방으로
　되돌아갔지만 아들 도둑은 창고에 갇힌 채 빠져나올 방도가
　없었다.
　　그래서 손톱으로 박박 쥐가 문짝을 긁는 소리를 냈다. 주인
　이 소리를 듣고
　　"창고 속에 쥐가 들었나 보군. 물건을 망치겠다. 쫓아버려
　야지."
　하고는 등불을 들고 나와 자물쇠를 열고 살펴보려는 순간 아
　들 도둑이 쏜살같이 빠져나와 달아났다. 주인집 식구들이 모
　두 나와 쫓아오자 그는 연못가에서 큰 돌을 들어 못에 빠뜨렸
　다. 사람들이 "도둑이 물속으로 뛰어들었다"라고 하며 그곳
　을 살피는 동안 그는 얼른 뒤로 숨어 그 집을 빠져나갔다.

* 강희맹, 『사숙재집私淑齋集』, 신승운 외 옮김, 『고전 읽기의 즐거움』, 솔, 1997.

집에 돌아온 아들은 아비에게 "새나 짐승도 제 새끼를 보호할 줄 아는데 제가 무슨 큰 잘못을 했다고 이렇게 욕을 보이십니까?" 하며 원망했다. 그러자 아비 도둑이 말했다.

"남에게 배운 것은 한계가 있게 마련이지만 스스로 터득한 것은 그 응용이 무궁한 법이다. 더구나 곤궁하고 어려운 일은 사람의 심지를 굳게 하고 솜씨를 원숙하게 만드는 법이다. 네가 창고에 갇히고 다급하게 쫓기지 않았던들 어떻게 쥐가 긁는 시늉을 내고 못에 돌을 던지는 꾀를 냈겠느냐. 이제 지혜의 샘이 트였으니 다시는 큰 어려움을 당하지 않을 것이다. 너는 이제 천하의 독보적인 존재가 될 것이다."

후에 과연 그는 천하제일의 도둑이 되었다.

사실 내 경우 초등학교도 못 가게 한 것은 도둑이 나가지 못하게 창고 문을 걸어 잠근 것이나 다름없다. 적어도 공부의 길을 그렇게 막아버리는 것이 된다. 그런데 내 할아버지가 정말 그러한 뜻으로 그러셨느냐 하는 데는 의문이 많다. 그만큼 높은 교육적 식견을 가지고 사신 분이 아니기 때문이다. 그러나 이분의 행적은 이것 이외에 어떤 다른 방식으로도 해석하기가 어렵다. 그리고 지금 이 시점에 와서 그것을 굳이 '사실대로' 해석해낼 필요도 없으려니와 그럴 방법도 없다. 당시 이분의 의중에 무엇이 들어 있었느냐 하는 것을 지금 이 자리에서 어떤 방법으로 헤아리겠는가? 중요한 것은 이분의 처사를 바로 이 이야기에 나오는 아비 도둑의 행위에 해당하는 것으로 보고, 이것을 과연 좋은 기회로 활용할 수 있느냐 아니냐 하는 것을 살피는 일이다.

사실 강희맹 선생이 '도둑' 이야기를 했지만 나 또한 도둑이기는 마찬가지이다. 나는 단지 남의 창고에 들어가 물건을 훔쳐내는 도둑이 아니라 학문의 창고에 들어가 앎을 훔쳐내는 도둑일 뿐이다. 그런 점에서 나를 규정하는 가장 적절한 표현이 있다면 앎 도둑, 조금 좋게 말해 '공부꾼'이라 할 수 있다. 그 무렵에도 벌써 내가 작은 공부꾼 자질을 보였지만 그로부터 반세기가 훨씬 더 지나간 지금도 여전히 공부꾼 이외에 달리 나 자신을 드러낼 적절한 표현이 없다. 그렇다면 과연 이 공부도둑이 어떻게 갇힌 창고에서 빠져나갔는지 그리고 어떻게 공부꾼의 길에 무사히 들어설 수 있었는지 그래서 과연 (천하제일은 아니더라도) '일급' 정도의 공부꾼은 될 수 있었는지 살펴나가기로 하자.

운동회에 가서 감을 팔아라!

훈련 가운데 가장 좋은 훈련은 실전 체험일 것이다. 이것이 연습으로 하는 훈련이다 하는 것을 안다면 벌써 생명에는 지장이 없는지라 그만큼 대응이 안이해지고 훈련의 성과가 떨어지게 된다. 그러나 실전일 경우에는 목숨을 걸어야 하는 만큼 이런 안이성이 허용되지 않는다. 그런 점에서 실전이야말로 가장 좋은 교육이 되는데, 그 대신 한번 넘어지면 그것으로 끝이다. 살아남은 자에게는 결과적으로 좋은 훈련이 되겠지만 목숨을 잃을 수도 있으므로 그런 사정을 알고는 함부로 내몰기 어려운 무자비한 과정이다.

　이 시기 내가 몰린 상황이 바로 그러한 실전에 해당한다. 초등학교를 중퇴시킨 할아버지의 처사는 이를 통해 내 학습 의욕을 단련시키려는 더 큰 의미의 교육과정이 아니라 아예 학습 의욕을 버리고 교육을 접으라는 단호한 명령이었으므로 나로서는 이에 맞서 싸워 이기든지 아니면 공부의 길에서 완전히 탈락해 영구히 초등학교 중퇴의 삶을 살아가든지 해야 하는 절체절명의 투쟁이었다. 그러니까 이겨내면 좋은 훈련이고 그러지 못하면 끝이다.

　처음 나를 초등학교 6학년에 복귀하지 못하게 했을 때 한 가지 길이 있었다. 바로 그해에 내 종조부가 사비를 들여 호명고등공민학교를 만들고 학생 약 20명을 모집하여 우리 집 잠실을 빌려 수업을 시작했던 것이다. 할아버지 형제 가운데 셋째인 이분은 우리 집안에서는 그래도 교육을 제일 많이 받은 분이다. 할아버지 교육이 실패로 끝나자 증조할아버지는 이분만이라도 공부를 시킨다고 서울 보성고보에 보내 졸업을 시켰다. 그 후 이분은 만주 어느 곳에서 교육 사업을 조금 하다가 돌아와 고향에 머무르고 계셨는데, 그 무렵 물려받은 자기 땅 일부를 내놓아 이 학교를 세우셨던 것이다. 학교를 세웠다고 하지만 당시는 아무 곳에서나 간판만 걸고 학생을 모아 가르치면 고등공민학교가 되었다. 말하자면 옛날 동네 서당 같은 곳인데, 어차피 초등학교는 다 다니니까 이런저런 사정으로 중학교에 못 가는 학생들을 모아 중학교 교육에 준하는 교육을 하는 곳이었다. 어느 기관의 허가도 인가도 필요 없었고 동시에 어떤 지원이나 간섭도 받지 않았다.

　내 어려운 사정을 알게 된 종조부는 이 학교라도 다니라고 했고, 나는 물론 아버지·어머니도 그렇게 하기로 결정했다. 1년 앞서는 교육이 되기는 하지만 내 능력으로 보아 충분히 해나갈 수 있다고 다들 판단했다. 그래서 날짜까지 정해놓고 할머니를 통해 최종적으로 할아버지 허락을 받도록 부탁했다. 그런데 이번에도 할아버지는 절대로 안 된다고 하셨다. 수업료도 필요 없고 교실에 들어가 수업만 받으면 되는데, 왜 이것조차 안 되는 것인가? 이것은 내 공부를 의도적으로 막자는 것 이외에 달리 해석할 방법이 없었다. 자기 친동생이 만든 학교에 자기 집에서 방까지 빌려주어 가며 하는 교육에 왜 자기 손자만은 들어가면 안 된다는 것인가?

　결국 나는 1년 동안 학업을 중단하고 산으로 들로 일하러 다녔다. 새벽이면 가장 먼저 일어나 마당을 청소하고, 낮에는 소 먹이는 일과 산에 가서 나무 해 오는 일을 해야 했다. 또래 아이들이 모두 학교로 가는데 나 혼자 나무 지게를 메고 산에 올라가 그 아래 학교를 내려다보며 나무해야 하는 심정은 당해보지 않고는 이해하기 어려울 것이다. 세상이 다 앞서 나가는데 나 혼자만 뒤로 물러서 처진 것 같은 암담한 기분이 들었다. 집이 어려워 학교에 다닐 처지가 되지 않는다든가 하다못해 집안의 모든 아이가 같은 대우를 받는다면 오히려 받아들이기 쉬울 것이다. 이미 말한 것처럼 우리 집안에서도 다른 이들은 모두 학교에 가는데 나만은 안 된다니 이것은 절망을 넘어 분노가 끓어오르게 하는 일이다. 다른 일이라면 다 양보하겠는데 왜 하필이면 내가 가장 좋아하고 또 가장 중요하게 생각하는 배움의 길을 이렇게 악랄하게 막겠다는 것인가?

이 무렵 내 의지를 시험하는 상징적 사건이 있었다. 초등학교 운동회가 다가오고 있었다. 그런데 나보고 우리 집 감을 따다가 그날 운동장에 나가 팔아오라고 하셨다. 나도 몇 년 전에 이 학교에 잠깐 다녔기에 함께 다니던 아이들이 6학년에 모두 있었다. 이들과 같이 학교에 못 다니는 것도 섭섭한 일인데, 하필이면 이들이 운동회라고 모여 희희낙락하는 데에 들어가서 감을 팔아라, 참 기막히는 일이었다. 그러나 이것도 사실은 우리 할머니들이 나를 배려해서 하는 일이었다. "할아버지는 학용품 살 돈도 안 주시니까 우리가 감을 마련해줄 테니 네가 나가 팔아서 학비에 보태라"라는 것이다. 나는 아랑곳하지 않고 감을 가지고 나가 팔았다. 망신이라면 할아버지 망신이지 내 망신이 아닐 것이고, 할아버지는 그런 망신을 좀 당해야 마땅한 사람이라는 생각에서였다. 그래서 돈이 얼마나 생겼는지 또 그걸 어디에 썼는지는 지금 생각나지 않는다. 어쨌든 나는 나대로 그 안에서나마 모든 수단을 활용해서 공부할 길을 찾고 있었다. 말하자면 창고에 갇힌 도둑이 문짝을 박박 긁어대는 행위라고나 할까?

상 할아버지와의 대화

"상 할아버지, 저 다시 돌아왔어요."
"오, 그러냐? 그런데 왜 그리 어두운 목소리냐?"
"큰일 났어요. 할아버지가 학교를 못 가게 하시는 거예요."

"그건 왜?"

"누가 아니요. 그분이 상 할아버지 증손자잖아요? 어떻게 말 좀 해서 마음을 돌려주세요."

"내 여기 있는 사람이 어떻게 산 사람 마음을 돌리느냐? 그쪽에서 먼저 물어와도 대답을 할까 말까 한 일인데. 하지만 너무 상심하지 마라. 그것도 너에게는 다 필요한 과정이니라."

"학교를 안 보내는 것까지도 좋은데, 일을 너무 시켜서 혼자 공부할 시간조차 없잖아요. 일 말고 공부만이라도 하게 해 주면 좋겠어요."

"이놈, 일 안 하고 어떻게 먹고살 것이냐?"

"다른 아이들은 일 안 하고 학교까지 가는데, 이거 너무하지 않나요?"

"너 이놈, 인삼하고 산삼이 같으냐? 인삼밭에 들어가 주는 대로 받아먹고 자란 희멀건 인삼 뿌리가 되고 싶으냐, 아니면 빈 산속에 들어가 먹을 거 제 손으로 챙겨 먹은 산삼 뿌리가 되고 싶으냐?"

"네, 알았어요. 이제 별명 하나 붙여드릴게요. 만날 '산삼' 타령만 하시니 '산삼 할아버지'라고 해드리지요."

"이런 고얀 녀석."

소 뜯기는 날

물론 그 시기에 내가 인삼 뿌리가 될지 열무 뿌리가 될지 생각이라도 해보았을 리 없다. 그저 내게 주어진 제한된 여건 아래 내가 할 수 있는, 그러면서도 되도록 하고 싶은 것을 골라 하면서 사는 길밖에 다른 방법이 없었다. 그때 내게 맡겨진 일 가운데 중요한 것은 소를 돌보는 일이었다. 비록 큰 소 한 마리이기는 했지만 사시사철 먹이를 해대는 것이 보통 일이 아니었다. 이미 말한 바 있지만 동네 소 먹이는 모든 집에서 풀을 베어 가기 때문에 마땅한 풀을 찾아내기가 쉽지 않았다. 특히 가뭄이 심할 때는 풀도 많이 자라지 않아 이것을 마련하는 것이 큰 곤욕이었다. 그런데 가끔 소꼴을 덜 해도 될 때가 있었다. 소 뜯기는 날이었다. '소 뜯긴다'는 말은 그 지역 방언으로, 풀 있는 곳에 소를 몰고 가 풀을 뜯어 먹게 한다는 말이다. 이 시간은 소와 나 둘 다에게 그나마 행복한 순간이었다. 소는 소대로 일에서 해방되어 좋고, 나는 나대로 소꼴을 좀 덜 마련해도 되니 좋았다.

소 뜯기러 갈 때는 늘 책 한 권을 손에 들고 나갔다. 소가 풀을 뜯는 것을 멀찌감치 지켜보면서 나는 나대로 책을 읽을 수 있었기 때문이다. 그때 읽은 책 가운데 생각나는 것 하나가 서양사 책이었는데, 거기에 '케이자루'라는 사람 이름이 나왔다. 이것의 발음이 '괭이자루'와 비슷해 나는 그 후 이 사람의 모습을 늘 괭이자루같이 길쭉하게 생긴 것으로 상상하고 있었다.

그런데 나중에 안 일이지만 이 사람이 바로 '시저'였고 또 성경이 나오는 '가이사'도 같은 인물이었다. 같은 이름을 놓고 케이자루, 카이사르, 가이사, 시저, 이렇게 수없이 달리 표기하니 특히 나같이 혼자 책 읽는 사람에게는 엄청난 혼란이 왔다. 지금도 나는 이 '시저' 혹은 '카이사르'라는 이름을 들으면 강변

포플러 숲에서 소 뜯기고 앉아 머릿속으로 괭이자루같이 생긴 사람을 상상하며 킥킥 웃던 일을 연상하곤 한다.

카이사르를 읽고 괭이자루를 연상하는 것은 그나마 좋은 성과에 해당한다. 읽어도, 읽어도 도무지 무슨 뜻인지 잘 모르겠고 또 들어보지도 못한 이상한 말들이 불쑥불쑥 튀어나와 답답해한 일이 한두 번이 아니다. 학교에서는 선생님이 직접 말해주거나 칠판에 적어주면 대개는 의심 없이 그대로 받아들였던 것인데, 여기서는 그런 것이 없으니 책에서 읽은 것만 가지고 내가 안다고 생각해도 되는지, 그것만 가지고는 그렇게 말할 수 없는지 도무지 분간하기 어려웠다. 그래서 언제부터인가 노트에 읽은 것을 적기로 했다. 적어도 내가 한번 직접 손으로 써보면 더 알아지는 것 아니겠는가 하는 생각이 들어서였다. 그 무렵 책에 있는 내용을 그림까지 그대로 그려가며 만들어놓은 노트가 꽤 여러 권 되었다.

그런데 가만히 보면 무모하기 짝이 없는 일이었다. 글자로 적는다고 해서 더 잘 알아질 이유가 없었다. 그래서 그다음부터는 내가 책을 짓는 저자라고 생각하고, 내가 만일 그 내용을 알고 책을 짓는다면 이것을 어떻게 적을까 하는 자세로 적어나가기 시작했다. 이렇게 하니 적어도 내게 수긍되지 않은 것은 적지 않게 되고 따라서 나 스스로 아는 것과 모르는 것을 의식적으로 가려내는 습관이 붙기 시작했다. 말하자면 내가 주체가 되어 무엇은 받아들일 만하고 무엇은 그렇지 않은지를 지속적으로 검토하게 되어 내 안에는 받아들일 것과 그렇지 않은 것을 가려내는 어떤 기준이 나도 모르게 만들어진 것이다.

그렇다고 하여 무엇이든지 선생님 입으로 일단 발설돼 나와야 받아들이던 오랜 습성이 하루아침에 없어지는 것은 아니었다. 그래서 이것은 임시적이며 언젠가 정규교육을 받으면서 다시 한 번 확인을 꼭 받아야 한다는 생각이 의식의 밑바닥에는 늘 도사리고 있었다. 그리하여 나는 늘 어떻게 하면 다시 정규교육으로 되돌아갈까 하는 생각으로 고심하고 있었다.

그런데 뒤에 다시 이야기하겠지만 내가 정규교육에 복귀했을 무렵에는 이러한 내 독자적 학습 방법이 나름대로 고착되어 이번에는 반대로 학교에서 배우더라도 내 고유의 방식으로 확인하지 않고는 그대로 받아들이지 않는 학습 습관을 지니게 되었다. 처음에는 야생에서 온실의 표준을 추구하려 했다면 이번에는 반대로 온실에서 야생의 표준을 적용하려 한 것이다.

여기서 책과 노트 이야기를 조금 덧붙이겠다. 그 전에도 그러했지만 특히 내가 오천으로 가 있던 기간에는 '돈이라는 것을 모르고' 살았다. 전에는 그래도 아버지·어머니를 졸라 필요한 것을 사달라고도 하고 직접 사기도 했으나 이제는 한 단계 올라서서 할아버지에게 청해야 필요한 것을 살 수 있었는데, 그 가운데서도 가장 아쉬운 것이 책과 노트였다. 다행히 한 살 위 삼촌이 중학생으로 교과서들을 가지고 있고, 주위 친척들이 초등학교 '나 다니던 학년'에서 공부하고 있어서 그들의 교과서를 이리저리 빌려 볼 수 있었다.

그러나 노트는 어떻게 할 것인가? 학교에도 안 가면서 감히 노트를 사달라고 할 수 없었다. 그래서 결국 '종이'를 사달라고 했다. 당시 지물포에는 '백로지'라고 하는 문종이 크기의 종이

가 있었는데, 이거 한 장이면 노트 크기의 종이 16장쯤 만들 수 있었다. 그래서 할아버지가 장에 가시는 날 백로지 몇 장씩 사 달라는 청을 넣었는데, 이것만은 허락하셨다. 그러면 나는 이것을 자르고 접고 실로 꿰매서 내가 쓰는 노트를 만들어 사용했다.

교회에서는 왜 질문을 안 받나

우리 집에서는 할아버지 동생 세 분, 그러니까 내 종조부들이 일찍이 기독교에 물들더니 그 가운데 두 분은 일찍 돌아가셨고, 후에 고등공민학교를 세운 셋째 할아버지만이 비교적 오래 생존하시면서 끝내 기독교를 신봉하셨다. 한편 우리 직계로는 할머니가 그쪽으로 일찍 발을 들여놓아 6·25 전란 이후 내가 다시 돌아왔을 때는 아주 독실한 기독교인이 되어 있었다. 나는 어려서 춘천에 살 무렵 한두 번 교회를 따라가본 일이 있었지만 이것을 미신 비슷한 것으로 여기고 있었다.

그런데 오천으로 다시 돌아오자 할머니가 우리 모두에게 교회를 다니라고 독려하셨다. 아버지와 어머니는 건성으로 다니는 척만 하셨고, 나는 달리 마음 쏟을 데도 없고 하여 열심히 다닌 편이었다. 오천교회에는 아직 목사도 없었고, 동네 어른 한 분이 '영수님'이라 하여 늘 설교했는데, 앞뒤의 논리가 도무지 맞지 않았다. 학교에서라면 벌써 손들고 일어나 질문했을 텐데 여기서는 질문 하나 하는 사람이 없었다. 성경도 처음부터 읽어나가는 것이 아니라 아무 데 툭 한 구절만 읽고는 아무 관계도 없는 다른 얘기를 잔뜩 늘어놓다가 마치기 일쑤였다.

불만이 많았지만 이 사람, 저 사람 만나는 재미도 있고 하여 하루하루 다니다 보니 나도 모르게 점점 빠져들어 가게 되었다. 특히 크리스마스 때는 아이들이 춤과 노래 발표회도 하고 연극도 하여 무척 재미있었다. 그러나 내 마음속에는 늘 몇 가지 의문이 풀리지 않았다. 그래서 한번은 당시 교회 집사였던 내 종조부와 교회 어른인 영수님 앞에 질문을 던졌다.

"예수의 복음을 듣고 믿는 사람은 천당에 가는데 복음이 들어오기 전에 나서 살다가 죽은 사람들은 어떻게 되나요? 그 사람들은 전부 지옥에 갔나요?"

그랬더니 돌아온 대답은 고작 "그런 질문은 하는 게 아니야" 였다. 무조건 믿어야지 자꾸 그런 생각을 하면 하느님한테 벌받는다는 것이었다.

이것은 어른들 말씀은 아무리 못마땅하더라도 그대로 듣고 따라야지 뭐라고 묻고 대들면 안 된다고 하는 논리와 똑같았다. 교회에서나 집안에서나 '지성知性'이라고 하는 것은 엄청난 억눌림을 당하고 있었다. 당시에는 여기에 대처할 의식적인 방안을 아무것도 가지고 있지 않았지만 결국 내 나머지 삶의 과정은 억눌림당하던 이 '지성'을 살려 제자리에 올려놓는 과정이 아니었나 생각한다. 그런 점에서 교회에서 그리고 집안에서 내 '지성'의 싹을 위에서 무겁게 찍어 누르던 이 억압은 결국 나에게 중대한 도전으로 다가왔고, 역으로 이것이 이후 내 지성을 단련할 좋은 동기로 기능했다고 말할 수 있다.

그 무렵 오천에서 20리가량 떨어진 상락교회라는 곳에서 '사경회査經會'라는 것을 한다고 했다. 이것은 '성경 내용을 집중적으로 살핀다'는 취지의 모임인데, 요즘으로 치면 성경공부 캠프와 부흥회를 반반 정도 합쳐놓은 것과 같은 성격의 모임이었다. 내가 여기에 간다고 나섰더니 할아버지가 또 못 가게 하셨다. 그때 마침 할머니가 옆에 계셨는데, 이번에는 할머니가 정식으로 항의하고 나섰다.

"재는 학교 공부도 못하는데 그런 공부도 안 시키면 어떻게 하실라요!"

이렇게 강하게 쏘아붙이자 할아버지도 더는 아무 말을 안 하셨고, 나는 할머니 허락 아래 모임에 참석했다. 그러면서 마음속에 이상한 느낌이 떠올랐다. 할머니는 이것도 '공부'라고 생각하시는 건가, 정말로 학교 공부 대신 이 '공부'로 때우게 할 심산인가? 그러나 지금 생각해보면 그것도 좋은 공부였고, 굳이 학교 공부와 그것을 구분할 필요도 없었다. 어쨌든 내게는 앞에 닥친 모든 기회를 내게 도움이 되도록 최대한 활용하는 것 외에 다른 길이 없었다.

영구기관과 피타고라스 정리

그 무렵 나는 빈약한 소재로나마 이것저것 만들기를 좋아했다. 그 가운데 하나가 휴대용 조명등이었다. 당시 오천에는 전기가 들어오지 않아서 집집마다 등잔과 석유램프를 켜는 것이 고작이었다. 달이 없는 밤에는 문밖에만 나서도 칠흑같이 어두웠다. 그래서 나는 버려진 무기 조각에서 나온 것으로 추정되는 쇠파이프를 이용해 들고 다닐 수 있는 조명등을 하나 만들었다. 요즘 손전등 비슷한 것인데, 물론 속에 전기장치가 들어 있는 것은 아니고 석유 심지를 넣어 불을 붙인 것이다. 성능이라야 빈약하기 그지없었지만 할아버지가 한번 보시더니, "그거 네가 만들었나?" 하고 많이 놀라시던 기억이 있다.

그러나 내 관심사는 훨씬 더 야심적인 것이었다. 지금 생각해보면 일종의 영구기관을 구상한 것인데, 그 내용은 대략 이렇다. 부채 두 개를 나란히 세워놓고 하나를 돌린다고 가정해보자. 그러면 이것이 일으키는 바람에 의해 옆에 있는 부채도 따라 돌게 될 것이다. 그런데 그 부채는 돌기 때문에 또 바람을 일으킬 것이고 이것이 처음 부채에 영향을 주어 더 잘 돌아가도록 도와줄 것이다. 이렇게 하여 부채 둘이 바람을 일으켜 서로 도우면 결국 이 둘이 멈추지 않고 계속 돌 것이 아닌가? 물론 이것이 되기 위해서는 아래위에 저항이 없는 베어링을 설치하고 이것을 축으로 부채가 빙빙 잘 돌아가게 하는 장치를 마련해야 한다. 그렇게 해서 한쪽을 일단 돌리고 나면 옆의 부채가 따라 돌고 옆의 부채가 도니까 처음 부채 또한 바람을 받아 점점 더 빨리 돌게 되지 않을까?

이것이 과연 가능할지 확신은 하지 못하겠지만 일단 만들어보고 싶기는 했다. 그래서 돌아가는 힘이 점점 더 세어지는지, 아니면 현상 유지 정도만 하는지, 그렇게 안 된다면 그건 또 왜 그런지를 알아보고 싶었다. 가장 어려운 부분은 저항이 없는 베어링을 만들어 붙이는 일인데 이것을 할 수 있는 적당한 소재가 없었다. 그래서 적어도 1년 이상을 무엇을 가지고 이것을 만들까 하는 생각으로 고심했지만 끝내 뾰족한 해결책을 얻지 못하고 말았다. 내가 만일 이 작업을 계속했더라면 당연히 실패했겠지만 그 가운데서 나는 에너지 보존법칙을 배웠을 것이고, 그때 개발한 기술을 활용하여 요즘 풍력발전 장치를 마련하는 데 도움이 될 기술을 개발했을지도 모를 일이다.

이와 함께 나는 수학 세계에도 스스로 빠져들었다. 당시 내가 피타고라스 정리를 어떻게 공부해서 이해했는지는 전혀 기억에 없다. 어쨌든 나는 그것을 이해했고 이것이 무척이나 신기했다. 그래서 마당에 이 증명에 필요한 도형을 그리고 꼭짓점에 A, B, C 등의 기호를 붙인 후 증명 과정을 죽 적어나갔다. 그리고 이 내용이 하도 신기하고 재미있어서 누구든지 만나면 붙들고 설명해주고 싶었다. 그래서 함께 일하던 내 또래 친척에게 이게 무슨 뜻인 줄 알겠느냐고 물었더니 그는 A, B, C 등의 기호만 알면 무슨 뜻인지 알 거라고 했다. (그는 정규교육을 거의 받지 못한 사람이었다.) 나는 속으로 웃음을 삼켰다. 사실 이것이 바로 우리가 범하는 가장 흔한 과오에 해당하는 것이다. 나중에 내가 거듭 경험한 일이지만 우리는 심오한 이론을 접하게 될 때 마치 단순한 용어나 수식에 걸려 그것을 이해하지 못하는 것으로 착각하는 경우가 너무나 많다. 그래서 우리는 결국 내용의 핵심에 접근하려 하지 않고 오직 표현의 언저리에만 머무르다 말게 되는데, 혼자만의 힘으로 공부하는 경험의 장점은 바로 이런 함정에 일찍이 부딪치며 그것을 헤쳐나갈 지혜를 터득한다는 것이다.

호명고등공민학교

그렇게 긴 1년이 지나고 내 학년 또래 다른 아이들은 모두 학교를 졸업했다. 이때 처음으로 국가시험제도가 시작되어 중학교에 진학할 학생들은 모두 시험에 응시하여 성적을 받았고, 이 성적을 기준으로 중학교에 입학했다. 그러나 초등학교를 졸업하지 않은 나는 중학교에 보내줄 사람도 없었지만 누가 보내주고 싶더라도 우선 국가시험에 응시할 자격부터 없었다. 버스는 이미 멀리 떠나서 뒤늦게 아무리 손을 흔들어보아도 소용없는 일이었다.

그런데도 아직 한 가지 남은 길이 있었다. 다시 고등공민학교 진학을 시도하는 일이었다. 앞서 이야기했듯이 이 학교는 한 해 전에 문을 열었고, 그때는 할아버지 반대로 다니지 못했지만 이제 1년이 지났으니 또 한 번 시도할 참이었다. 첫해에는 우리 집 뒷밭에 있는 잠실 한 칸을 빌려 가르치더니 다음 해에는 종조부 소유의 땅 한쪽에 흙벽돌을 찍어 교실 두세 칸을 만들어 시설을 갖추었다. 그러고는 학생도 좀 더 큰 규모로 모집하러 나섰다. 아무리 고등공민학교이지만 초등학교는 졸업한 학생들을 뽑게 되어 있는데, 이곳은 국가기관의 통제를 벗어난 곳이므로 당시 시행된 국가시험 성적을 요구하지는 않았다. 그래도 명목상 독자적인 입학시험을 실시했는데, 내게만은 응시 자격을 주었다.

내가 비록 초등학교를 졸업하지는 않았지만 주변에서는 내 사정을 모두 잘 알고 있었기 때문이다.

문제는 할아버지가 이것이나마 허락할 것이냐 하는 점이었는데, 결국 너무도 여러 사람이 압력을 넣자 이것까지 막지는 못했다. 이미 1년 동안이나 내 교육을 방치해 원성이 높은 마당에 불우한 학생들을 위해 자기 동생이 직접 만든 학교에조차 못가게 한다는 것은 어느 모로나 더 버틸 처지가 못 되었다. 이때 내 교과서 문제가 발생했다. 할아버지에게 교과서까지 사겠다고 하면 아예 입학하지 못하게 할 듯해 교과서는 사지 않고 그대신 다른 사람 것을 빌려 아버지가 손으로 베껴 주겠다고 했다.

나는 이 제안에 몹시 분개했다. 도대체 교과서를 베껴서 공부한다는 사람을 아직 본 일도 없거니와 만일 그렇게 한다면 그 얼마나 큰 웃음거리인가? 무엇 때문에 삼촌을 비롯한 딴 사람들은 다 교과서를 사서 보는데 나만 유독 안 된다는 것인가? 이유는 오직 하나였다. 할아버지에게 학교 들어가는 것을 겨우 허락받았는데 교과서까지 사겠다고 할 수 없다는 것이었다. 책도살 필요가 없다. 삼촌이 쓰던 것 쓰면 되니까 다니게만 해달라고 하는 정도에서 양해를 얻은 것이니만치 책을 산다는 말은 할수 없다고 했다. 결국 할머니가 따로 돈을 마련하여 삼촌 책으로 안 되는 나머지 절반 정도의 책을 사는 것으로 마무리했다.

이때 60여 명이 입학했는데, 입학시험에서 나는 수석으로 합격했다. 당시 교장을 맡았던 동네 어른 한 분이 이를 보고 할아버지께 집안에 뛰어난 인재가 나게 되었으니 축하한다고 했는데 아무런 반응이 없더라고 했다. 그러나 학교교육은 말이 아니었다. 피난민으로 그 근처를 떠돌던 한 외톨이 선생님이 국어와 사회과 과목을 맡았는데, 이분은 정신적으로 다소 불안정하여 아는 것, 모르는 것 가리지 않고 마음 내키는 대로 지껄이기로 유명했다. 영어는 우리 동네의 한 젊은 분이 잠시 가르쳤다. 이분은 영어 필기체 'F'자가 얼마나 멋쟁이인지 인상 깊게 소개하던 것이 기억에 남는다. 또 이웃 동네에 사시는 어느 분이 잠시 한문과 수학을 가르치더니 곧 자리를 떠서 수학 교사가 공석이 되었다.

결국 학교에서는 아버지를 설득하여 수학 과목을 맡겼다. 나는 무척 어색하기도 했지만 한편으로는 아버지가 어떻게 가르치시나 보고 싶기도 했다. 한동안 침묵을 지키다가 드디어 질문을 하나 던졌다. 그랬더니 아버지는 평소와 달리 대단히 정중하게 좋은 질문이라고까지 하면서 답을 하셨는데, 이 자리는 교사와 학생의 자리이지 아버지와 아들의 자리가 아니라는 것을 의식적으로 강조하는 듯한 느낌을 받았다. 그 후 나는 아버지 수업 시간에는 아무런 말도 하지 않았다.

그렇게 1년이 지나고 2학년이 되던 해 아버지는 다시 '도망치듯이' 집을 떠나셨다. 얼마 후 충청북도 음성군 감곡면에 있는 수리 시설 공사 현장에서 일하게 되셨다는 연락이 왔으나 공식적으로 우리보고 오라는 이야기는 없었다. 어머니는 이제 떠나야 할 강력한 구실을 찾았다. 내 교육 문제였다. 이렇게 두면 죽도 밥도 안 된다는 것이었다. 이번에도 가벼운 제동이 걸렸으나 어머니는 나름대로 요구 조건을 내걸었다. 그렇다면 나를 예천읍에 있는 중학교에라도 보내라는 것이었다. 그러나 이것은 오직 구실일 뿐 원하는 바도 아니었고 현실성도 없는 이야기였다. 우선 아무리 집안에서 허락한다 하더라도 읍에 있는 중학교에서 받아줄 리 없었다. 자기들은 국가시험을 쳐서 학생들을 선발했는데, 시험도 치지 않았을 뿐 아니라 내용을 뻔히 아는 고등공민학교에 다니던 아이를 도중에 어떻게 받아들이겠는가?

그래서 1952년 6월, 나와 어머니 그리고 남녀 동생 한 명씩 이렇게 네 식구가 느닷없이 감곡 아버지 계신 곳으로 들이닥쳤다. 아버지 역시 당황하셨지만 당시 그런 형태로 옮겨 다닌 피난민이 흔하던 때였으므로 또 하나의 피난민이거니 하며 흙벽돌로 찍은 방 하나를 빌려 어렵사리 거처를 마련했다.

이로써 나는 짧고도 긴 2년 동안의 고향 거주를 마치고 다시 불확실한 미래를 향해 새로운 항해에 들어섰다.

상 할아버지께 드린 인사

"할아버지, 나 이제 '산삼' 되는 거 포기하고 떠나요."

"그래, 그동안 애 많이 썼다. 그렇지만 앞으로도 힘든 일이 많을걸."

"지난 2년만이야 하겠어요? 저는 여기서 2년이 아니라 20년 동안 감옥살이한 기분이에요."

"그래도 산삼 뿌리 되려다 만 효력이 조금은 있을 거다. 아무렴 온실에서만 자란 것하고 비교가 되겠느냐?"

"이제 넓은 세상하고 또 한 번 부딪쳐보겠어요."

"그래, 자신을 잃지 마라."

너, 까딱하면 낙제하는 거야

사실 후다닥 떠나기는 했으나 막상 내 교육을 어떻게 이어갈지 막막했다. 어떻게든 정규 중학교에 발을 붙여야겠는데, 그것이 가능할지는 완전히 미지수였다. 내가 들고 가서 내밀 수 있는 서류라고는 호명고등공민학교 1학년 말 성적통지서와 2학년에 몇 달 다녔다는 재학증명서가 고작인데, 이게 과연 정규 중학교에서 받아줄 만큼 공신력을 발휘할 것인가? 만약 이것이 인정받지 못한다면 나는 초등학교 중퇴생이 되어 심지어 중학교에 신입생으로 입학할 입학시험을 치를 자격조차 없는 사람으로 추락하게 된다.

당시 감곡에는 정규 중학교로 감곡중학교가 있었다. 형식상으로는 이 학교가 충청북도 음성군 감곡면에 위치하는 면 단위의 작은 학교였지만 실제로는 경기도 장호원읍을 포함해 장호원 지역 전체를 대표하는 읍 단위 학교에 해당했다. 이 점을 이해하려면 장호원 지역의 특수성을 알아야 한다. 행정구역으로는 감곡중학교가 위치하는 감곡면 왕장리와 경기도 이천군 장호원읍이 (가운데 작은 내 하나를 사이에 두고) 나뉘어 있지만 이 지역 사람들은 모두 이를 각각 '이천 장호원'과 '음성 장호원'이라고 하면서 하나의 연결된 '읍내'로 생각했다. 그러니까 감곡중학교는 실제로 장호원 '읍내'에 있는 것이며 장호원 사람들은 이를 자기네 학교라고 보고 모두 여기에 다니고 있었다. 뒤늦게 장호원중학교가 따로 생겼지만 그때까지 아직 1~2학년밖에 없어 다들 관심을 별로 두지 않았다. 게다가 1950년대 초에는 서울 지역의 피난민들이 이곳에 많이 몰려 그 인적 구성에서 학생 상당수가 서울 사람들의 자녀들이었고, 또 일부 서울 사람은 교사로도 근무했다.

문제는 이 학교에서 나를 받아줄까 하는 것이었다. 우선 내가 도착한 시기가 학기 중이었던 만큼 새 학기가 시작되는 9월까지 기다려 시도해보기로 했다. 내가 지닌 하나의 강점은 고등공민학교 1학년 성적표에 60여 명 가운데 석차가 1위로 기재되어 있다는 점이었다. 이게 혹시 '생각해볼 만한 점'으로 작용하면 가능성이 있을 테고 그렇지 않으면 불가능한 일이었다. 그런데 다행히도 이 학교는 유연성이 좀 있었다. 당시 피난민이 많아 특히 서울 지역과 전출입이 많았다. 문의 결과 학교에서는 우선 시험 한 가지를 쳐보자고 했다. 이건 일단 긍정적인 신호였다. 결과에 따라서는 가능성이 있음을 내비치는 것이었기 때문이었다.

무슨 시험인지, 무슨 문제가 나왔는지 또 어떻게 써내었는지는 지금 전혀 기억이 없다. 어쨌든 시험 답안을 제출하자 학교 현관 밖으로 나가 기다리라고 했다. 나로서는 이제 2년 만에 처음으로 정규교육에 복귀하느냐 못 하느냐 하는 갈림길에 선 셈이었다. 엄청나게 초조한데, 아무리 기다려도 반응이 없었다. 아마 서너 시간 이상은 족히 기다렸을 텐데, 그동안 학교 안에서는 도대체 어떤 일이 벌어지고 있었을까? 지금 내 상상력을 동원하여 당시 상황을 재현해본다.

교장: 시험 답안을 그런대로 썼습디까?

담임(서○○ 교사): 네, 답안은 제법 썼습니다.

교장: 그럼 일단 받는 것으로 해보시지요.

교감: 그런데 몇 학년에 넣느냐가 문제네요. 기록으로는 1학년만 마쳤는데 지금이 2학기이니까 1학기는 정식으로 수료를 안 했거든요.

교장: 그럼 어떻게 하면 좋지요?

담임: 교감 선생님 말씀이 맞습니다. 2학년 1학기를 안 다닌 셈이에요. 그런데 이 학생 학교 성적이 워낙 좋았고 오늘 필기시험 성적도 그만하면 쓸 만하니까 2학년에 넣어보는 것도 한 방법이겠죠.

교감: 학교 성적이라야 고등공민학교 성적인데 그걸 어떻게 믿습니까? 더구나 1학기는 성적도 없는데, 제 생각에는 1학년에 넣어 1년을 더 공부시키는 게 옳다고 보는데요.

교장: 서 선생님 생각은 어때요? 2학년에 넣어 책임지고 지도해낼 생각이 있으신가요?

담임: 제가 해보지요. 그리고 만약 잘 안되면 진급시키지 말고 그때 가서 1년 유급시켜도 되지 않겠어요?

교장: 그럼 그렇게 합시다. 서 선생님이 책임지고 2학년 2반에 넣어 잘 지도해주세요.

이 몇 마디 결정을 위해 내가 얼마나 노심초사했던가? 그런데 서 아무개 담임선생님은 그만 내가 밖에 서 있다는 사실을 깜박 잊고 계셨던 것이다. 몇 시간 후에야

"너, 아직 여기 있었니?"

"네."

"너, 내일부터 2학년 2반에 들어와. 그런데 잘 들어둬. 너, 그런 학교 다니다 왔으니까 까딱하면 낙제하는 거야, 알았어?"

이 공부꾼이 어쩌다가 이런 모욕적인 언사를 다 듣게 되었는가? 하지만 나로서는 감지덕지할 수밖에 없었다. 제도권 교육에서 본다면 나는 운 좋게도 2년 전에 놓쳐버린 버스를 되찾아 올라탄 것이다. 앞차를 놓쳤으면 당연히 뒤차 가운데 어느 것을 얻어 타고 가야 하는데, 내가 내렸던 버스가 그 어느 지점에서 고맙게도 나를 기다려주고 있었던 셈이다.

이것으로 내 2년간의 '야외 생존 훈련'은 일단 끝났다. 도둑의 상황에서 보면 이제 갇혔던 창고에서는 용케 벗어나 일단 큰길로 들어선 셈인데, 이제부터 정말 훈련 기간에 쌓아온 내 본역량을 펼쳐봐야 할 일이 남아 있는 것이다. 담임선생님의 경고처럼 나는 지금 '낙제'라는 말이 나올 만큼 바닥에 머물러 있는 것일까? 내 사전에도 과연 '낙제'라는 말이 들어 있었던 것일까?

몇 가지 원초적 과학 체험

음성 장호원과 이천 장호원 사이에는 청미천이라는 작은 내가 있고, 그 내 위에는 콘크리트로 만든 다리가 있었다. 나는 이따금 이천 장호원 쪽에 용건이 있어서 그 다리를 건너다녔는데 그 다리 난간 윗부분은 완만하게 각이 져 있었다. 거기에 햇빛이 비치자 해를 받는 방향과의 각도에 따라 그 밝기에 차이가 났다. 해를 비스듬히 받는 면은 좀 어둡고 정면으로 받는 면은 훨씬 밝았다. 그렇다면 그 밝기 차이를 수학적으로 표현할 방법은 없을까? 그것이 가능할 것이라는 생각이 곧 들었다. 마침 학교에서 배우던 삼각함수를 활용하는 것이었다. 면의 수직선과 태양 사이의 각을 θ라 하면 수직으로 비칠 때($\theta=0$)의 밝기를 A라 할 때 $A\cos\theta$가 된다는 사실을 알아냈다. 이 원리는 저녁이 되어 해가 기울면 해가 미처 지지 않았는데도 어둑어둑해지는 사실을 설명할 수 있다.

이것은 매우 단순한 사실이기는 하나 내가 학교에서 배운 수학을 실제 물리현상 서술에 적용해보았다는 데 의미가 있었다. 더구나 누가 나에게 문제를 제시한 것이 아니라 문제 자체를 내가 만들어 풀었다는 점에서 매우 초보적이기는 하나 자연에 대한 독자적 탐구의 한 사례라 할 수 있다. 이것은 너무도 간단해서 이러한 내 생각을 어느 누구에게 알릴 수조차 없었다. 만일 그 이야기를 하면 이 내용을 알아들을 만한 사람은 대뜸 "그래? 그래서 어쨌다는 거야?" 할 것이다. 그러나 나 자신의 느낌은 달랐다. 이제 나도 자연을 수학적으로 서술할 능력이 생겼다는 점에서 엄청난 자신감을 가지게 되었다. 과거 피타고라스 정리를 처음으로 이해했던 것이 순수한 수학적 세계에서 접한 즐거움이었다면 이것은 수학이라는 도구를 들고 물리적 세계를 비춰보는 데서 오는 또 다른 형태의 즐거움이었다.

이러한 경험과 거의 동시에 나는 물리적 세계에 대한 또 하나의 경험을 하게 되었다. 이번에는 아버지의 도움을 받아 이루어졌다. 당시 내가 물리학에 대해 아무것도 모르는 상태에서 아버지는 물리학 안에 깊숙이 들어간 문제 하나를 내게 제시했다. 아버지가 제시한 문제는 이러한 것이었다. "허공에서 돌을 가만히 놓으면 그것이 떨어지는 속도는 시간에 따라 점점 빨라진다. 이것을 수식으로 표시하면 t만큼 시간이 경과했을 때 속도 v는 gt가 된다는 이야기이다. (여기서 g는 중력의 가속도라는 것으로 9.8m/s의 값을 가진다.) 이제 이 돌을 10미터 높이에서 떨어뜨릴 때 땅에 떨어지는 순간의 속도는 얼마이고 그때까지 걸린 시간은 얼마냐?"

흔히 고등학교에서 물리학을 배운 학생들은 거기에 나오는 공식을 사용하여 이 답을 얻는다. 그런데 나는 이것이 물리학에 해당하는지도 몰랐고, 따라서 그러한 공식이 있는지도 몰랐다. 그러니까 불가피하게 나 스스로 생각하여 물리학에서 공식을 얻어내는 (논리적 사고) 과정을 하나하나 밟아나가는 수밖에 없었다. 그렇게 하면 간단한 연립방정식이 얻어지는데, 이를 표준 절차에 따라 풀면 답이 나온다. 결국 공식 자체를 스스로 만들어내고 거기에 맞추어 답을 얻은 셈이다.

그때가 중학교 2학년 때였는지 3학년 때였는지, 그리고 내가 이것을 풀기 위해 시간을 얼마나 소비했는지는 정확히 기억나지 않는다. 어쨌든 나는 어렵지 않게 이것을 풀어내어 맞는 답을 제시했다. 이 일로 나는 아버지뿐 아니라 그 당시 공사감독으로 나왔던 아버지의 옛 동료 권 아무개 기사에게 엄청난 칭찬과 격려를 받았다.

이 두 가지 체험은 나중에 내가 물리학을 전공으로 선택하게 된 매우 중요한 동기를 제공했다. 여기서 중요한 점은 이 두 가지 모두 정규 교과과정에서 나온 것이 아니라 자신이 직접 삶의 현장에서 학문을 수행해보는 직접적 체험에 해당한다는 사실이다. 흔히 과학에서 체험이라 하면 실험을 연상하는데 그것은 옳지 않다. 자연에 대한 수학적 서술 체험은 그 어느 실물 체험 못지않게 중요하며 또 이것이야말로 그 어떤 시설이 없어도 가능하다.

앞의 체험은 누가 나를 도와줄 수 없다. 만일 이를 위해 어떤 언질을 준다면 이는 이미 유도된 것이어서 자발적 탐구 경험이 되지 못한다. 그러나 그러한 분위기는 조성해줄 수 있다. 내 경우 이 분위기는 이전까지 내 학습 체험과 이 학교의 교육이 적절한 조화를 이루며 형성된 것이라 할 수 있다. 반면 후자의 체험은 아버지의 적절한 유도로 이루어졌는데, 그 시점이 절묘하다. 내가 내 능력을 동원하여 이를 해낼 수 있을 최초의 시기를 틈탄 것이다. 말하자면 정규 물리학 교육보다 몇 년 앞선 것인데, 이것이야말로 좋은 의미의 선행교육이 지닌 최선의 표본이 될 만하다. 나는 이 체험 하나로 나중에 고등학교 물리학 전체를 혼자 힘으로 너끈히 학습해낼 동기와 저력을 길렀다. 이는 요즈음 학원가에서 으레 하는 식으로 고등학교 과정 자체를 중학생에게 가르치는 형태의 선행학습과는 질적으로 다르다. 이러한 선행학습이야말로 소화도 되지 않고 오히려 부작용만 키우지 않는가? 이러한 점에서 아버지는 나에게 절묘한 물리학 교육을 시켰다고 보며, 또한 아버지는 내 생애에서 가장 중요한 교사였다고 자부한다.

이와 함께 친구분인 권 기사의 칭찬과 격려 또한 매우 훌륭했다. 우리는 모두 좋은 칭찬과 격려가 중요하다는 사실을 안다. 그러나 공적 자체에 아주 적절한 것이 아니라면 효과가 별로 없다. 대수롭지 않은 일에 아무리 칭찬해주어야 칭찬받는 사람은 이미 그것이 과장이라는 것을 안다. 이것은 기분은 북돋울지 몰라도 감동을 주지는 않는다. 그런데 위의 사례에서 권 기사의 칭찬과 격려는 진정 내가 자부심을 가질 만한 일을 인준해주는 것이었으므로 나 자신의 능력을 스스로 깨우치게 하는 효과가 있었다.

여기서 잠깐 이러한 학습방식과 이른바 시험공부의 차이를 생각해볼 필요가 있다. 만일 어떤 사람이 내게 시험공부를 시키고 있었다면 내가 답을 얻는 이러한 방식을 적극 금지했을 것이다. 만일 나처럼 하면 5분 내에 얻을 답을 한 시간이 걸려도 얻지 못한다는 이유 때문이다. 득점 전략은 '최소의 노력으로 최대의 효과'를 겨냥하는 데 있다. 이것을 잘하지 못하면 득점 경쟁에서 낙오한다는 것이 이들의 논지이다. 이는 언뜻 옳은 이야기처럼 들린다. 그러나 여기서 잃는 것은 학습 의욕과 학업 능력이다. 결국 종이 위에 적히는 득점 수치를 위해 교육의 본질인 의욕과 능력을 상실하는 것이다. 그리고 이것이 조금 길게 누적된다면 결국 능력 부족으로 득점 수치도 올리지 못한다. 이제 곧 내가 택한 학습 방법이 이런 얄팍한 득점 전략보다 득점자체를 위해서도 더 효과적이라는 점을 나 자신의 예를 들어 보여주려 한다.

이런 학생에게 최우수상을 주다니!

감곡중학교에 편입하고 한 학기 후 나는 일단 담임선생님의 체면을 세워드렸다. 낙제하지 않았을 뿐만 아니라 우등상까지 받았다. 사실 수업을 받아보니 수학은 오히려 내가 앞서 있었다. 내가 이미 혼자 공부해 알고 있는 내용을 여기서는 뒤늦게 배우고 있었다. 그러나 겁을 먹은 것은 영어였다. 사실 나도 영어 공부를 할 만큼은 했다. 영어 단어도 열심히 외웠고 문법도 조금은 공부했다. 그런데 영어 문장만으로 꽉 박힌 교과서를 혼자 읽어낼 방법이 없었다. 한데 이곳 학생들은 어떻게 된 영문인지 이러한 것을 미리 공부해 와서 수업 시간에는 자원하여 읽고 해석까지 척척 해냈다. 나머지 과목은 그저 피장파장이었다.

그러고는 다시 3학년을 1년 동안 다니고 내 생애 최초로 졸업이라는 것을 할 수 있게 되었다. 나는 이 학교에 오기까지 초등학교 네 곳, 고등공민학교 한 곳 하여 학교를 다섯 군데나 다녔지만 졸업장을 받아본 적이 없었다. 내게는 초등학교 졸업장도 없기 때문에 이것마저 없었으면 공식적으로는 초등학교도 못 나온 '무학無學'으로 분류될 참이었다. 이런 점에서 설혹 1년 반밖에 안 다니기는 했어도 감곡중학교는 내 최초의 모교이고, 나는 이 점을 매우 고맙게 여기고 있다. 더구나 졸업식 때는 최우수상인 도지사道知事상까지 받았는데 이 점과 관련해 약간 덧붙일 말이 있다.

3학년 말이 되었을 무렵 나는 오 아무개 군과 가까이 지내며 겨울방학 때는 공부도 만나서 함께했다. 특히 그와 함께 어려운 수학 문제들을 많이 풀어보았는데 푸는 실력이 서로 엇비슷했다. 그래서 "우리 둘이 힘을 합치면 세상에 못 푸는 문제가 없다"라고 서로 격려하며 웃고 지냈다. 그런데 우리의 이런 엇비슷함이 결국 최우수상을 둘러싸고 학교 선생님들에게 곤혹스러운 상황까지 만들어줄 줄은 꿈에도 몰랐다. 그 내막은 이렇다.

1954년 봄, 감곡중학교 교무실

"이번 도지사상 후보는 누구예요?"
"총점에서 장○○가 오○○를 조금 앞섰네요."
"그럼 장○○를 줘야 하는 것 아닌가요?"
"그런데 생각해봐야 할 문제가 좀 있어요."
"그게 뭐지요?"
"그 학생은 아시다시피 우리 학교를 1년 반밖에 안 다니지 않았습니까?"
"그런데요?"
"더구나 정규 중학교도 아닌 고등공민학교에서 절반을 보냈거든요."
"그게 무슨 문제가 되나요?"
"이 상賞은 우리 학교 교육과정을 가장 모범적으로 이수했다는 학교 최고의 영예를 부여하는 것 아닙니까? 그런데 정규 중학교 과정을 절반도 밟지 않은 학생에게 이걸 수여하는 것이 합당하냐 하는 것입니다."
"그렇다면 그렇게 해서는 안 될 규정이 있나요?"

"딱히 그런 것은 없지만 정신이 그렇다는 뜻입니다. 그리고 오○○하고는 아주 근소한 차이밖에 없거든요."

"어쨌든 관례는 3학년 성적만으로 결정하는 것이고 늘 그렇게 해왔지 않습니까?"

"그렇기는 합니다만 이 학생으로 말하면 2학년 2학기에 어렵사리 편입 허가를 얻어 들어온 방계 가운데 방계라 할 수 있는데, 이런 학생에게 3학년 때 성적이 좀 높다고 하여 학교를 대표하는 최우수상을 준다는 것도 전례에 없기는 마찬가지입니다."

"……."

"……."

후에 들리는 바에 따르면 이 논쟁이 어떻게 치열했던지 교무회의의 결정 내용을 몇 번이나 번복하는 이변이 있었다고 한다. 결국 최종 결정은 나에게 주기로 되었고, 내가 상을 받기는 했지만 마음 한구석 씁쓸한 느낌이 없지 않았다. 위에 말한 것처럼 오○○는 나와 절친한 사이였고 늘 함께 공부했는데, 그와의 사이에 (본인들은 전혀 모르는 가운데) 이런 일이 있었다는 것은 내게 무척 괴로운 일이었다. 다행히 더 큰 관심사였던 고등학교 진학과 관련하여 각각 희망하는 학교에 잘 진학했기에 이 문제는 곧 잊었고, 우리는 후에도 오랫동안 가까운 사이로 지내왔다. 그는 청주고등학교에 지원했고, 나는 청주공업고등학교에 지원해 나란히 청주로 가게 된 것이다.

여기서 나는 내가 왜 굳이 청주공업고등학교로 진학해야 했던가를 설명해야겠다. 3학년이 되면 자연히 고등학교 진학 문제를 생각하게 된다. 이곳 중학교에서도 감곡 쪽 학생들은 청주로 많이 진학했고, 장호원이나 이천·여주 쪽에 살던 학생들은 서울로 많이 갔다. 나는 아버지와 의논하여 일찌감치 청주공업고등학교로 가기로 결정해놓고 있었다. 여기서 청주로 진학하는 학생들은 청주고등학교와 청주공업고등학교를 비교적 선호했다. 나중에 안 일이지만 청주고등학교와 청주공업고등학교는 격이 달랐다. 말하자면 청주고등학교는 아주 우수한 학생들이 가는 곳이었고, 청주공업고등학교는 그런대로 괜찮다고 하는 학생들이 가는 곳이었다. 그런데 이 시골에서 청주고등학교를 넘볼 학생은 그리 많지 않아 청주공업고등학교 정도 가면 그저 잘 가는 것으로 생각했다. 그러니까 여기서는 전반적인 선호도에서 두 학교의 차이를 크게 느낄 수 없었다. 말하자면 어디어디가 좋다는 식으로 묶여 다니고 있었다.

그런데 내가 청주공업고등학교를 선호한 데는 나름대로 다른 이유가 있었다. 앞에 언급했듯이 나는 원초적 과학 체험을 했고 되도록 일찍부터 이런 쪽으로 가서 빨리 좀 더 깊이 공부해보겠다는 생각이 많았다. 그리고 아버지가 늘 수학과 과학에 관심을 가지고 계셔서 그 속에 어떤 신비한 내용이 담기지 않았나 하는 생각을 해왔는데 이제 내가 그런 것을 공부할 차례가 되었다고 생각한 것이다. 그리고 그곳에는 벌써 기계과·전기과 등 '학과' 구분이 있었는데, 이게 또 한층 '어른스러워' 보였다. 그저 중학교에서처럼 일반과목들만 배우는 것이 아니라 '전문과목'도 배우게 된다는 것 또한 큰 매력이었다.

나는 아무 주저 없이 '기계과'를 택했다. '기계가 모든 산업의 중심이 아니냐? 그것을 일으켜야 이 나라 산업이 산다. 그런데 내가 곧 그것을 배우게 되다니!' 이런 어떤 전율 같은 것을 느꼈다. 그런데 어머니는 반대했다. 기름때 묻은 옷 입고 다니는 게 별로 반갑지 않다는 것이었다. 깨끗한 흰 가운을 입는 의사가 훨씬 좋다는 것이었다. 거기다가 수입도 의사가 훨씬 낫다고 했다. 그러나 아버지와 의기투합해 결정한 내 꿈을 깰 처지는 아니었다. 아버지는 일단 '네가 하고 싶은 것을 해야 한다'는 자세였다.

넷째 마당

교실 안과 밖

교장 선생님, 이 학생입니다 | 아버지, 나 미적분 이해했어요! |
혼자 하는 물리학 공부가 더 재미있다 | 아인슈타인 서거 소식 |
고등학교 '교실 밖'에서의 활동 | 모표와 배지 |
너, 거기 가면 춥고 배고파 | 어떤 기도를 드려야 하나

교장 선생님, 이 학생입니다

청주공업고등학교에 지원은 했지만 여전히 한 가지 걱정스러운 것은 내가 입학시험에서 잘해낼 수 있을까 하는 문제였다. 그 전해에는 감곡중학교에서 청주공업고등학교에 11명이 지원했는데 단 한 명이 합격했다는 풍문도 들렸다. 그리고 그때까지 나는 반에서 얻은 성적이 아닌 '경쟁시험'에 응해 이른바 '합격'이라는 것을 경험해보지 못했다. 단 한 번, 고등공민학교 입시를 치르기는 했으나 그것은 사실상 전원 합격이 거의 확실한 시험이었다. 그동안 나는 거의 예외 없이 시험에서 좋은 성적을 얻기는 했으나 결코 시험을 즐기지는 않았다. 더구나 경쟁시험이라면 한 명이 탈락한다 하더라도 그것이 내가 되지 않아야 할 이유가 없지 않은가?

그런데 당시 내게는 제법 신경 쓰이는 문제가 또 하나 있었다. 바로 내 입학 지원 서류 가운데 호적초본을 첨부하게 되어 있었던 것이다. 이미 앞에서 말했지만 내 이름은 임의로 개명한 것이어서 호적 이름과 일치하지 않았다. 호적초본을 받아놓고 고민하다가 아버지는 내 이름 옆에 괄호를 하고 현재 내 이름을 적어 넣었다. 이것은 원칙으로 하면 공문서 변조에 해당하는 일일 텐데, 사뭇 고친 것은 아니고 조금 (그것도 괄호 치고) 적어 넣기만 했으니 그리 큰 범죄는 아닐 것이다. 그래서 서류를 담당하는 사람이 보아 호적이 그런 식으로 기재될 수도 있나 보다 하고 넘어가면 다행이고, 만일 까다로운 사람이 이를 적발해 직접 확인을 요청하면 들통이 나게 되어 있었다.

이렇게 되면 서류 미비로 합격이 취소될 수도 있고, 경우에 따라 공문서 변조죄로 아버지가 처벌받을 수도 있는 일이었다. 사실 이 문제는 보기에 따라 훨씬 더 심각한 것일 수도 있었다. 그동안 어렵게 얻어낸 내 중학교 학사 기록이 모두 무효 처리될 수 있었기 때문이다. 그때까지 살아온 '장회익張會翼'은 법적으로 보면 가공인물에 불과했고, 따라서 그에게 부과된 모든 기록은 법적 효력을 상실하는 것이다. 합법적인 인물로서 나는 다시 초등학교 중퇴생으로 되돌아가는 셈이 된다.

결국 시험 날짜는 다가왔고 나는 시험을 치러 청주로 갔다. 청주에서 과거 초등학교 시절 친하게 지냈던 친구 한 명을 만났다. 그는 내가 어디에 지원했느냐고 묻더니 대뜸 하는 말이 "네가 왜 공고를 가?"였다. 벌써 청주에서는 학교 서열이 쫙 매겨져 있어서 아예 성적순으로 지원하는 것으로 생각하고 있었다. 나는 다소 의외였으나 내 당면한 관심사는 공고에 합격하느냐에 있을 뿐 다른 데 신경 쓸 계제가 아니었다. 우선 3 대 1의 장벽을 뛰어넘어야 하지 않는가?

시험문제는 의외로 쉬웠다. 그러나 시험이 상대적인 것인 이상 마음을 놓을 수 없다. 내게 쉬우면 남에게도 쉬울 것 아닌가?

시험을 다 마치고 교문 밖으로 걸어 나오는데, 한 학생이 밖에서 기다리던 아버지처럼 보이는 사람과 대화를 나눴다. "시험 잘 봤냐?" "아이, 이런 데도 떨어지면 어떻게 해요?" 나는 기가 확 죽었다. 저 친구는 얼마나 잘 쳤기에 저런 소리를 할까? 나는 아무리 생각해도 꽤 여러 개 틀린 것 같은데…….

이윽고 발표 날이 다가왔다. 교문에 들어서자 이미 합격자 번호판이 내걸려 있었다. 아무리 찾아도 내 번호는 없었다. 나는 처음으로 불합격하는 심정이 어떤지를 맛볼 수 있었다. 한참이나 멍하니 서 있는데 누군가 와서 됐느냐고 물었다. 안 됐다고 했더니 무슨 과에 지원했느냐고 다시 물었다. 그제야 다시 보니 나는 전기과 합격자 명단을 보고 있었다. 다시 기계과 합격자 명단을 찾아보았고, 합격되었음을 확인했다.

그런데 바로 그 순간 어떤 선생님이 내 이름을 부르며 찾았다. 나는 사색이 되었다. 결국 그 문제(호적초본)가 터졌구나! 선생님은 나에게 따라오라고 했다. 교장실로 가는 것이었다. 사무적인 것이면 서무실이나 교무실로 부를 텐데 다소 의아했으나 문제가 문제인 만큼 교장실로 넘어갔을 수도 있었다.

"교장 선생님, 이 학생입니다."
"내가 부른 것은 학생이 우리 학교 역사에서 전례가 없을 만큼 높은 점수를 받아 합격했기에 어떤 학생인가 한번 만나 보고 싶어서였네."

[총점 500점 만점에 ○○○점(정확한 수치는 기억에 없음)을 받았는데, 2등을 한 학생과 차

이가 거의 100점쯤 된다고 하면서] 지금까지는 그런 예가 없었지만 이번만은 특별히 입학금을 전액 면제해주겠다는 이야기였다. 도무지 꿈속에 떠 있는 것 같은 느낌이었다. 불과 몇 분 전에는 불합격되었다고 낙담하고 서 있지 않았던가?

다행히 호적초본 문제는 제기되지 않았다. 아마 아무도 거기에 관심을 두지 않았던 모양이다. 결국 이 골치 아픈 문제는 내 고등학교 재학 기간에 해결되었다. 상주지방법원의 판결을 거쳐 정식으로 개명이 허락되었기 때문이다.

아버지, 나 미적분 이해했어요!

나는 입학금으로 준비했던 돈으로 손목시계를 하나 사서 아버지에게 드렸다. 아버지는 그 대신 당신이 쓰던 시계를 내게 물려주셨고 나는 생전 처음 시계를 손목에 걸게 되었다. 이것으로 내가 그간 아버지에게 받은 도움에 약간이나마 보답한 셈인데, 사실 조금 더 큰 보답은 몇 달 후에 조금 다른 방식으로 했다.

내 입학시험 성적은 그 후 상당한 화젯거리가 되었다. 입학식에서 교장 선생님은 이것을 또다시 공표했고, 또 어떤 선생님은 과목별로 정리하다가 보니 내 성적에 만점이 너무 많이 나와 혹시 시험문제가 유출된 게 아닌가 걱정했다는 이야기도 했다. 특히 내가 속한 기계과 1반 담임선생님은 우리 앞에서 이것에 대해 상세하게 설명하면서 오직 생물 과목만 성적이 좋지 않게 나왔는데 아마 중학교에서 생물을 배우지 않은 모양이라고 친절한 주석까지 덧붙이셨다.

나는 여기에 대해 아무 이야기도 안 했지만 이 주석은 사실과 다르다. 생물은 배웠지만 나는 이 과목을 몹시 싫어하며 배웠다. 과거에는 그렇지 않았는데 내가 2년간 야생 경험을 거쳐 중학교에 편입한 후부터는 과목 선호도가 뚜렷해졌다. 그리고 나는 이미 '배워서 아는' 형태의 학습을 하고 있지 않았다. 내 마음 어디에서 '아는 것'으로 수용할 것과 '그렇지 않은 것'을 판정하는 기준이 작동했으며, 이 기준에 맞는 것은 매우 쉽게 받아들였지만 그렇지 않은 것은 오히려 배격하고 있었다. 그런데 불행히도 이 기준에 따라 내가 배격하는 대표적 과목이 생물이었다. 생물은 도대체 '이해'거리를 주는 과목이 아니었다. 이것은 후일 생명 문제가 내 가장 큰 관심사로 떠오른 일과 관련하여 생각해보면 묘한 역설을 이루는 점이다.

한편 감곡중학교에서는 내 일로 콧대가 많이 올라갔다. '우리 학교에서 그런 학생을 배출했다'가 아니라 '우리 학교에는 그런 (거의 동점에 해당하는) 학생이 또 있다' 하는 것이었고, 조금 비화하여 '우리 학교에는 그런 학생이 많이 있다'로 되어버린 것이다. 청주공고 선생님 한 분이 무슨 일로 중학교 학생 대표들을 만났는데, 그중에 감곡중학교 학생도 있었다. 이 선생님이 내 이야기를 거론하면서 "어떻게 그런 우수한 학생이 나왔느냐"라고 자못 감탄조로 물었더니, '우리 학교에는 그런 학생이 많았다'는 태도로 말하더라는 것이다. 크게 자존심이 상한 그 선생님이 그 후 어느 비공식적인 모임에서 내게 "자네가 거기서 1등을 하지 않았느냐?"라고 따져 묻기에 그렇다고 했더니, "그런데 왜 그따위 소리를 하느냐?"라고 분개하셨다. 나는 그 '긴 이야기'를 다 말할 수도 없고 하여 가만히 듣고만 있었다.

한편 담임선생님은 나를 따로 불러 이 학교에서 가르치는 것만으로는 부족할 테니 자기가 지시하는 대로 몇 가지 특별한 학습을 하라고 말씀하시면서 러브Love라는 사람이 쓴 『미적분학』(우리말 번역본) 책 한 권과 딕슨Dixon의 영어 교재 몇 권을 주셨다. 이분은 서울대학교 공과대학 기계공학과를 졸업하고 이곳에 오신 지 얼마 안 된 분으로, 교육에 대한 의욕이 넘쳐나고 특히 내게 큰 기대를 하셨던 것으로 보인다. 나는 한 달여 만에 러브의 책 주요 부분을 읽고 미적분학이 대략 어떤 것인지 이해했다. 이 책은 본래 초급 대학 교재로 쓴 것인 듯한데, 초심자도 쉽게 읽도록 미적분학을 처음부터 차근히 잘 설명하고 있었다.

내가 이 책을 대략 읽었다고 했더니 이분이 교무실에서 이 사실을 공표하여 나에 대한 '신화'를 증폭시키는 데 기여했다. 사실 고등학교 3학년 정도에 배우게 될 미적분학 내용을 1학년 학생이, 그것도 고등학교 교재가 아닌 외국 책 번역본으로 읽어 이해했다는 것은 단연 화제가 될 만도 했다.

그러나 내게는 이것이 전혀 다른 의미에서 매우 자랑스러운 일이었다. 이미 여러 번 언급했지만 내 아버지는 초등학교 이상 교육이라고는 측량 기술을 주로 가르치는 공과학원 6개월 마친 것이 전부였는데, 독학으로 수학과 물리학에 대해 상당한 깊이까지 이해하고 계셨다. 그러면서 이미 내게 여러 번 말씀하시기를, 수학에는 미적분학이라고 하는 매우 신통한 분야가 있는데 이것까지는 도저히 혼자 힘으로 공부해낼 방도가 없더라고 하셨다. 그런 이유 때문에 나도 미적분학에 대해 일찍부터 상당한 외경심이랄까 호기심 같은 것이 있었는데, 이번 담임선생님의 배려로 이것을 일찌감치 알아낼 기회를 얻은 것이다.

그리하여 나는 아직 감곡에서 일하시던 아버지가 오시기만 기다리고 있었다. 오시면 내가 미적분을 이해했다고 자랑스럽게 선언하고, 이제는 아버지께 미적분을 가르쳐드릴 수도 있다고 말씀드릴 참이었다. 이것이야말로 내가 경쟁 상대로서 아버지를 넘어서는 상징적 의미를 지니는 일이었고, 아버지는 이제 나한테 즐겁게 져주는 순간이었다. 과연 아버지는 무척 기뻐하시면서 기꺼이 나한테 배우시겠노라고 했다. 그러나 실제로는 이것을 함께 학습할 만큼 충분한 시간을 서로 갖지 못했고, 또 내 이해 자체가 그다지 깊지 못해 결국 아버지께 이것을 완전히 이해시켜드리는 데는 실패하고 말았다. 지금이라면 훨씬 쉽게 설명드릴 수 있었겠지만 그때만 해도 나 자신이 겨우 이해했을 뿐 아직 남을 이해시키는 단계에는 이르지 못했던 것이다.

그러나 이 일로 나는 아버지에게 더 많은 것을 배웠다. 배움을 위해서라면 나이 어린 자식에게 배우는 것조차 마다하지 않는 학구적 자세가 그것이다. 남 앞에 머리 숙이고 배운다는 것은 말로는 쉽지만 자신이 직접 수행하기는 정말 어려운 일이다. 이것을 아버지는 가장 극적인 방식으로 내게 가르쳐주신 것이다. 아마 예수가 자기 제자들의 발을 씻어준 사례가 이와 비슷한 일일 것이다.

나는 여기서 아버지의 생애에 대해 마지막으로 간단히 정리하고 넘어가겠다. 이미 언급한 바와 같이 초등학교 이후 그가 받은 공교육은 기초적인 토목공학과 삼각함수를 활용한 측량 기술에 관한 것으로 겨우 6개월 과정으로 끝나는 것이었지만, 이를 바탕으로 그는 자력으로 학문적 수련을 쌓아 일생 동안 존경받는 견실한 토목 기술자로 활동하셨다. 작업 현장에서 이론적으로 어려운 문제가 발생하기만 하면 대부분 그가 해결해 일찍부터 동료들 사이에는 '장 박사'라는 칭호가 붙어 있었다.

이러한 그의 학구적 자세는 나를 포함한 자녀들 교육에 커다란 도움을 주었다. 집에 들어오시면 항상 이상한 수식과 삼각형이 그려져 있는 책을 보면서 어린 내가 학문 세계를 몹시 동경하게 해주었고, 스스로 공부하는 모범을 보임으로써 특별히 공부하라고 당부할 필요가 없었다. 그리고 내가 조금 더 성장했을 때는 더없이 좋은 말동무가 되었다. 학교에서 새로 배운 것, 책에서 새로 읽은 것이 모두 이야기 소재가 되었고, 이것을 즐겨 들어주시고 스스로 배우려고 애써주시기도 했다.

학문적 관심사 이외에 사회적 활동에는 비교적 소극적이었지만 그렇다고 해서 특별히 사회의식이 박약하거나 보수적 이념에 매여 있지도 않았다. 해방 직후 좌우의 극심한 대립 관계가 형성되었을 무렵에는 대체로 사회주의적 이념에 동조하면서 가진 소수의 이익보다는 가지지 못한 다수의 이익을 대변하는 것이 옳다고 하는 사회적 정의감을 보이기도 했다. 이 때문에 다소 어려움을 겪기도 했으나 끝내 특별한 활동가로 나서지는 않았다.

만년에 건강을 상실하고 종교에 귀의하면서도 단순한 신앙으로서 종교가 아니라 이 길에 대한 학문적 이해를 위해 노력하는 자세를 버리지 않으셨다. 이분은 자신의 가장 큰 소망이 자신의 전문 분야에서 대학 강의를 하는 것이라는 뜻을 비칠 만큼 학문적 열의가 높고 또 그 자질이나 성품으로 보아 학문적 활동에 가장 적합한 분이었지만 시쳇말로 가방끈이 워낙 짧아 그 방면으로 큰 성취를 얻지 못하고 말았다. 그는 40대 초반부터 건강이 악화되어 자유로운 활동을 못 하다가 1973년 56세의 나이로 고향 가까운 안동에서 짧고 고된 생애를 마쳤다.

혼자 하는 물리학 공부가 더 재미있다

새옹지마塞翁之馬라는 말이 있듯이 지금 되돌아볼 때 가령 내가 세칭 일류 고등학교로 진학했을 경우와 비교해보더라도 청주공고에서의 내 교육은 그다지 나쁜 것이 아니었다. 특별히 내 경우에는 담임선생님의 특별 배려로 수학과 영어를 남달리 깊이 학습할 수 있었고, 학교 수업 부담이 상대적으로 가벼워 나나름의 활동을 많이 할 수 있었던 것이 장점으로 꼽힌다.

그러나 이것은 지금 이 시점에서 되돌아보고 하는 말이어서 당시 내가 느꼈던 것과는 많이 다르다. 입학한 지 얼마 지나지 않아 나는 학교를 잘못 선택했구나 하는 생각을 많이 하게 되었다. 그 이유는 입학 전에 내가 기대했던 것과 너무 많이 달랐기 때문이다. 그 하나의 사례가 과학 관련 수업이다. 나는 사실 당시 공업고등학교를 요즘의 과학고등학교 정도로 여기고 지원했다. 다른 것은 몰라도 과학만은 일찍부터 그리고 깊이 있게 배우리라 기대했던 것이다. 특히 물리학이야말로 공학과 밀접한 관련이 있는 이상 물리 수업만은 훨씬 깊게 그리고 충실하게 이루어지리라 생각했다. 그런데 공교롭게도 우리가 물리 수업을 겨우 한두 주 받았을 무렵 물리 담당 교사가 다른 곳으로 전직하여 물리 수업을 거의 듣지 못했다. 뒤늦게 거의 졸업할 무렵 어느 분이 맡기는 했으나 그때는 이미 내 교육과는 실질적으로 무관한 상황이었다.

입학 당시 이러한 기대뿐 아니라 좀 더 절실한 현실적 과제는 이것이 내 대학 입시와 맞물려 있다는 점이었다. 당시 나는 공과대학으로 진학하리라 생각했는데, 여기에는 물리학 과목이 필수여서 어떻게든 물리학 공부를 해내지 않으면 안 되었다. 그래서 우리 학교 교재로 채택되었던 방성희 저,『물리』I, II권을 혼자 읽어나가기 시작했다. 그런데 이게 어찌 된 일인가? 이 두 권이 아주 쉽게 그리고 아주 재미있게 읽히지 않는가? 아마도 중학교 때 이미 물리적 사고에 대한 체험적 학습을 거쳤던 일이 다시 여기서 효과를 발휘하지 않았나 생각한다. 어쨌든 이것으로 나는 다시 물리학에 대한 흥미와 자신감을 얻게 되었고, 내친김에 장래 전공을 아예 물리학 쪽으로 바꾸어볼까 하는 생각까지 하게 되었다. 이것은 결국 적어도 물리학에 관한 한 전화위복의 결과를 가져왔다.

이렇게 함으로써 나는 고등학교 과목 가운데 가장 어려운 것으로 꼽히는 미적분학과 물리학을 거의 자력으로 공부한 셈이 되는데, 이는 학교 상황이 그렇게 만들어준 측면도 있지만 이것이 가능했던 더 중요한 이유는 과거 '야생 경험'을 통해 익힌 독자적 학습 능력이 주효했기 때문이라고 생각한다. 결국 아주 어려서 익힌 독자적 학습 능력은 다시 독자적 학습 경험을 낳게 하고 이것이 다시 독자적 학습 능력을 강화하는 방향으로 상승 작용을 일으킨 것이다. 그러나 내가 만일 세칭 일류 학교에 가서 주로 수동적 교육을 받았더라면 이러한 독자적 학습 능력이 오히려 감퇴되고 이름 높은 상급 학교나 겨냥하면서 득점 위주로 좀 더 평범한 학습 습관에 매몰되었을 가능성이 크다. 결국 나는 다행스럽게도 제도권 교육에 들어섰으면서도 자의 반 타의 반으로 여전히 야생의 상황과 비슷한 여건에 놓이게 되었고, 이것이 다시 내 야생성을 더 강화하는 쪽으로 치닫게 했던 것이다.

아인슈타인 서거 소식

내가 2학년이 되던 1955년 어느 화창하던 봄날, 청주공고 교정에서 따뜻한 봄볕을 쬐고 있던 나는 마침 교내 방송에서 흘러나온 뉴스 하나를 들었다. 아인슈타인이 작고했다는 것이었다. 그때 나는 아인슈타인에 대해 얼마나 알고 있었을까? 그리고 그 기억이 왜 지금까지 지워지지 않고 이렇게 생생하게 떠오를까? 청주공고에서는 왜 그 소식을 교내 방송을 통해서까지 뉴스로 알렸을까? 이 모든 것이 나는 지금도 무척 궁금하다. 방성희의 물리 교재에는 분명히 아인슈타인의 공식 $E=mc^2$가 언급되어 있었지만 이 시점에 이미 내가 이것을 읽었을 것 같지는 않다. 만일 그렇다면 나는 사실 아인슈타인에 대해 거의 아무것도 모를 때라고 보아야 하는데, 왜 그의 서거 소식이 이렇게 내 뇌리에 깊이 박혀 있을까?

이것 자체가 내게는 아직 풀리지 않는 하나의 수수께끼이다. 아마 신비적인 현상을 믿고 싶어 하는 사람이라면 아인슈타인의 혼이 그 순간 내게 전해졌다고 말하고 싶을 것이다. 나는 이런 것을 믿지도 않을 뿐 아니라 이런 해석을 싫어하는 사람이지만 적어도 상징적으로는 그런 말을 할 수 있으리라 생각한다. 이미 이 시점을 기해 아인슈타인은 이 세상 사람이 아니지만 내게 영향을 준 많은 사람이 그러하듯이 이후 아인슈타인은 살아 있는 그 어떤 사람 못지않게 내 생애에 매우 소중한 많은 것을 전해주었다. 물론 이 시점에서 내가 그것이 무엇일지 상상이라도 했을 리 없지만 아인슈타인이라는 인물이 내게 전해줄 그 무엇과의 공명을 마음속 깊은 곳에서 이미 느끼고 있었을 가능성은 있다. 나도 이해할 수 없는 이러한 내면의 울림이 아마도 그날 그의 서거 소식을 내 기억 속에 그렇게 깊이 박아넣지 않았나 하는 생각을 해본다.

뒤에 좀 더 자세히 이야기하겠지만 나는 아인슈타인과 학문 계보상으로 아주 특별한 관계를 맺게 된다. 우리가 박사학위를 주고받은 관계를 아버지와 아들 관계에 비유한다면 내 학문적 조부는 유진 위그너Eugene Wigner 교수가 되는데, 그는 바로 아인슈타인의 양자養子에 해당하는 사람이다. 아인슈타인은 직접 박사학위를 수여한 제자가 없으므로 친자親子는 없고, 그의 가장 가까운 영향권에서 공부한 사람이 바로 위그너 교수였다. 이렇게 본다면 아인슈타인이 바로 내 학문적 증조부曾祖父에 해당하는 인물이지만 이 시점에서 내가 후에 아인슈타인과 이런 특별한 관계를 맺게 될 줄은 꿈에도 몰랐다. 이것은 단지 흥미로운 계보상의 관계만을 말해주는 것이 아니라 하나의 특징적인 학문 성향을 말하는 것이다.

후에 맺어질 이런 특별한 관계가 아인슈타인과 나 사이의 어떤 공통점 때문에 맺어졌다고 말하기는 무척 어렵겠지만, 아인슈타인과 나 사이에 성장 과정에서 유사점이 많았던 것은 분명하다. 여기서는 우선 눈에 띄는 몇 가지만 살펴보자. 내가 초등학교 6학년 무렵 약 1년간 학교를 완전히 떠나 있었고 다시 1년 동안 고등공민학교를 거쳐 제도권 교육에 복귀했다면 아인슈타인은 우리로 치면 고등학교 1학년 시기에 학교를 자퇴하여 1년간 혼자 수학과 물리학을 중심으로 학습한 후 다시 그 지역 고등학교를 1년 더 다니고 나서 정규 대학 교육을 받았다.

내가 아인슈타인에 비해 홀로 공부한 시기가 약 4년 앞섰다는 점만 뺀다면 그 유형은 대단히 비슷하다. 즉 그와 나는 거의 같은 정도의 기간에 '야생 체험'을 한 것이다. 특히 흥미로운 점으로 그가 고등학교 1~2학년에 해당하는 기간에 학교를 벗어나 수학과 물리학을 혼자 학습했음에 비해 나도 정확히 고등학교 1~2학년에 설혹 학교에 재학하기는 했으나 수학의 주요 부분(미적분학)과 물리학을 혼자 공부했다. 그 밖에도 아인슈타인이 이미 즐겨했던 과목(수학과 물리학)과 싫어했던 과목(어학과 생물학)이 있었던 것같이 나도 즐겨했던 과목(수학과 물리학)과 싫어했던 과목(생물학)이 있었고, 그 과목들의 내용도 거의 정확히 일치한다.

아인슈타인은 어려서 전기 기사였던 삼촌이 수학과 물리학에 대한 관심을 이끌어주었다면 나는 토목 기사였던 아버지가 수학과 물리학에 대한 관심을 이끌어주었다. 어린 아인슈타인에게 막스 탈미라는 대학생이 여러 지적 호기심을 불러일으켰다면, 내게는 외삼촌이 역시 일생 지워지지 않을 학문에 대한 동경을 심어주었다. 젊은 시절 아인슈타인은 베소라는 친구와 토론을 많이 했는데, 나는 또한 대학 시절 임 아무개라는 친구와 유익한 토론을 많이 했다.

그 밖에도 아인슈타인은 대학에 입학하기 전 1년 동안 인문계인 김나지움과 실업계인 실업학교Gewerbeschule로 나뉘어 있는 한 고등학교를 다녔는데, 아인슈타인은 이 가운데 실업학교 쪽을 다녔다. 이것 또한 내가 인문계 고등학교를 택하지 않고 공업고등학교를 택했던 것과 대비되는 점이어서 흥미롭다. (아인슈타인이 다닌 실업학교는 실제 실업 과목은 거의 없고 라틴어, 희랍어 등 어학 과목 대신 수학과 과학이 강조되었다는 점에서 김나지움과 달랐다.)

여기서 또 한 가지 지적할 점은 아인슈타인의 학문 생애가 거의 제도권 밖에 머물러 있었다는 사실이다. 물론 그는 자신의 탁월한 업적으로 제도권 안팎에서 누구보다도 많은 주목과 관심을 끌었던 것이 사실이지만, 그의 학문적 관심사는 언제나 제도권의 주된 흐름에서 한 발짝 비켜나 있었다. 앞에서 '인삼'과 '산삼' 이야기를 여러 차례 했는데, 이러한 여러 가지 점에서 아인슈타인이야말로 지금까지 출현한 가장 약효가 높은 '산삼'의 표본이었다고 해도 좋을 것이다.

고등학교 '교실 밖'에서의 활동

내가 성장한 과정을 되돌아보면 그 가운데 많은 것이 사회적 통념과 배치되는데, 그 대표적인 것 하나가 인문적 소양의 문제이다. 나처럼 고등학교 과정에서 이미 전공에 몰두하고 그것도 인문 분야와 사뭇 거리가 먼 공업고등학교에서 학습했다면 무엇보다도 염려되는 것이 바로 인문적 소양일 것이다. 그런데 내 경우에는 오히려 그 반대에 가까운 말을 할 수 있다. 즉 내가 인문계 고등학교에 진학했어도 과연 청주공업고등학교에서 했던 만큼 인문적 소양을 쌓을 수 있었을까 하는 점이다. 아마 그렇지 못했으리라는 것이 현재의 내 판단이다.

나는 청주공고라는 특수 여건에 밀려 학예부장에 임명되었고, 겸하여 교우지 《청공》의 편집 책임을 맡게 되었다. 그런데 어떻게들 알고 왔는지 글솜씨 좋은 재주꾼이 제법 많이 모여들어 나름대로 탄탄한 편집위원회가 구성되었다. 우리는 미숙하나마 편집 구상에서 작품 선정에 이르기까지 편집에 관련된 모든 작업을 있는 힘을 다 모아 열성적으로 해나갔다. 제대로 된 번듯한 책 하나를 만들어보자는 것이었다. 당연히 좋은 원고를 마련하는 일이 가장 어려운 과제였다. 그래서 생각한 것이 우선 편집위원들만이라도 좋을 글을 많이 만들어 선택의 여지를 넓히자는 것이었고, 이를 위해 각자 가능한 한 모든 노력을 기울이기로 했다.

나도 내 능력이 어디까지 뻗치는지 보기라도 하려는 듯이 시와 소설, 일반 논설과 물리학 논문 할 것 없이 닥치는 대로 글을 만들어나갔다. 이렇게 해놓고 보니 내가 쓴 시와 소설은 내 눈으로 봐도 질이 훨씬 못 미치는 것 같아 일찌감치 폐기했고, 「기계공학의 중요성과 전망」이라는 일반 논설 하나와 「열의 본성에 대하여」라는 물리학 논문 하나를 최종적으로 살려 책에 실었다. 이 가운데 일반 논설은 내 친구 이름으로, 물리학 논문은 내 이름으로 올렸는데, 이것이 내 글로는 처음 활자에 박혀 나온 것들이다.

결국 이 작업을 통해 우리는 역대 어느 교우지보다도 분량 면에서나 내실 면에서 뛰어난 책을 만들었다고 자부했으며 또 그렇게 인정받았다. 아마 누가 인문학적 소양과 창의적 글쓰기 능력을 기를 방법을 찾고자 한다면 이보다 더 좋은 방법은 없을 것이다. 그런데 내가 인문계 고등학교로 진학했더라도 이러한 작업을 하게 되었을까? 장담할 수는 없어도 그 가능성은 분명히 낮았을 것이다. 그 무렵까지도 나는 내가 이러한 일에 적성이 있으리라고는 생각지도 않았는데, 청주공고라는 자리가 나를 그리 몰고 간 것이다. 지금 나는 '과학'을 하는 사람으로는 유별나게 '인문'에 관련된 활동에 깊이 관여하면서 관련된 글도 수월찮게 써오고 있지만 이게 모두 내가 인문계 고등학교 출신이 아니라 공고 출신이기 때문이라는 것은 그 나름대로 작은 아이러니이다.

그런데 도대체 공식적으로 물리학은 배워본 적도 없는 고등학생이 어떻게 물리학 논문을 썼다는 것인가? 여기서 내가 썼다는 물리학 논문 「열의 본성에 대하여」라는 글에 대해 조금 언급할 필요가 있다. 이미 말한 바와 같이 나는 고등학교에서 물리학을 거의 배워본 일이 없고 오직 교과서에만 의존하여 독학으로 공부했는데, 내가 쓴 이 주제는 교과서에서 전혀 취급하지 않은 것이다. 말하자면 대학 교재 정도에 나오는 이야기인데 그 당시 이러한 문헌에 내가 접할 기회는 없었다. 따라서 교과서 이외의 다소 수준 높은 참고서 이것저것을 뒤져 부분적인 단서들을 얻어내고 이들을 나 나름의 상상력을 동원하여 연결해 정리한 것이 이 글이다.

결국 이것은 열에 대한 '분자운동론적 관점'을 제시한 것인데, 이는 현상으로서의 열을 분자운동이라는 모형을 통해 설명해내는 물리학의 대표적 방법론을 나름대로 수용해 설명을 시도한 것이다. 이러한 과제는 누가 내게 던져준 것이 아니라 내가 스스로 마련했다는 점에서 독자적인 연구 사례가 될 수 있으며, 새로운 방법론을 스스로 찾아 활용했다는 점에서 지적 성장의 한 단계를 넘어서는 중요한 학습 체험이라 할 수 있다. 이것 또한 교우지 편집 작업을 맡지 않았으면 생각지도 않았을 것이고, 청주공고의 교육이 이것을 가능케 해준 것이라 할 수 있다.

이와는 조금 방향이 다르지만 그 시기 내가 겪은 중요한 '과외 활동'으로 교회의 학생회 활동을 빼놓을 수 없다. 나는 몇 년 앞서 오천에 머무는 동안 잠시 교회를 다닌 적이 있지만 오히려 '물음'만 키웠을 뿐 깊은 '믿음'에는 이르지 않았다. 그런데 내가 고등학교 2학년이 될 무렵 청주에서는 일종의 신비주의 신앙에 관련된 부흥회가 자주 있었다. 처음에 어떻게 발을 들여놓았는지는 기억나지 않는데, 어쨌든 '지성'과는 무관하게 순수한 신앙의 세계에 빠져들게 되었다. 지성의 검증을 완전히 배제한 채, 좀 더 정확히는 지성의 검증 자체를 죄악시하면서 이른바 '구원'이라는 메시지에 귀를 기울인 것이다. 이것이 결국 교회 안의 학생회 활동으로 이어졌고, 처음에는 총무라는 직책을 맡았다가 나중에는 회장이라는 자리에까지 오르게 되었다.

이 무렵 내가 다니던 장로교는 분열 위기를 맞아 커다란 진통을 겪고 있었다. 개략적으로 말하면 보수파와 진보파 사이의 갈등인데, 당시 보수파는 장로회총회신학교 교수 및 출신 목사 들이 주축이었고, 진보파는 한국신학대학 교수 및 출신 목사 들이 주축이었다. 그래서 당시 이를 총신파와 한신파로 각각 불렀는데, 화합이 되지 않아 급기야 교단이 둘로 갈라졌다. 그래서 각각 예수교장로회와 기독교장로회가 되었고, 사람들은 한국 교회에서는 예수와 그리스도(기독)가 서로 싸운다고 이야기했다. 청주시는 여러모로 보수적인 곳인데도 내가 속했던 교회를 포함해 주요 교회가 대부분 진보적인 기독교장로회 쪽에 소속되어 상대적으로 열려 있는 면모를 보여주었다. 이 갈등은 당연히 당시 지적으로 예민한 학생층에서도 중요한 관심사가 되었고, 찬반 논란도 상당했다.

이 일이 있고 얼마 되지 않아 내가 속한 교회는 훨씬 더 심각한 내분을 겪게 되었다. 당시 박태선 장로라는 분이 일종의 신비주의 교리를 펴면서 전국적인 선풍을 일으키고 있었는데, 그 열풍이 내가 다니던 교회를 강타했다. 교회 쪽에서는 이들을 이단이라 성토했고, 이들은 기성 교회에 구원이 없다고 맞섰다. 나 자신을 포함해 많은 신도가 이 신비주의에 기울어져 있었는데, 이 운동의 기수는 우리 교회 장로이면서 청주공고 교사이기도 했던 윤 아무개 선생님이었다. 뒤에 다시 언급하겠지만, 이분은 뛰어난 수학 교사로 논리가 명료했기 때문에 특히 젊은 층의 호응을 많이 얻고 있었다. 교회로서도 심각한 진통이지만 개인적으로도 역시 매우 심각한 문제가 되지 않을 수 없었다. 구원의 길이 이쪽에 있는지 저쪽에 있는지 도무지 종잡을 수 없었기 때문이다. 당연히 철야기도회이며 토론회 모임이 많았고, 나 또한 책임 있는 학생회 회장으로서 그리고 신실한 신자로서 이 일에 초연할 수 없었다.

나는 주로 성경이나 다른 종교 서적을 뒤져가며 개인적으로 이 번민을 풀어나갔지만 이 일로 적지 않은 시간과 노력을 소모하게 되었다. 결국 우리 교회 절반 정도가 이른바 '전도관'이라는 곳으로 옮겨갔고, 나는 교회 쪽에 남았다. 우리 학교 선생님이며 우리 교회 장로이신 윤 장로가 전도관 관장이 되셨는데, 나는 나대로 그의 주장을 지지할 수 없는 나름의 대항 논리를 개발해 그와 맞서나갔다. (후에 전도관은 해체되었고 윤 장로는 본래 교회로 복귀하여 지금도 거기서 장로로 시무하고 계신다.)

나는 지금 기독교 신앙에 관련한 당시의 이러한 활동에 대해 두 가지 점에서 긍정적인 의미를 부여한다. 그 하나는 신앙의 세계라는 것이 무엇인지 가장 순수한 형태로 경험했다는 사실이다. 이후 나는 이것을 '지성'과 연결하면서 부단한 내적 '발전'을 시도했지만 순수한 형태의 일부 신앙 요소는 그대로 유지해오고 있다. 이것은 사람의 삶에서 매우 소중한 자산의 하나라고 생각했고 지금도 이러한 생각에는 변함이 없다. 둘째로는 이를 통해 많은 학생 그리고 여러 연령층의 교회 신도들과 사회적

으로 교류할 기회가 되었다는 점이다. 특히 학생회 활동은 학교
와는 다른 또 하나의 독자적 사회활동이며, 이를 통해 사람과
사람 사이의 이해의 폭을 크게 넓힐 수 있었다. 나는 지금 종교
인들의 행태에 상당히 비판적인 견해를 가지고 있지만 성장기
의 이러한 체험이 많은 점에서 긍정적 발전의 동인으로 작용하
리라는 것을 부정하지는 않는다.

　지금 생각해보아도 고등학교 3년 동안 어떻게 이런 다양한
활동을 할 수 있었을까 하는 생각이 든다. 말하자면 교실 안의
활동보다 교실 밖의 활동이 더 활발했으며, 결과적으로 이것이
더 유익했다고도 말할 수 있다. 그런데 이러한 활동이 허용될
수 있었던 것 또한 청주공업고등학교에서 내가 놓였던 특별한
상황과 관련이 깊다고 볼 때 내 고등학교 교육은 매우 유익한
것이었음이 틀림없다. 당시 내가 밟은 교육의 여정은 다른 사람
들 눈에 하찮은 것으로 비쳤고, 당시 내 기대에도 크게 벗어난
것이 사실이지만, 결과적으로는 당시 상황에서 기대할 수 있었
던 최선의 교육에 가까운 것이 아니었나 생각한다.

모표와 배지

내가 중·고등학교에 다닐 때는 학생들이 모두 교복을 입고 교모
를 썼다. 그리고 모자에는 학교를 나타내는 모표가 붙고 옷에는
역시 학교를 나타내는 배지와 학년을 나타내는 숫자 또는 기호
를 붙이고 다시 가슴에는 명찰을 달았다. (청주공고에서는 A, B, C로 1,

2,3학년을 구분했다.) 이것은 군국주의 교육과 엘리트주의 교육의 묘한 결합의 결과라 할 수 있다. 아무나 학교에 가기 어려웠던 시절, 학생이라는 엘리트 의식을 심어주면서 소속감을 고취해 행동에서 규율과 책임감 그리고 자제력 등을 이끌어내는 복합적기능을 했던 것이다.

그런데 점차 학교끼리 서열 의식이 심화되자 이것은 학생들사이에 우월감과 열등감을 부추기는 매우 좋지 않은 기능을 함께 하게 되었다. 학생들은 학교 안에서는 물론이고 다른 어떤장소에서도 거의 언제나 교복 차림을 하게 되어 있어서 어디를가든지 자기가 어느 학교 학생이라는 것을 나타내게 되고 또 이를 항상 의식하지 않을 수 없었다. 따라서 이른바 일류로 지칭되는 학교 학생들은 다른 사람들 앞에서 자기가 이런 학교 학생이라고 자랑스러워하며 나설 수 있지만 그렇지 않은 학교 학생들은 오히려 수치스러워하거나 행여 남들이 자기를 비하하지나 않을까 하는 일종의 열등의식에 사로잡히게 된다.

내 경우에 나는 청주공고 학생인데 썩 부끄러워할 처지는 아니었지만 같은 시내에 있는 다른 학교를 남들이 더 높이 쳐주는이상 그곳 학생들에 비해 남들이 낮추어 보지 않을까 의식하지않을 수 없었다. 나로 말하면 그런 의식을 느끼지 않아도 될 '많은' 이유가 있었지만 그러한 나조차도 이런 의식에 사로잡히게된다는 것은 근본적으로 문제가 있다는 것을 말해준다. 나로서는 무척 억울한 일이지만 그들의 눈에 '네가 청고에 들어갈 자신이 있었으면 왜 공고로 갔겠어?' 하는 것으로 비칠 수 있었고, '공고 1등? 그거 청고 꼴찌 다음쯤 가는 거 아니야?' 하는 생각 또한 못 할 바가 아니다. 문제는 이것이 그들만의 생각에 그치는 것이 아니라는 것이다. '정말 그렇지. 공고 1등이 청고 꼴찌보다 낫다는 보장이 어디 있어? 한번 대보기라도 했나?' 하는 생각이 내게도 문득문득 들었다.

이런 생각이 들기 시작하면 이게 보통 병이 아니다. 정말 한번 대보지 않고는 이런 생각을 가라앉히기가 무척 어렵다. 그런데 우연히도 정말 한번 대볼 기회가 왔다. 이것을 말하기 위해 윤 아무개 선생님 이야기를 좀 더 하지 않을 수 없다. 당시 청주에서는 '충청북도에서 수학을 제일 잘 아는 사람'으로 명망이 높은 분이 있었는데, 이분이 바로 공고 교사로 있던 윤 아무개 선생님이다. 이분은 본래 서울대학교 공과대학 기계공학과 출신으로, 공고에서는 우리에게 '공업제도'라는 따분한 과목을 가르쳤지만 실제 능력은 매우 뛰어난 수학 교육에 있었다. (실제로 이분은 후에 충북대학교 수학 교수로 활동했고 거기서 정년을 마쳤다.) 그런데 이분이 당시 주로 명문대 입시를 준비하는 학생들을 위해 수학 학원을 개설했는데(당시에는 현직 교사도 학원을 할 수 있었다) 인기가 매우 높아 학생들이 많이 몰려들었다.

그때 나는 2학년이었으나 내 실력도 확인할 겸 대입 준비를 위한 장기 포석으로 생각해 여기에 등록하여 수업을 받았다. 과연 수학을 그렇게 잘 가르치는 사람은 처음 보았다. 중요한 요지를 그때그때 잘 포착해 설명해주고 적절한 시점에 적절한 유머까지 깃들여 도무지 지루한 줄 모르게 했다. 당시 수강생은 대략 150명 정도였는데 대다수가 대입을 준비하는 청주고등학교 3학년 학생들이 아니었나 생각한다. 그런데 강좌가 거의 끝나갈 무렵 선생님이 한 가지 선언을 했다. 배운 내용에 대해 시험을 실시하고 최고 득점자에게는 다음번 수강료를 면제해주겠다는 것이었다. 시험이 치러졌고, 그 결과 청주고 3학년 아무개와 공고 2학년 아무개가 동점으로 최고점을 받았다고 발표되었다. 그러고는 다시 이미 '신화'가 된 내 입시 성적에 대해 부가 설명이 이어졌다.

이 일을 계기로 나 자신에 대한 상대적 불안감은 많이 해소되었고, 공고 이외의 타 학교 학생들에게도 공고에 '이상한' 학생이 하나 있다는 소문이 넓게 퍼지게 되었다. 당연히 교복만 보고도 열등감을 느낀다든가 우월감을 가지는 일은 상당히 줄어들었을 테지만 이런 한두 사례로 이미 사람들에게 깊숙이 각인된 서열 의식이 수정되거나 사라질 가능성은 거의 없다.

그 후 고교 평준화 과정을 거쳐 지금은 이러한 것이 많이 없어져 매우 다행스럽기는 하나, 아직도 대학들 사이에는 여전히 이러한 의식이 남아 있고, 이것이 주는 교육적 폐해는 이루 다 말할 수 없이 크다는 것이 내 생각이다.

너, 거기 가면 춥고 배고파

드디어 대학을 선정해야 할 때가 왔다. 나는 처음에 연세대학교 정도가 무난할 것으로 생각했다. 특히 당시 연세대학교에서는 내신만으로 무시험 전형을 시행했는데, 나는 학교 성적은 일단 잘 따놓은 터여서 가능성이 높을 것으로 생각했다. 이는 물론 그쪽에서 청주공고를 어느 정도로 어떻게 평가해줄 것인가 하는 데 달려 있는 문제이므로 100퍼센트 자신할 수는 없었지만, 내가 워낙 시험을 싫어했기에 그쪽으로 마음을 기울이고 있었다.

그런데 그때 내 가장 가까운 친구 하나가 아주 진지한 표정으로 나더러 서울대학교로 가라고 했다. 물론 그가 판단하기에 나는 서울대학교에 충분히 합격할 수 있으리라는 것이 첫째 이유였지만 더욱 현실적으로는 자기가 연세대학교를 지망하려고 하는데 만일 내가 거기에 지원하면 자기의 합격 가능성이 그만큼 줄어들까 염려한 것이었다. 이런 상황에서 내가 좀 편하자고 굳이 연세대학교로 가겠다고 할 수는 없었다. (후에 내가 미국에서 박사학위를 받고 귀국할 무렵에도 나는 연세대학교 교수 자리를 일차로 생각했다. 그런데 연세대학교에서는 몇몇 내부 사정으로 결정이 늦어졌고, 서울대학교에서는 곧 오라고 해서 서울대학교로 돌아왔다. 그러고 나자 뒤늦게 연세대학교에서 오라고 했지만 이미 서울대학교로 결정된 뒤였다. 이렇게 나와 연세대학교 사이에는 인연이 맺어질 듯하다가 늘 끊기고 말았다.)

이렇게 해서 학교는 일단 서울대학교로 정했다. 문제는 무슨 단과대학 무슨 학과에 지원할 것인가 하는 점이었다. 내가 공고 기계과 학생이었던 만치 3학년이 거의 끝나갈 무렵까지도 공과대학 기계공학과로 가는 것이 당연하다고 생각하고 있었다. 그런데 막판에 생각이 바뀌었다. 아무래도 학문의 성격으로 보아 물리학이 가장 깊이 있는 학문으로 보인 반면, 기계공학은 내가 처음 생각했던 것만큼 그렇게 썩 내 적성에 맞는 것이 아니라는 생각이 들었다. 사실 내가 공고에 지원했던 기본 동기도 물리학으로 대표되는 과학을 하겠다는 것이었지 기술학으로서 기계공학이 목표는 아니었다. 그리고 혼자 공부한 물리학이 너무도 재미있어서 이것을 계속 더 깊이 공부해보고 싶은 마음이 간절했다. 당시 내가 읽은 몇 가지 글에는 아인슈타인의 상대성이론이 소개되어 있었는데, 시간이 늘어나기도 하고 줄어들기도 한다는 이야기가 있었다. 얼마나 놀라운 일인가? 내가 어떻게 이것을 모르고 세상을 살았다고 할 수 있겠는가 하는 생각이 들었다.

여기까지는 아무 문제가 없었는데, 문제는 그다음부터였다. 주변에서는 심지어 아버지까지도 만류하고 나섰다. 당시 담임 선생님 논평은 딱 한마디, "너, 거기 가면 춥고 배고파"였다. 이분 말씀을 흘려들을 수 없는 것이, 이분 자신이 한때 물리를 진지하게 공부해보고 싶어 애썼던 분이어서 물리에 대한 식견이 무척 넓었다. 내가 편집한 교우지에서 모든 선생님께 자신이 가장 존경하는 인물을 적어달라고 하는 앙케트를 보낸 일이 있는데, 이분은 '보어Bohr'와 '보른Born' 두 이름을 적어 주었다. "와, 이런 이름을 가진 사람도 있나?" 했는데, 알고 보니 현대 물리학의 대가들이었다. 가장 존경하는 사람으로 보어와 보른을 제시할 정도로 물리학을 우러러보는 사람이 물리학의 길을 적극 만류하고 나선 것이다.

나도 좀 막막하다는 생각은 들었다. 제 먹을 것은 제 손으로 해결할 수 있어야 한다는 철학을 확고하게 가지고 있었는데, 아무리 생각해도 물리학을 해서 먹을거리가 나올 것 같지가 않았다. 그러나 믿거나 말거나 모든 현대 기술이 물리학에서 나온다고 하지 않았는가? 그리고 정 그렇다면 응용물리학을 하면 어떻겠는가? 사실 내 결정의 이면에는 이러한 생각 또한 깔려 있었다. 나는 현실을 외면하면서까지 추상적 학문에 매달리는 이상주의자는 아니었다. 그래서 다시 아버지에게 물리학을 하고 되도록 응용물리학에 관심을 기울여보겠다는 것으로 동의를 얻었고, 주위의 다른 사람들에게도 이 주장을 펼쳐나갔다. 어머니는 사실 물리학이 무엇인지 전혀 감이 없으셨기에 그저 기름때 묻은 옷은 안 입지 않을까 하여 안도하시는 모습이었다.

지금 생각해보면 그때 이 결정은 대단히 잘한 것이었다. 지난해에 내가 어느 고등학교에 초청받아 학생들의 진로에 관해 이야기를 나눈 일이 있는데, 나는 그 자리에서 내가 만일 다시 고등학생의 자리에서 내 진로를 선택한다면 물리학부터 시작할 것이라고 이야기했다. 이것은 반드시 물리학자가 다시 되어야 한다는 것이 아니다. 사실 물리학자가 다시 될 마음은 별로 없다. 나는 이미 선언했듯이 공부꾼일 뿐이다. 그리고 공부꾼은 곧 학문도둑이다. 나는 전 우주의 학문 보물창고에 들어가서 학문의 정수精髓들만 다 골라 훔쳐내고 싶다. 그런데 문제는 이 보물창고에 어떻게 진입하느냐 하는 점이다. 여기에는 창고에 따라 각각 모양이 다른 수많은 열쇠가 필요하다. 문제는 그 열쇠를 마련하는 것이 쉽지 않다는 것이다. 그게 쉽다면야 누군들 들어가 보물을 가져가려 하지 않겠는가? 그래서 도둑질도 열쇠가 있어야 한다. 그런데 고수 도둑은 한두 개 문만 여는 열쇠를 가지는 것이 아니라 아예 '마스터키'를 마련한다. 하나 가지고 모든 문을 다 따고 싶은 것이다.

그렇다면 학문의 창고에도 마스터키가 있을까? 마스터키는 없지만 마스터키에 아주 가까운 것은 있다. 그게 바로 물리학이다. 물리학을 가지고 물리학 아닌 방에 뛰어든 도둑은 얼마든지 보았지만 물리학 아닌 것을 가지고 물리학이라는 방에 뛰어든 도둑을 보았는가? 그러니 학문도둑질을 하기 위해서는 물리학부터 해야 한다. 그러고 보면 나는 고등학생부터 슬슬 학문도둑의 기질이 나타난 셈이다. 내가 앞으로 도둑질을 좀 크게 해야 하는데, 어떤 열쇠부터 마련하겠느냐 하고 생각하다 보니 물리학이라는 마스터키가 떠올랐던 것이다.

어떤 기도를 드려야 하나

사실 서울대학교 물리학과를 가겠다고 정해놓기는 했으나 입시라는 관문을 과연 그렇게 쉽게 뚫을 수 있을까? 객관적 정황을 살펴보면 가능성은 그리 높지 않았다. 우선 학생을 40명 모집한다는데 전국 수백 군데의 고등학교에서 나처럼 생각하는 사람이 어디 한둘이겠는가? 그것은 그렇다 치고, 내가 한 공부는 입시 자체만 놓고 보면 "저 친구 저러다가 대학 갈 수 있어?" 하는 소리가 저절로 나오게 되어 있었다.

우선 공업고등학교였던 만큼 기계공학에 관련된 이른바 '전공과목'이 적지 않았는데 이들은 모두 입시와 무관하고, 거기다가 교우지를 만든다 하여 편집일로 늘 부산하게 쫓아다니면서시며 소설이며 논설에다 물리학 논문까지 쓴다고 박혀 있던 일이 시험 준비에 도움이 될 리 없었다. 거기다가 뻔질나게 모임을 만들고 모임에 뛰어다녀야 하는 교회 학생회 활동까지. 사실 앞에서 언급은 안 했지만 입학 초기에는 야구부에도 드나들었고, 기계 실습 공장 특별활동에도 참여했다. 야구부에서는 자질 부족으로 쫓겨나다시피 했으며, 실습 공장 활동 또한 적성에 맞지 않아 오래 하지는 못했지만 말하자면 입시 공부와는 거리가 먼 것들만 골라 하고 다녔다.

설혹 입시에 관련 있는 과목이라 해도 청주공고의 학교 수업이 다른 명문 고등학교에서 가르치는 수업에 비해 월등할 리도 없는 일. 게다가 하루 두 시간을 잔다, 세 시간을 잔다 하는 식의 몸으로 때우는 공부 방식은 처음부터 아예 나와는 인연이 멀었다. 그런데 도대체 무엇을 믿고 국내에서 가장 힘들 것으로 예상되는 시험에 감히 도전한다는 것인가?

오직 하나 기대를 걸어보는 것은 내가 그동안 해온 나 나름의 독특한 공부 방식이 이번에도 힘을 발휘해주지 않을까 하는 점이었다. 내가 지금까지 시험에 좋은 결과를 얻은 것은 결코 시험 준비를 철저히 해서 그런 게 아니다. 오히려 시험과 무관하게 공부했기에 나 나름의 능력을 기를 수 있었고, 이렇게 길러진 능력이 시험에서도 그 효과를 발휘한 것뿐이다. 그렇더라도 시험에 앞서 준비를 안 할 수는 없는데, 이때 작은 노력만으로 큰 효과를 보는 것이다.

어느 면에서 이러한 학습 방법은 '야생 경험'에서 나 혼자 터득한 것이라 할 수 있다. 이미 언급했지만 나는 내가 받아들일 것과 그렇지 않은 것을 판정하는 기준을 나름대로 가지고 있었다.

이 기준에 따라 받아들인다는 것은 내 관념의 틀 안에 확고한 위치를 부여한다는 것이고, 이것이 되면 이를 통해 사물을 '입체적으로' 내려다보게 되어 있다. 이 안에는 많은 정보가 담겨 있지는 않지만, 짧은 시간 안에 필요한 정보를 적정한 방식으로 배치해 넣을 수 있고, 이를 바탕으로 어떤 문제가 나오든 척척 연결해서 풀어내게 되어 있다. 이것이 나 나름의 학습 방식이고 시험 준비였다. 이것은 말하자면 '야생 경험'을 통해 내가 만들어낸 도구라고 할 수 있다.

그런데 내게 문제가 하나 발생했다. 내가 이 시험과 관련하여 하느님께 어떻게 기도를 드릴 것이냐 하는 문제였다. 나로서는 이번 대학 입시가 매우 중요한 관문이 되는데, 여기를 통과하게 해달라고 기도를 드릴 것이냐 아니냐 하는 것이었다. 내가 합격하는 것이 좋기만 한 일이라면 그렇게 해달라고 해서 안 될 것이 없겠지만, 내가 합격하면 누구 하나가 떨어져야 하는데 나를 붙여달라는 것은 누구 하나를 떨어뜨려달라는 것과 마찬가지 이야기가 아닌가? 내 앞에 빵 조각이 하나 있는데 내가 먹으면 동생이 먹을 게 없고, 동생이 먹으면 내가 먹을 게 없을 때 나는 내가 먹게 해달라고 기도를 드릴 것인가?

결국 나는 공정하게 해달라고 기도를 드리는 길밖에 없었다. 상대가 나보다 더 적합한 사람인데 내가 합격한다면 이는 옳지 않은 일이니 단지 누구 하나 실수해서 순서만 뒤바뀌지 않게 해달라는 것 이상 더 드릴 기도가 없었다. 아마 지금이라면 그러한 기도조차 드리지 않았겠지만 착실한 기독교인이던 당시로서는 무언가 기도를 드리지 않으면 안 되었다. 그런데 생각해보면 이 얼마나 웃기는 일이냐? 사실 순서가 좀 바뀐들 그게 뭐 그리 중요한 일이냐? 지금 나는 오히려 순서가 좀 많이 바뀌어 어느 한 대학에만 우수한 학생들이 몰리지 않는 것이 좋다는 생각도 한다. 물론 당사자에게는 억울한 일이겠지만 사회 전체로 보면 그것이 또한 좋은 일이고, 당사자 자신도 하기에 따라서는 더 좋은 길을 찾을 수도 있다. 그런데도 내가 기껏 이 정도 일로 기도를 드렸으니 당시 하느님이 이 기도를 듣고 얼마나 웃으셨을까?

이 모든 우여곡절 끝에 나는 결국 그 힘든 관문을 무사히 통과했다. 대략 4 대 1의 경쟁을 보였는데, 후에 물리학과 주임교수 말에 따르면 예년에 비해 매우 우수한 학생들이 많이 왔다고 했다. 커트라인만으로 보면 그해에 문리과대학 물리학과는 공과대학 화학공학과와 섬유공학과에 이어 서울대학교 전체에서 세 번째를 기록했다.

이번에도 결국 내 공부 방식이 효력을 발휘한 것이다.

상 할아버지께 문안

"할아버지, 저 이제 서울 가요. 그동안 '산삼' 효과를 좀 보았는지 제대로 학문의 길로 들어서는 것 같네요."

"이제부터가 힘든 때다. 공연히 방심하지 말고 잘해보거라."

"그래도 대학 입시 관문을 넘어야 한다는 압력에서 벗어나니 살 것 같아요."

"그게 바로 함정이다. 압력이 없어 살 듯하지만 실은 훨씬 더 험한 길이거든."

"잘 알겠습니다, 할아버지. 또 연락드릴게요."

방황과 모색

서울대학교 교육과 '나물포' 현상

'서울대학교 문리과대학 물리학과'라는 것은 내게 꿈 그 자체를 반영하는 것이었다. 서울대학교야 남들이 다 우러러보는 우리나라의 대표적인 대학이지만, 그 가운데도 학문의 중심이라는 문리과대학文理科大學에 큰 자부심을 가졌다. 문文만 하는 것도 아니고 이理만 하는 것도 아닌 문리文理를 통틀어 학문 그 자체를 지향하는 세계, 이것이 바로 문리과대학이었다. 거기다가 물리학과物理學科는 또 어떤가? 내가 볼 때 학문 중의 학문이 물리학物理學 아닌가? 내가 얼마나 깊숙이 그리고 빨리 해보고 싶었던 학문인가? 그런데 이것을 이제 본격적으로 공부할 수 있는 자리, 그것도 자타가 공인하는 국내 최고의 전당에 들어왔으니 더 바랄 것이 무엇인가?

그런데 모인 친구들 또한 하나하나가 만만치 않은 존재들이었다. 나 자신도 약간의 '뒷이야기'를 지니지 않은 것은 아니지만 여기서는 명함도 못 내밀 정도였다. 사실 우리 '학년'이 공부해오면서 치른 전국 규모의 시험이 두 번 있었다. 그 하나가 중학교 입시 때 치른 '국가고사'였고, 다른 하나는 중학교 2학년 2

학기에 있었던 전국 학생 '학술경시대회'였다. 이미 얘기했지만 나는 초등학교 졸업을 못 했기에 첫 번째 시험에는 응시 자격조차 없었고, 두 번째 시험은 각 학교에서 선발된 우수 학생들끼리만 친 것인데, 그때가 바로 낙제 경고를 받아가며 감곡중학교에 겨우 발을 들여놓던 시기여서 내가 감히 응시 대상에 선발될 처지가 아니었다.

그런데 공교롭게도 이 두 시험에서 각각 전국 수석을 했다는 친구들이 여기 다 와 있었다. 그뿐만 아니라 입학만 해도 대단하다고 여기는 전국의 명문 고등학교에서 수석을 차지했다는 자들 또한 수두룩하게 모여 있었다. 그 밖에도 내색을 안 해 그렇지 각자 나름대로 '신화' 하나씩은 품고 있는 듯한 느낌이 들었다. 그러니까 나는 여기서 "어? 공고 출신도 하나 있어?" 하는 정도의 시선밖에 끌 것이 없었다.

실제 수업이 진행되면서 나는 지금까지 느껴보지 못한 새로운 경험을 하게 되었다. 내가 미처 생각하지 못했거나 할 수 있다고 생각하지 않았던 것을 척척 해내는 모습이 보였던 것이다.

'아, 나를 앞서는 친구들이 있구나……'

생각해보면 극히 당연한 일 아닌가? 내가 왜 남보다 늘 앞서야 하는가? 그런데도 이것은 내게 새로운 경험이었고, 그런 만큼 새로운 자극을 주었다.

그러나 가장 기대를 걸었던 전공과목 수업은 여러모로 기대에 못 미쳤다. 우선 담당 교수는 이제 갓 석사학위를 받은 새파랗게 젊은 강사였다. 하기야 젊은 사람이면 어떤가? 물리학에서 위대한 발견을 하고 위대한 업적을 이룬 사람들 가운데 젊어서 빛을 낸 사람이 얼마나 많은가? 사실 나이나 경험이 문제가 되는 것은 아니다. 문제는 지금 하늘을 찌를 듯한 기백과 무쇠도 녹일 것 같은 열기를 가지고 공부를 시작하는 이들에게 학문의 불꽃을 붙여낼 지적 충격을 던져주어야 하는데도 그러지 못했다는 점이다. 그저 평면적으로 교과서를 충실히 훑어나가는 것이 고작이었다. 어느 면에서 이러한 자세는 존경받을 만한 측면도 있다. 그 전까지 문리과대학의 전체적 분위기는 기개와 의욕이 앞서 내실이 없다는 비판을 받을 만했고, 이에 대한 반작용으로 수업 시간이라도 제대로 지키고, 교과서라도 충실히 읽자는 생각을 하게 되었을 것이다.

그러나 이것은 그리 좋은 교육적 처사가 아니었다. 첫째는 지적 자극을 주는 일에 실패했고 너무도 무덤덤하다는 인상을 주었다. '네까짓 것들이 뭐 그리 대단하냐? 학문의 길은 이런 밋밋한 것도 다 거쳐야 하는 고된 일이다' 하는 현실주의를 깔고 있었지만, 모든 것을 교과서에 걸고 문구 해석에나 매달리는 것은 지적 자존심을 저버리게 하는 일일 뿐 아니라 학문 탐구의 옳은 방식이 아니다. 이는 아직도 깨달음의 경지에 이르지 못한 교사들이 자신의 부족을 오직 근면의 부족으로만 돌리는 경향의 한 단면을 보이는 것이라 할 수 있다.

둘째로 교과서의 부적절성을 말하지 않을 수 없다. 학생들은 거의 모두 책 한 권 구할 수 없는 상황에서 엄청난 분량의 영어 교과서를 택해 교수 혼자 읽고 발췌한 문장을 칠판에 적어주는 것으로는 그 교과서를 소화해낼 방법이 없었다. 언어(영어)도 익숙지 않은 데다가 내용도 건조하고 분량만 많은 것을 장chapter과절section에만 매달려 여과 없이 훑겠다는 생각은 교육적으로 보아 전혀 잘못된 선택이었다. (나는 당시 이 교육 방식을 'chapter-section 법'이라는 말로 조롱하기도 했다.) 이것은 요즈음 한창 불고 있는 영어 열풍의 전조에 해당하는 것인지도 모른다. 이 기회에 영어도 좀 익히면 어떠냐 하지만, 실은 '물리'도 '영어'도 모두 밀어내게 하는 역효과만 가져왔다. 결국 이 영어 교재는 영어를 모국어로 하는 학생들에게나 적합한 책이고, 그것도 훌륭한 독립 강의가 이루어질 때 참고 도서로 활용하기에 적합한 책이지 우리 식 '교과서'로 맹목적으로 추종해서는 안 될 책이었다. 게다가 책마저 구하지 못하고 그 안에 나오는 문장을 단편적으로 받아 적어 그것만을 읽어 공부하려니 거기서 어떤 지적 열정이 솟겠는가?

셋째는 교사의 자신감 부족이었다. 스스로 깊이 있는 이해에 도달하지 못했기에 교과서에 적힌 것 말고는 '자기 말' 하기를 무척 꺼렸다. 이것은 학생들에게 아무런 감동을 불러일으키지 못한다. 오히려 할 말 못 할 말 다 해가면서 설혹 좀 모자라는 것이 있다 하더라도 학생들과 함께 부대끼며 스스로 앎을 추구하는 것만 못하다.

나는 강의 초기에 작용-반작용의 관계를 배우면서 질문을 하나 던졌다. "모든 힘(작용)에는 반작용이 있다고 하는데, 그렇다면 '자유낙하하는 물체가 지구로부터 받는 힘'의 반작용은 무엇인가요?" 여기에 대해 선생님은 잠시 머뭇거리더니, "그거야 물론 물체가 지구를 당기는 힘이지!" 하면서 그것도 아직 몰랐느냐는 투로 다소 못마땅한 표정을 지었다.

나는 여기서 그의 내면을 곧 읽을 수 있었다. 우선 그는 뜻하지 않았던 질문에 다소 당황했고 잠시 생각하여 바른 답을 찾아 냈다. 그러자 (어려운 질문을 받았다가 요행히도 답을 찾아 어려움을 모면하는 사람처럼) 후유, 하고는 자기의 이런 모습을 감추기 위해 (마치 자기는 너무도 잘 알고 있어서) 이런 것을 묻는 일 자체를 이해할 수 없다는 듯한 표정을 지어낸 것이다. 이것이야말로 자신 없는 교사가 흔히 취하는 전형적 자세이다. 만일 그가 정말 이것을 미리 알고 있었고, 교육적 자질을 갖춘 교사였다면, "아, 그거 대단히 좋은 질문이다. 사실 작용-반작용 문제를 가장 정확히 이해하는 방법은 이 질문에 대한 답을 생각해보는 일이다. 작용-반작용에 대해 많은 오해가 있는데, 이 문제 하나만 잘 생각하면 그것이 싹 없어진다"라고 논평한 후 대답했어야 옳다. 사실 이 점은 내가 지난 30년 동안 물리학을 가르치면서 경험해왔고 또 강조해온 바인데, 당시 그분은 자기 처지 모면에만 급급하여 이런 교육적 소재를 활용하지 못했다.

여담이지만 이 질문이 얼마나 중요한 구실을 하는가 하는 점은 후에 내가 공군사관학교 물리학 교관으로 있으면서 공사 입학시험 문제에 이를 출제함으로써 역설적으로 드러났다. 조금 다른 방식으로 "실에 묶여 천장에 매달린 돌은 지구로부터 중력을 받는다. 이 중력의 반작용은 무엇인가"를 묻고는 매력적(?)인 오답으로 "실이 돌을 당기는 힘", 정답으로 "돌이 지구를 당기는 힘"을 포함한 4지 선택 문제를 출제한 일이 있다. 그런데 이 문제가 '변별력 마이너스 문제'로 찍혀 출제되어서는 안 될 문제의 표본으로 예시되는 일이 발생했다. 변별력 마이너스라는 것은 고득점자들일수록 많이 틀리고 저득점자들일수록 많이 맞히는 문제를 의미하는데, 만일 이런 문제를 출제하면 우수한 사람을 떨어뜨리고 오히려 열등한 사람을 뽑는다는 이야기가 된다. 그리하여 공군사관학교 평가관실에서 교관들에게 출제 방식을 교육하면서 이 문제를 교육 소재로 채택했던 것이다.

그렇다면 도대체 왜 이 문제가 변별력 마이너스 효과를 주었는가? 작용-반작용을 배운 사람들은 거의 전부 잘못 이해해 틀린 답을 냈고 차라리 아무것도 모르고 아무 데나 찍은 학생은 우연하게나마 정답을 더러 맞혔음을 의미한다. 그만큼 작용-반작용에 대한 오해가 극심한데, 그 이유는 서울대 신입생으로 내가 물었던 그 질문 하나를 아무도 떠올리지 못했기 때문이다. (공군사관학교 평가관실에서 호된 질책을 당했던 이 문제는 곧이어 대입 준비용 물리학 부교재에 일제히 실림으로써 이후 세대 학생들이 작용-반작용 관계를 제대로 이해하는 데 크게 기여했다.)

이러한 물리학 교육의 결과인지 한두 학기가 채 끝나기 전에 서울대학교 물리학과 동기생들 사이에 '나물포(나 물리 포기했어!)' 현상이 속속 나타났다. 나름대로는 지축을 움직이겠다는 기개를 가지고 들어왔고 또 근년에 보기 어려울 만큼 우수한 학생들이 입학했다는 (주임교수의) 평을 받았던 내 입학 동기들은 그 어느 해 입학생 못지않게 '나물포'가 많이 된 것이다. 극소수만이 학교 수업에 충실했고 나머지는 대부분 실의에 빠져 타 분야로 전향하든가 그럭저럭 학점이나 때우고 나가자는 태도로 급격히 바뀌어갔다. 물론 그들은 대부분 여기저기서 그런대로 자기 구실을 한 것이 사실이지만, 설혹 다른 분야로 진출하더라도 대학 과정을 통해 물리학이라는 '마술 열쇠'를 하나씩 다듬어 손아귀에 꽉 움켜쥐고 나서 떠났으면 훨씬 좋았겠는데 그러지 못했던 것이 무척 아쉽다.

자동차 조립론, 송아지 사육론

여기서 당시 '학습 여건'을 조금 언급할 필요가 있다. 아직도 그러한 학생들이 많을 테지만 당시에 학생들은 대부분 등록금과 생활비를 부모에게만 의존할 형편이 되지 못했다. 물리학과의 경우 합격자 40명 가운데 한 명은 아예 등록조차 하지 않았고, 어떤 학생은 심지어 집에서 도움을 받기는커녕 집을 도우며 공부해야 할 처지에 놓여 있었다. 그리하여 어떤 형태로든 '아르바이트'를 해야 했는데, 특히 지방에서 온 학생의 경우 가장 흔한 형태가 입주 가정교사였다. 조금 여유 있는 집 아이들을 그 집에 들어가 함께 거주하며 돌보는 형태이다. 나는 대략 3분의 2 정도의 기간에 입주 가정교사를 했고, 나머지 기간에는 친척 집 신세를 지거나 특별한 형태의 '학사學舍'에 임시 기거하기도 했다. 당연한 일이지만 이런 주거 불안은 학습에 매우 부정적으로 작용하게 된다. 그렇지 않아도 어수선한 학습 환경에 시간 부족이라거나 정신 산란이라는 또 다른 요소를 부가하는 것이다.

그것 외에도 학생들은 거의 대부분 교재를 구입할 형편이 못되었고, 설혹 돈이 있더라도 책을 외국에 주문하여 손에 들어오기까지 시간이 상당히 걸렸다. 그리고 이러한 교재들이 모두 영어, 일어, 독일어 등 외국어여서 이것을 읽어내는 데 모국어 교재보다 최소한 두세 배 시간이 들었다. 당연히 강의 자체의 문제도 있었다. 당시 학문적 상황으로 보아 주제를 확실하게 파악하고 가장 효과적인 방식으로 전달 혹은 지도해낼 교수들이 극히 드물었다. 말하자면 소경이 소경을 인도하는 셈이었다. 여기에 한술 더 떠서 엄청나게 높은 수준의 '학문 지침'이 떠돌기도 했다. 그 가운데 대표적인 것이 당시 학생들 사이에서 가장 추앙받던 조 아무개 교수가 쓴 「이론물리학에의 길」이라는 글이었다.

이 글은 내가 입학하기 3년 전인 1954년에 당시 물리학과 학생들이 발간한 《물리학연구》라는 책자 창간호에 게재한 것인데, 내가 입학했을 무렵에는 필자인 조 아무개 교수는 외국에 유학 중이었다. 이 글에서 필자는 "학문에는 왕도王道란 있을 수 없다. 그러나 지름길은 존재한다"라고 하면서 이른바 '지름길'을 제시했지만 그 지름길이라는 것이 실질적으로는 학생들이 거의 따를 수 없이 험난한 길이었다. 예를 들어 3학년에서 읽어야 한다는 책이

Courant und Hilbert, *Methoden der Mathematischen Physik* I

Whittaker and Watson, *Modern Analysis*

Frank and Slater, *Introduction to Theoretical Physics*

Becker, *Theory of Electricity*

Oldenberg, *Introduction to Atomic Physics*

이렇게 독일어로 된 책까지 한 권 포함하여 다섯 권이나 된다. 이것들이 다 당시 세계적으로 널리 알려진 명저이지만, 그 분량뿐 아니라 내용 또한 수준이 상당히 높아서 실제로 이를 읽어 소화해낸다는 것은 거의 불가능에 가까운 일이었다. 그래도 일부 학구파는 이것들을 붙들고 씨름했다. 나 또한 마음 한쪽에는 이러한 책을 읽어야 한다는 부담이 있었지만 결국 이것들을 읽지 못했을 뿐 아니라 이 가운데 한 권도 구입하지 못했다. 책을 구입할 재정적 여건도 되지 않았지만 설혹 샀다고 하더라도 이를 조용히 앉아 읽어낼 시간적·심정적 여유가 없었다.

이것이 바로 나뿐 아니라 당시 학생들이 당면했던 상황이며 이를 어떻게 대처해나갈까 하는 것이 가장 큰 문제였다. 지금 되돌아보면 당시 가장 아쉬운 것이 이러한 상황에서 학생들이 취할 가장 적절한 전략을 말해줄 현명한 조언자가 없었다는 점이다. 내가 만일 지금의 경험을 간직한 채 그때로 되돌아가 나 자신에게 조언할 수 있었다면 나는 훨씬 더 보람찬 그리고 내실 있는 대학 생활을 할 수 있었으리라 생각한다.

만일 그런 자리가 주어진다면 나는 나 자신에게 이렇게 조언할 것이다. "물리학 전체에 대해, 그리고 이와 연결해 개별 과목에 대해 그것이 담고 있는 핵심적 내용이 무엇일까를 깊이 생각하고 그 잠정적 결론을 자기 언어로 서술하라. 그리고 학습이 진행되는 대로 이것에 대한 수정·보완을 수행해나가되 그 핵심은 반드시 유지하라. 이렇게 할 경우 설혹 시간을 많이 들이지 않더라도 핵심은 항상 파악할 수 있으며 이것만으로도 최소한의 학점 관리를 해나갈 수 있다." 이러한 작전 하나만 확고하게 지켰더라면 내 방황의 절반은 줄였을 테고, 훨씬 더 생산적이고 즐겁게 대학 생활을 마쳤을 것이다. 그러나 당시에는 이 정도의 지혜에도 이르지 못했고 이를 일러줄 사람도 없었다.

나중에 내가 교수가 된 후 학생들에게 많이 설파했다시피 나는 이것을 (물리학) 학습에 관한 '송아지 사육론'이라 부른다. 이것은 당시에 횡행하던 '자동차 조립론'과 대비되는 말인데, '자동차 조립론'은 마치 자동차 부품을 하나하나 다 마련한 후 최종적으로 조립해야 제대로 작동하는 자동차가 되는 것과 마찬가지로 물리학을 제대로 하기 위해서도 수학을 비롯한 개별 과목과 항목 들의 지식을 먼저 다 익혀야 비로소 쓸 만한 물리학자가 된다는 이야기이다. 그런데 '송아지 사육론'은 이것과 반대이다. 물리학은 아무리 미숙하더라도 살아 있는 송아지 같아서 이미 전체적으로 작동해야 하며, 단지 학습이라는 것은 여기에 영양을 공급해 키우는 일일 뿐이라는 것이다. 그러니까 부분을 마련하기 전에 전체를 의식해야 하며, 이렇게 할 때는 항상 살아 있는 것이기에 삶의 기쁨을 맛보며 자랄 수 있다는 것이다.

그렇다면 당시 야생에서 길러온 내 특유의 학습 습관은 이런 상황에서 도대체 어떤 기능을 했는가? 적어도 일차적으로는 이것이 오히려 어려움을 가중시켰다고 보는 것이 옳다. 즉 내 안에는 앎을 판정하는 무의식적 기능이 작동하고 있었는데, 당시 학습 내용을 이 기준에 맞게 수용할 방법이 없었기에 오히려 이를 배격하는 쪽으로 작용했다. 기준은 여전히 살아 있으나 학습 내용이 워낙 방대하여 손쉽게 소화할 수도 없었고, 또 여기에 충분한 시간을 투입할 만한 여건도 되지 못했다. 말하자면 음식이 들어와야 하는데 부품이 들어오니 이를 오히려 뱉어냈다고 할 수 있다. 이러한 경우에는 방법론 자체를 재검토하여 임시수용하는 방법이라도 택했으면 좋았겠지만, 내게는 아직 이렇게까지 할 지적 역량이 갖추어지지 않았다. 이러한 경우에는 더 경험 있는 누군가에게 '방법론적 조언'을 받아야 하는데, 내 주변에서 그러한 사람을 찾아내기가 쉽지 않았다.

앞서 말했던 「이론물리학에의 길」을 써서 많은 영향을 주었던 조 아무개 교수는 내가 3학년 되던 해에 미국에서 박사학위를 받고 귀국했다. 하지만 나는 이런저런 사유로 거의 졸업 무렵에 이르러서야 이분과 학습 방법에 관한 이야기를 나눌 수 있었다. 그런데 이때는 벌써 이분 생각도 많이 달라져서 책 한 권만 잘 읽으면 된다고 이야기했다. 그러면서 그는 이것을 120퍼센트 이해하라고 했다. 여기서 120퍼센트라는 것은 저자가 미처 생각하지 못한 20퍼센트까지 더 얹어 이해해야 한다는 말이다. 이것은 자기가 주체가 되어 학습해야 한다는 것으로, 이후 내 학습에 도움이 많이 되었다.

제2외국어 학습 문제

내가 공고를 다녔기에 지니게 된 가장 큰 약점은 고등학교 과정에서 제2외국어를 배우지 않았다는 점이다. 그러나 이것이 실질적으로 내 생애에 큰 장애를 주었다고는 생각하지 않는다. 고등학교 1학년 때 담임선생님은 이 점을 염려하여 혼자라도 독일어를 공부하라고 권했으며, 나는 선생님의 권고에 따라 독일어 교재를 구입해 혼자 읽었고, 몇 번인지 선생님을 찾아가 발음 지도를 받은 기억이 있다. 그 후 다행인지 불행인지 당시 내 대학 입시 과목에는 제2외국어가 없어서 더 학습을 진전시키지는 않았다. 대학 입학 후 교양과목으로 초급독일어를 두 학기에 걸쳐 들은 것이 그나마 제2외국어에 관해 내가 받은 공식 교육의 전부이다. 이후, 「이멘제Immensee」 등 간단한 독일어 작품과 독일어로 된 성경 등을 읽었고, 칸트의 『순수이성비판』 같은 철학책 일부를 필요에 따라 독일어로 읽었다.

그런데 나는 독일어 실력 부족으로 크게 망신당한 일이 있다. 대학에서 조 아무개 교수(물리학과 조 아무개 교수가 아님)가 담당하는 'Pre-Sokratiker Philosophie'(소크라테스 이전의 철학)라는 제목이 아예 독일어로 붙은 과목을 청강하던 때이다. 나는 뒷전에서 강의 내용이나 경청하러 들어갔는데, 갑자기 앉은 순서대로 나누어 준 독일어 텍스트를 읽고 내용을 설명하라고 했다. 내 차례가 왔다. 아예 못한다고 넘어갔으면 좋았을 텐데 억지로 읽은 것이 화근이었다. 떠듬거리는 것은 물론 발음이 도무지 엉망이어서 진땀을 빼며 겨우 한 구절을 읽고 막상 해석을 시도하려 하자 교수는 "그만! 그만! 됐어. 그다음 사람!" 하고 넘기는 것이었다. 나는 그 자리에 앉아 있기조차 민망하여 당장 뛰쳐나오고 싶었지만 그럴 수도 없는 일. 지옥 같은 한 시간을 겨우 버티다 나왔고, 이것으로 명성 높은 조 아무개 교수의 강의와는 영영 결별하게 되었다.

나는 아마도 미국에서 자연계 박사과정을 밟으며 외국어 시험 두 가지를 통과해야 했던 마지막 세대일 것이다. 그들에게 영어는 외국어가 아니고 한국어는 학문적 가치를 인정하지 않아 결국 독일어와 프랑스어 시험에 모두 통과해야 했다. 독일어는 그래도 이래저래 쌓은 공이 있어서 쉽게 통과했는데, 프랑스어는 대학 때 재미로 교재 한 권 사서 혼자 읽어본 것뿐 강의 한 시간 들은 일이 없었다. (단지 대학 시절 앙드레 지드의 『좁은 문』을 읽으며 언젠가는 프랑스어를 익혀 원문으로 보아야겠다고 생각한 일은 있다.)

부랴부랴 3개월 동안 초급 프랑스어 교재와 프랑스 출신 물리학자 드브로이Louis-Victor de Broglie가 쓴 과학 에세이집 한 권을 읽고 응시했는데, 어렵지 않게 통과했다. [이 시험은 프린스턴에 본부를 둔 ETS(Educational Testing Service)가 미국 전역에 있는 대학들을 위해 분기별로 시행하는 것인데, 한 번에 한 과목씩 통과할 때까지 몇 번이고 치를 수 있다. 나는 2회 연속 응시해 한 번은 독일어, 다음엔 프랑스어를 각각 통과했다.]

한문 또한 중학교 때 몇 시간 수업받은 것 외에 정식 교육을 받은 바가 없었다. 단지 단편적 문장을 기회 있을 때마다 조금씩 익혔는데, 뒤에 언급할 여헌의 『우주설宇宙設』을 읽으면서 본격적으로 한문 원전을 접해 스스로 읽어내는 능력을 길렀다. 일본어와 중국어는 50이 넘은 나이에 그쪽 나라들과의 공동연구를 의식해 좀 익혔으나 실제 활용할 일이 별로 없어 현재는 거의 잊은 상태이다. 최근에는 서양 지성사를 살피면서 필요성을 느껴 라틴어를 익히는 중인데 아직 진전은 별로 없다.

결국 나는 우리말 외에 영, 독, 프, 일, 중, 한문, 최근의 라틴어까지 6~7개 외국어를 익혀온 셈인데, 영어와 독일어를 제외하고는 강의조차 들은 바 없고, 영어와 독일어 역시 초기 단계에서는 거의 독자적 학습에 의존했다. 이것이 내게 말해주는 것은 외국어 또한 '자기 안에 있는 스승'을 통해 배울 수 있는데, 이 스승이 바로 자기의 독자적 학습 습관이라는 사실이다. 이 스승은 일생을 두고 나를 가르치고 있으며, 나 또한 일생을 두고 그에게 배우고 있다.

동숭동 캠퍼스의 죄수복 트리오

나는 성격상 생소한 사람들과 깊이 있는 대화를 잘 나누지 못한다. 그러면서도 마음을 터놓고 이야기할 친구가 있으면 대화를 무척 즐기는 편이다. 그런 점에서 내게 소수의 그런 친구가 있었던 것은 무척 다행한 일이었다. 그중 한 명이 임 아무개였다. 이 친구는 내가 가지지 못한 몇 가지 좋은 성격을 가지고 있었다. 적극적인 포용력과 낙관적 자세가 그것이다. 그는 좋은 생각에 극적으로 호응해주는 성격이었고, 상황이 아무리 어려워도 낙담하지 않고 버티는 기질이 있었다. 나는 늘 새 아이디어를 쏟아내기 좋아했는데 이것이 이 친구의 적극적 호응을 받으며 때때로 상승적 발전을 이룰 수 있었다. 그는 물론 무조건 받아들이는 것이 아니라 나름대로 예리한 판단에 따라 수용하지만, 수용할 때면 적극적으로 맞장구칠 줄 알았다. 그렇기에 나는 그 친구를 만나면 내 마음 한 군데서 저절로 생각이 솟구치는 것을 느꼈고, 그를 통한 되돌림이 내 다음 생각을 자극했다.

세상을 보는 눈에서도 그와 나는 차이가 있었다. 나는 대체로 조심성이 많아 때때로 이것이 지나쳐 조바심을 느끼는 경우가 있었는데, 이 친구는 언제나 느긋했다. 내가 컵에 물이 반밖에 남지 않았다고 걱정하면 그는 아직도 절반이나 남았다고 좋아하는 식이었다. 그러면서도 그와 내가 지닌 한 가지 공통점은 둘 다 매우 예리한 비판자라는 것이었다. 그리하여 우리는 서로 날카롭게 비판했는데, 나는 이 친구의 비판만은 잘 받아들였고 이로써 나 자신의 촌스러움이 많이 가시기도 했다. 그는 집이 서울에 있었고 집안이 특별히 어려운 처지도 아니어서 나는 시간만 있으면 그의 집에 들러 마치 가족의 일부인 양 함께 지내기도 했다.

이 친구는 대학에 입학하자마자 눈에 띄는 별난 행동을 했다. 지난 12년 동안 삭발했던 것의 반작용으로 고등학교를 졸업하자마자 모두들 다투어 머리를 기르던 참에 이 친구는 다시 머리를 삭발하고 나타났다. 굳은 결의로 공부를 한번 진지하게 해보겠다는 마음 자세를 내외에 천명한 것이다. 나와는 곧 가까워졌다. 한번은 함께 시장에 나갔다가 죄수들이나 입을 만한 가장 허름한 옷 한 벌씩을 사서 같이 입고 다니기도 했다. 어떤 사람들은 우리에게 "무슨 단체에 있느냐"라고 점잖게 묻기도 했지만 어떤 이들은 아예 '죄수복 입고 다니는 사람들'이라고 우리를 공공연히 지칭했다. 이때 우리와 함께 자주 공부하던 또 한 사람으로 우 아무개가 있었는데, 그도 어떻게 찾아냈는지 시장에 나가 비슷한 옷을 한 벌 사 입고 우리 앞에 나타났다. 그래서 결국 우리는 '죄수복 트리오'가 되어 한동안 동숭동 문리과대학 캠퍼스를 헤집고 다녔다.

그러던 임 아무개가 3학년 첫 학기 수업을 시작할 무렵 정장에 빨간 넥타이까지 매고 나타났다. 내가 눈이 휘둥그레져 웬일이냐고 물었더니 영어로 "첫 인상이 중요해First impression is very important" 하는 것이었다. 무슨 말이냐면, 우리가 그렇게 우러러보던 조 아무개 교수의 첫 강의가 시작되니 이만큼 예의를 갖추어 맞이하면서 앞으로 좋은 관계를 맺겠다는 이야기였다. 설혹 마음속이 그러하더라도 겉으로는 잘 나타내지 않는 것이 우리 관례인데, 이 친구는 속과 겉의 차이가 없었다.

임 아무개는 미국 서부의 명문 대학인 칼텍California Institute of Technology 부설 제트추진연구소JPL에 오래 근무하다가 지금은 칼텍의 교수로 있고, 우 아무개 역시 미국의 이름 있는 산업 기술 연구소들에서 여러 일을 하다가 지금은 퇴직하여 뉴저지에서 개인 사업을 하고 있다.

상대성이론과 철학 공부

내가 대학 이전에 상대성이론에 관해 읽은 내용은 두 가지이다. 그 하나는 교과서에도 나와 있는 아인슈타인의 공식 $E=mc^2$였고, 다른 하나는 시간이 늘어나고 줄어든다는 마술 세계 같은 이야기였다. 사실 내가 물리학과로 진학한 중요한 동기 가운데 하나가 바로 이것을 내 '눈'으로 직접 확인해보고 싶다는 것이었으므로 하루속히 이것을 배우는 날이 오기를 바랐다. 그런데 당시 물리학과 교과과정은 4학년 때 상대성이론을 두 학기에 걸쳐 수강하도록 짜여 있었다. 입학하고 3년이나 더 기다려야 한다는 이야기였다.

나는 3학년이 되자 죄수복을 함께 입고 다니던 친구 두 명을 부추겨 함께 상대성이론 강의를 1년 먼저 듣자고 했다. 1년이나 더 기다릴 수 없다는 것이었다. 그래서 우리 죄수복 트리오는 물리학과 4학년이 주로 듣는 강의실에 함께 나타났다. 그러나 기대했던 것과는 달리 정신이 번쩍 드는 놀라움은 없었다. 그저 미리 관심이 높았고 강의에 충실했던 덕분에 성적은 최고로 받았지만 별로 잘 이해했다는 생각은 들지 않았다. (당시 학기말 성적은 과목별로 교무실에 먼저 전시하고 학적부에 올렸는데, 이때 자기 성적뿐 아니라 수강생 전체의 성적을 볼 수 있었다. 학적부에는 최종적으로 A, B, C 등으로 기재되지만 이 단계에서는 교수에 따라 아라비아 숫자 100점 만점으로 성적을 내는 사람도 있었다. 이때 이 과목의 내 성적은 100점으로 나와 있었다.)

사실 상대성이론은 내 대학 생활 가운데 가장 기대가 컸던 주제인 동시에 중요한 거리낌으로 작용한 주제이기도 했다. 나는 대학 입학 후 기회만 있으면 상대성이론을 공부해보려고 시도했지만 언제나 그 내용은 선명하게 손에 잡히지 않았다. 그 이유는 대략 이러했다. 상대성이론은 과거에 명백하다고 생각했던 많은 것을 부정했다. 그러나 이론이라는 것은 부정만으로는 형성되지 않는다. 거기에 못지않게 긍정하는 것도 있어야 하는데, 무엇은 부정해도 좋고 무엇은 부정하면 안 되는지, 그리고 그렇게 해야 할 이유 혹은 기준은 무엇인지 하는 점들이 내게 선명하게 잡히지 않았다. 논리 자체로는 무엇 무엇을 긍정하고 무엇 무엇을 부정하면 상대성이론이 된다는 것을 알겠지만, 그렇게 긍정하고 부정하는 데는 더 깊은 무엇이 깔려 있지 않겠는가? 그런데 이게 확연히 손에 잡히지 않으니 무척 답답한 노릇이었다.

그러다가 4차원 시공간 개념을 이해하고는 훨씬 안도감을 느낄 수 있었다. 그러나 이번에는 다시 4차원을 인정해야 할 이유를 찾아야 했다. 그렇게 자꾸 가다가 보면 과학 이론은 도대체 무엇이며 어떤 근거로 이를 받아들여야 하는가 하는 물음으로 연결되지 않을 수 없다. 그런데 여기까지 오면 내 물음은 벌써 과학의 영역을 넘어 철학의 물음으로 바뀌어버린다. 나는 도대체 왜 이러한 점에 남보다 특별히 더 예민한 지경에 빠지는가? 나는 왜 남들이 다 그만하면 되었다고 받아들이는 일들에 그렇게 자꾸 의혹만 제기하는가? 알 수 없는 일이기는 하나, 그중 빠트릴 수 없는 한 가지 이유는 일찍부터 내 안에 침투해온 '야생 기질', 곧 내가 스스로 확신할 수 없는 것은 끝내 받아들이려 하지 않는 나 나름의 방법론적 자세 때문일 것이다.

이러하여 나는 다시 철학으로 관심을 돌렸다. 당시 문리과대학에는 철학과도 함께 있었기에 원칙적으로 수강하는 데 어떠한 제약도 없었다. 단지 철학과의 전문 과목을 철학에 대한 기초 소양도 없이 함부로 신청했다가는 낭패를 볼 수도 있어 조심스럽게 접근할 수밖에 없었다. (철학에 대해 내가 그때까지 공부한 것은 교양과목으로 이수한 '철학개론'밖에 없었다.) 그런데 마침 '과학'이라는 말이 들어가는 '과학철학'이라는 과목이 있었고, 그 주제가 한스 라이헨바흐Hans Reichenbach라는 사람이 쓴 「상대성이론의 철학적 의미」라는 논문이어서 주저하지 않고 신청하여 수강했다. 철학적 논의에 관해서는 내게 미숙한 점들이 있겠지만 상대성이론에 대해서야 나만큼 공부한 사람도 없을 거라고 여겼기에 이를 믿었던 것이다.

그런데 기대와는 달리 이 논문을 아무리 읽어보아도 상대성이론을 이해하는 데는 거의 아무런 도움이 되지 않았다. 상대성이론 자체에 대해서는 내가 이해하는 수준 이상 넘어가는 것이 없었으며 단지 이것이 기존 철학적 논의, 특히 플라톤의 이데아론이라든가 칸트의 시간·공간론에 어떤 수정을 가져오게 되는가 하는 점들만 강조했다. 이 안에서는 물론 그간 상대성이론 자체에 대해 특히 비전문가들 사이에 어떤 오해가 있었는지 밝히고 이를 시정하는 노력이 보였지만 저자 자신의 이해 부족으로 오히려 혼란을 가중하는 일면도 없지 않았다. 특히 이 논문이 지닌 중대한 결함은 4차원에 대한 언급이 전혀 없다는 것이었다. 오직 1905년 아인슈타인의 초기 논문을 바탕으로 썼는데, 그 안에는 아인슈타인의 난해한 논리만 깔려 있을 뿐 상대성이론의 핵심적 관념이 빠져 있었다.

비록 그렇기는 해도 나는 이 강좌에서 단연 중요한 존재로 부각되었다. 학생들은 물론이고 교수님조차도 상대성이론 자체에 대한 기본적 이해가 없던 터여서 물리학에 관련된 문제만 나오면 으레 내 의견을 물어왔기 때문이다. 당연히 좋은 성적을 얻기는 했으나 본래 기대했던 성과는 얻지 못했다. 그러나 이 논문을 통해 내가 얻은 것은 상대성이론을 포함한 현대물리학이 현대 철학에서 중요한 논의의 소재가 된다는 점이었다. 특히 상대성이론이 칸트철학에 결정적 타격을 가한다는 점이다. 그래서 내친김에 칸트철학을 더 공부하여 상대성이론과의 관계를 밝히는 것이 좋겠다는 생각이 들었다.

그런데 마침 당시 철학과에서 제공하는 칸트의 '순수이성비판' 강의가 있어서 이것을 또 수강했다. 담당 교수님이『순수이성비판』의 독일어 원본을 교재로 택해 철저히 음미해 나아가는 것까지는 좋았으나 진행이 너무 느려 책의 서론에조차 진입하지 못하고 서문을 겨우 절반 정도 읽은 상태에서 학기가 끝났다. 그런 속도로는 칸트의 시간론과 공간론에 이르려면 몇 년은 더 공부해야 할 정도였다. 그래서 교수님을 찾아가 수강 목적을 말씀드리고, 학기말 시험 대신 내가 개인적으로 뒷부분을 더 공부하여 아인슈타인의 상대성이론과 비교하는 논문을 만들어 제출하게 해달라고 부탁했더니 쾌히 승낙해주셨다.

독일어 원문으로 뒷부분까지 읽는 것은 너무 어려웠으므로 영문판『순수이성비판』을 구해 특히 시간론과 공간론 부분을 읽고, 그동안 내가 이해한 상대성이론의 지식과 내 멋대로의 상상력을 가미해 논문을 하나 만들어 제출했다. 당시 내 생각에도 이 논문에 의미 있는 내용이 좀 담긴 듯해 사본을 하나 만들어놓고 제출하고 싶었지만 너무 기진맥진했던 터여서 원본만 그냥 제출하고 말았다. 지금 그 논문이 남아 있었더라면 당시 내 지적 발전 단계를 가늠해본다는 점에서 흥미로울 수도 있겠는데 아쉽게도 그렇게 되질 못했다. 학기말 성적으로는 철학과 학생들 모두를 제치고 내가 최고점을 얻었다.

이처럼 철학 강의를 들으면서 내가 기대했던 성과를 얻지는 못했지만 여기서는 최소한 내 주체적 역량을 발휘할 수 있었다. 그리고 단순히 물리학의 철학적 바탕 말고도 과학과 철학 사이의 일반적 관계 또한 내 학문적 관심을 끄는 바가 있어 내 힘이 미치는 범위 안에서 철학 공부를 더 밀고 나아갔다. 정식 으로 수강한 과목으로는 과학 철학 강의를 두 학기 더 들었고, 헤겔의 '현상학' 강의를 하나 더 들어 철학과 전공과목으로 도 합 다섯 과목을 이수했는데, 이만하면 비공식적으로 부전공을 하나 한 셈이 된다.

놓쳐버린 물리학 연구실험 A 학점

지금이나 그 무렵이나 물리학과에서는 실험교육의 중요성을 강 조했다. 그러나 중요성을 강조한다고 반드시 좋은 교육이 되는 것은 아니다. 당시 서울대학교 물리학과에는 4학년 과목으로 '물 리학 연구실험'이 있었는데, 필수과목일 뿐 아니라 학점 배정도 높았다. 이것은 대체로 학생이 특정 분야를 지망하고 학교에서 조정하여 각 교수들의 실험실에 배정하는 형식을 지녔다.

　나는 '죄수복'을 함께 입고 다니며 늘 가까이 공부하던 두 친 구와 함께 X선 실험실을 지망했다. 당시에 그래도 실험실답게 돌아가던 곳이 그곳이라고 생각했기 때문이다. 그런데 과에서 는 짓궂게도 나만 따로 떼어내어 비교적 생소한 학생들과 함께 유체역학 실험실로 배정해놓았다. 나중에 들은 바에 따르면 너 무 붙어 다니는 아이들은 좀 떼어놓는 게 좋겠다는 생각에서 그 랬다는 거였다. 그야 그럴 수도 있겠는데, 내게는 이것이 여러

모로 최악의 배정이었다.

우선 나는 담당 교수가 두 학기나 강의한 유체역학 강의를 한 시간도 듣지 않았다. 철학과 수학 강의를 더 듣기 위해 전공과목 일부를 빼놓았던 것이다. 더구나 유체역학은 물리학에서도 방계 과목이어서 거의 모든 대학에서 아예 교과과정에 넣지도 않는 과목이었다. 그런데 덜컥 그 분야의 연구실험을 하라고 지정된 것이다. 더욱 문제는 실험실이라는 것이 오직 빈방만 하나 있을 뿐 실험 장치가 전혀 없었다는 점이다. 장비를 일본에 주문해놓기는 했는데 언제 들어올지 모른다는 것이었다. 결국 담당 교수는 기구가 들어올 때까지 기다릴 수밖에 없다고 했고, 우리 또한 아무것도 할 게 없었다.

당시 실험실은 청량리 캠퍼스에 새로 지은 물리학과 건물에 있었는데, 강의가 모두 동숭동 문리과대학 캠퍼스에서 이루어졌으므로 실험이 있는 시간에만 청량리로 갔다. 별로 할 것이 없었지만 그렇다고 전혀 안 나갈 수도 없고 해서 청량리를 가면 학생들과 모여 잡담하거나 야구공이나 주고받으며 소일하다가 돌아오곤 했다. 그런데 이게 그만 화근이었나 보다. 담당 조교의 눈에 '공부 안 하는 농땡이'로 찍힌 것이다. 학기가 지나고 성적이 발표되었는데, 우리 조는 모두 'C'로 나왔다. 당시 명목상 이 과목을 담당한 분은 가장 원로 교수인 권 아무개 교수였다.

나는 교수님을 찾아가 항의했다. 실험 기구가 없어 실험을 못 했는데 무슨 근거로 성적은 'C'를 주느냐는 것이었다. 그랬더니 권 교수님은 실험은 손으로만 하는 것이 아니라 기구가 없더라도 앞으로 하게 될 실험을 구상하고 연구 세미나라도 했어야 하지 않는가 하시는 거였다. 사실 맞는 말이기도 했다. 그러나 나 또한 할 말이 많았다. 내가 원치 않는 곳에 강제로 배정되었고, 그 분야는 내 연구 관심과 거리가 멀었을 뿐 아니라 실험 지도 교수에게서 기다리라는 말 이외에 어떤 언질도 받지 못했던 터였다. 실험 지도교수 또한 나중에 이것을 알고 성적 처사에 대해 불쾌해했으나 어쩔 수 없었다. 결국 다음 학기에 서로 그런 일이 없도록 하자는 것으로 매듭을 짓고 물러났다. 그런데 나중에 들으니 권 교수님은 학점에 대해 알지도 못했고 담당 조교가 해놓은 처사라고 했다. 나는 담당 조교의 눈초리가 늘 내 뒤를 쫓아다니고 있다는 사실을 전혀 의식하지 못했다. 심지어 나는 뒤에서 그러한 일을 하는 조교가 있다는 사실조차 몰랐다. 그때 조교였던 분이 훗날 나와 서로 가까운 사이가 되었는데, 그분이 당시 나를 어지간히 공부 안 하는 농땡이로 찍어놓았었다고 실토한 일이 있다.

그런데 지금 생각해보면, 당시에 실험실에 들어가 손가락 하나 까딱하지 않고도 '물리학 연구실험' 과목에서 버젓이 A 학점을 따낼 기막힌 방법이 하나 있었다. 놓쳐버린 일이긴 하지만 재미있는 것이어서 가능했던 시나리오만 소개한다. 나는 실험실 조교 박 아무개를 만난다.

"박 형, 이게 도대체 말이나 되는 얘기요?"
"뭔데?"
"우리 서울대학교 말이오. 아니, 연구실험이라 배정해놓고 빈방에 혼자 들어가서 어떻게 실험을 하라는 거요?"

"김 아무개 교수님이 무슨 말이 없습디까?"

"그저 기다리라고만 하던데, 기다리기만 하다가 학기가 끝나면 실험 못 한 것도 억울한데 도대체 학점은 어떻게 줄라는 속셈이오?"

"글쎄, 그거 딱하기는 하네."

"사실 나한테 방법이 하나 있기는 한데, 박 형이 좀 도와줘요."

"뭔데?"

"내가 말이오, 물리실험에 관한 철학 논문을 그 대신 하나 써서 제출하면 어떨까?"

"물리 실험에 관한 철학 논문? 그런 것도 있나?"

"있어요. 내가 과학철학 강의를 들어보니 브리지먼Percy W. Bridgeman이라는 사람이 실험을 주제로 하는 철학을 한다던데, 그거 내가 정리해서 제출하면 안 될까?"

"그런데 어떻게 철학 논문을 가지고 물리 성적을 내지?"

"브리지먼이 누구요? 노벨상을 받은 물리학자예요. 그 사람이 실험에 대해서 말하는 게 물리가 아니라면 뭐가 물리예요? 그러니까 내가 써 오면 박 형이 한번 읽어줘요. 그리고 교수님께 이거 말 된다고 한마디 해주면 문제가 없을 거요. 빈방에서 실험해 내라고 강짜를 부리는 것보다야 백배나 나은 일 아니에요?"

"그거 말 되네."

사실 당시 내가 학점에 조금만 신경 썼더라도 이미 조금 알고 있는 브리지먼의 조작주의operationalism 철학에 대하여 한 일주일 고생해 정리해서 내면 빈 실험실에서 '학점 A'짜리 실험을 해내는 기적을 만들었을 텐데, 생각이 미처 거기까지 못 미치고 말았다.

이 일은 결국 내가 물리학 중에도 특히 실험과 큰 인연을 맺지 못하게 되는 한 계기로 작용했다. 그 당시 나와 함께 X선 실험을 지원했던 나머지 두 명은 후에 모두 실험물리학자로 제 몫을 단단히 했다. 그러나 이 때문에 내가 실험물리학의 길로 들어서지 못한 것에 대해서는 조금도 아쉬운 생각이 없다. 실험물리학의 길에 들어섰던들 나는 내가 지금까지 해온 것과 같은 학문의 자유로운 넘나듦을 수행하기 어려웠을 것이다. 또 한 가지 내게 위로가 되는 것은 아인슈타인 또한 당시 교수들에게 별로 좋은 인상을 주지 못했다는 것이다. 예를 들어 후에 상대성이론의 4차원 구조를 밝혀준 헤르만 민코프스키Hermann Minkowski 교수는 학생 때의 아인슈타인을 "게으른 개"로 묘사한 일조차 있다. 사실 아인슈타인이 교수들의 눈에서 너무도 벗어나 졸업 후 아무 데서도 조교 자리를 얻지 못한 것은 잘 알려진 일이다.

나는 다른 전공과목에도 그리 큰 흥미를 느끼지 못했다. 더구나 3, 4학년의 주요 전공과목을 1학년 때 일반물리학을 담당했던 교수가 해마다 따라 올라오면서 가르쳤는데, 그 천편일률적 강의 방식에 질려 있었고 그 어떤 지적 자극도 받을 수 없었다. 특히 기대를 가지고 공부해보려 했던 4학년 '양자역학'은 더욱더 실망이 컸고, 둘째 학기에는 아예 수강을 포기했던 것으로 기억된다. 나 자신은 결코 물리학을 포기한다는 생각을 해보지는 않았지만 졸업을 앞둔 시점에서 무언가 크게 잘못되고 있음을 느꼈던 것은 분명하다. 그때 가졌던 오직 한 가지 위안은 그간 이것저것 부딪치며 경험한 결과 언제라도 조용히 공부할 기회만 주어지면 혼자 어떤 어려운 것도 공부할 수 있으리라는 자신감을 갖게 되었다는 점이다. 뒤에 다시 이야기하겠지만 이것은 내가 물리학에 대한 관심을 다시 불러오는 데 크게 기여했다.

성경이 과연 하느님 말씀인가

앞에서 이야기했듯이 나는 고등학교 2학년 때부터 약 2년간 기독교에 심취해 있으면서 교파 갈등에 시달린 일이 있다. 같은 교회에서도 진리 주장이 서로 달라 어느 편에 서야 할지를 놓고 결국 나 자신의 결단에 따라 길을 찾아나가야 했던 것이다. 이런 경험은 당연히 신앙에 관련된 내 비판 의식을 높여주었고, 내 지적 성장에도 큰 도움을 주었다. 대학 입학 후 특히 과학에 대한 이해가 증진되면서 이러한 비판 의식은 과학과 신앙의 관계로 확대되어나갔다. 예를 들어 기독교의 중심 도그마(교조敎條) 가운데 현대 과학과는 도저히 양립할 수 없는 내용을 어떻게 수용할 것이냐 하는 문제가 발생한다. 그런데 이러한 도그마는 거의 예외 없이 성경 혹은 성경의 해석에 바탕을 두고 있다. '하느님의 말씀'인 성경에 그렇게 적혀 있으니 옳다는 것이다.

　문제는 성경이 어째서 하느님의 말씀이냐 하는 점이다. 여기에 명백한 증거는 아무 데도 없다. 성경에서조차도 "기록되었으되" 하면서 기록된 문헌이라는 뜻으로 언급할 뿐 하느님의 말씀이라는 이야기는 없다. 사실 성경이 스스로 하느님의 말씀이라는 말을 할 수도 없다. 그러한 언급을 할 시점에는 아직 그 언급 자체가 성경 내용으로 들어가리라는 보장이 없었기 때문이다. 성경 내용으로 보더라도 특히 구약에는 이게 도저히 하느님의 말씀일 수 없다고 생각되는 내용이 너무도 많다. 그리고 가장 중요한 것은 그 책이 하늘에서 떨어진 게 아니라는 점이다. 사람들이 쓴 글을 어느 종교회의의 결정에 따라 한 권의 책으로 편집해놓고는 느닷없이 '하느님의 말씀'으로 격상시켜버린 것이다. 이것이야말로 하느님이 아시면 기가 찰 노릇이다. 자기가 말한 것도 아닌데 사람들이 멋대로 적어놓고는 자기 말이라고 떠벌리고 다닌다면 과연 용납할 일인가? 하느님 앞에 우상을 만들지 말라고 가장 크게 외치던 사람들이 가장 큰 우상을 만들어놓고 섬기는 셈이다.

나는 성경 자체가 나쁜 책이라고 말하는 것이 아니다. 성경은 성실하지만 불완전한 사람들이 나름대로 최선을 다해 하느님에 대해 말하는 책일 수 있다. 그리고 고의로 거짓 서술을 했다기보다는 잘 몰라서 혹은 그런 형식밖에 빌릴 수 없어서 오늘 우리가 보기에 부적절한 내용이 담긴 것이라고 할 수 있지 않겠는가? 일단 내 생각이 여기에 이르자 나는 하느님에 대한 신앙은 유지하되 제도화된 기독교, 더 구체적으로는 '사도신경'을 강요하는 기독교와는 결별해야 한다고 생각했다. 그렇다고 해서 지금까지 나를 길러준 교회를 배격하지는 않았고 또 그렇게 할 필요가 없었다. 그 교회를 통해 나는 현재 내 신앙을 얻었으며, 또 그 안에서 영적 성장을 해오지 않았는가? 그런 의미에서 교회는 마치 초등학교와 비슷한 곳이라고 생각했다. 이 안에서 배우고 자라지만 어느 정도 성숙한 후에는 이를 벗어나야 한다. 그러지 않으면 이것이 오히려 족쇄가 되어 지적·영적 성장을 방해하리라는 것이다.

그래서 나는 스스로 교회를 '졸업했다'고 말한다. 그리고 교회도 더는 영적 성장의 길을 열어주지 못할 바에는 교인들을 '졸업시키는 것'이 옳다고 본다. 물론 이러한 생각에 이르기까지 고뇌와 번민을 많이 겪었지만 동시에 주변의 도움도 많이 받았다. 그당시 내가 접할 수 있었던 기독교 관련 교양지로 《기독교사상》이 있었는데, 여기에는 내가 독자적인 길을 찾아나가는 데 도움을 주는 좋은 글들이 종종 실렸다.

그러나 무엇보다도 내 가슴에 깊은 감동을 불러일으켰던 스승은 당시 사회적으로, 종교적으로 거침없이 바른말을 토해내던 함석헌 선생이다. 그분이야말로 기독교를 자기 안에 품고 있으면서 다른 한편으로 기독교를 넘어선 분이었다. 아하, 나 말고도 교회를 졸업한 사람이 또 있구나! 이렇게 해서 나는 기독교를 졸업한 대선배 '동창'을 만났고, 그의 가르침을 받았다. 여기서 가르침을 받았다는 것은 그의 글을 읽고, 종로 중앙신학교 강당에서 있었던 그의 강연에 가끔 참석했다는 것을 말한다.

그를 통해 나는 성경을 보는 관점에는 여러 가지가 있으며, 신에 대한 이해 또한 기독교의 전유물이 아님을 알게 되었다. 실제로 함석헌 선생은 성경에 담긴 핵심적 내용을 꿰뚫어보는 눈이 있는 분이어서 그의 해석이 내 마음속 깊이 공감을 일으켰다. 한마디로 그것을 담고 있는 껍데기는 버리고 그 안에 담긴 뜻을 찾아 읽어야 한다는 것이다. 그리고 그러한 뜻은 유독 성경에만 배타적으로 담겨 있는 것이 아니라 얼마든지 많은 사람이 얼마든지 다른 형식으로 말해놓았다는 것이다. 이러한 그의 선언이야말로 그동안 막혔던 곳이 뚫리듯 내게 시원한 해방감을 가져다주었다.

이러한 그의 가르침과 함께 아인슈타인은 또 다른 의미로 나를 신의 세계로 안내했다. 자연법칙의 오묘함 속에서 신의 존재를 읽으라는 것이다. 그 전에는 자연의 법칙을 획획 벗어나 이상한 일을 멋대로 해내는 이른바 '이적'이 나타나면 그게 곧 신의 존재를 말해주는 것으로 생각해왔으나, 사실은 자연의 세계에는 그런 일이 일어날 수 없을 만큼 높은 질서와 조화가 깃들어 있다는 것이고, 이것이 오히려 신의 존재를 말해준다는 논리로 전환된 것이다. 상대성이론이나 양자 이론에 나타나는 것 같은 심오한 자연의 조화를 볼 때 이것이야말로 신의 속성 곧 신비 그 자체라는 것이다.

물론 신의 존재는 여기에 그치는 것이 아니라 이것마저 넘어서는 더 심오한 경지가 있지만 이것만으로도 사소한 '이적'이라 보여서 "내가 신이다"라고 주장하는 것보다는 훨씬 더 '신다운' 일이라 할 수 있다. 말하자면 동네 안에서 남들이 하기 어려운 몇 가지 능력을 뽐내는 '큰형Big Brother'으로서의 신이 아니라 우주의 근원이며 우주의 섭리를 관장하는 대주제로서 신을 보는 것이다. 적어도 그 정도는 되어야 우리가 신이라 믿지 구약에 나오는, 사람을 편애하고 때때로 심술궂기까지 한 어떤 수염 긴 노인의 형상을 오늘 우리가 신이라 받들 수는 없다는 것이다.

그러므로 진정한 의미의 하느님 말씀을 듣기 위해서는 출처조차 불명확한 옛 문서만 뒤질 일이 아니라 그분이 창조한 세계의 오묘한 질서를 더 깊이 탐색하는 것이 옳으리라는 생각이 들었다. 이와 동시에 그동안 과학에서 해왔듯이 섣불리 진리를 찾았다고 외칠 것이 아니라 이를 겸허히 그리고 그침 없이 추구해가며 그 안에서 삶의 참뜻을 찾아나가는 것이 조금이나마 신에 접근해가는 길이라고 생각하게 되었다.

이러한 생각을 하면서 나는 기본 신앙은 유지하되 이제 나를 억압하기 시작한 종교의 딱딱한 껍데기를 조금씩 벗어던지기 시작했다. 이러한 점에서 내가 굳이 스스로 기독교인이 아니라고 주장할 필요는 없다고 생각한다. 오히려 나 자신은 참기독교인이며, 참불교인이고, 참유교인이며, 또 그렇게 되어보리라 생각한다.

4·19와 못다 한 한 젊은이의 삶

제도종교의 도그마 못지않게 삶과 지성을 구속하는 것이 정치체제와 정치적 이데올로기이다. 우리나라는 해방 이후 분단과 전란을 겪으면서 그 피해가 극심했고, 특히 자유당 정권 말기 부정선거와 관련하여 혼란이 극에 달했다.

드디어 내가 4학년이던 1960년 4월 19일 아침, 이 상황이 유명한 4·19 봉기로 분출되고 말았다. 전날부터 학생들 사이에 무슨 일이 있으리라는 이야기가 나돌았지만 당일 문리과대학 교정에서는 특별한 일이 없는 듯 1~2교시 수업이 일제히 시작되었다. 나 또한 교실에 앉아 과학철학 강의를 듣고 있었다. 강의가 시작된 지 미처 30분이 지나지 않았을 무렵 갑자기 주위가 소란해지더니 한 학생이 문을 열고 들어서면서 지금 시위 중이니 나와달라고 했다. 교수님은 곧 펼쳐놓았던 책을 힘껏 덮어버렸다. 수업을 그만하겠다는 표시였다. 학생들은 모두 몰려나갔다.

나도 함께 나가면서 얼른 머리에 떠오른 생각이 무엇인가 더 적극적인 기여를 해야겠다는 것이었다. 그래서 아직 수업을 하고 있던 옆 건물에 들어가 교실마다 문을 열고 지금 시위 중이니 희망자는 모두 나와달라는 전갈을 하고 다녔다. 내 말이 떨어지자마자 교실마다에서는 학생들이 모두 쏟아져 나왔다. 그런데 한 교실 문을 여니 아! 물리학과 최고 원로 권 아무개 교수가 강의하는 게 아닌가! 나는 얼른 문을 닫고 다음 방으로 갔다. 너무도 순간적인 일이어서 내가 왜 그냥 문을 닫았는지 지금도 알 수 없다. 어쨌든 본능적으로 그 방만은 비켜 갔다.

그러다가 교문 앞에 나왔을 때는 이미 제1진 학생들은 교문을 떠났고, 나는 그 후속 대열을 따라 당시 세종로에 있던 국회의사당 앞으로, 다시 광화문, 지금은 헐려버린 중앙청 앞으로 가서 연좌시위를 한참 동안 했다. 이때 수학과 3학년이던 김 아무개 군이 군중 앞에 나와 시위를 독려하는 열변을 토했다. 이 사람은 나와 대면해 이야기를 나눈 일이 한 번도 없었지만 나는 그에 대한 기억 두 가지를 가지고 있었다.

그 하나는 입학시험 때 가까이에서 함께 시험을 쳤기에 첫해에 물리학과를 지원했다는 점이며, 두 번째는 입시가 끝난 얼마 후 남산에서 있었던 부활절 새벽 예배에서 나와 잠깐 얼굴을 스쳤던 것으로 보아 그 또한 크리스천이었으리라는 점이다. 그리고 1년 후 그가 문리과대학 수학과 학생으로 입학했다. 나는 속으로 반가웠지만 그런 사실을 소재로 말을 걸 계재는 아니었다.

우리는 다시 자리를 옮겨 지금은 청와대로 이름이 바뀐 경무대 정문 바리케이드 쳐진 곳으로 갔다. 내 앞에는 이미 약 100미터 앞까지 학생들이 앉아 있었고, 반대편에는 군복으로 갈아입은 전투경찰들이 무장을 갖추고 우리를 마주하고 있었다. 잠깐 최전선에 있는 학생들과 경찰 사이에 밀고 당기는 실랑이가 있더니 곧 실탄사격이 일제히 가해졌다. 이 와중에 학생 100여 명이 사망했고, 앞서 말한 김 아무개 군이 문리과대학 학생으로는 유일하게 그날 목숨을 잃었다.

그는 결국 내게 세 번에 걸쳐 강렬한 메시지를 남기고 떠나갔는데, 그 내용은 물리학을 하고자 했던 성실한 크리스천으로서 정의를 위해 흔쾌히 목숨을 던졌다는 사실이다. (후에 나는 그가 함석헌 선생을 존경해온 학생이었음을 따로 알았다.) 그와 나는 오직 생사의 갈림길만 달랐을 뿐 지향했던 바가 너무도 흡사하여 나는 그 후 4·19 기념일을 맞이할 때마다 내가 그의 못다 산 삶을 마저 살아주어야 하리라는, 그에 비해 덤으로 얻은 것이나 다름없는 내 삶을 적어도 그가 원했던 방식으로 살아주어야 하리라는 어떤 막연한 의무감을 느끼고 있다.

여기서 20여 년 전 대학신문《관악세론》에 발표한 「그는 부활되어야 한다: 4·19 33돌을 맞아」라는 글 한 편을 (단지 몇 글자만

^{바꾸어)} 그대로 인용한다.

관악 교정 남쪽 산비탈에 빛바랜 몇몇 기념탑이 을씨년스럽게 모여 서 있다. 33년 전 이 땅에 4·19가 있었다는, 그리고 우리 서울대학교 학생 여섯 명이 그들의 소중한 생명을 바쳤다는 지난날의 일을 알리는 조그만 표식들이다. 해마다 4월이 되면 그래도 몇 송이 꽃이 이 앞에 놓여 그 쓸쓸함을 달래곤 한다.

나는 아직 이 앞에 한 송이 꽃을 바치는 정성을 베풀지 못했다. 그러나 이때만 되면 내 마음속에 어김없이 떠오르는 한 얼굴이 있다. 김치호다. 4월 19일 정오 무렵 우리는 태평로 국회의사당을 거쳐 지금은 광화문이 들어서 있는 중앙청 앞 광장까지 달려온 후 잠시 연좌를 하고 있었다. 김치호가 우리 앞에 나섰다. 오전에 이미 경찰에 잡혀 심하게 구타당했노라고, 그러나 굽힘 없이 불의와 싸워나가겠노라고 결연히 선언했다.

얼마 후 우리는 경무대 쪽으로 몰려갔다. 우리 앞에 이미 많은 학생이 경무대 입구 가까이에서 전투복을 입은 경찰과 대치하고 있었다. 곧이어 격렬한 총성이 울려 퍼졌고, 많은 학생이 쓰러졌다. 김치호도 그중 하나였다.

묘하게도 나는 그와의 또 한 번의 만남을 기억한다. 그보다 몇 해 전 어느 부활절 새벽이었다. 그 당시 부활절 집회가 있었던 남산에서 나는 낯익은 한 얼굴을 스쳤다. 김치호였다. 말을 주고받을 겨를도 없었다. 단지 '부활'로 상징되는 그 어떤 신념의 공유만이 느낌으로 스쳐갔을 뿐이다. 그런데 이것이 기묘한 현실로 우리 앞에 다가선 것이다. 그는 부활되어야 하며 나는 그를 부활시켜야 한다는 현실이다.

나는 한번 간 개인의 생명이 다시 살아난다고 믿지 않는다. 그의 생명은 오직 살아 있는 우리들 속으로 되살아날 수 있다. 그는 살아 있는 우리의 역사 속에 되살아나야 한다. 그를 되살려내는 것은 오로지 살아 있는 자의 몫이다. 이것이 바로 그도 살리고 나도 사는 길이다. 그러지 못하면 그도 죽이고 나도 죽는다. 이것이 내가 믿는 생명의 법칙이며 부활의 의미이다.

생명을 역사 속에 되살려내는 것은 쉬운 일이 아니다. 역사를 살아 움직이게 해야 하기 때문이다. 역사는 아직도 그가 맞서 싸우려던 불의에 고통받고 있다. 그러나 오늘의 불의는 어린아이의 눈에조차 선명히 드러나던 그날의 불의처럼 그렇게 순진하진 않다. 교묘한 외피를 입고 깊숙한 제도의 틀 속에 몸을 도사리고 있어서 정말 깊이 있는 구조적 사고의 눈을 통하지 않고는 드러나지 않는다. 제도적 민주화와 경이적 경제성장이라는 현란한 외피에 가려 우리의 시각은 심층의 어두움을 뚫지 못하고 있다. 권력에 의해 순치되고 재력에 의해 타락한 제도권 언론은 몽롱한 의식을 더욱 흩뜨려주고 있다.

더 이상 역사는 열정만으로 움직여지지 않는다. 지성만으로도 움직여지지 않는다. 목숨을 아끼지 않을 열정과 함께 역사를 꿰뚫어보는 혜안이 요청되는 것이다. 그런데 나는 과연 그 일을 감당할 뜨거운 가슴과 냉철한 지성을 함양시켜왔는가? 그리고 이것을 통해 역사를 살아가고 있는가?

아직도 그는 내 속에서 부활하지 못하고 있다. 올해도 그의 얼굴은 내 마음 깊숙한 곳에서 외치고 있다. 나를 부활시켜라!

《대학신문》, 1993년 4월 19일

배움의 되새김질

내가 염원했던 한 작은 꿈

사람은 누구나 미래에 성취되기를 희망하는 꿈을 가지게 마련이다. 그런데 젊은이들의 꿈은 유난히 기복이 심하다. 가능성은 크게 열려 있는 반면 아무것도 확실한 것은 없기 때문일 것이다. 한편으로 한없이 높은 이상을 그리면서도 또 한편으로는 지극히 소박한 최소의 여건만이라도 충족되기를 바라게 된다. 당연히 이 두 가지는 서로 연관될 수밖에 없다. 최소의 여건이 만족되지 않는다면 그 어떤 이상도 이룰 수 없기 때문이다. 솟구치는 이상이야 상상력이 허락하는 한 얼마든지 높게 잡을 수 있겠지만 이것이 대지 위에 발을 디디지 못하면 아무 소용이 없지 않은가? 그렇기에 꿈의 성취라고 하는 것은 이것을 얼마나 높이 잡는가도 중요하지만 이것을 위해 현실을 어디까지 낮출 수 있는가가 더욱 중요하리라 생각한다.

대학을 졸업하던 무렵, 내 장래 희망을 묻는 어떤 설문지에 나는 '자유인'이라고 적어 냈다. 어쩌면 이것이 당시 내가 지녔던 정신적 염원을 가장 잘 표현한 것일 게다. 나는 내게 주어진 삶 그 자체를 온전히 그리고 몽땅 내 것으로 영위하고 싶었다. 아무 방해도 받지 않고 하루 24시간을 오롯이 내가 하고 싶은 일에만 몰두할 수 있었으면 하는 것이었다. 당시 내가 원하던 일 한 가지는 주변의 어떤 방해도 없이 오로지 지적 추구에만 몰두하는 것이었다.

이러한 염원은 그간의 사정이 내게 이것을 좀처럼 허용해주지 않았던 것과 관련이 있다. 우선 학비 일부를 내 손으로 마련해야 하는 것이 정신적으로나 시간적으로 커다란 부담을 주었다. 때로는 입주 가정교사로, 때로는 친척집에 기대어 그날그날 숙식을 해결한다는 것이 여간 신경 쓰이는 일이 아니었다. 학교 수업 또한 부담이 될 수 있었다. 학교 수업이 내 지적 성장을 도운 것은 사실이지만 다른 한편 방해 요인으로도 작용한 것이다. 이는 적어도 나 스스로 다른 어떤 부담이 없이 그 무엇에 탐닉하는 일에 방해가 되었다.

이러한 현실은 미래에 아주 소박한 꿈 하나로 표출되었다. 따뜻한 온돌방 하나와 하루 세 끼 식사 그리고 가능한 한 많은 자유 시간이 그것이다. 당연히 음식과 잠자리를 위해 나는 무엇인가 해야겠지만 그것은 내 시간을 최소로 요구하는 것이어야 했다. 그럼 나머지 시간은 어디 쓸 거냐? 그건 일단 자유이지만 사실은 독서와 사색, 한마디로 학문하는 데 대부분 바칠 심산이었다. 당연히 책이라든가 외부와의 통신 수단도 필요하겠으나 이것 역시 내 마음속에는 부차적으로 보였다. 방 안에 놓여 있는 앉은뱅이책상 하나 그리고 종이와 연필, 이것이 중요한 것의 거의 전부였다. 이것만 허용된다면 나는 기꺼이 학문과 함께하는 삶을 살겠다는 것이 이 시기의 내 꿈이었다.

나중에 알았지만 아인슈타인 역시 비슷한 꿈을 꾸고 있었다. 그는 이러한 꿈을 현실 속에 실현할 구체적 방안까지 마련했다. 등대지기 자리가 그것이었다. 등대지기야말로 혼자 지낼 조용한 방 하나와 하루 세 끼 식사가 보장되면서도 거의 모든 시간을 학문적 사색을 위해 바칠 수 있는 이상적인 자리가 아니던가? 그는 대학 졸업 후 한때 주위의 만류에도 등대지기 자리를 알아보러 다녔다. 내가 아인슈타인의 이 일화를 읽으면서 어떻게 그리도 내 염원과 비슷했던가 하고 감탄한 일이 있다. 나도 아마 그러한 처지에 놓였다면 똑같은 자리를 구하러 다녔을 것 같다.

이러한 자리는 학자가 지녀야 할 최소의 여건이기도 하지만 동시에 최상의 여건일 수도 있다. 물질적 요소로만 볼 때는 최소의 여건이지만, 정신적 자유로 볼 때는 최상의 여건이 된다. 그런 점에서 아인슈타인도, 나도 후에 물질적으로는 이보다 나은 여건을 얻었지만 정신적으로는 이러한 자리에까지 이르지 못한 것이 아닌가 하는 생각이 든다. 아인슈타인은 등대지기 대신 특허국 3급 기사 자리를 얻었고, 업적이 알려진 후에는 몇몇 대학을 거쳐 비교적 자유롭게 연구할 수 있었던 프린스턴 고등학술연구소에서 생애의 대부분을 보냈다. 물론 학문하는 사람이라면 누구나 꿈꾸는 더 바랄 것 없는 여건이기도 했다. 그러나 과연 이것이 등대지기 자리보다 더 좋은 것이었을까? 그렇지 않을 수도 있다는 것이 내 생각이다.

학문의 요체는 자유이다. 생각의 실마리가 그 어떤 구애도 받지 않고 자유롭게 펼쳐져야 하고, 성취나 보상 따위의 생각은 끼어들 틈이 없어야 한다. 물론 좋은 책을 읽고 새로운 정보를 얻으며 동료 혹은 스승, 제자 들과 자유롭게 대화를 나누는 것이 필요하다. 그리고 사람이 어떻게 자연스러운 성취감이나 보상 심리를 피해 가겠는가? 이들이 모두 갖추어진다면 금상첨화이겠지만 그 가운데서도 가장 중요한 것이 자유로운 사색의 펼침인 만큼 이것이 방해를 받는다면 이미 죽은 학문이나 다름없다.

나에게 과연 이러한 여건이 주어질 것인가?

우리가 요청한 일이 없는데

졸업과 함께 내게 불어닥친 현실적 문제는 병역을 어떻게 치를까 하는 것이었다. 나는 이미 예비 신체검사에서 갑종 합격을 받아놓은 터였다. 가만히 있으면 육군 사병으로 가서 3년간 복무하게 되어 있었다. 혹 운이 좋아 외국 유학 수속을 끝내면 2년 만에도 제대하고 나오는 수가 있으나 그러한 것을 기대하기는 매우 어려운 실정이었다. 가장 무난한 길이 공군 장교가 되어 서울에 있던 공군사관학교에서 물리학 교관으로 3년간 물리학을 가르치다가 제대하는 것이었다. 이미 물리학과 선배들 가운데는 이 길을 거쳐 나온 사람들도 있었고, 근무하는 사람도 있었다. 더구나 당시 공군사관학교 물리교관실에서 책임자 급으로 근무하는 분들 가운데 몇몇은 공군사관학교 출신으로 서울대학교에 파견되어 위탁 교육을 받은 적이 있어서 나와는 친분도 조금 있던 참이었다.

그런데 막상 공군 장교 지원서를 제출하던 무렵 직접 공군사관학교를 방문해 상황을 알아본 결과 가능성이 전혀 없다는 것을 알았다. 물리교관실에는 이미 인원이 넘쳐나서 그 전해에 오기로 되었던 사람들조차 받지 못해 임시로 수학교관실로 보내 수학을 가르치게 하고 있다는 것이었다. 그러나 나도 다른 마땅한 선택지가 없었기에 일단 공군에 들어가서 기상예보를 담당하는 기상장교나 기계 정비를 담당하는 정비장교로 몇 년간 근무할 생각으로 공군 장교 시험에 응시했다.

대학 졸업생을 대상으로 100여 명을 모집하는 이 시험에 무려 2천 명 가까이 응시했다. 물리학 분야에도 서울대 출신 네 명을 포함하여 상당수 지원했던 것으로 아는데, 최종적으로 다른 대학 출신 한 명을 포함해 세 명이 합격했다. 누가 출제했는지 물리학 시험에는 상대성이론에 관한 문제도 있었다. 당시 상대성이론의 위력이 얼마나 대단했는지를 알게 해주는 일이다. 이때 모집한 분야는 예능계까지 포함하여 매우 다양했다. 이른바 '각종장교'라 불렸는데, 함께 입대했던 100여 명은 이후 학계를 포함해 한국 사회 여러 분야에서 매우 중요한 역할을 담당했다.

대전에서 4개월간 기초훈련을 받았다. 이때가 바로 5·16 군사정변이 일어난 직후여서 처음 약속한 3개년 근무 조건이 일방적으로 4개년 의무적 복무로 바뀌기도 했다. 훈련은 고된 편이었다. 나와 같은 구대에서 함께 훈련하던 친구 한 명은 훈련 도중 쓰러져 당일로 운명했다. 우리는 이것을 훈련이라고 했지만 거기서는 이것을 교육이라고 했다. 그 안에는 당연히 교실 강의도 있었고 배운 내용에 대한 필기시험도 있었다.

중간시험에 해당하는 시험 때였다. 선다형으로 출제된 싱겁기 그지없는 시험이었는데, 시험 결과 내가 최고 득점자가 되었다. 나는 종종 엉뚱한 데서 의외로 최고 점수를 받아보곤 했지만, 설마 여기까지 와서 이런 일이 생길 줄은 몰랐다. 어쩌면 이것이 내가 혐오하는 군사 문화의 충실한 추종자로 비치지나 않을까 생각되어 착잡한 느낌마저 들었다. 그런데 이 일이 결과적으로는 내 진로를 결정하는 데 결정적인 영향을 미쳤던 것 같다.

훈련이 거의 끝나갈 무렵 공군본부에서 인사장교가 파견되어 임관 후 희망 근무지를 조사하는 인터뷰가 있었다. 나는 사실 그대로 공군사관학교 교관을 희망했으나 사정이 그러그러하니 기상 쪽으로 보내달라고 했고, 그는 별말 없이 받아 적기만 했다. 그런데 임관되던 날 배속 근무지가 발표되면서 뜻밖에도 나는 공사 교관 요원으로 호명되었다. 나는 영문도 모른 채 공군사관학교로 갔고, 물리교관실을 방문해 내가 오게 된 경위를 알려달라고 했다. 그랬더니 그분들이 오히려 자기들은 요청도 하지 않았는데 오게 되어 이상하다고 고개를 갸우뚱거렸다. 그러나 일단 왔으니 잘되었다고 하면서 다시 지난해에 온 물리학과 선배 두 사람과 함께 수학교관실에 가서 근무하라고 했다.

나중에 들은 이야기이지만 당시 물리교관실장을 하던 문 아무개 소령은 내가 왔다기에 속으로 무척 놀랐다고 한다. 아주 높은 윗선에서 강력한 요청이 내려오지 않고는 도저히 이런 무리한 인사가 이루어질 수 없는데, 내 뒤에는 어지간히 힘센 사람이 있나 보다 했다는 것이다. 사실 이것은 지금까지도 풀리지 않는 미스터리이다. 어딘가 보이지 않는 수호천사가 있어서 나를 이끌어주지는 않았을 터, 기필코 그 필기시험 성적이 인사장교의 눈에 나를 다른 데는 쓸모가 없는 '공부꾼'으로 점찍어놓게 했던 것이 아닌가 생각한다.

어쨌든 나는 공사 교관으로 왔고, 처음 몇 달 동안 수학교관실에 머물다가 마침 물리교관실에 한 자리가 비어 곧 그리 옮겨가 4년 동안 물리학을 가르치며 내 군 복무를 마치게 되었다. 새로 빈 물리교관 자리는 당연히 수학교관실에 먼저 가 있던 선배들에게 우선권이 있었지만 이분들은 이미 수학 가르치는 일에 더 익숙해 있어서 굳이 물리교관실로 옮겨 어수선한 새 일을 맡고 싶어 하지 않았다.

이 4년간의 교육 경험은 내 생애에서 매우 소중한 자산이 되었다. 이것으로 내가 늘 바라던 온돌방 하나와 하루 세 끼 식사 그리고 무제한의 자유 시간이라는 꿈이 이루어진 것은 아니지만 그런대로 여기에 근접한 것이기도 했다. 군인 생활에서 오는 불가피한 제약이야 당연히 있었지만 공군사관학교 생도들에게 물리학 가르치는 것이 주 업무였던 만큼 시간을 내어 공부할 여건이 어느 정도 주어졌고, 이는 결국 내 학문적 토대를 다지는 좋은 기회가 되었다.

나는 처음 강의를 시작하기에 앞서 가만히 눈을 감고 내가 정말 물리학에 대해 알고 있는 것이 무엇인가 한번 깊이 되살펴봤다. 그랬더니 놀랍게도 아는 것이 아무것도 없다는 결론이 나왔다. 이대로라면 그저 교과서에 적혀 있는 것을 내가 몇 시간 먼저 읽고 그 내용을 뇌까릴 참이었다. '이것은 아니다. 적어도 내 입으로 강의할 때는 교과서와 무관하게 내가 알고 있는 것을 내

뺄어야 한다'는 생각을 했고, 곧 물리학 그 자체에 대한 나 나름의 정리 작업에 들어갔다. 이것은 물론 교과서에 없는 것을 가르치자는 이야기가 아니다. 내가 먼저 그 내용을 알고 마치 내가 교과서의 저자나 되는 양 그 내용을 내가 내 언어로 재구성하여 가르치자는 것이었다. 이것은 그때까지 내가 주로 받아왔던 '교과서에 의존한 평면적 교육'에 대한 반발이기도 했다. 만족스럽지 않은 교육을 받은 사람은 자기가 교육자 자리에 설 때 그와 반대되는 교육 방식을 택하게 된다. 이러한 방법의 전환은 교육을 위해서뿐 아니라 내 학습을 위해서도 매우 중요한 과정이었다.

여기서 내가 제일 먼저 착수한 작업은 물리학 전체를 한눈에 내다볼 수 있는 통합적 시각을 마련하는 것이었다. 서로 연관이 분명치 않은 단편적 이론이나 현상에 대한 지식은 결국 내 이해의 공간에서 자기 위치를 찾지 못하고 이리저리 떠돌다가 기억이 소실되면서 모두 날아가고 만다. 그러나 일단 통합적 이해의 토대가 마련되면 새로운 지식은 늘 이것과 연관되면서 토대를 더 튼튼하게 만들어줄 수 있다.

문제는 이러한 통합적 시각의 토대를 어떻게 마련하느냐는 것이다. 이것은 결코 '수준 높은' 책을 읽어서는 되지 않는다. 많은 곁가지를 걷어내어 굵은 줄거리만 명료하게 연결된, 그러면서도 되도록 평이하게 서술된 책을 구해야 한다. 이런 점에서 내가 콘스탄트Constant라는 사람이 쓴 『이론물리학Theoretical Physics』 I, II권을 구한 것은 참 행운이었다. 저자가 무명의 인물이었음은 물론이고 이 책 자체도 곧 절판되었는지 그 후 누구도 이 책을 거론하는 것을 본 일이 없다. (이 책은 당시 유행하던 '대만 해적판'이었다. 영미에서 출간된 원서들은 너무 비싸 아무도 살 수 없는 상황에서 대만에서 나쁜 지질에 활자조차 축소하여 해적판을 찍어내었고, 이것이 우리나라에까지 흘러들어 왔던 것이다.)

전에도 더러 그렇게 느꼈지만 이번에 특히 책을 잘 선정한다는 것이 얼마나 중요한지를 실감하게 되었다. 당연히 책에는 좋은 책이 있고 그렇지 않은 책이 있다. 그러나 더 중요한 것은 그 책이 현재 나에게 맞는 책이냐 아니냐는 것이다. 자기가 현재 알고 있는 수준에 맞추어 자기가 알고 싶은 것을 자기가 이해할 수 있는 방법으로 서술한 책이 가장 좋은 책이다. 그러니까 사람에 따라 크게 달라질 수 있다. 이런 점에서 나는 간혹 내게 맞는 책을 구할 수 있었는데, 이것이야말로 큰 행운이라고 할 수 있다. 그리고 학문하는 사람은 이런 점에서 '책 냄새'를 잘 맡을 줄 아는 것이 매우 중요하다.

내 경우를 보면 남들이 좋다고 한 책, 특히 교수라든가 학자들 사이에 정평이 나 있는 책들은 별 도움이 안 되었다. 이런 책들은 대개 내 수준에 비해 너무 어렵거나 생경해서 부담 없이 읽어나갈 수 없었다. 이보다는 오히려 자기 수준에 비해 약간 낮은 책을 택하는 것이 훨씬 도움이 되었다. 이미 아는 것이 80퍼센트는 섞여 있어야 읽을 수 있다.

뒤늦게 미국에 1년 동안 연수를 다녀오신 물리학과의 한 원로 교수가 남긴 명언이 있다. 미국에 가서 강의를 들어보니 "아는 것은 알겠는데, 모르는 것은 모르겠더라"라는 것이었다. 사실 우리가 안다고 생각한 것이 다 아는 것이 아니다. 그러므로 아는 것을 다시 음미하여 더 깊은 이해를 도모하는 것이 모르는 것을 보고 알려고 하는 것보다 훨씬 효과적이다.

콘스탄트의 책은 별로 두껍지 않은 두 권 분량에 대학 과정에서 다루는 물리학의 주요 내용을 아주 명료하게 잘 정리해주었다. 그러나 나는 이것을 읽는 데 그치지 않고 나 나름대로 이해해 우리말로 새롭게 적어나갔다. 이것이 바로 내가 어려서 혼자 공부할 때 활용했던 방식인데, 내가 아는 것만 그리고 내가 아는 대로 정리해나가는 것이다. 이 전체 과정은 고등학교 때 물리학 교과서 두 권 읽은 것과 아주 유사했는데, 단지 이번에는 대학의 전 과정에 해당하는 것이었다.

이렇게 하여 나는 단지 공군사관학교에서 가르치던 초보적인 물리학뿐 아니라 고전역학, 전기자기학 등 대학 과정의 주요 과목을 나 나름대로 재정리해나갔고, 이 과정에서 과연 물리학의 정수가 무엇인가에 대해 새로 음미할 수 있었다. 이것은 말하자면 소의 되새김질 같은 것이었다. 대학 4년간의 학습이 소화불량에 걸려 있어서 그대로 두었더라면 물리학 혐오증이라는 증상에 걸릴 뻔했는데, 다행히 이 되새김질을 통해 다시 내 것으로 확실하게 바꾸어놓게 되었다.

물리학에 대한 이런 전반적 개관을 마친 뒤 나는 다시 고전역학, 전기자기학 등 물리학의 주된 과목들을 한층 더 깊은 수준에서 정리해나갔다. 이것을 위해 나는 공군사관학교 물리교관실의 안 아무개 소령의 도움을 많이 받았다. 이분은 공사 출신으로 일찍이 미국에 가서 물리학 석사과정 위탁 교육을 받고 돌아온 분이었는데, 고맙게도 자기가 미국서 구입한 당시 이름만 듣고 실물을 보기 어려웠던 많은 물리학 전문 서적들을 물리교 관실 서가에 비치하여 누구나 자유롭게 볼 수 있도록 해주었다. 이 덕분에 나는 고전역학, 전기자기학 등 물리학의 주요 과목에서 그 분야 최고 수준의 교재들을 활용할 수 있었다. 이 과목들은 그 내용으로 보아 대략 미국의 주요 대학 대학원 과정에서 가르치는 수준이었다. 말하자면 나는 대학원 과정의 주요 부분을 자력으로 학습해나간 것이다.

스님 방에서 받은 '깨달음' 수업

이런 학습 과정을 통해 나는 '아, 고전역학이 바로 이런 것이었구나!' 라든가, '전기자기학이 이런 기막힌 방식으로 서술될 수 있구나!' 하는 것 같은 놀라운 이해의 새 지평이 열리는 것을 경험했다. 이 같은 것을 일러 우리가 흔히 '깨달음'이라 하지 않나 생각한다. 이것이 가능하기 위해서는 보이지 않는 내공이 바닥에 깔려 있어야겠지만 한 가지 확실한 것은 이러한 이해가 어느 한순간 머리에 확 떠오르면서 마치 어떤 새로운 세계가 눈앞에 전개되는 것과 같은 느낌을 갖게 한다는 점이다.

혹시 이러한 것이 불가佛家에서 말하는 깨달음과 통하는 것 아닐까? 이러한 생각을 하던 차에 나는 고명한 스님 한 분을 만날 기회가 있었다. 친구 몇 사람과 양산 통도사를 찾아갔던 때의 일이다. 무슨 특별한 구도求道의 뜻을 가지고 갔던 것은 아니지만 고명한 스님 한 분이 주변 어느 암자에 거주하신다는 말을 듣고 찾아가 뵙기로 했다.*

과연 조그만 암자에 연로하신 스님이 조용히 혼자 계셨다. 우리는 스님이 머무는 작은 방에 들어섰다. 특이하게도 스님 방의 탁자 위에 지구의地球儀 하나가 놓여 있었다. 스님 방과 지구의라…… 아무래도 좀 어울리지 않는 구색이었다. 그렇지만 이 생각에 깊이 젖어들 짬은 없었다. 우선 찾아온 사유부터 말씀드리는 게 순서였다.

"혹시, 깨달음을 얻을 말씀을 들을 수 있을까 해서 찾아뵈었습니다."

"깨달음을 얻는 데는 두 가지 방법이 있지요."

"그게 무엇인지요?"

"하나는 즉석에서 깨닫는 방법이고, 다른 하나는 조금씩 학습해가며 깨닫는 방법이지요. 어느 쪽을 말해드릴까요?"

의외의 성과였다. 예고 없이 찾아온 우리 같은 귀찮은 손님이야 가볍게 내칠 수도 있으련만 정중히 맞아주는 것에 그치지 않고 기꺼이 깨달음에 이르는 길까지 알려주겠다니! 그것도 두 가지나 있어서 이쪽에서 선택할 수도 있다지 않는가!

선택은 분명했다. 아무래도 길게 학습해서 깨닫는 과정보다는 즉석에서 깨닫는 방법이 더 매력적이었고, 또 더 궁금했다. 나는 용기를 내어 대답했다.

---

*이분이 아마도 통도사 극락암에 계시던 경봉 스님이 아닌가 한다. 현웅 스님이 40년 전(1975년 전후) 통도사 극락암에서 경봉 조실 스님을 모시고 잠시 공부한 경험담을 썼다(「삼매의 꽃은 모습이 없다」,《진리의 벗이 되어》제78호, 2005년 7월). 내가 갔던 시기는 1963년경이었다.

"즉석에서 깨닫는 방법을 알려주시면 좋겠습니다."

그러자 스님이 훌쩍 일어서시더니 선반 위에서 먼지떨이같이 생긴 막대를 하나 꺼내 들고는 예고도 없이 우리 머리를 한 대씩 세차게 내려치는 것이었다. 얼떨결에 한 대씩 얻어맞고 얼얼해하고 있는데 스님이 우리 앞에 몸을 곧추세우고 앉더니 조용히 말하셨다.

"좀 깨달아지는 것이 있습니까?"

"……."

우리는 할 말이 없었다. 차라리 조금씩 학습해가며 깨닫는 방법이나 물어볼걸. 이제 와서 후회해도 소용없는 일이었다. 차마 깨닫는 데 실패했으니 또 한 가지 방법을 마저 말해달라고 청할 염치는 없었다. 머뭇거리며 앉아 있다가 나는 드디어 말문을 돌렸다.

"지 지구의도 깨닫는 데 도움을 주는 것입니까?"

"……."

이번에는 스님 쪽에서 말이 없었다.

우리가 그날 다소 어색한 이 장면에서 어떻게 떨치고 나왔는지 지금으로서는 자세한 기억이 없다. 그러나 한 가지 내 기억 속에서 영영 사라지지 않는 것은 스님 방에 놓였던 그 지구의의 이미지이다. 그 지구의와 함께 그날 있었던 일은 그 어떤 화두話頭나 되는 것처럼 지금까지도 수시로 떠올라 내 머릿속을 감돌고 있다.

이후에 알게 된 일이지만 스님이 말해주려 했던 두 길은 불가에서 말하는 이른바 돈오頓悟와 점오漸悟에 해당하는 것이었다.

사실 불가에서는 이 두 가지를 놓고 심심찮은 논쟁을 벌이기도 한다. 깨달음이라는 것이 어느 한순간에 불현듯 이루어지는 것이냐, 아니면 수행해나감에 따라 점진적으로 이루어지는 것이냐는 논쟁이다. 그날 만났던 스님은 이 두 가지가 모두 가능한 것으로 보고, 우리에게 그중 한 가지인 돈오頓悟의 방법을 알려주려 했던 것이 아닌가 생각한다. 막대로 내려치는 의외의 상황을 조성함으로써 돈오, 즉 순간적으로 깨달음에 이르게 하려는 것이었는데, 내공이 별로 없었던 우리가 그날 이를 통해 깨우침의 경지에 이르지는 못했던 것이다.

그러나 이 경험은 좀 다른 의미에서 내게 도움을 주고 있다. 이를 계기로 나는 학문의 세계에서 깨달음이라는 것이 도대체 무엇인가 하고 생각하는 버릇이 생겼다. 사실 나는 이것에 대해 나름의 이론도 구성했는데, 좀 번거롭지만 그 요지만 간단히 설명해본다.

사람이 사물을 이해한다는 것은 두 가지 요소가 결합된다는 것을 의미한다. 그 한 요소가 '이해의 틀'이고 다른 한 요소가 이 틀에 담길 '내용'이다. 우리가 오감이나 언어 등으로 그 어떤 정보를 입수하게 되면 이것은 곧 기왕에 형성된 이해의 틀 안에서 검토되어 적절한 위치를 배정받게 된다. 이것이 바로 이해의 틀 안에서 '내용'이 자리 잡게 되는 과정이다. 그런데 이때 만일 이해의 틀이 너무 협소하여 이 정보를 합당하게 정리하지 못할 상황이 되면 우리 사고는 다시 이 이해의 틀 자체를 넓히려고 노력하게 된다. 틀을 키우지 않고는 사물을 더는 의미를 지닌 형태로 파악할 수 없기 때문이다.

하지만 우리가 그 틀 자체를 의식하는 것은 아니다. 우리는 오직 틀 안에 정리된 내용만을 의식할 뿐이다.

그러므로 두뇌에서는 내용을 합당하게 담아낼 여러 새로운 틀이 시도되지만 이것 또한 우리는 의식하지 못한다. 오직 우연히 어떤 틀이 구성되어 이 안에서 새로 입수된 정보와 함께 기왕에 있던 내용이 산뜻하게 새로 정리될 때 우리는 이것을 의식하게 되며, 이렇게 정리된 내용이 기왕에 이해했던 내용과 크게 달라질 때 우리는 이것을 '깨달음'이라 부르게 된다.

이것이 대체로 내가 이해한 깨달음의 구조이다. 그렇다면 우리는 이러한 깨달음을 돈오라고 해야 할까 혹은 점오라고 해야 할까? 이것은 아마도 이해의 바탕이 되는 틀이 중간에서 작은 변화를 겪지 않고 한꺼번에 크게 바뀌느냐 아니면 중간에 여러 변화를 겪어 최종 단계에 이르느냐에 달렸을 것이다.

지금까지 자리를 잡지 못하고 헤매던 수많은 정보나 의문이 지금까지와는 전혀 다른 이해의 틀 속에서 어느 순간 확연히 그 의미를 드러내게 될 때 이를 돈오라 할 수 있을 것이고, 중간 중간에 비교적 소폭의 여러 변화를 겪으며 이해의 폭을 점차 넓혀 나가다가 마지막 단계에 이르러 그 모든 것이 분명해질 때 이를 점오라 할 수 있을 것이다. 말하자면 이해의 틀이 연속적인 변화를 허용하느냐 아니냐에 달려 있는 것이다.

불가에서 말하는 깨달음이 어떠한 것인지 분명히 알지 못하는 나로서는 불가의 깨달음이 어떠한 형태를 지녀야 할지에 대해 감히 뭐라고 할 수 없다.

하지만 학문, 특히 과학이라는 과정을 거쳐 깨달음에 이르는 길에 대해서는 그간의 경험을 통해 몇 가지 이야기할 수 있다. 굳이 돈오-점오의 틀을 빌려 말한다면, 그간 많은 사람은 과학에서의 깨달음을 점오에 해당한다고 보아온 듯하다.

새로운 지식은 기왕의 지식 위에 차곡차곡 쌓여 그 폭과 깊이가 넓어지고 깊어진다고 생각하는 것이다. 그러다가 토머스 쿤 Thomas Kuhn이 등장하면서 과학에서 중요한 깨달음은 오히려 돈오에 가깝다는 생각에 이르게 되었다. 혁명적인 새 아이디어는 기존의 틀에서는 전혀 수용할 수 없고, 이를 받아들이기 위해서는 전혀 다른 새로운 이해의 틀을 마련해야 한다는 것이다.

쿤의 이러한 이론은 한 개인이 겪게 되는 지적 편력에 관한 이야기라기보다는 과학이 역사적으로 발전해가는 과정을 주로 서술한 것이지만, 과학을 수행하는 주체는 다름 아닌 개개의 과학자들이므로 이들 한 사람 한 사람에게도 비슷한 이야기를 할 수 있다. 실제로 나 자신이 과학을 해나가는 과정에서 이러한 경험을 해왔으며, 따라서 과학을 하는 데서도 돈오에 해당하는 과정을 거치는 경우가 있다.

그러나 적어도 내 경우에는 단 한 번의 깨우침으로 앎의 모든 내용이 선명해지는 경험을 얻지는 못했으며, 과학에 관한 한 어느 누구도 이러한 깨우침에 이르렀다는 말을 들어본 일이 없다. 오히려 과학에서의 깨달음은 작은 규모의 깨달음을 여러 번 거쳐가면서 점진적으로 전체를 파악하게 되는 성격을 지닌다고 보는 것이 적합할 것이다.

이러한 점에서 과학에서의 깨달음은 결국 '작은 돈오로 구성되는 하나의 큰 점오'라고 표현하는 것이 적절할 것으로 보인다.

아무리 작은 깨달음이라도 이에 이르기 위해서는 우선 물음을 던지는 일이 필요하다. 물음이라는 것이 꼭 명시적 질문으로 나타나는 것은 아니다. 마음 한구석 그 어딘가 답답함을 느끼거나 찜찜함을 느끼는 형태로 오기도 한다. 이것이 이미 해명을 요구하는 마음 상태를 나타내는 것이며, 이렇게 요구된 해명을 추구하는 과정에서 어느 순간 문득 깨달음에 이르게 된다.

그런데 참 이상스러운 것은 우리가 살아가는 일이 의문투성이이면서도 실제로는 이러한 물음을 별로 던지지 않고 살아간다는 사실이다. 삶의 과정 자체가 어느 날 내가 살아야겠다고 작심하고 나서 시작된 것이 아니다. 내가 스스로 살아 있다는 것을 의식할 때는 이미 한참 동안이나 살고 난 이후이다. 그동안 내가 왜 살아왔는지 되물어보면 할 말이 없다. 도대체 이러한 질문조차 던지지 않고 살아왔고 또 살아가고 있다. 그러다가 문득 우리는 이러한 의문을 던지게 된다. 도대체 나는 왜 살아가는가? 나는 또 어떻게 살아야 하는가? 여기에 바른 해답이 있는지, 그렇다면 그 해답의 내용은 무엇인지 하는 것은 어쩌면 '깨달음'에 이른 후에야 알게 되는지 모른다. 그러나 이러한 의문조차 가지지 않는다면 아예 깨달음에 들어설 가능성조차 없다고 보아야 한다.

그렇기에 실제 깨달음에 이르느냐 아니냐 하는 것은 둘째 치고 우선 여기에 적합한 물음을 가지느냐 아니냐 하는 것이 중요하다.

이 점은 학문의 세계에서도 마찬가지이다. 처음부터 나는 무슨 학문을 하겠다, 어떠한 문제를 풀어보겠다 하고 생각한 뒤 학문을 시작하는 것이 아니다. 그저 우연한 흥미에 따라 학문을 시작하고 보니 자기가 하고 있는 학문의 내용이 점점 명확해지고 또 자기가 추구하고 싶은 문제도 더 뚜렷해지는 것이다. 사실 이러한 계획을 미리 하고 싶어도 학문의 내용을 어느 정도 알고 있지 않으면 계획 자체가 가능하지 않다. 그렇기에 학문을 해나가면서 물음을 던지는 일 자체가 이미 학문에 크게 한 걸음 들어선 것이다.

물리학 이해의 진전과 '양자역학'이라는 장벽

돌이켜보면 내 생애에서 가졌던 가장 큰 학문적 관심사는 '생명'이었고, 이를 통해 내가 추구하고자 했던 것은 '생명의 의미' 그리고 이것이 반영된 '삶의 의미'였다고 생각하지만 이 무렵까지도 생명에 관해 그 어떤 물음을 던졌던 것도 아니었고 이 주제에 대해 어떤 이끌림도 받지 않았다. 사실 이 주제에 관심을 가진 것은 내가 이미 물리학에서 박사학위 논문을 거의 마쳐갈 무렵이었는데, 이 점에 대해서는 뒤에 다시 언급하겠다.

우선 물리학에서 내가 겪은 이야기를 좀 정리해보자.

사실 물리학 공부라는 것이 그리 간단하지 않다. 난삽한 수학 이론과 정교한 논리 전개를 따라간다는 것도 어려운 일이었지만, 그보다 더 어려운 것이 바로 나 자신에 대한 문제였다. 내가 지금 배우는 것을 과연 내가 이해하고 있는지 아닌지를 자신 있게 판단할 수 없었던 것이다. 도대체 내가 지금 알고 있다는 것이 무엇을 의미하는가 하는 점부터 문제가 되었다. 다른 사람들도 이러한 의문에 부딪히는지는 잘 모르지만 나는 어쨌든 이러한 의문에 부딪혔고, 이것을 풀지 않고는 더 진전하기 어려웠다.

내가 이러한 의문을 분명한 물음의 형태로 나타냈는지 아니면 의중에 막연히 품고만 있었는지 지금으로서는 정확한 기억이 없다. 어쨌든 이것을 물리학만으로는 풀 수 없다고 생각하고 철학으로 눈을 돌렸지만, 이미 언급한 바와 같이 내가 지녔던 의문에 명쾌한 해답을 얻지는 못했다. 그저 의문에 의문이 꼬리를 물고 나올 뿐이었다. 어렴풋이나마 한 가지 터득한 것이 있다면 이러한 문제에 완벽한 해답은 없다는 사실이었다. 오직 상대적으로 타당성이 높은 지식이 있을 뿐 절대적으로 옳고 그른 지식이 따로 있지는 않았다. 다만 그 타당성의 정도에는 큰 차이가 있을 수 있어서 설혹 상대적이기는 할지라도 우리는 타당성의 정도가 큰 지식을 추구할 필요가 있으며, 또 이것만이 우리가 신뢰할 수 있는 모든 것이라는 점을 깨닫게 되었다.

일단 이러한 확신이 얻어지자 철학이라는 진창 속을 더는 헤매고 다닐 이유가 없었다. 공군사관학교에 근무하는 동안 나는 다시 물리학이라는 주제로 돌아와 내가 얻을 수 있는 가장 확실한 것들을 점검하기 시작했다. 이제 더는 옳은가 그른가가 문제되는 것이 아니라 타당성의 근거가 어디에 놓여 있는가 하는 점만이 문제가 되었다. 이러한 새 기준을 적용하자 내가 '아는 것'과 '모르는 것'이 비로소 구분되기 시작했다.

그리하여 처음으로 고전역학이 내가 '아는 것'의 카테고리 속으로 들어왔다. 그리고 다음에는 고전 전지자기학이 다시 '아는 것'의 카테고리로 들어왔다. 반면 상대성이론과 통계역학은 여전히 알쏭달쏭했고, 양자역학은 도저히 '아는 것'에 편입시킬 방법이 없었다.

후에 알게 된 일이지만 이 과정에서 나는 최초로 '이해의 틀'을 넓히게 되었다. 대학 입학 당시 이해의 틀 속에는 도저히 담아낼 수 없었던 이른바 고전물리학이라는 내용을 새로 넓힌 이해의 틀 속에 담아낸 것이다. 이러한 새 이해의 틀이 내가 그동안 헤매고 다닌 철학을 학습하면서 마련되었는지 혹은 물리학 자체를 재검토하는 과정에서 마련되었는지는 확인할 방법이 없다. 어쨌든 나는 이 과정 이후 적어도 고전역학을 비롯한 일부 물리학에 대해서는 감히 '이해했다'는 말을 사용할 수 있게 되었다. 그렇다면 이 과정을 내가 과연 '돈오'라고 해야 할 것인가? 분명히 "아하, 그렇구나!" 하는 경험을 한 것은 사실이지만 그렇다고 이것이 그 어떤 깨달음의 경지에 해당한다는 말까지는 하기가 어렵다.

그런데 이러한 개별 과목별 학습에서도 일정한 한계에 부딪히게 되었다. 물리학의 핵심이라고 할 고전역학과 전기자기학은 나름대로 그 본령을 꿰뚫을 수 있었고, 상대성이론 또한 민코프스키의 4차원 시공간 개념을 파악함으로써 그 본질이 무엇인지 알았다. 그러나 통계역학과 양자역학은 당시 내게 주어진 문헌만으로 파악하기가 무척 어려웠다. 그 가운데 통계역학은 어렴풋하나마 기초는 알겠는데, 양자역학은 적어도 내가 사물을 파악하는 기준에 따르면 도저히 수용할 수 없는 그 무엇이 있었다.

나는 처음 이것을 내 학습 능력 부족에서 기인하는 것으로 생각했다. 모든 물리학자들이 다 아는 양자역학을 나만 모르겠으니 이것은 내 자질 혹은 내 정성이 부족해서라고 여길 수밖에 없었다. 그러나 이것을 안다는 사람을 직접 만나기 어려우니 내 적성에 맞는 책을 구해야겠다고 생각하여 그 후 내가 양자역학을 어느 정도 이해했다고 생각하기까지 새로운 양자역학 책이라면 거의 모두 구입하여 읽었다. 그러나 어느 책도 내게 만족스러운 이해를 전해주지 못했다. (지금도 내 서가에는 양자역학 책이 수십 종 있다. 나는 이 어려웠던 학습 과정을 상기하기 위해 이 책들을 버리지 않고 있다.)

지금 생각해보면 여기서 또 한 번 아인슈타인과 나 사이에 유사성이 있었음을 알게 된다. 양자역학을 쉽게 받아들이지 못한다는 점에서이다. 잘 알려진 바와 같이 아인슈타인은 끝내 양자역학을 받아들이지 않았고, 나도 아주 오랫동안 양자역학을 이해하지 못했다. 아인슈타인은 양자역학을 만들던 세대의 사람이므로 이해하느냐, 못 하느냐 하는 차원이 아니라 수용하느냐, 하지 않느냐 하는 차원이었다면, 내 처지는 이미 학문으로 자리 잡고 있는 양자역학을 수용해야 하는 것이 기정사실이었으므로, 이를 이해하면서 수용하느냐 이해하지 못하고 수용하느냐 하는 차원이었다. 그러나 나 자신이 이해하지 않고는 수용하지 못하는 기질이었으므로 결국 이해하느냐 못 하느냐 하는 문제가 된 것이다. 말하자면 아인슈타인은 위에서 내려다보고 이를 거부했다면 나는 올려다보고 거부했는데, 나로서는 감히 거부할 처지에 있는 것이 아니기에 끝내 '내가 몰라서 그렇다', '어떻게 하면 알 수 있을까' 하는 문제로 부각된 것이다.

뒤에 다시 논의하겠지만 양자역학을 이해하고 수용한 사람은 아무도 없는데, 오히려 이를 안다면서 쉽게 수용한 사람들이 실은 '이해가 무엇인지도 모르면서' 안다고 한 셈이 되는 것이다. 그도 그럴 것이 제도권 교육을 받는 과정에서는 끝내 이해가 무엇인지 모르고 지나는 경우가 많다. 학습 과정에서 우선 '수용부터 해놓을 것'이 강요되자 수용부터 했다가 끝내 재음미할 기회를 갖지 못하게 되는 것이 오히려 정상이기 때문이다.

실험실 사고가 가져온 전화위복

아인슈타인이 대학생 때 실험을 매우 좋아하여 실험실에 혼자 들어가 자기 나름의 실험을 많이 했다는 것은 잘 알려진 사실이다. 그러나 그가 실험 도중 불의의 사고를 내어 몸에 상처까지 입었다는 사실은 많이 알려져 있지 않다. 어떤 약품이 폭발하면서 손까지 다쳐 가벼운 수술을 받고 한동안 치료를 받는 상황에 이르렀다.

그 후 그 대학 실험실에서 아인슈타인의 자유로운 출입이 금지되었음은 물론이다. 이것이 직접적인 원인인지 아닌지는 모르나 이후 아인슈타인은 이론물리학으로 눈을 돌렸고, 우리가 아는 바와 같은 위대한 업적을 이루어냈다. 만일 그때 사고가 없었다면 우리가 아는 아인슈타인의 업적은 존재하지 않았을지도 모른다. 우리에게는 흔히 불행이 닥치지만 이것이 오히려 더 좋은 결과와 연결되는 것이 그리 드문 일은 아니다.

성격은 좀 다르지만 나도 비슷한 경험을 했다. 내가 공군사관학교 물리교관실에 배속되면서 맡은 일 가운데 하나가 물리실험실 관리 장교였다. 여기에는 사소한 잡무가 많이 따르기에 그 일이 항상 말단 장교에게 돌아오는데, 나는 말단 장교 노릇을 오래 했기에 이 일을 비교적 오랫동안 맡았다.

당시 공군사관학교 물리실험실에는 흥미로운 시범 실험 장치가 하나 있었다. 바로 전자가 움직이는 것을 '보여주는 장치'였다. 전자기학의 기본 법칙이 잘 말해주는 것처럼 진공으로 된 커다란 유리관으로 전자들을 뿜어낸 후 강한 자기장을 만들어주면 전자들이 원형을 그리며 돌게 된다. 이것은 육안으로는 보이지 않는다. 전자는 너무도 작아 보통 물체를 보듯이 육안이나 현미경으로 볼 수 없다. 그러나 이 유리관 속에 특정한 기체가 아주 낮은 밀도로 살짝 담겨 있으면 이 전자들이 이 기체 분자들과 충돌하여 파란 불빛을 내는데, 여러 개의 전자가 원궤도를 그리고 있으므로 그 원형 궤도 전체가 파란빛을 내게 된다. 그러므로 전자 자체를 보는 것이 아니라 전자들이 그 궤도에서 기체 분자와 부딪치면서 내는 불빛을 보는 것뿐이지만 이러한 충돌이 궤도 전체를 따라 무수히 발생하므로 마치 전자의 궤도를 보는 것과 같은 효과를 준다.

어쨌든 이것은 보이지 않는 전자의 궤도를 눈에 드러나게 해주어 다들 신기해서 쳐다보게 되는 흥미로운 장치여서 공군사관학교 물리실험실에서는 매우 자랑스럽게 여기는 시설이었다. 그런데 한번은 내 순간적 실수로 전류가 과도하게 흐르면서 유리관에 들어 있는 회로 일부가 손상되었다. 이 유리관은 영구적으로 봉쇄된 것이어서 수선할 방법이 없고 오직 교체해야 하는데, 당시로서는 엄청난 고가 품목이었다.

결국 이 실수로 물리실험실에서 가장 자랑스럽게 생각하던 장치를 더 사용하지 못하게 되었고 나는 이 실수로 심적 고통을 많이 받았다. 아, 실험실에서 부주의라는 것이 이런 엄청난 결과를 가져오는구나! 내가 만일 앞으로 이러한 부주의에 대한 경계를 항상 의식하면서 평생을 살아가야 한다면 이것이야말로 얼마나 나를 심리적으로 구속하겠는가? 이러한 생각을 하면서 나는 앞으로 되도록 실험물리학자는 되지 않기로 마음을 다지게 되었다.

이러한 내 생각은 일견 지나치게 소극적이고 이기적인 대응으로 비치기도 한다. 나 자신이야 실험실에 들어가지 않으면 그만이지만 실험실이 있는 바에야 그 누군가가 같은 일을 당하지 않겠는가? 그러나 나는 꼭 그렇게만 생각하지 않는다. 왜 우리는 꼭 그 위험한 실험을 해야 하는가? 물론 그러한 것을 하지 않으면 이에 관련된 지식을 확보하기 어려울 것이고, 다시 이것들을 통한 물질적 활용, 곧 물질문명의 진전을 더디게 할 것이다. 그렇다면 우리는 왜 이러한 물질문명을 그렇게도 빨리 진전시켜야 하는가? 균형이 잡히지 않은 이러한 물질문명의 진전이 오히려 더 큰 폐해를 가져오지는 않는가? 이러한 생각에 이르면 한 사람의 실험물리학자가 더 생기기보다는 한 사람의 이론 물리학자가 더 나타나 자연에 대한 이해를 더 깊이 하는 데 이바지하는 것이 오히려 새로운 지식을 더 발견하여 활용 속도에 박차를 가하는 것보다 나은 일이라고 볼 수도 있게 된다.

그러한 점에서 개인적으로도, 인류문명을 위해서도 아인슈타인이나 내가 실험물리학자로 생애를 마치기보다는 이론물리학자로 그리고 이러한 지식을 바탕으로 문명의 추이를 예견할 수 있는 과학사상가로 활동하는 것이 훨씬 더 보람된 일일 수 있다. 그리고 만일 이러한 방향 전환이 실험실의 이 작은 사고들에 기인한 것이라면 이 사고들이야말로 전화위복轉禍爲福을 가져온 것이라 말할 수 있다.

사실 나는 지금 우리 문명에 드리운 어두운 그늘을 예감하고 있다. 현대 문명이라는 것이 하나의 커다란 실험실이 되어가는 것이다. 많은 사람이 서로서로 조심하며 살아가지만 언제 누가 어떤 실수를 범해 얼마나 큰 사고가 발생할지 아무도 예상하지 못한다. 그러므로 되도록 자연 그대로 살아가도록 노력하고 꼭 필요한 경우에만 최소한의 인위를 가하는 것이 가장 현명한 일인데, 사람들은 자꾸 그러한 것을 잊고 점점 더 위험한 실험실 상황을 만들어간다. 그러한 점에서 실험실 사고 자체는 불행한 일이지만 이러한 사고라도 일어나서 사람들이 이 위험의 의미를 좀 더 깊이 깨달을 수 있다면 그것이 오히려 인류의 장래를 위해서는 더 좋은 일이라고 생각한다.

할아버지의 도수 없는 안경

대학생 때까지도 나는 시력이 무척 좋은 편이었는데 공군사관학교에 근무하면서 시력이 점차 나빠져 결국 근시안 안경을 쓰게 되었다. 내가 얼마나 자주 시골 고향 마을을 찾았는지는 기억나지 않지만 안경을 쓰고 한참 되었던 시기에 고향에 가서 할아버지께 문안을 드린 일이 있다. 으레 하듯이 정중히 엎드려 인사를 드렸는데, 할아버지는 안 된다고 안경을 벗고 절을 다시 하라고 하셨다. 안경은 이미 내 몸의 일부가 되어 썼는지 벗었는지도 모르는 상황이었는데, 이것이 왜 예법에 어긋나는지 알 수 없었다. 안경을 벗고 다시 인사를 드렸더니, "안경을 쓰는 것은 자존自尊이라, 어른 앞에 자존의 모습을 보이는 것은 예禮가 아니니라" 하시는 것이었다.

눈이 나빠 보조 기구를 착용했는데, 그게 어떻게 자존이 되는가? 그러나 어른 앞에 되묻는 것은 적어도 할아버지에 관한 한 용납되지 않는 일이기에 앞으로 이 어른 앞에서는 조심해야 할 조항이 한 가지 늘었구나 하는 생각만 하고 지나갔다. 그런데 훗날 할아버지가 작고하신 후 할아버지의 유품을 살피던 중 그것이 왜 자존이 되는지 알게 되었다. 거기에 고풍스러운 안경이 하나 있었는데, 유리에 도수度數가 전혀 들어가지 않은 완전 민짜안경이 아닌가!

아하, 이분은 안경을 완전히 장식품으로 아셨구나. 공부나 좀 했다는 사람들이 스스로 멋을 부리기 위해 쓰는 것으로, 당신도 젊었을 때 아마 그런 목적으로 쓰신 모양이었다. 그러니 시력교정이라는 것은 이해조차 가지 않는 일이었을 것이다. '저놈이 요즘 공부를 좀 했다고 하더니 건방이 들어 안경까지 쓰고 나타났구나. 더구나 어른 앞에서까지 버젓이 쓰고 절을 하다니!' 당연히 한마디 훈계가 떨어지지 않을 수 없는 사정이었다.

그런데 나는 이 일을 가만히 생각해보다가 훨씬 중요한 사실 하나를 깨닫게 되었다. 그동안 이 어른이 왜 내 공부에 그렇게 적대적이었던가 하는 점이다. 이미 말했지만 공부한다는 것, 특히 내가 공부한다는 것에 대해서는 처음부터 매우 탐탁하지 않게 보셨고, 그 후에도 그런 자세에 별 변화가 없으셨다. 내가 중학교에서 최우수상을 받았든, 고등학교 입시에서 수석을 했든, 서울대학교에 입학했든, 졸업했든, 또 주위 사람들이 그런 일로 할아버지에게 축하를 드려도 본인은 오히려 덤덤해하셨다. 공부에 관한 것이라면 나에게 지금까지 한 번도 잘했다고 하신 일이 없다. 도대체 왜 그랬을까?

그것은 할아버지에게 '공부'는 또 하나의 안경이었기 때문이다. 할아버지가 착용하셨던 '공부안경' 역시 도수가 없는 민짜 안경이었던 것이다. 그러니까 할아버지도 공부라는 안경을 직접 끼어보았지만 그것을 낀다고 해서 세상이 조금도 달라 보이지 않았던 것이다. 말하자면 공부는 하든 하지 않든 아무것도 달라지는 것이 없는데, 마치 멋쟁이들이 민짜 안경을 쓰고 다니듯이 공부했다는 놈들이 공연히 졸업장이나 꿰차고 다닌다고 보았던 것이다. 시력 교정 경험이 없는 사람이 남의 안경을 이해하지 못하듯이!

차라리 공부를 전혀 해보지 않은 사람이라면, 안경을 전혀 끼어보지 않은 사람이라면 안경이 중요한 것인가 보다, 안경이 필요해서 끼나 보다 했을 테지만, 민짜 안경을 끼어본 사람은 안경이 겉멋을 내는 것 이외에 아무것도 아닌 '사기'라는 것을 알아버렸기에 확신을 가지고 이것을 배격할 수 있었던 것이다. 이런 할아버지 덕분에 나는 엄청난 시련을 겪었지만 그 시련이 오히려 내게 실전 경험이 되어 공부에 현실적으로 큰 보탬이 되었다는 것은 또 하나의 묘한 아이러니이다. "공부, 그까짓 것 아무 쓸데없는 짓이다. 아예 할 생각도 마라" 한 것이 오히려 내게는 공부해야 할 본연의 이유를 찾게 만들었고, 결과적으로는 '공부꾼'의 길로 몰아넣은 것이다.

이런 점에서 내가 할아버지에게 정말로 고맙게 여기는 것은 "남이 장에 가니 나도 간다"는 식의 공부 길이 아니라 "아무도 장에 안 가도, 옆에서 아무리 장에 가는 것을 막아도 나는 장벽을 뚫고라도 간다"는 식의 공부 길을 일찍부터 걷게 해주었다는 점이다. 상대방의 실력을 길러주기 위해서는 오히려 적수가 되어 싸워주어야 하지 않는가? 할아버지는 자기도 모르는 사이에 이러한 역할을 내게 해주었다.

그러다가 뒤늦은 시기에 할아버지도 결국 내가 쓰고 있는 '공부'안경이 자기가 쓰던 '공부'안경과는 좀 다르다는 것을 인정하신 것 같다. 어느 날엔가 나는 들에 나가 할아버지의 들일을 거들고 있었다. 그런데 갑자기 할아버지가 무척 의외의 말씀을 하셨다.

"넌 이제 일 그냥 두고 들어가거라."

"예?"

"이 일은 네가 할 게 아니야."

말하자면 이제는 농사꾼이 아닌 공부꾼으로 나를 인정하겠다는 선언이었다. 공부를 통해 내가 걸어갈 독자적인 길이 있다는 것을 처음으로 인정하신 것이다. 아, 나도 드디어 이 할아버지에게 공부꾼으로 인정받는 날이 왔구나!

나는 지금 그때 그 일에 조용히 대답해본다.
"네, 고마워요, 할아버지. 그 덕분에 저는 학문에도 야생이 있다는 것을 알았어요."

갈색 양복의 미스터리

내가 대학 3학년 때의 일일 것이다. 방학을 맞아 청주 집에 내려가자 아버지가 양복을 한 벌 맞추어줄 테니 나가자고 했다. 당시에는 대학에도 교복이 있어 선선한 계절에는 주로 교복을 입었고 그 외의 계절에는 앞서 이야기했던 죄수복같이 허름한 아래 윗도리가 전부였다. 맞춤양복을 입게 된다는 것은 당시 내가 누려볼 수 있는 최대의 사치였다. 내 몸의 치수를 재던 재단사는 몸매가 날렵해 양복을 해 입으면 "태가 나겠다"라고 했다. 내 몸에서 태가 난다고? 그때까지 몸이 너무 빼빼해 늘 보이지 않는 열등감을 지니고 있던 터인데 이런 말을 들으니 잘 믿기지는 않았지만 기분이 그리 나쁘지만은 않았다. 색깔은 엷은 갈색으로 했다.

당연히 졸업식이라든가 무슨 '행사'가 있을 때는 늘 이 옷을 입었다. 그런데 이 옷을 믿었기 때문이었을까? 내가 대학 4학년 때 과감히 데이트를 신청한 일이 있다. 내 생애에 처음 있던 일로, 이 일을 초라하게 치를 수는 없다고 생각해 당시 서울에서 가장 잘 알려진 종로 양지다방으로 나오라고 했다. 약속한 시간(약속이라기보다는 일방적으로 통보한 시간)보다 약 20분 먼저 가서 한 모퉁이에 자리를 잡고 앉아 있었다.

그런데 시간이 되어가자 와야 할 사람은 나타나지 않고 엉뚱하게도 물리학과 교수님들이 한 분, 두 분 나타나지 않는가? 겨우 얼굴을 다른 쪽으로 향해 숨어 있듯이 앉아 있는데, 또 한 분, 또 한 분, 이렇게 전원이 그리로 들어오셨다. 아마도 그날 바로 그 시간에 그곳에서 교수회의를 하게 되어 있었던 모양이었다. 나는 가서 인사를 드려야 할까 생각했지만 인사를 드리기도 이미 너무 늦은 것 같고, 그냥 앉아 있기도 그렇고 정말 좌불안석이었다. 그래도 정작 와야 할 사람은 보이지 않았다.

결국 30분이 더 지나서야 기다리기를 포기하고 나오고 말았다. 어차피 만나기로 약속한 것도 아니고 내가 어디서 어떻게 만나자고 일방적으로 통보했던 것인데, 그쪽에서 나타나지 않았으니 일은 끝난 것이나 다름없었다. 그 후 그쪽에서 나에게 무슨 연락도 없었고, 나 또한 더는 연락을 취하지 않았다.

그렇게 몇 달이 지나가고 다시 여름방학을 맞아 청주 집으로 갔다. 교회 여름 어린이 성경학교가 시작되었는데 거기서 그 사람과 마주쳤다. 그도 방학이 되어 왔다가 여름학교 선생으로 마침 내 동생이 속해 있는 반의 반사班師가 되어 있었다. 사실 나는 그보다 약 5년 전 내가 고등학교 2학년이던 때부터 이 사람을 알고 있었다.

그때도 여름 어린이 성경학교에서였는데, 교복을 정갈하게 입은 깔끔한 얼굴의 한 여고생이 꼬마 아이들 사이에 고고하게 앉아 있는 모습이 보였다. 아무래도 범상치 않은 느낌을 받았는데, 그 무렵 청주대학 교수로 부임한 국문학자 모 아무개 교수의 맏딸로, 그 얼마 전에 서울에서 청주로 전학 왔던 것이다. 그다음 해 2학년이 되었을 때는 어머니를 사별하는 아픔을 겪기도 했지만 교회를 충실하게 다녔고, 학생회에도 가입되어 있었다.

그러나 당시 그 교회에서는 학생회가 남학생회와 여학생회로 분리되어 있어서 실제로 나와 자리를 함께할 일은 별로 없었다. 그러다가 나는 남학생회 회장을 했고, 그는 그다음 해 여학생회 회장을 했기에 간접적인 관련이 있어서 마주치면 서로 알아보고 인사하고 지나는 정도의 안면이 있었다. 그런데 나보다 1년 뒤 그가 고등학교를 졸업하면서 뜻밖에도 이화여자대학교 물리학과로 진학했다. 나는 그가 청주여자고등학교에서 매우 뛰어난 학생이라는 말을 듣기는 했지만 여학생이 물리학을 전공으로 택한다는 것은 전혀 예상 밖의 일이었다. 한편 놀랍기도 하고 한편 궁금하기도 하여, 특히 같은 물리학을 하는 선배로서 관심을 표시하지 않을 수 없었다. 그럭저럭 서신 왕래는 몇 번 있었지만 서울에서 대담하게 내가 불러내려 했던 것은 위에 말한 양지다방의 일이 처음이었다.

나는 자존심이 약간 상하기는 했으나 알아보기는 해야 할 일이기에 그날 어떻게 나오지 않았느냐고 물었다. 그랬더니 의외로 자기도 갔었다고 했다. 단지 무슨 일이 좀 있어서 30분 정도

늦었다는 거였다. 그러니까 공교롭게도 내가 나오자마자 도착했던 것이다. 그쪽에서는 오히려 어떻게 된 사람이 30분도 기다리지 않고 가버렸느냐고 나름대로 서운해하는 눈치였다. 그러고 보니 그 교수회의가 문제였다. 그 선생님들의 모임만 아니었어도 내가 몇십 분은 더 버티고 기다렸을 텐데, 그 일로 그만 나는 참을성이 없는 사람으로 찍혀버린 것이다.

그래서 그해 가을 다시 기회를 만들었다. 이번에도 같은 장소에 같은 양복을 입고 앉아 기다렸다. 그랬더니 이번에는 별로 늦지 않게 그가 나타났고, 그래서 내 최초의 데이트는 성사되었다. 그러나 문제는 한 번의 성사가 아니라 앞으로도 그런 일이 지속되느냐 하는 점인데, 그 의사를 어떻게 타진할지 막막했다.

차 한 잔씩 마시고 나와 광화문 네거리 가로수 밑을 지나가는데, 그쪽에서 먼저 지나가는 말로 "다음에는 이런 데서 만나요" 하는 것이었다. 이 말은 액면대로 보면 '이런 데서' 만나자는 것이었지만 그 안에는 다음에 또 만날 수 있다는 뜻이 암시되어 있는 것이다. 혹시 내 갈색 양복이 좋은 인상을 주었나? 어쨌든 이것으로 내가 또 한 번 자존심을 걸고 청탁하는 부담을 벗었고, 그 후 광화문 네거리에서 삼청동 공원 사이의 거리가 우리의 단골 데이트 코스가 되었다. 물론 그때마다 나는 예의 그 갈색 양복을 걸치고 나갔다.

이미 말한 대로 나는 대학을 졸업하고 공군에 입대하여 서울에 있는 공군사관학교에 근무했고, 그는 1년 후 이화여자대학교 물리학과를 졸업하고 이화여자대학교 부속중고등학교에 교사로 근무하게 되어 우리가 서로 만나는 것을 어렵지 않게 지속할 수 있었다. 구실은 물론 '물리학을 함께 공부한다는 것'이었는데, 그런저런 이유 때문에 정작 물리학을 함께 토론하는 일은 생각처럼 그렇게 많지 않았다. 몇 년을 그렇게 더 지내다가 내가 공군에서 제대하기 약 1년쯤 전인 1964년 늦은 봄에 우리는 결혼했다.

그런데 공군에 입대한 후에는 거의 언제나 군복을 입고 다녔으므로 갈색 양복을 입을 기회가 별로 없었다. 그리고 결혼 후에는 이것이 마치 자기 사명을 다하기나 했다는 듯이 나에게서 아예 사라져버렸다. 아내는 이 점을 무척 궁금해했다. 처음 데이트할 무렵 그 양복이 좋은 인상을 주었는데, 그 후에는 입고 나오지 않을 뿐 아니라 아예 보이지도 않았으니 그 일이 궁금할 수밖에 없을 것이다. 틀림없이 빌려 입고 나왔던 것 같지는 않은데 도대체 어떻게 된 일이냐고 나에게 몇 번이나 추궁했지만 나는 지금 이 글을 쓰는 시점에 이르기까지 거기에 답변을 주지 않고 있다.

집안에 불어닥친 먹구름

공군 장교 채용 시험과 발표는 이미 졸업 전에 있었으나 당국의 사정으로 입대 일정은 6월 1일로 잡혀 있었다. 그러니까 대학을 졸업하고 공군에 입대할 때까지 약 두 달 동안의 공백 기간은 내게 모든 부담에서 벗어난 아주 자유로운 시간이 될 수도 있었다. 그간 마음은 있어도 시간적으로, 심정적으로 여유를 찾

지 못해 수행할 수 없었던 국내 여행을 떠나도 좋고, 읽고 싶어
도 마음껏 읽지 못한 책들을 읽어도 좋았다. 어느 깊은 산속에
들어가 심신을 수련하여 '도'를 깨치고 나온들 나쁠 것이 있겠
는가?

그런데 운명은 내게 그런 여유를 허락해주지 않았다. 아버지
건강이 갑자기 나빠진 것이다. 처음에는 몸살이나 감기로 생각
하여 약방에서 약을 지어 드리며 며칠 쉬시게 했다. 그러나 날
이 갈수록 더 악화되어 주변의 용하다는 의원을 모두 찾아 진맥
을 하고 약을 해드렸으나 소용이 없었다. 결국 청주에서 가장
유명한 장내과라는 곳에 가서 자세한 진찰을 받아본 결과 이미
폐결핵이 너무 많이 진행되어 완치 가능성이 거의 없다는 것이
었다.

얼마 후 직장에서도 물러나게 되셨고, 치료가 장기화되면서
재정적 압박 또한 엄청나게 커졌다. 당시는 의료보험도 없던 시
기여서 치료비도 적지 않게 드는 데다 직장의 수입이 중단되니
이중으로 어려움을 겪은 것이다. 그렇다고 시골 고향에 큰 도움
을 기대할 처지도 못 되었다. 아버지가 요양차 잠시 가서 머무
시기는 했지만 어떤 재정적 지원을 받을 상황은 못 되었다. 어
린 동생들도 여럿 있었고, 누이동생은 고등학교도 잠시 중단해
야 할 정도로 사정이 어려웠다. 어머니가 여러 가지로 애를 쓰
고, 내가 장교로 받는 쥐꼬리만 한 월급 일부를 보태어 겨우 연
명하는 처지였다.

다행히 아버지 병세는 큰 고비를 넘기면서 장기 투병이 필요
한 소강상태로 들어갔다. 우리 집 또한 고향에서 가까운 안동으

로 이사했고, 아버지는 다시 건강이 허락하는 범위에서 비정규직으로나마 군청 등의 토목공사 일에 관여하시면서 가내 재정도 최악의 상황은 면하게 되었다.

이러한 여건에서 위에 말한 내 결혼 문제가 대두되어 어려운 가운데도 결혼식을 치르기로 했다. 그때 나는 사정도 어렵고 하니 결혼식에는 과거 내가 입던 갈색 양복을 입을 생각이었는데, 어머니가 그 양복이 없다고 했다. 아버지 양복은 투병과정에서 모두 약물이 묻거나 못쓰게 되어 결혼식에 입고 나설 만한 옷이 없어 내 옷을 개조해 아버지가 입게 했다는 것이다. 아버지는 나보다 체구가 좀 작으셔서 약간씩 줄이면 되었던 것이다. 그러면서 나야 결혼을 하니 어차피 새 양복을 마련해야 하지 않겠느냐고 했다.

사정이 그러하다 보니 나도 어쩔 수 없었다. 설마 양복이 없어서 결혼을 못 하기야 하겠는가? 그런 사정을 알기나 했는지 장인 되실 분이 양복을 맞추어 주셔서 내 양복 문제는 해결되었다. 그리고 아버지는 개조된 내 양복을 입고 결혼식에 나오셨지만 신부가 그날 그 경황이 없는 상황에서 어떻게 그것을 알아볼 수 있었겠는가? 더구나 그런 일은 꿈에도 생각하지 못했을 것이니.

그 후 내가 불가피했지만 몹시 구차스러웠던 이 일을 아내에게 어떻게 사실대로 이야기할 수 있었겠는가? 그로부터 50여 년이 흘러간 지금 드디어 이 미스터리를 설명할 적절한 용어를 찾아냈다.

"아, 그때 그 갈색 양복. 그거 하늘의 천사가 당신 마음을 뺏어 오라고 내게 잠시 빌려줬던 거야. 그런데 일이 잘 성사되었으니 되찾아간 거지 뭐."

유학 준비와 GRE 시험

나는 공군사관학교에서 물리학에 대한 기초 학습을 하는 한편 서서히 해외 유학을 준비했다. 이것은 이후 집에서 유학을 위한 학비를 도움받을 가능성이 있어서가 아니라 오히려 그 반대에 더 가까웠다. 이미 이야기한 바와 같이 우리 집에는 내가 대학을 졸업할 즈음 커다란 액운이 닥쳤다. 아버지의 건강 문제로 온 가족이 심정적으로나 재정적으로 엄청난 시련을 겪게 되었던 것이다. 다행히 나는 대학을 졸업한 상태였지만 앞으로 내가 가정을 도울 길은 막막하기만 했다. 우선은 공군 장교로 최소한의 급료라도 받지만 그다음은 또 어떻게 해야 하나?

여기에 길이 하나 트였다.

외국 대학에 나가 공부하면서 조교로 받게 되는 급료 일부를 절약해서 송금해드리는 일이다. 당시 국내에서 웬만한 직장에 취직하더라도 거기서 받는 봉급으로 생활하고 남는 것이 거의 없는 실정이었다. 그보다는 오히려 장학금의 일부이기는 하지만 외국의 조교 급료가 이보다 훨씬 많았고, 잘만 절약하면 집을 도울 수도 있는 일이었다. 사실 대학을 졸업하기 전부터 병역을 마친 후 해외 유학을 하기로 계획했지만 이제는 이 일이 훨씬 절실해진 셈이다. 가진 재주라고는 공부하는 것밖에 없는 지라 이 일 역시 공부를 통해 밀고 나갈 수밖에 없었다.

문제는 어떻게 외국 대학에서 이러한 자리를 얻어내느냐는 것이었다. 성적이 월등하고 아주 우수한 사람이라고 교수들이 추천해주면 가능한 일이었다. 그러나 나는 이 두 가지 점에서 모두 그다지 자신이 없었다. 성적이 그리 나쁜 편은 아니었지만 그렇다고 아주 뛰어났다고도 할 수 없는 처지였고, 물리학과 교수님들께 그렇게 대단한 학생이라는 인상을 준 것 같지도 않았다. 입학 허가만 얻는 일이라면 그리 어렵지 않으나 처음부터 상당한 액수의 장학금이나 조교 급료가 보장되어야 하기에 그리 만만한 일이 아니었다.

그런데 여기에도 도움을 받을 길이 한 가지 있었다.

미국 대학 졸업생들이 대학원 입학을 위해 흔히 치르는 GRE Graduate Record Examination라는 시험에서 성적을 잘 받아내는 것이었다. GRE 시험에는 두 가지가 있는데, 하나는 적성시험Aptitude Test 으로 주로 언어 능력과 수리 능력을 보는 것이었고, 또 하나는 고급시험Advanced Test으로 전공 분야의 지식을 묻는 것이었다. 나는 고급시험 가운데 물리학 시험을 치르기로 했다. 이것은 미국 프린스턴에 있는 ETS가 주관했는데, 다행히 우리나라에서는 서울 용산에 있는 미8군 기지에서 이를 치를 수 있게 배려하고 있었다. 이 시험이야말로 미국 학생들을 주 대상으로 하므로 여기서 나오는 성적은 미국 학생들과 직접 견주어볼 수 있고, 만일 성적이 잘 나오면 결정적으로 도움이 될 것이었다.

이 시험에서 내게 가장 불리한 점은 영어로 치른다는 점이었다. 시간은 세 시간이었던 것 같은데, 시험문제만 거의 책 한 권이었다. 문제는 모두 5지선다형이고 지문도 대체로 매우 길어서 읽어야 할 내용이 무척 많았다. 문제에 따라서는 답지 하나가 대여섯 줄씩이나 되는 것도 있었다. 시간을 줄이기 위해 일단 정답을 찾았다고 생각되면 그 이하 답지들은 읽지도 않고 그냥 넘어갔다.

문제들은 매우 훌륭했다. 가만히 읽어나가면서 "아, 물리 문제를 선다형으로 이렇게 잘 꾸밀 수도 있구나!" 하는 감탄이 저절로 흘러나오는 문제가 여럿 있었다. 불확실한 문제는 유보해가며 초고속으로 처리하여 일단 끝까지 간 뒤 다시 돌아와 유보해두었던 문제들을 마저 처리하고 나니 가까스로 끝나는 시간과 맞아떨어졌다. 그날 나 이외에도 GRE 물리 시험을 친 사람이 한 명 더 있었는데, 그는 3분의 1쯤 읽으니 시간이 끝나더라고 했다.

얼마 후 결과가 통보되었다. 절대점수와 상대등급이 적혀 있었는데, 상대등급이 98퍼센트로 적혀 있었다. 상대등급 백분율은 자기 등급에 비해 득점을 적게 한 사람들의 비율을 나타내는 것이었다. 실제 98퍼센트가 지정된 등급 가운데 최고 등급이었다. 이는 곧 내 성적이 최상위 2퍼센트 이내에 속한다는 것을 의미했다. 이후 내가 ETS에 지원 대학들을 알려주면 거기서 내 성적을 대학으로 직접 통보하게 되어 있었다.

상 할아버지께 문안

"할아버지, 저 결혼하고 외국으로 공부하러 가요."

"그래, 잘되었구나. 어서 가서 몸조심하고 많이 배워가지고 오너라."

"그럼, 다녀와서 또 인사드릴게요. 안녕히 계세요."

물질에서 생명으로

강 없는 강변 도시

내가 외국 유학을 위해 선정한 기준은 다른 사람들과 많이 달랐다. 나는 대도시 대신 소도시를 택했고, 경쟁이 높은 곳보다는 경쟁이 낮은 곳을 택했으며, 주변의 사회·문화적 여건보다 자연환경을 더 중요하게 생각했다. 나는 처음부터 학교에 이끌려 공부하겠다는 생각보다는 학교가 나에게 좀 더 조용히 그리고 내가 원하는 방식으로 공부할 수 있게 허용해주기만을 바랐다.

이러할 경우 당연히 명성이 그리 높지 않은 학교가 될 가능성이 컸지만 나는 그것에 별로 개의치 않았다. 학교의 명성에 기대어 혹은 학교의 권위에 이끌려 이를 좀 더 유리한 진출의 발판으로 삼을 생각은 처음부터 아예 없었다. 학교가 나에게 공부할 기회만 제공해준다면 내 힘으로 역량을 키우고 내 역량을 바탕으로 활동하면 되지 그 이상 바랄 것은 아무것도 없다고 생각했다. 내 생애에서 오직 한 번, 이른바 명문이라는 학교(서울대학교)에 들어가보았지만 그것이 내게 해준 것은 별로 없지 않은가?

그러한 여러 가지를 고려한 끝에 선정한 것이 미국 캘리포니아대학교 리버사이드 캠퍼스였다. 캘리포니아대학교 자체는 세계에서 알아주는 명문이다. 그러나 그것은 본 캠퍼스인 버클리나 로스앤젤레스 캠퍼스가 그렇다는 뜻이고, 나머지 여러 캠퍼스는 어느 정도 교육의 질은 유지하면서도 명성은 그리 높지 않은, 그리고 규모도 그저 고만고만한 작은 것들이었다. 이래서 캘리포니아대학교의 한 작은 캠퍼스가 내 기준에 어지간히 맞았는데, 버클리를 포함해 아홉 개나 되는 캠퍼스 가운데 어디를 고를지가 문제였다.

그러다가 리버사이드Riverside라고 하는 명칭이 눈에 확 들어왔다. "옳지, 강이 있겠구나!" 이름 자체가 '강변'일 때야 멋진 강이 흐르겠지, 위치도 따뜻한 로스앤젤레스 교외이고, 주변에 산이 둘러싸여 있으며, 금상첨화로 강까지 흐르니 이것으로서 자연환경 여건은 충족된 셈이었다. 물론 미국, 캐나다 등 다른 곳에 있는 몇몇 대학도 함께 지원했지만 이곳에 기대를 많이 품고 있었다.

처음에는 내가 한 1년 먼저 가서 여건을 마련하고, 다음 해쯤 아내가 합류하여 함께 공부할 계획을 했다. 그러나 다시 가만히 생각해보니 굳이 그렇게 할 필요가 없었다. 처음부터 함께 지원하여 함께 갈 수 있으면 그것이 더 좋지 않겠는가? 아내는 나처럼 GRE 시험을 친 것은 아니었지만 대학교 때 성적이 워낙 출중하여 역시 조교 자리를 얻을 가능성이 많았다. 졸업할 때 전교 최우수 성적을 얻어 총장상을 받았고, 이화여자대학교 물리학과 역사상 보기 드문 우수한 학생이라고 인정받아 아주 좋은 추천서도 받을 수 있었다. 그리하여 곧 우리가 부부라는 사실을 밝히고 아내의 지원서도 추가로 같은 곳에 보냈다.

드디어 캘리포니아대학교 리버사이드 캠퍼스에서 나와 내 아내 앞으로 각각 통보가 왔다. 교육조교T.A.로 얼마얼마를 줄 테니 와달라는 것이었다. 그 급료를 당시 우리 돈으로 환산하면 엄청난 금액이었다. 그때 미국에서 조교 급료는 대략 미국 대학 졸업생 일반 직장 초임의 절반 정도에 해당했다. 시간의 절반 정도를 학교 일에 바치고 절반은 자기 공부를 한다는 계산에서 산출된 금액이다.

그러나 우리는 당시 둘이니 합치면 한 사람의 완전한 급료에 해당한다. 따라서 당시 우리나라 봉급 수준이 미국의 5분의 1도 되지 않던 어려운 시기였던 만큼 이것은 환상적인 액수였다. 물론 미국의 기초생활비가 우리나라보다 훨씬 더 높은 것은 사실이지만 워낙 가난에 익숙한지라 상당히 저렴하게 생활할 수 있겠고, 나머지는 되도록 집을 돕는 일에 활용하려고 생각했다.

그러나 막상 출발하는 것이 문제였다. 우리가 가진 모든 것을 다 합쳐도 두 사람 비행기 삯이 되지 않았다. 결국 우리가 앞으로 급료를 얼마나 받게 될지 아는 주변 동료에게 돈을 빌려 비행기 표를 사고 그곳에 도착한 후 몇 달 안에 청산하기로 했다.

대학에 도착하여 물리학과를 찾아가니 건물 안내판에 이미 우리 부부의 이름과 함께 우리가 사용할 사무실 번호까지 게시되어 있었다. 학교에서는 독립된 사무실 하나를 우리 두 사람이 전용으로 사용하도록 배려해놓고 있었다. 건물 또한 그해 신축되어 막 입주하는 단계여서 아무도 사용해보지 않은 새 사무실에 책상, 칠판 등 집기까지 모두 새로 마련한 것이었다. 우리가 거주할 집 또한 학교의 결혼한 대학원생을 위해 마련한 것으로,

학교 주변 숲 속에 널찍널찍 자리 잡은 듀플렉스duplex, 두 단독주택을 서로 등지고 지은 집였다. 당시로서는 너무 넓은 집이었지만 억지춘향으로 이런 호사 또한 누리지 않을 수 없었다.

학교 주변과 리버사이드라는 도시 자체도 놀랍도록 정갈했고, 종려나무 등 열대수종들이 가로수로 도열하고 있는 것이 더욱 이국적인 풍치를 자아냈다. 많은 점에서 내 기대와 맞았고 어떤 것은 내 기대보다 훨씬 넘어서는 것이었다. 그런데 크게 실망스러웠던 것 하나, 명색이 강변이었지만 실제로 강을 볼 수 없었다.

엄격히 말하면 강은 있었지만 물이 없었다. 이 지역이 사막지대여서 1년에 고작 한두 번 비가 내리는데, 그때만 반짝 물이 흐르고는 1년 내내 마른 강바닥만 있어서 사실 어디가 강인지 아닌지조차 육안으로 알아볼 수 없을 정도였다. 주변의 산들도 비가 내리는 겨울철에만 잠깐 푸른색을 띠었다가 1년 내내 누런 갈색을 하고 있었다. 주변의 오렌지 농장은 물론이고 집집마다 있는 정원 초목도 모두 물을 뿌려주며 기르고 있었다. 아하, 이름에 속았구나! 그렇지만 그 대신 새로운 풍광을 접하고 살게 되었으니 그다지 억울할 것은 없었다.

처음 우리에게 부과된 과제는 대학 1학년 물리실험실에서 실험 지도를 하는 것이었다. 그러나 막상 실험실에 들어가 학생들과 접하다 보니 그들과 언어 소통이 무척 어려웠다. 특히 젊은 학생들이 사용하는 언어는 본래 쉽지 않은 데다가 우리는 처음으로 영어권과 접하는 것이 아닌가? 결국 학교 측과 협의하여 학생들의 숙제와 시험 답안을 채점하는 일로 바꾸었다. 이 학교에서는 그때까지 영어를 공용어로 하지 않는 나라 출신을 조교로 받아본 일이 없었던 것이다. 혹시 우리 일로 앞으로 한국 출신 학생들이 이곳에 올 때 불이익이 돌아가지 않을까 염려되어 맡은 일만이라도 실망을 주지 않도록 무척 공을 들여 수행했다.

첫 학기 수강신청을 하는 과정에서 나는 대학원 수리물리학과 대학 4학년 양자역학, '외국 학생을 위한 영어' 한 과목을 신청하려 했다. 대학원 과정에도 양자역학이 있었지만 양자역학이야말로 내게 가장 약한 고리가 아닌가! 그러니 대학 과정의 기초부터 먼저 단단히 다져보자는 생각이었다. 그랬더니 내 학사 지도를 맡았던 교수가 물었다.

"자네는 대학에서 양자역학을 배우지 않았는가?"
"배웠습니다."
"그럼, 학점을 어떻게 받았나?"
"B 학점을 받았습니다."
"아, 좋은 학점을 받았군. 그런데 왜 또 들으려 하지?"
"그때는 잘 이해를 못하고 들은 듯해서……."
"그럴 필요 없네. 대학원 양자역학을 듣게."

이렇게 하여 꼼짝없이 대학원 양자역학을 듣게 되었다. 지나고 보니 이게 좋은 충고였다. 내가 그간 양자역학을 잘 이해하지 못한 것은 강의 탓도, 내 탓도 아니었다. 도대체 양자역학을 '이해해가며' 듣겠다는 것 자체가 잘못된 것이었다. 내 학사 지도교수는 이미 그런 것을 훤히 꿰뚫어보고 있었던 것이다.

대학원 양자역학은 새로 입학한 대학원생 20~30명이 대부분 함께 들었다. 담당 교수는 인도 출신인 타라 다스Tara P. Das 교수였는데, 후에 내 지도교수가 된 조지프 캘러웨이Joseph Callaway 교수와 함께 그곳에서 이론물리학자로 가장 명망이 높던 사람이다. 강의는 산뜻하게 잘했고 전형적인 미국 방식에 따라 숙제를 많이 내어 스스로 훈련하지 않고는 못 배기게 했다. 이해하고 말고 하기도 전에 문제 풀기에 바빴고, 그렇게 하여 양자역학 자체에 우선 친숙하게 만드는 것이 전략이었다. 말하자면 머리로 익히는 것이 아니라 몸으로 익히는 셈이었다.

이것을 따라가다가 보면 양자역학이 이해되고 안 되고를 떠나 먼저 '어떤 것인가' 몸으로 느끼게 된다. 사실 대부분의 물리학 교육이 이러한 방식으로 진행된다. 그래서 몸으로 익힌 물리학자들이 배출되고, 몸으로 익힌 물리학을 가지고 더 깊은 연구를 수행하든가, 기술에 활용하게 된다. 나도 이제 이러한 대량 생산 과정의 일부로 편입된 것이었다. 이렇게 일정한 과정을 밟아나가다가 보면 어느새 '물리학자'라는 제품이 되어 나오게 되는 것이다.

바야흐로 중간시험 기간이 되었다. 나는 이제 미국이라는 곳에서 또다시 시험이라는 시련을 맞이한 것이다. 그때 어떤 문제를 어떻게 써냈는지는 기억나지 않지만 다음 날 다스 교수의 연구실 문에 시험 성적이 게시되었다. 이분은 괴팍하게도 아예 명단을 성적순으로 배열하여 게시했는데, 내 이름이 첫자리에 있었다. 나는 우선 첫 시험에 좋은 결과가 나온 것에 안도했다.

그런데 이 명단을 유심히 본 사람은 수강생들만이 아니었다.

바로 옆방에 자리 잡은 캘러웨이 교수 역시 지나다니며 힐끔힐끔 보았던 것이다. 금년 입학한 학생들 가운데 누구를 제자로 받아들일지 물색하고 있었기 때문이다. 나는 GRE 성적이 높은 것으로 일단 각인된 데다가 이번 성적을 계기로 캘러웨이 교수의 심중에 확실하게 점이 찍혔다.

아인슈타인과 야생 학풍

나도 언젠가 그의 학문적 관심사가 무엇인지 알고 싶다는 구실을 대며 캘러웨이 교수의 연구실에 들른 적이 있다. 그분은 미국 사람치고 예외적으로 무뚝뚝한 사람이었다. 복도에서 인사해도 거의 인사를 받는 표정이 없었고, 연구실에서 대면해도 이 무뚝뚝함이 별로 다르지 않았다.

그런데 다음 학기 중반쯤 내 우편함에 쪽지 하나가 들어 있었다. 자기 방에 들러달라는 캘러웨이 교수의 전갈이었다. 내가 문에 들어서자마자 대뜸 자기한테 연구조교R.A. 자리가 하나 있다고 했다. 사실 이것은 내가 마음속으로 크게 희망하던 바이기도 했다. 나는 어차피 이론물리학을 하려고 했고, 그러자면 이 학교에서 가장 활발한 캘러웨이 교수의 지도를 받는 게 좋지 않겠나 생각하고 있었다. 그러나 일단 확답을 유보하고 물러났다.

무엇보다도 한 가지 걸리는 것이 당시 이분의 주된 연구 분야가 고체물리학이라는 점이었다. 나는 제한된 특수 분야보다 이론물리학 전반에 대해 폭넓게 공부하고 싶은데 아무래도 좀 한쪽으로 치우치는 게 아닌가 하는 생각이 들었다. 그래서 다시 찾아갔을 때 내 의사를 내비쳤다.

"저는 물리학 전반에 대해 폭넓게 공부해보았으면 합니다만, 그러한 공부가 가능할지요?"
"그거 좋은 생각이네. 나도 사실 관심의 폭을 넓히려고 애쓰는 중이네."

그러면서 그분은 가방을 뒤지더니 최근에 출간된 입자물리학 책 한 권을 꺼내 보여주었다. 그러고는 과거 프린스턴대학교에서 박사학위 지도교수였던 유진 위그너 교수 이야기를 꺼내면서 자기는 위그너 교수가 그렇게 폭넓은 물리학을 하는 데 항상 감명을 받았다고 말했다. 사실 캘러웨이 교수는 고체물리학을 하면서도 한때 일반상대성이론에 대한 논문도 낼 정도로 관심의 폭이 넓은 분임을 나도 이미 어렴풋이 알고는 있었다. 결국 이런저런 점이 마음에 들어 캘러웨이 교수의 지도를 받기로 했고, 그해 여름부터 연구조교로 일을 시작했다.

이것은 내가 먼 훗날 떠올리게 된 일이지만 이 일로 나는 아인슈타인의 학문 계보에 직결된 셈이었다. 현대물리학에서 아인슈타인과 연결되지 않은 분야를 찾기가 어렵고 직간접으로 그의 영향을 받지 않은 사람은 없겠지만, 인적 연계가 나처럼 아인슈타인과 가까이 맺어진 사람은 별로 없을 것이다. 프린스턴대학교에서 캘러웨이 교수의 지도교수였던 위그너 교수가 바로 아인슈타인의 가장 가까운 제자이면서 동시에 그와 가장 가까운 곳에서 오랫동안 함께 지내온 동료이기 때문이다. 아인슈타인은 직접 제자를 기르지는 않았으므로 엄격히 말해 위그너 교수가 아인슈타인의 제자라고 하는 것이 정확한 표현은 아니다.

그렇지만 그는 본래 화학공학 분야에서 박사학위를 받고 1920년대 초 베를린대학교에서 아인슈타인의 영향으로 물리학자로 변신한 사람으로, 아인슈타인의 강좌에 직접 참여하면서 지도받은 몇 안 되는 사람 가운데 하나이고, 후에 다시 프린스턴대학교 교수로 있으면서 약 20년간 아인슈타인의 동료 물리학자로 매우 가깝게 지내는 행운을 얻은 사람이다.

그렇기에 아인슈타인의 학풍이 위그너와 캘러웨이를 거쳐 바로 내게 연결되는 것이다. 언젠가 내가 캘러웨이 교수에게 아인슈타인을 직접 만나본 적이 있느냐고 물었더니 그는 그런 일이 있다고 했다. 나 또한 위그너 교수와 잠시 접해본 일이 있다.

위그너 교수는 후일 캘러웨이 교수 초청으로 내가 학위를 받은 루이지애나대학교에 몇 개월씩 머물러 내가 가끔 접할 수 있었는데, 한번은 내가 발표하는 세미나에도 참석하여 논평해준 일이 있다. 이렇게 캘러웨이 교수는 자기 스승의 스승인 아인슈타인을 잠깐 접했고, 나도 내 스승의 스승인 위그너 교수를 잠깐밖에 접하지 못했지만 그 사이에는 보이지 않는 어떤 독특한 학문적 성향이 흘러내리고 있었다.

내가 추정하기에 이 학문적 성향은 두 가지 큰 특징이 있다. 첫째는 교육에서 거의 완전한 자유를 허용한다는 점이다. 아인슈타인과 위그너 사이, 위그너와 캘러웨이 사이, 캘러웨이와 나 사이만 보더라도 직접적인 학문 전수 내용은 거의 없다. 그저 멀찍이 떨어져서 공부하는 것을 보아준 것뿐이다. 말하자면 우리에 넣어 기르는 것이 아니라 야생으로 내놓고 키운 것이라 할 수 있다. 이것은 아인슈타인 자신에게 가장 잘 적용되는 특징이다. 그는 하물며 누구의 제자라고조차 말하기 어려운 사람이 아닌가! 각자 자생적으로 공부한 셈이며, 또 그러한 것을 강조하는 기풍이 된다. 그러니까 엄격히 말하면 계보조차 아닌 계보인 셈이다.

실제로 나 자신, 내가 이러한 계보에 속해 있다는 사실조차 전혀 의식하지 않았다. 그리고 이 계보가 지닌 또 하나의 특징은 이른바 '전문 분야'라는 것을 스스로 설정하지 않는다는 점이다. 그렇다고 하여 모든 분야를 다 한다는 것은 아니지만 스스로 한정하여 그 어떤 영역에 머무는 일은 없었다. 언제나 새 분야에 관심을 돌릴 수 있고, 또 관심이 쏠리기만 하면 얼마든지 넘나들었던 것이 하나의 큰 특징으로 이어진다. 사실 이것은 현대 학문에서는 매우 찾아보기 힘든 풍토인데, 나는 용케도 이러한 풍토를 만나 공부하게 된 것이다.

다른 비유로 이야기하면 이 학문 계보는 질 좋은 상품을 양산하는 인삼밭이 아니라 산속에 씨앗을 멋대로 뿌려놓고 저 자라는 대로 버려두는 산삼밭에 가깝다고 할 수 있다. 실제로 아인슈타인이야말로 가장 성공적으로 자라난 산삼 아니던가!

일생에 두 번 치지 않을 시험

캘리포니아대학교 리버사이드 캠퍼스 물리학과는 만들어진 지 얼마 되지 않던 곳으로, 진취적 학풍을 많이 지니고 있었다. 그 대표적인 사례 가운데 하나가 석사과정을 거치지 않고 바로 박사과정에 진입한다는 것이었다. 내가 입학한 지 얼마 되지 않아 대학원 신입생들에게 석사학위를 할지 박사학위를 할지 묻는 의견 조사가 배부되었다. 나는 당연히 '석사'라고 적었다. 그런데 함께 입학한 학생들은 모두 '박사'라고 적지 않는가? 그래서 알아보니 박사학위를 할 사람에게는 석사학위가 필요 없다고 했다. 석사학위는 석사만 하고 공부를 끝낼 사람이나 하는 거라는 이야기였다. 그래서 나 또한 '박사'로 고쳐 적어 냈다.

그것만이 아니었다. 박사학위를 하는 데 꼭 들어야 할 필수과목이나 심지어 박사학위를 위해 필수적으로 최소 몇 학점 이상 취득해야 한다는 규정조차 없었다. 그저 자기가 공부하기 위해 필요한 만큼만 이수하면 되었다. 다만, 이 점은 미국 대학 거의 어디나 마찬가지인데, 박사학위를 취득하기 위해서는 반드시 통과해야 할 무서운 관문이 하나 있었다. 그것은 학교마다 명칭이 조금씩 다른데, 이곳에서는 종합시험Comprehensive Exam이라고 했다. 이 시험은, 이것도 어느 학교나 거의 마찬가지이지만, 규정상 두 번까지만 칠 수 있다. 즉 두 번 쳐서도 합격이 안 되면 적어도 여기서는 박사학위 취득이 불가능하게 된다. 그래서 준비가 별로 안 되었으면 함부로 응시하지 못한다. 소중한 기회 하나를 잃게 되기 때문이다.

그러니까 실제로는 이 시험에서 부과하는 과목인 역학, 전자기학, 양자역학, 통계역학 등 대학원의 핵심 교과목은 시험에 대비하는 의미에서라도 대부분 다 이수하는 것이 관례이다. 그런데 나는 역학과 전자기학 두 과목만은 대학원에서 이수하지 않았다. 과거 내가 혼자 공부하여 이해한 것으로 충분하다고 생각한 것이다. 단지 연습 문제를 푼다든가, 종합시험 예상 문제를 다루어보는 숙련이 필요한데, 이것은 혼자서도 할 수 있는 것이 아닌가? 그만큼 나는 일단 내가 '이해'했다고 생각하는 내용에 대해서는 자신감이 확고했다.

그곳 학생들의 관례를 보니까 빨리 준비된 학생들은 입학 후 1년 반이 지나면 종합시험에 응시하는 것 같았다. 그래서 나 또한 이 시기에 응시했는데, 역시 전혀 강의를 듣지 않은 핵심 과목이 많아서 다소 걱정되었다. 기본적인 것이야 혼자 이해했다고 하더라도 이를 바탕으로 구체적인 문제를 풀어내는 것은 또 다른 차원의 일이 아닌가? 어쨌든 이삼일에 걸친 고된 시험을 무사히 치러냈고, 합격했다. 그러고 나니 하늘을 날아갈 것 같은 기분이 들었다. 이것으로 이제 시험이 없는 세상에 살게 되는 것이 아닌가! (물론 어학 시험을 비롯한 사소한 시험들이야 아직도 많이 남았지만 이런 것들은 여기에 비하면 시험이랄 것도 없었다.)

그러고 나서 얼마 후 내 지도교수가 이 학교를 떠날 것이라는 소문이 돌았다. 그 얼마 전 캘리포니아 주지사 선거가 있었는데, 당시 대학 사회에서 악명이 높던 보수 정객 로널드 레이건이 주지사로 당선되었다. 그는 특히 캘리포니아대학교에 공격의 화살을 퍼부었고, 당선 첫 조처로 학교 예산의 상당 액수를 삭감했다. 이에 맞서 당시 캘리포니아대학교의 거물급 총장이었던 클라크 커Clark Kerr는 주 안에 있는 아홉 개 캠퍼스에 모두 입학 사정을 유보했다. 만약 예산이 줄면 주는 만큼 신입생 수를 줄여서 교육의 질을 유지하겠다는 일종의 항거 전략이었다.

그러자 레이건은 곧 커 총장을 파면했고, 이에 불만을 품은 유능한 교수들 일부가 대학을 떠나는 사태가 벌어졌다. 내 지도 교수였던 캘러웨이 역시 매우 진보적인 성향의 사람으로 이 조처에 크게 분개했다. 그는 곧이어 자기가 학교를 옮길 것이라고 우리에게 알려주면서 자기가 떠나더라도 자기 아래 지도를 받던 학생들을 모두 함께 데리고 가겠다고 약속했다.

처음에는 학생들 사이에 이분이 좀 더 이름이 높은 학교로 가려니 하여 좋아하는 사람도 있었는데, 막상 그가 루이지애나주립대학교로 간다고 하자 대부분 함께 가는 것을 포기했다. 나 또한 지도를 받기 시작한 지 얼마 되지 않은 터여서 여러 가지로 망설였다. 학과장을 비롯한 일부 교수들은 내가 가지 않으면 자기가 지도를 맡아주겠다고 제의하기도 했다. 또 한 가지 걱정은 종합시험이었다. 이제 어렵사리 이 어려운 고비를 치렀는데, 만일 그곳에서 새로 이 시험을 치러야 한다면 큰 짐을 새로 하나 더 지는 것이 된다. 그래서 나는 캘러웨이 교수를 찾아갔다.

"그리로 가면 종합시험을 다시 쳐야 하는 것 아닙니까?"
"일생에 종합시험을 두 번 치게 하지는 않겠네."

그러면서 그는 만일 내가 가기로 한다면 내 아내도 연구조교로 채용해 함께 지도해주겠다고 제의했다. 그때 아내는 입자물리학 실험 분야 연구조교로 다른 교수의 실험실에서 상당히 다른 종류의 일을 시작하고 있었다.

나는 결국 아내와 좀 더 깊이 의논한 끝에 함께 캘러웨이 교수를 따라 루이지애나로 가기로 결정했다. 그래서 나는 결국 캘리포니아대학교에 2년을 머물다가 석사학위도 받지 않고 그곳을 떠나게 되었다. (그 후 나는 이력서에 2년간 캘리포니아대학교 리버사이드 캠퍼스에서 공부했다는 것만 기록했는데, 누군가 임의로 내 경력을 인터넷에 옮기면서 이 학교에서 석사학위를 받은 것으로 기재해놓아 현재 일부 잘못된 이력서가 인터넷에 떠돌고 있다.)

호수와 낭만의 주 루이지애나

캘리포니아에서 루이지애나로 떠나는 길은 나와 내 아내의 생애에서 가장 즐겁고 기억에 남는 여정이었다. 이미 종합시험에 대한 불안도 일부 해소한 터여서 마음도 한층 가벼웠고, 새로운 세계를 접해본다는 기대로 마음은 한껏 부풀어 올랐다. 가는 길에는 남부 캘리포니아, 애리조나, 뉴멕시코, 텍사스 등 대체로 원시 자연이 많아 살아 있는 광막한 들판이 이어졌다. 1967년 8월 20일경, 우리는 책만 먼저 학교로 부친 후 기왕에 타고 다니던 소형 폭스바겐에 2인용 텐트 하나와 가재도구 일체를 실었다.

사막의 뜨거운 열기를 피하기 위해 자정이 조금 지난 이른 새벽에 리버사이드를 떠나 애리조나 경계 가까운 곳에 이르니 마침 아침노을이 눈앞에 붉게 타오르고 있었다. 앞으로 지평선 너머 아련히 보이는 저 동쪽에서 무슨 일이 전개될 것인가? 막연한 기대와 옅은 불안이 교차했다. 영화에서나 보던 광활한 대지를 딱정벌레 모양의 작은 폭스바겐 하나로 가로지르는 길이었다.

애리조나의 그랜드캐니언에 이르자 우리는 겁도 없이 계곡 바닥까지 내려갔다. 계곡 바닥을 흐른다는 콜로라도 강을 직접 눈으로 확인해보려는 심산이었다. 결국 자정이 지나서야 도착했지만 너무도 어두워 보이는 것은 아무것도 없었고, 흐르는 물을 겨우 손으로 휘저어 물이 흐르고 있다는 사실만 확인했다.

잠시 잠을 청하려 누웠다가 계곡의 열기가 너무 뜨거워 바로 올라오기 시작했다. 올라오는 길에 아침 햇살에 비친 계곡의 화려한 색깔을 감상하는 것도 잠시, 오르고 또 올라도 길은 끝없이 멀고 높아 보였다. 결국 오후 1시가 지나서야 출발점으로 올라왔지만 약 22시간 동안 쉬지 않은 강행군에 물 이외에는 먹은 것이 전혀 없어 몸에 있는 에너지를 거의 완전히 소진하는 경험을 했다.

그러면서도 루이지애나에 도달할 때까지 7~8일 동안 우리는 한 번도 모텔에 묵지 않고 2인용 텐트에서 야영하며 전 구간을 지나갔다. 경우에 따라서는 조금씩 우회하며 가까운 명소도 둘러보았다. 최소의 수단과 경비를 들여 전혀 새로운 세계를 최대한 폭넓게 경험해보자는 생각이었다. 이것은 당시 비용을 많이 들일 수 없는 우리의 경제 사정이 만들어준 불가피한 일이기도 했지만 되돌아보면 돈 주고도 살 수 없는 값진 경험이었다.

드디어 루이지애나주립대학이 있는 배턴루지Baton Rouge라는 곳에 도착했다. 이곳은 여러 면에서 그 풍광이 우리가 떠나온 리버사이드와 대조를 이루었다. 여름에 덥다는 점에서는 같지만 리버사이드가 건식 사우나룸에 해당한다면 배턴루지는 습식 사우나룸에 해당하는 곳이었다. 한쪽은 비가 거의 오지 않는데 한쪽은 비가 너무 많이 와서 탈이었다.

리버사이드는 말이 강변이지 물이 흐르는 강을 볼 수 없었는데, 배턴루지는 미국에서 가장 큰 미시시피 강 하류가 바로 옆으로 흘렀다. 리버사이드는 주변이 바싹 마른 사막인데, 배턴루지는 주변이 온통 습지이며 호수이고, 학교 교정에도 넓은 호수가 여기저기 있었다. 이곳 사람들은 스스로 호수와 낭만의 주라고 일컫기도 하고, 낚시를 즐기는 사람들은 스포츠맨의 천국이라고도 했다. 우리는 학교 주변 호숫가로 자주 산책했는데, 특히 호수 주위에 늘어서서 수면 위로 긴 그림자를 드리우는 고풍스러운 건물들이 특별한 정취를 자아냈다.

리버사이드를 출발할 때 지도교수에게 우리가 먼저 간다고 말하며 떠났는데, 루이지애나에 도착해보니 이미 지도교수가 먼저 와서 연구실에 자리 잡고 앉아 컴퓨터 프로그램을 열심히 돌리고 있었다. 이분은 트레일러에 온 가족과 짐을 싣고 단숨에 달려와 벼락같이 일을 시작한 것이다. 이때뿐 아니라 이후에도 항상 이분의 근면함은 내가 추종할 수 없었고, 내가 아침에 일찍이 나간다고 생각하며 학교에 와보면 거의 언제나 이분 자동차가 이미 와 있었다.

당시 루이지애나주립대학교는 이른바 우수중심Center of Excellency

대학으로 지정받아 전국에서 유능한 교수들을 영입하는 계획이 있었는데, 캘러웨이 교수도 이 계획에 따라 특별 대우를 받고 영입된 경우였다. 후에 알게 된 사실이지만 이 대학에서 총장보다 급료를 더 많이 받는 교수가 세 명 있었는데, 이분이 그 가운데 한 사람이었다.

수학 교수와의 선문답

루이지애나주립대학교 물리학과는 캘리포니아 리버사이드 물리학과보다는 훨씬 오래되었지만 규모는 두 학교가 엇비슷했다. 박사학위를 받는 규정 또한 크게 다르지 않았으나 여기서 물리학으로 박사학위를 받으려면 부전공을 이수해야 한다는 규정이 하나 더 있었다. 부전공으로는 수학과 전자공학 가운데 하나를 택해야 하는데, 이론물리학을 하는 사람들은 대개 수학을 택했다. 그 규정을 따르면 나는 새로 몇 학기분의 수학 강의를 더 들어야 했다. 이것은 저쪽 대학에서는 없었던 일인데, 내 경우에는 어떤 규정을 적용해야 하는지 학과장 교수를 찾아가 문의했다. 그랬더니 그분은 이것은 학교 전체의 규정이어서 이 학교에서 학위를 받기 위해서는 불가피한 일이라고 했다. 그러면서 그분은 나를 위해 한 가지 편법을 마련해주었다. 당시 수학과에는 전국적으로 명성이 높은 원로 교수가 한 분 있었는데, 그분을 찾아가 내 수학 실력을 인정받아 오라는 것이었다.

그분에게 가 내가 찾아온 이유를 이야기했다. 그랬더니 그분은 지금까지 내가 들은 수학 강의의 강좌 이름을 전부 적어달라고 했다. 나는 과거 서울대학교에서 들은 강의를 포함해 그간 내가 들은 강좌 이름을 모두 적어드렸다. 그랬더니 이번에는 서가에서 책 한 권을 뽑아서 내게 주면서 이것을 읽어보고 나서 다시 찾아오라고 했다.

받아보니 해석학 계통의 책인데, 처음부터 거의 끝까지 '정리 Theorem'와 '증명Proof'으로 빽빽하게 적혀 있는 전형적인 수학 텍스트였다. 그것은 제대로 읽기만 하는 데도 몇 주는 족히 걸릴 분량이었고, 설혹 그렇게 한다 하더라도 그것을 다 익혔다고 하기는 어려울 내용이었다. 이리저리 고민하다가 며칠 후 교수를 다시 찾아갔다. 대충 보았노라고 했더니 어떤 느낌을 받았느냐고 물었다. 나는 대략 80퍼센트는 익숙한 내용이더라고 했다. 그랬더니 그분은 알았다며 돌아가라고 했다.

그 후 아무 소식이 없어 다시 학과장 교수에게 찾아가 경위를 말하고 어떻게 되었느냐고 물어보았다. 학과장 교수는 그 교수에게서 답을 받는데, 학생의 수학 실력이 대단해서 크게 감명을 받았노라고 하더라는 말을 했다. 나는 이것으로 안도감을 가지게 되었지만, 다른 한편으로는 약간의 죄책감이 느껴지기도 했다. 내가 80퍼센트라고 한 것은 읽어서 그 정도는 이해한다는 뜻으로 말한 것인데, 혹시 그 내용의 80퍼센트를 내가 이미 머릿속에 넣고 있는 것으로 오해한 것이 아닌가? 어쨌든 내 말을 100퍼센트 믿어줄 뿐 아니라 그것도 좋은 의미로 해석해준 것에 대해 나는 오랫동안 마음의 빚을 진 것같이 느꼈다.

그런데 훗날 내가 교수가 되고 나서 그때 일을 가만히 다시 생각해보니 꼭 그렇게만 해석할 일이 아니라는 생각이 들었다. 한번 처지를 바꾸어 그 교수 측에서 생각해보자. 교수는 책을 내게 전해주면서 자기 자신에게 되물었을 것이다.

"누가 만일 내게 이 책을 주고 이에 대한 내 느낌을 묻는다면 나는 뭐라고 대답할까? 그저 한 80퍼센트는 익숙하다고 해야겠지?"

이렇게 생각하던 차에 학생에게서

"네, 한 80퍼센트 정도 익숙하던데요."

이런 대답을 들었다면 교수는 속으로 어떻게 생각했을까?

'이것 봐라, 이 녀석 책을 보는 안목이 제법 있네! 역시 수학이 뭔지 아는 녀석이군.'

아마 이렇게 생각했을 것이다. 그때 만일 내가 그 책에 대해 시험이나 치게 될 줄 알고 시험 준비나 잔뜩 해서 갔더라면 교수는 아마 '녀석, 아직 수학이 뭔지도 모르는군' 했을 것이다.

이게 어쩌면 고승高僧들이 주고받는 선禪문답의 세계가 아닐까? 깨우친 자의 경지에서 그 질문에 어떤 말을 할 수 있을까 하고 한 가지 대답을 이제 막 염두에 두고 있는데, 제자가 바로 그 말을 내뱉었다면 스승은 어떻게 말하겠는가? "알았다, 알았어. 너는 이제 깨달음의 경지에 이르렀느니라" 하지 않겠는가? 내가 너무 거창하게 해석했는지는 모르겠으나 한 가지 확실한 것은 고수와 고수 사이에는 서로 알아보는 언어가 따로 있다는 사실이다. 내가 정말 제대로 알고 그 언어를 읊었는지는 아직 잘 모르겠지만 당시 그 정도 책을 새로 읽어야 한다고 보지 않은 것은 백번 옳은 판단이었다.

그다음에 내가 치러야 했던 또 한 가지 난관은 박사학위를 받기 위해 통과해야 하는 외국어 시험이었다. 이미 앞에서 언급한 바 있지만 나는 그간 별로 깊이 공부하지 않았던 독일어와 프랑스어 시험 두 가지를 불과 몇 달 사이에 합격할 수 있었다. 지금은 거의 다 잊어버렸지만 필요가 생기기만 하면 대략 몇 달 안에 전혀 모르던 외국어도 시험에 합격할 정도의 실력을 만들어낼 수 있다는 것이 내가 지닌 한 가지 특기이다.

사실 학문하는 사람에게 외국어는 창고문을 여는 보조열쇠 정도에 해당한다. 이것은 특정한 창고에 들어갈 필요가 있느냐, 없느냐에 따라 필요할 수도 있고 그렇지 않을 수도 있다. 그러니까 모든 보조열쇠를 다 만들어 가지고 다니느라고 시간을 너무 소모하는 것은 현명하지 않다. 오히려 필요할 때 잠깐 사이에 필요한 정도의 열쇠를 만들어내는 재주가 더 중요하다. 그러니까 내가 합격한 외국어 시험은 이러한 재주가 있느냐를 보이는 것에 해당한다고 보면 된다.

GaSb를 본 일이 없는 GaSb 박사

어느 한 분야에서 공식적인 학습을 마치는 것은 박사학위이고, 박사학위를 위한 핵심 과제는 역시 박사학위 논문을 마련하는 데 있다. 나는 캘리포니아에서 이미 캘러웨이 교수에게서 화합물 반도체인 갤리움앤티모나이드GaSb의 에너지 밴드구조를 밝히는 문제를 받았는데, 이것이 결국 내 박사학위 논문의 주제가 되었다. 이것은 구체적인 물질에 양자역학을 적용해 그것이 지니는 물리적 성질을 이론적으로 산출해내는 작업으로, 현대 이론물리학의 전형적인 문제에 해당한다.

이 문제는 원칙적으로 이 물질을 구성하는 기본 요소들만 알면 작업해낼 수 있지만 현실적으로는 이 물질이 지닌 몇몇 물리적 성질을 실험적으로 확인하고, 몇몇 경험적 파라미터를 도입하여 그 성질을 해명하는 작업을 하게 된다. 이러한 방식을 '준경험적 방식semi-empirical method'이라고 하는데, 전반적으로 계산을 단순화하는 장점은 있지만 현실적인 파라미터를 찾아내야 하는 어려움이 따른다. 이를 위해 나는 수많은 컴퓨터 프로그램을 짜고 이를 검증하는 어려움을 겪었는데, 당시에는 요즈음같이 소프트웨어가 많지 않아서 필요한 것은 거의 스스로 만들어 사용하는 어려움이 있었다.

다행히 어느 정도 만족할 만한 결과가 나와 논문 두 편을 지도교수와 공동 명의로, 또 한 편을 단독으로 발표했고, 박사학위 논문 또한 이 내용을 토대로 작성했다. 이 논문들의 초안은 모두 내가 작성했는데, 첫 논문의 초안을 지도교수에게 검증받고는 깜짝 놀랐다. 나로서는 거의 완벽한 영어로 썼다고 생각하며 보여드렸는데, 지도교수의 손을 거치면서 내 본래 문장이 하나도 살아나오지 못했던 것이다.

하지만 그다음부터는 (좀 더 조심하여) 내가 쓴 문장이 거의 그대로 통과되었다. 그는 내가 쓴 논문들을 보고 대개 "꽤 괜찮게 썼군I am reasonably pleased"이라는 평을 해주었는데, 특히 내가 택한 서술 방식을 좋아했던 것 같다. 내 박사학위 논문은 지도교수가 검토하면서 글자 하나 바꾸지 않았다. 그는 "아무도 서론Introduction 이상 더 읽지 않을 거야" 하면서 내 논문을 돌려주었는데, 그것은 아마 자기도 서론 이상은 읽지 않았다는 뜻일 것이다.

학위를 받기 위해 마지막으로 남은 것은 논문 심사 위원들 앞에서 구두로 발표하고 질문에 대답하는 이른바 '논문 방어' 절차였다. 내가 간단히 내용을 발표하자 실험을 전공으로 하는 교수가 내게 몇 가지를 물었다. 그가 무엇을 물었고 내가 어떻게 대답했는지는 지금 기억나지 않으나, 곧이어 내 지도교수가 받아 그 교수에게 보충 설명을 해주었고, 그 후부터는 그 교수가 아예 내가 아닌 내 지도교수를 향해 무언가 궁금한 것을 서로 묻고 대답하는 것으로 끝을 내고 말았다.

내 논문과 관련하여 한 가지 흥미로운 사실은 내가 이 연구를 하면서 연구 대상 물질인 GaSb의 실물을 한 번도 본 일이 없다는 점이다. 나는 명색이 'GaSb 박사'인데, GaSb를 한 번도 본 일이 없다고 하면 다들 의아하게 생각하겠지만 그게 이론물리학의 실상이다. 이 연구를 하기 위해 GaSb에 관련된 실험 데이터들은 많이 참고했지만 이것은 남들의 논문에 나타난 것으로 충분하며, 내가 직접 실험실에 들어가 실험할 필요는 없었다.

사실상 이론적 연구를 하는 데 실물을 본다는 것은 그리 큰 의미를 지니는 게 아니다. 하지만 나도 이 물질의 실물을 볼 기회는 있었다. 같은 물리학과에서 실험 쪽을 하는 한 교수가 내가 이 연구를 한다니까 실물을 본 일이 있느냐고 물었다. 그래서 없다고 했더니 자기 방에 실물 시료가 있으니 한번 와서 보라고 했다. 한두 번 찾아가기는 했는데 공교롭게도 문이 잠겨 있었고, 나 또한 학교를 곧 떠날 무렵이어서 결국 그 기회를 살려내지 못하고 말았다.

내 박사학위에 관련된 이 모든 절차는 내가 루이지애나로 온 후 1년 반 정도에 걸쳐 일사천리로 진행되었다. 너무 순조롭다 싶었는데 그만 마지막 단계에 가서 복병이 하나 숨어 있었다. 모든 준비를 마치고 최종적으로 학위 신청 서류를 작성하기 위해 대학원 행정사무실로 갔을 때이다. 행정 경력이 어지간히 높아 보이는 할머니 사무 담당자가 나를 흘낏 쳐다보더니 대뜸 말했다.

"미스터 장, 당신은 이번에 박사학위를 받을 수 없어요."

"왜 그렇지요?"

"당신이 대학원에서 받은 학점을 전부 다 합쳐도 ○○학점밖에 안 되는데, 내가 지금까지 학점을 이렇게만 따고 박사학위 받은 사람을 본 적이 없어요. 더구나 석사학위도 없고."

이것 참 난감한 일이었다. 나는 지금까지 캘리포니아대학교 리버사이드 캠퍼스 기준으로 공부하면서 단지 부전공 규정이 하나 더 있다고 보아 이 문제를 어렵사리 해결했는데, 이 학교에는 내가 몰랐던 규정이 또 있었단 말인가? 다시 학과장 교수를 찾아갔다. 학과장 교수는 사정을 듣더니 넌지시 웃었다.

"당신은 지도교수가 원체 든든해서……."

며칠 후 다시 서류를 내러 갔더니 그 사무 담당자는 아무 일도 없었다는 듯이 일을 처리해주었다. 나는 지금도 여기에 어떤 규정이 있어서 그랬는지 아니면 관례에 너무도 어긋나기에 그랬는지 잘 모른다. 어쨌든 나는 사무 담당자의 눈에 전례가 없는 것으로 보일 정도로 속성으로 공부한 것이 사실이다. 이것은 내가 그만큼 제도권 교육에 덜 의지하고 되도록 나 자신의 자체적 학습에 비중을 두어왔음을 말하기도 하며, 또 내 지도교수가 이것을 너그러이 보아주었을 뿐 아니라 오히려 이러한 방향을 권장한 데서 온 것이라 할 수 있다. 결국 1년 반 남짓 만에 모든 절차를 마치고 1969년 5월 초에 박사학위를 받았다. 루이지애나에 온 지 1년 8개월 만이었다.

그다음 9월부터는 박사후과정으로 텍사스대학교에 가기로 되어 있었기에 약 4개월간 공백이 생겼다. 학교에서는 이 기간에 방문조교수Visiting Assistant Professor라는 명칭으로 여름 학기 동안 내게 두 개의 강좌를 맡겼다. '수리물리학'과 '통계물리학'이었는데, 이로써 나는 박사학위와 함께 '교수'라는 명칭을 달고 정규대학의 물리학 전공과목을 가르치는 첫 경험을 하게 되었다. 사실 이 강의 경험은 이 두 과목에 관해 나 자신의 이해를 돕는 데 큰 도움이 되었다.

물리학과 사무실에는 2년 전 내가 대학원생으로 막 도착했을 때 신입생 대하듯 여러 일을 친절하게 도와준 여사무원이 있었다. 그런데 2년도 채 안 되어 내가 교수라는 명칭을 달고 강의하니 어처구니가 없었던가 보다. 나와 마주칠 때마다 "교수님, 안녕하세요Hi, Professor" 하며 놀려댔다. 그곳 관례는 진짜 교수에게도 '닥터Dr. 아무개'로만 부르지 교수Professor라는 호칭은 거의 쓰지 않는다.

그 DNA라는 게 도대체 뭐요

우리가 리버사이드에 처음 갔을 때는 처음 한 학기 동안 한국 학생을 한 명도 만나지 못했을 정도로 외롭게 지냈는데, 루이지 애나주립대학교에는 한국에서 온 유학생이 대여섯 명이나 되어 주말이면 으레 모여 우리끼리 맘껏 떠들 수 있었다. 그리고 공부하는 분야도 서로 많이 달라서 궁금한 것을 이리저리 물어 보기도 하고, 공통된 관심사에 대해서는 열띤 논쟁을 벌이기도 했다.

그 가운데 연령으로 보아 나보다 몇 해나 위인 한 아무개 씨가 있었는데, 이분은 그곳에서 미생물학을 전공하고 있었다. 나는 이제 물리학 논문을 거의 마무리하는 단계에 있었기에 그분에게 그동안 궁금했던 분자생물학에 관해 좀 알아보고 싶은 생각이 들었다. 그 무렵은 유전자의 DNA 구조가 밝혀진 지 그리 오래되지 않은 시기여서 유전정보의 전달 메커니즘이 한창 학계의 관심사로 떠오르고 있었다.

"한 형, 그 DNA라는 게 도대체 뭐요?"
"하, 세포 안에 그런 게 있어. 유전정보를 담고 있는 거지."
"유전정보를 담다니, 거기 글씨라도 적혀 있다는 거요?"
"글씨라기보다도 암호라고 해야지."
"암호라면 전달하는 사람이 있어야 하고 전달받는 사람이 있어야 할 텐데……."
"거기 그런 사람이 있는 게 아니고, 아…… RNA라는 게 있어서, 아……."

이렇게 시작된 이야기가 들으면 들을수록 점점 더 알쏭달쏭해졌다. 도대체 세포 안에 무엇이 있으며, 이것이 어떻게 작용하여 생명 활동이 이루어진단 말인가? 정말 그런 것을 안다면 생명이란 게 무엇인지 밝혀진단 말인가? 이런 의문이 점점 깊어지기 시작했다. 그래서 나는 도서관을 뒤져 분자생물학에 대해 최근에 출간된 책을 한 권 빌렸다. 그리 두껍지 않고 간결한 책이었는데, 그것을 읽으면서 나는 눈앞에 새로운 세계가 전개되는 것 같은 느낌을 얻었다.

'아하, 이것이 이렇게 되고 이렇게 되는구나! 그 참 묘하고 신통한 세계로구나!' 하는 생각이 들어 온몸에 전율이 느껴지는 듯했다. 그냥 이야기 듣기에는 마치 그 안에 사람들이 앉아 있어서 글을 써놓고 글을 읽어내는 것 같은 생각이 드는데, 그런 것은 물론 있을 수 없기에 여기서 말하는 정보가 무엇이며, 이를 해독한다는 것은 무엇이고, 또 이를 활용한다는 것은 무엇인지 일일이 물리적으로 해석해낼 수 있어야 한다.

그런데 당시 내 물리학에 대한 이해가 바로 이것을 해낼 만한 단계에 놓여 있었다. 이는 마치 독일어로 된 위대한 새 작품이 하나 나왔는데 마침 내 독일어 실력이 그것을 읽어낼 만큼 준비되어 있는 것과 비슷한 일이었다. 책에서는 오히려 많은 부분을 비유적으로 서술하지만 나는 그 바탕에 깔린 물리적 과정을 체계적으로 해석하며 읽을 수 있어서 이 모든 설명이 비유적으로 들리는 것이 아니라 실물을 직접 보고 만지는 것 같은 느낌을 얻을 수 있었다.

이것은 내게 커다란 지적 자극을 주었음은 물론 내 학문적 관심사를 생명의 영역까지 넓힐 수 있겠다는 가능성을 강하게 시사하는 것이었다. 사실 과거에도 생명의 중요성을 몰라서 그쪽에 관심을 두지 않았던 것은 아니다. 이 방향으로 접근할 합리적 방법이 있다는 것을 몰랐고, 적어도 나로서는 이것에 접근하는 것이 아예 불가능하리라고 지레짐작했기 때문이었다. 그런데 이번 경험을 통해 이것이 가능한 길인 것을 알게 되었고, 따라서 이를 남의 영역이라고 제쳐놓을 수만은 없게 된 것이다. 그리고 그 무렵에는 이미 적지 않은 물리학자들이 생명 문제에 관심을 보이고 있었다. 실제로 프랜시스 크릭Francis Crick 같은 물리학자는 DNA 구조를 발견하고 그 기능을 규명하는 데 주된 역할을 담당한 것으로 이미 잘 알려져 있었다.

이러한 여러 사정을 고려할 때 이제 남은 일이라고는 나 자신의 결단뿐이었다. 발 벗고 새 분야에 뛰어드느냐, 옆에서 좀 더 관망하면서 적절한 기회를 살피느냐 하는 것이었다. 그리하여 나는 지도교수를 찾아가 함께 이런 분야로 뛰어들 생각이 없는지를 문의했다. 그랬더니 그는 굳이 분야를 넓힌다면 자기는 우주와 천체물리학 쪽으로 해보고 싶다면서, 더 젊은 사람이라면 다를 수도 있으니 나에게 시도해보라는 신호를 주었다.

지도교수와 나눈 대화를 강희맹의 도둑 이야기에 나오는 주인공들의 대화로 바꾸어보면 아마 이렇게 될 것이다.

아들 도둑: 내가 요즈음 새로 다듬은 '물리학'이라는 열쇠

로 생명이라는 창고 문을 살짝 열고 들여다봤는데요, 그 안에 번쩍번쩍하는 보물이 엄청나게 많아요. 혹시 나하고 같이 이곳 창고털이에 나서지 않겠어요?

아비 도둑: 나도 그 얘기는 벌써 들었다. 혹시 틈이 있으면 나는 벌써부터 보아온 우주라는 창고의 물건들을 좀 훔쳐내겠다. 그러니 거기는 너 혼자 나서봐라. 혹 필요하다면 널 도와줄 다른 도둑 하나 붙여주마.

오스틴과 프리고진 교수

이 무렵 나는 텍사스대학교 물리학과의 어느 교수연구실, MIT 전기공학과의 어느 교수연구실 등을 포함해 '박사후 연구원post-doc' 자리를 몇 군데 알아보았는데, 내친김에 시카고대학교 이론생물학센터 박사연구생 과정에도 지원했다. 시카고대학교의 이론생물학센터는 이론생물학을 위한 일종의 협동과정이었는데, 당시 생물학 이외의 자연과학에서 박사학위를 가진 사람들을 모아 생물학의 기본 바탕을 교육하면서 동시에 생물학 이론을 학제적으로 더욱 깊이 연구하는 기회를 마련한다는 취지의 프로그램이었다.

캘러웨이 교수는 시카고대학교 이론생물학센터에 관여하는 물리학자 한 분을 직접 소개해주기도 했다. 그래서 결국 이 세 곳에서 모두 오라는 통보를 받기는 했지만 여러 가지를 검토한 끝에 텍사스대학교로 가기로 했다. 그 이유로는 일단 물리학을 좀 더 깊이 공부하면서 그다음 단계를 살피자는 생각이 하나 있었고, 또 하나는 대도시보다 중소도시를 선호하는 내 성향 때문이었다. 텍사스대학이 위치한 오스틴은 텍사스 주의 주도이면서도 휴스턴이나 댈러스 같은 대도시가 아니라 작고 아담한 교육행정 도시이며, 상대적으로 생활비도 저렴한 곳이었다.

한편 미생물을 전공한 한 아무개 씨 또한 나와 같은 날 박사학위를 받았는데, 나는 루이지애나를 떠나기 전에 그와 함께 생명과학 분야의 논문을 하나 썼다. 박테리아 붕괴에 관련된 수학적 모형인데, 여러 차례 수정을 거듭하여 한참 후 캐나다에서 발간되는 미생물 분야 학술지에 발표했다. 한 박사가 실험 데이터를 제공하고 나는 주로 수학적 이론을 마련한 것으로 분야 간 공동 연구에 해당하는 것이었다.

이것은 물론 생명과학에 대한 내 관심의 일부를 보여준 것이지만 내 진정한 관심사는 생명 자체에 대한 이해를 추구하자는 것이지 이러한 자잘한 현상을 설명하자는 것은 아니었다. 내 주된 관심사는 쉽게 말해 '생명이란 무엇인가?'에 해당하는 물음이고, 이것을 최소한 물리학 용어로 표현할 수 있는가 하는 점이었는데, 당시로는 아직 여기에 접근할 어떠한 단서도 찾지 못하고 있었다.

한편 아내는 그해 8월 말에 역시 캘러웨이 교수의 지도 아래 이론고체물리학으로 박사학위를 받았다. 내가 연구했던 대상이 반도체였음에 반해 아내는 금속인 니켈을 대상으로 연구하여 논문을 썼다. 이리하여 아내는 한국 여자로는 최초로 물리학 박사가 되었고, 아내와 나는 우리나라 사람으로는 역시 최초로 부부 물리학박사가 되었다.

이렇게 우리는 공식적인 공부를 마치고 그해 가을에 오스틴으로 갔다. 이곳은 텍사스라는 인상과는 달리 깨끗하고 아담한 작은 도시였으나 오스틴에서의 박사후 연구원 활동은 내게 그리 만족스러운 것이 아니었다. 그곳 박사과정 학생의 연구를 돕고 또 시간을 내어 내 연구도 하는 자리였지만, 분위기가 어수선하고, 내 학문적 진로도 확실하지 않아 이것저것 모색하면서 시간의 대부분을 보낸 셈이 되었다.

당시 텍사스대학교 물리학과에는 정기적으로 겨울 학기 동안 벨기에의 프리고진 교수가 와서 머물렀는데, 그는 후에 생명의 기원을 밝히는 데 기여한 공로를 인정받아 노벨상을 받기도 했다. 나도 기회가 되는 대로 그의 세미나에 참석했고, 이를 통해 생명 문제에 대한 열역학적 접근의 중요성을 좀 더 구체적으로 인식하게 되었다. 그러나 당시 나는 그의 이론에 무엇인가 잡힐 듯하면서도 잡히지 않는 어떤 모호함이 있다는 느낌을 강하게 받았다.

이렇게 박사후 연구원 노릇 1년을 마지막으로 우리는 미국 생활을 청산하고 고국을 떠난 지 만 5년이 되는 1970년 8월 말에 함께 귀국했다. 미국 체류 5년은 내가 물리학의 주류 학계에 잠깐 몸을 담았던 기간이라고 할 수 있겠지만 그 안에서도 나는 항상 변두리로 돌았다고 해야 옳다. 그 어느 곳도 대단한 명망을 내세우는 곳이 아니며, 그 안에서도 오로지 한 우물만 파려고 한 것이 아니라 여기저기 후벼보고 다닌 셈이었다. 여전히 나는 값나가는 인삼밭보다는 잘되면 산삼이요 안되면 도라지도 되기 어려운 야생의 그늘을 좋아했다.

여담: 영문 이름 표기에 얽힌 몇 가지 사연

우리나라 사람이 외국에 나갈 때 공통적으로 겪는 어려움 한 가지는 자기 이름을 영문으로 어떻게 표기하느냐는 문제이다. 특히 성姓이 모음母音만으로 구성된 성씨들, 그 가운데도 특히 표기가 어려운 '어'씨나 '여'씨 등은 어려움을 많이 겪는다.

거기에 비하면 내 성인 '장張'은 그런대로 나은 편이지만 전혀 문제가 없는 건 아니다. 관례로는 '장'을 'Chang'으로 표기하거나 'Jang'으로 표기하는데, 여기에는 각각 문제가 있다. 우선 자음 Ch는 우리 글 ㅈ(지읏)보다는 ㅊ(치읏)에 더 가까워서 엄연히 우리 말 ㅊ이 따로 있는 한 이를 채용하기가 마땅하지 않다. 반면 영어 J는 영어에서는 ㅈ으로 발음하지만 독일어나 스페인어에서는 영어의 y나 h에 가깝게 발음해서 역시 '장'이라는 우리 고유의 음가를 나타내기에 적합하지 않다. 읽는 이에 따라서는 '양'이나 '항'으로 읽을 소지가 있기 때문이다. 그렇다고 'Zang'으로 하려니 Z가 발음도 쉽지 않거니와 혀 놀림 방식이 너무도 달라 소리 자체가 무척 거세다.

나는 적어도 외국 유학을 위해 원서를 보내기 전에 이 문제를 해결해야 했으므로 이리저리 고심하다가 하루는 길가에서 문득 좋은 아이디어를 하나 얻었다. 길가의 어느 서점을 들여다보니 『닥터 지바고』라는 책이 진열되어 있었는데, 그 영문 표기가 'Dr.Zhivago'로 되어 있지 않은가! 이를 보고 나는 옳거니 'Zhang'으로 표기하면 되겠다고 생각했다. 'Zh'라면 적어도 ㅈ 이외에 달리 읽을 방법이 없지 않겠는가? 그래서 나는 지금까지도 내 이름을 영문으로 이렇게 표기한다.

그런데 내가 미국에 도착하자마자 아이고 그게 아니었구나 하는 생각을 했다. 캘리포니아대학교 리버사이드 물리학과 사무실에 처음 들렀을 때 이야기이다. 내가 이름을 대고 찾아온 사유를 이야기하자 가만히 듣고 있던 여자 사무원이 되물었다.

"당신이 미스터 '즈행'이에요?"

아하, 이것이 '즈행'으로 읽힐 수도 있구나! 그러나 모든 사람이 전부 그렇게 읽은 것은 아니다. 대부분 사람들은 '장' 혹은 '쟁'에 가깝게 읽었고, 특히 내 지도교수는 아주 정확히 '장'으로 불러주었다. 그래도 이것은 대단히 특별한 이름이어서 아마 한동안 전 세계에서 이렇게 표기된 성을 쓰는 사람은 우리 부부밖에 없었을 것이다.

그런데 1970년대에 이르러 상황은 급격히 달라졌다. 아마 1978년이 아니었나 싶은데, 중국 출신으로 일찍이 노벨 물리학상을 받은 세계적인 물리학자 씨엔 양C. N. Yang 교수가 서울에 왔다. 우리는 각자 영문으로 된 명찰을 달고 그분의 환영 만찬에 참석했는데, 그분이 내 명찰을 보고는 깜짝 놀라는 것이었다. 내 이름 표기를 언제부터 그렇게 했느냐고 했다. 이미 오래되었다고 알려주었더니, 그분 말이 얼마 전 중국에서 자기네 이름을 영문으로 표기하는 방식을 통일했는데, 중국의 장張이라는 성씨를 일괄 'Zhang'으로 표기하기로 했다는 것이다.

잘 아는 바와 같이 중국에서는 이것이 대단히 흔한 성씨이다. 이른바 장삼이사張三李四라는 것이 그것인데, 중국에서는 "장 씨네 셋째 아들, 이 씨네 넷째 아들"이라고 하면 아무 데서나 눈에 뜨이는 가장 흔한 사람을 통칭하는 말이다. 우리 식으로 말해 "남산에서 돌 던지면 얻어맞는 사람은 김씨 아니면 이씨"라고 하는 이야기에 해당하는 것이다. 그러나 갑자기 그 많은 중국 사람 가운데도 가장 많은 장씨가 모두 'Zhang'으로 표기하게 되었으니, 영문 표기 'Zhang'은 하루아침에 전 세계에서 가장 흔한 성씨가 되어버린 것이다.

그 후 많은 사람이 내 영문 이름 표기만 보고 나를 중국 사람으로 착각하는 일이 종종 있었다. 그래도 거기까지는 참을 만한데, 우리나라 사람들 가운데 어떤 이는 나보고 "왜 이름을 중국식으로 쓰느냐?" 하고 따져 묻기까지 했다. 내가 중국 사람들보다 적어도 10년은 앞서서 이렇게 표기했는데, 이제는 내가 중국 표기를 따라 쓴 것으로 오인을 받다니! 물론 내 영문 이름으로 나간 초기 논문들과 박사학위 기록 등이 내 이름 표기법에 대한 '지적소유권'을 증명해주기는 하지만 지금도 내 영문 명찰을 달고 어디를 나갈 때는 누가 나를 중국 사람으로 오인하지나 않을까 조마조마해지는 것은 어쩔 수 없다.

학문과 등산

두 물리학자의 비극 | 국내의 어려운 여건이 나를 해방시켰다 |
학문은 경쟁이 아니다 | 메타과학, 협동과정, 자연과학기초론 |
나를 바깥세상으로 이끌어낸 아인슈타인 | 산에서도 공부한다

두 물리학자의 비극

나와 내 아내는 1970년 8월 말 귀국했다. 미국으로 떠난 지 꼭 5년 만이었다. 어느 일에나 밝은 면이 있으면 어두운 면이 있는 것처럼 그 무렵에도 그러했다. 우선 밝은 면이라고 한다면 아직 박사학위를 가진 사람이 가뭄에 콩 나듯 하던 시기였던 만큼 대학에 자리 얻기가 쉬웠다. 나는 당시 서울대학교 공과대학 응용물리학과에 내정되어 돌아왔고, 이듬해 2월 정식 조교수로 발령을 받았다. 뒤늦게 연세대학교에서도 와주면 좋겠다는 청이 있었지만 이미 서울대학교에 발을 들여놓은 뒤여서 아쉽지만 거절할 수밖에 없었다.

그 후 응용물리학과는 1975년 서울대학교 종합화 계획에 따라 문리과대학 물리학과와 합쳐 자연과학대학 물리학과로 개편되었고, 나는 2003년까지 자연과학대학 물리학과 교수로 재직했다. 이로써 도합 33년 가까운 기간을 서울대학교에서 보낸 셈이다. 아내 또한 1970년에 돌아오면서부터 2004년 정년으로 물러날 때까지 34년간 이화여자대학교에서 물리학 교수로 일했다.

요즈음같이 대학에 자리 잡기 어려운 시기에 생각해보면 이것은 무척 부러운 일일 것이다. 지금 생각할 때 나 자신이 이런 자리에서 일할 수 있었던 것을 매우 다행스럽게 여긴다. 하지만 당시 상황에서 보면 물리학자로서 이것은 거의 자살행위에 가까운 것이었다. 물리학자로서 제구실을 하기 위해서는 국제 수준의 연구 활동을 지속해야 하는데, 이를 위해서는 당시 여건이 턱없이 열악했기 때문이다.

우선 내가 해오던 기존의 연구를 계속하려면 초대형 컴퓨터가 필요했지만 당시 우리나라에는 그런 것을 활용할 방법이 없었다. 과학기술연구소KIST에 훨씬 작은 것이 있기는 했으나 접근성이 떨어지는 데다가 엄청난 사용료를 내야 했기에 실제 활용이 불가능했다. 또 같은 분야에서 학문적 의견을 나눌 동료도 별로 없었고 도움을 줄 숙련된 조교도 없었다. 게다가 강의 부담은 외국에 비해 몇 배나 무거웠고, 학문 밖의 업무 또한 만만치 않았다. 이런 상황에서 외국 학자들과 같은 수준의 작업을 해낸다는 것을 부엌칼을 들고 현대전에 뛰어들어보겠다는 생각만큼이나 무모한 일이었다.

그래도 의욕만큼은 뒤질 수 없어서 스스로 날개를 접어놓고 앉아 버틸 수는 없었다. 그래서 시작해본 한 가지는 대형 컴퓨터가 필요하지 않은 아이디어 위주의 이론적 작업을 해보자는 것이었다. 부분적으로 성공을 거두어 국제 학술지에 논문 몇 편을 내보내기도 했지만 역시 나 자신이 만족할 만한 수준에 이른 것은 아니었다.

다른 한 가지는 서울대학교 자연과학대학 전체에 해당하는 일인데, 미국과 체결한 AID 교육차관 계획의 일환으로 일정 기간 미국에 머물면서 연구 능력을 증진시키는 것이었다. 1976년부터 약 5년간 지속된 이 프로그램을 통해 나는 두 차례에 걸쳐 도합 1년 6개월 동안 미국에 가서 다른 부담 없이 연구에만 몰두할 기회를 얻었다. 이것이 결과적으로 내게 큰 도움이 되긴 했지만 물리학자로서 지속적인 연구 활동을 수행해야 한다는 점에서는 근본적인 해결책이라 할 수 없었다.

바로 이러한 시기에 사람들의 이목을 끈 두 사건이 발생했다. 그 하나가 당시 한국물리학회 회장을 맡고 있던 김 아무개 교수의 자살 사건이다. 그분은 대학 졸업 연도로 나보다 14년 선배가 되는데, 1966년 서울대학교에서 물리학으로 박사학위를 받은 분이다. 젊어서부터 재능이 뛰어난 분으로 알려져 있던 이분은 물리학회 회장직을 맡는 등 이미 물리학계의 중진으로 인정받고 있었다. 그가 전공으로 내세우던 분야가 공교롭게도 내가 박사학위 과정에서 전공한 이론고체물리학이어서 그분은 나와 내 아내가 귀국하자 중요한 일꾼들이 돌아왔다면서 상당한 관심을 보여주기도 했다. 그러나 나는 그분이 발표하는 세미나 등을 통해 그가 많은 중요한 내용을 다소 피상적으로 이해하고 있다는 느낌을 받았다. 한번은 그가 세미나 도중 어떤 주장을 하면서 내 표정을 살피는 듯했는데, 나 또한 간단한 미소로 답하기는 했지만 아마도 동의하지 않는다는 뜻이 전달되었을 것이다.

그 무렵 소액이나마 연구비가 배정되기 시작했고, 그도 연구 프로젝트를 하나 맡았다. 프로젝트의 내용은 내가 정확히 알지 못했지만 아마도 그가 수행하기에는 좀 벅찬 것이 아니었나 생각한다. 그렇다고 이 분야에서 그 대신 연구하고 교수와 공동 명의로 결과를 발표해줄 젊은 사람들이 주변에 있었던 것도 아니었다. 결국 자기 손으로 무엇인가 결과를 보고해야 하는데, 실제로 논문이라고 내세울 만한 작품을 만들기가 거의 불가능함을 알았을 것이다.

남아 있는 유일한 가능성은 남들이 흔히 하듯이 다른 사람들의 논문에서 이것저것 추려내고 이들을 적절히 조합하여 우물우물 모양새만 갖추어 제출하는 일인데, 그렇게 하기에는 그의 양심이 너무 고왔고 또 평소에 지녀온 자존심이 허락하지 않았을 것이다. 더구나 그는 그때 물리학회 회장직까지 맡고 있지 않았는가? 결국 그는 자살을 택하고 말았다.

그런데 그 방법 또한 본의 아니게 사회적 이목을 끌게 만들었다. 자신으로서는 조용히 생을 마감한다는 의미에서 아무도 모르게 산속에 들어가 치사량의 수면제를 알코올에 타 마셨는데, 외부에서는 그의 행방이 묘연해지자 이를 실종 사건으로 보아 여러 날이 지나 그의 시신이 발견될 때까지 갖가지 추측이 나돌며 한동안 온 사회를 들끓게 했던 것이다.

이 사건이 있은 지 얼마 지나지 않아 물리학자에 관련된 또 하나의 비극적인 사건이 일어났다. 이것은 당시 미국에서 활동하던 세계적인 물리학자 이 아무개 교수가 교통사고로 사망한 사건이다. 사건 자체로 보면 교통사고라고 하는 아주 평범한 사건이었을 뿐이지만 그가 한국인으로는 가장 잘나가던 세계적인 학자였다는 점에서 상당한 관심을 끌었다.

여기에 곁들여 그의 사망에 대한 특정의 의혹이 유포되면서 이것이 결국 몇몇 베스트셀러 소설의 소재로까지 등장했다. 그는 나이로 보아 나보다 그저 3년 정도 앞선 사람이지만 내가 미국에서 공부를 시작하던 무렵 이미 미국 펜실베이니아대학교 정교수가 되었고, 사망할 당시에는 시카고의 페르미 가속기연구소 이론물리연구부장을 맡을 정도로 명망이 높던 분이었다.

그는 1974년경 앞서 말한 서울대학교 AID 교육차관 타당성조사단의 일원으로 우리나라에 몇 번 다녀갔는데, 나는 이 일로 그와 면담한 것 이외에 별다른 교분은 없었다. 나 또한 이론물리학을 한다고 하지만 나는 고체를 중심으로 하는 응집물질 쪽을 전공했고, 그는 기본입자를 전공했기 때문에 특별한 학문적 교류를 할 이유는 없었다. 그러나 그는 전공과 무관하게 많은 물리학자가 우러러보는 선망의 대상이 되어 있었다. 학문적으로도 뛰어난 업적을 계속 내고 있었지만 그 업적에 걸맞은 사회적 인정도 꾸준히 받아 많은 사람이 꿈꾸는 '빛나는' 자리에 올라 있었기 때문이다. 말하자면 "물리학자가 되려면 이런 사람이 돼라" 할 때 그 '이런 사람'에 해당하는 인물이었다. 그러던 그가 그만 40을 갓 넘긴 나이에 교통사고라는 어처구니없는 일로 가버린 것이다.

이 두 사건은 특히 나에게 자신을 되돌아볼 중요한 계기를 만들어주었다. 먼저 김 아무개 교수의 경우, 자신의 학문적 야욕과 주변의 지나친 사회적 기대가 현실적 자기 역량을 넘어서버린 것에 해당한다. 사실 이것은 우리 사회같이 급격한 과도기적 혼란을 겪는 상황에서 흔히 나타날 수 있는 일인데, 김 교수는 이것이 가져다주는 냉혹한 결과를 가장 비극적인 방식으로 감당한 사례가 된다. 여기서 깊이 생각해보아야 할 점은 학자는 자기 전공 분야를 지정해 그 분야에서 연구해야 하고, 또 그 결과를 반드시 논문 형식으로 발표해야 한다는 고정관념이다.

많은 사람, 특히 물리학을 비롯한 자연과학을 하는 많은 사람이 이 관념의 틀에 스스로 묶이고 있다. 여기에 다시 대학 교수는 학자여야 한다는 통념이 덧붙여지면 일단 대학에 자리가 있는 사람은 이 기준에 맞는 역할을 하든지 아니면 물러나야 한다는 말을 하게 된다. 그런데 문제는 우리 사회에 학자에게 허용되는 영예로운 퇴로가 없다는 점이다. 즉 이러한 기대치에 부응하지 못하거나 부응할 의사가 없는 사람이 택할 수 있는 길이 별로 보이지 않는다. 그러므로 당사자는 이러한 기능을 하는 척이라도 하거나 아니면 김 교수같이 비극적인 종말을 맞이해야 하는 것이다.

이 경우와는 대조적으로 이 아무개 교수는 자신의 학문적 역량과 여건 그리고 주변의 사회적 기대가 잘 일치하여 학자로는 더 바랄 것이 없는 생애를 이어왔지만 어느 날 갑자기 전혀 기대하지 않았던 방식으로 종말을 고하고 말았다. 여기서 우리는 인간이 아무리 자기 일을 잘해나가려 하더라도 운명이 꼭 이것을 허용하는 것은 아님을 알게 된다.

그렇다면 이러한 상황에서 우리는 어떻게 해야 할까? 나는 학자의 기능과 역할에 대해 우리 스스로를 가두고 있는 이 특이한 가치관에서 벗어나야 한다고 생각했다. 즉 학자는 연구해야 하고, 그 연구 결과는 세계가 인정하는 학회지에 발표해야 하며, 이러한 점에서 남보다 앞서 남보다 더 눈에 띄는 결과를 내야 한다는 가치 기준에서 벗어나야 한다는 것이다. 이 기준을 거꾸로 뒤집어보면 그렇게 하지 못하는 학자는 학자 노릇을 못하며 학자 자리에서 물러나야 한다는 결과가 된다. 그리고 이것에 따르면 거의 모든 학자를 한 줄로 세워 순위를 매길 수 있게 된다.

이러한 기준에서 제일 앞선 사람은 누구이며, 그다음은 누구, 이런 식이 된다. 그러니까 극단적으로는 한 사람을 제외한 모든 사람은 바보가 된다. 여기에서 한 자리라도 높이 올라가기 위해 치열하게 투쟁하게 되며, 사회는 이를 쳐다보며 박수를 치고 있다. 이게 진정한 학문이라면 학문은 하나의 게임이며 학자들은 이 게임에 동원된 선수이다. 이게 단순한 게임일 때야 상관없지만 생존 투쟁의 마당이 될 때는 비극이 싹트지 않을 수 없다.

한 물리학자가 이 게임의 패배를 의식하여 스스로 목숨을 끊었다고 하면, 다른 한 물리학자는 이 게임의 정상을 눈앞에 두고 운명의 장난으로 생을 마감했다. 결국 우리는 모두 패배자도 승리자도 만족을 얻을 수 없는 무한 질주의 틀에 매달려 온 생애를 바치고 있는 것이다.

국내의 어려운 여건이 나를 해방시켰다

이제 내 경우를 좀 생각해보자. 나는 이 게임의 틀에서 어디에 놓여 있으며 또 어떠한 역할을 하고 있는가? 내가 만일 잘나가던 이 아무개 교수의 처지에 놓였다면 나는 어떻게 했겠는가?

아마도 거의 그가 걸어갔던 길을 그대로 따라갔을 것이다. 그것이 당시 학문하는 사람들의 길이며 꿈이었고, 나 또한 거기서 벗어나지 못했을 것이다. 실제로 내게 미국에서 좀 더 나은 자리가 허용되었더라면 귀국하지 않고 그곳에 머물렀을 가능성이 크다. 더구나 이 아무개 교수처럼 주변의 칭송을 받는 상황에 있었다면 왜 이를 마다했겠는가?

나는 물론 처음부터 그와는 많이 다른 여건에서 출발했다. 그는 서울에서 비교적 학습 여건이 좋은 의사 부부의 아들로 출생하여 초등학교부터 가장 이름 높은 명문 학교들을 거쳐 대학에 입학했고, 다시 미국으로 건너가 최단 기간에 학문 세계의 정점 주변으로 진입했다. 말하자면 제도권에서 최단·최적의 코스를 밟은 것이다. 그런 점에선 나 자신 설혹 그와 같은 능력을 가지고 태어났다고 하더라도 그를 추적할 가능성은 처음부터 그리 크지 않았다.

그러나 지금 다시 생각해보면 내가 그러한 자리에 놓이지 않았던 것이 정말 다행한 일이라 여겨진다. 내게 그러한 여건이 허용되지 않았기에 나는 그런 게임의 틀에서 스스로 벗어날 수 있었다. 나는 그런 주어진 가치관에 매이지 않고 내가 규정하는 더 높은 가치 의식 아래 내 삶을 주체적으로 엮어올 수 있었던 것이다. 말하자면 내게 주어진 어려운 여건이 오히려 나를 해방시켜준 것이다. 나는 꼭 내가 있어야 할 자리에서 나 아니면 하기 어려운 역할을 찾아 수행해왔으며, 결과적으로는 내가 한 일에 나 스스로 만족할 수 있는 삶을 살아왔다고 할 수 있다. 이것은 물론 내 주관적 판단에 따른 이야기이다. 그러나 내가 어째서 이런 말을 할 수 있는지에 대해 조금 설명을 보태보자.

　다른 사람들과 견주어 내가 살아온 길이 좀 특이하다고 한다면 나는 늘 내가 하는 일 자체를 의식하여 이에 대한 의미를 생각해왔다는 점이다. 그러고는 사회가 규정하는 역할 규범에 따르기보다는 내가 부여할 수 있는 의미에 더욱 충실해보자는 생각으로 일관했다. 나는 30여 년 동안 국내 최고 대학의 물리학 교수였으므로 내게 규정된 사회적 역할 규범은 내 분야에서 최소한 국내 최고 물리학자로서 세계적인 학계에 발돋움하는 일이고, 이를 위해 나머지 모든 것을 희생하고 분투하는 것이 학계에서 그리고 사회에서 찬사받을 일이라는 사실을 알고 있다.

　그러나 이것이 곧 나 자신의 학문적 만족을 가져오고 또 인류 사회를 위해 내가 가장 잘 기여하는 길이 아니라는 것을 나는 잘 알고 있다. 제도권 학계의 평가 잣대에 나를 맞추기보다는 내 가치 기준에 따라 내가 할 수 있는 최선의 역할을 수행하는 것이 결과적으로는 나뿐 아니라 우리 사회를 가장 잘 위하는 일이라는 게 내 생각이고, 이를 위해 내 활동의 방향을 잡아왔다.

　이것을 해내기 위해서는 주어진 역경을 기계적으로 돌파만 할 것이 아니라 이를 역으로 활용함으로써 이것이 오히려 도움이 되도록 만들어나갈 필요가 있다. 말하자면 역경을 기회로 활용하자는 것이다. 그동안 야생에 많이 길들여져온 내 처지에서 보면 이것은 오히려 호기로 여겨질 수도 있었다. 여건이 좋았더라면 물리학의 전형적인 연구 활동 이외에 다른 쪽으로 눈을 돌릴 구실이 없었을 것이며, 따라서 오직 한 길만 따라가야 했겠지만 여건이 불리했기에 오히려 좀 더 넓은 세계로 눈을 돌릴 수 있었다.

그러나 여기에는 세심한 전략이 필요하다. 물리학자로서 내 역할을 방기하면서까지 내 멋대로 할 수는 없으며, 또 그렇게 하는 것이 현명한 일도 아니다. 물리학자로서 내 역할을 하며 그것의 연장선에서 내가 해낼 수 있는 더 중요한 작업을 해낼 필요가 있다. 그래서 나는 '바둑의 규칙'에 비추어 다음과 같은 전략을 마련했다.

먼저 내가 살아갈 집 두 칸을 지어놓고, 나머지는 기회가 닿는 대로 여기에 연결해 뻗어나감으로써 전체적인 작업을 확고하고 안전한 기반 위에 세우는 것이다. 여기서 집 두 칸은 강의에 더욱 충실히 하여 학생들의 능력을 키워주면서, 이를 통해 물리학의 대한 내 이해를 더욱 확고하게 다져나가는 일이다.

나는 한때 물리학을 갓 시작하는 신입생들의 '일반물리학'을 가르치면서 다른 것은 몰라도 일반물리학만은 전 세계 어느 대학에서 배울 수 있는 것보다 낫게 가르치겠다고 공언한 바 있다. 이것은 학생들에 대한 약속이었을 뿐만 아니라 나 자신에 대한 다짐이기도 했다. 이 학생들을 더 잘 가르치겠다고 노력을 기울일 때마다 더 나은 교육 방법이 떠올랐고, 이와 더불어 물리학 자체에 대한 이해 또한 더 깊어지는 것을 느꼈기 때문이다. 사실 이러한 작업은 전문적인 그리고 경쟁적인 연구 활동에 관심을 기울여야 하는 학자들로서는 시도하기도 어렵고 시도하더라도 여기에 충분한 노력을 쏟을 여건을 만들기가 어렵다.

일단 이러한 작업을 확실하게 하고 나면 이것만으로도 내가 할 기본 임무는 완수하는 것이 되므로 오히려 마음의 여유를 가지고 정말 하고 싶은 중요한 학문적 작업이 무엇인지 살펴나갈 수 있다. 이때도 이리저리 마음이 끌리는 대로만 따라가다 보면 공허한 흉내 내기로 끝낼 수 있으므로, 기왕에 마련한 공고한 물리학적 지식에 바탕을 두고 나머지 모든 활동을 이것과의 확실한 연계 속에서 수행할 필요가 있다. 이렇게 하면 그 어떤 새로운 학문적 작업도 확고한 물리학적 기반과 확실히 연결하게 되므로 결코 뜬구름처럼 흩어져버릴 이유가 없다. 바둑에서 살아 있는 두 집과 연결되면서 뻗어나가는 돌이 결코 죽을 수 없는 것과 같은 이치이다.

이것이 말하자면 지난 30여 년 동안 내가 물리학 교수로 있으면서 해온 학문적 전략의 요체이다. 나는 물리학을 옆으로 펼칠 공간이 부족하다는 것을 알고 오히려 이것을 아래로 다져나가면서 주변에 듬성듬성 보이는 틈을 활용해 학문적 사유의 실마리를 가까이 또는 멀리 뻗을 수 있는 대로 뻗어나갔다.

학문은 경쟁이 아니다

바둑을 조금 아는 사람이라면 아마 내 '작전 계획'에 한 가닥 의구심을 가질 것이다. 바둑에서는 이 전략이 늘 성공하는 것이 아니기 때문이다. 집 두 칸을 확실하게 짓는 것은 좋으나 거기에 너무 공을 들이다 보면 외곽이 철저하게 봉쇄되어 집 자체는 살리되 바둑에는 질 수 있다. 당연히 이 점을 함께 생각해야 한다.

그러나 바둑과 학문 사이에는 차이가 하나 있다. 바둑에서는 집을 지어놓고도 질 수 있지만 학문에서는 그러한 의미의 패배는 없다. 물론 전략 여하에 따라 최선의 효과를 거두지 못할 수는 있지만 이것이 결코 패배는 아니다. 학문 그 자체는 이기고 지는 게임이 아니기 때문이다. 요즈음은 가히 경쟁 만능 시대라 할 만큼 모든 것을 경쟁에 맡겨야 한다는 생각이 만연한다. 그러나 이것은 크게 잘못된 생각이다. 학문의 세계에서는 더구나 그렇다. 학문은 기여이고 협동이지 결코 경쟁이 아니다. 경쟁이라는 것은 함께 취할 수 없는 소수의 목표를 놓고 서로 취하겠다고 다툴 때 나타나는 것인데, 학문의 목표는 결코 한두 사람이 취하면 없어지는 그러한 것이 아니다.

설혹 내가 알아내려던 혹은 이루려던 내용을 나보다 앞서 누가 알아내거나 이루었다면 이는 축하할 일이고 고마운 일일 뿐 결코 섭섭해할 일이 아니다. 내가 힘들여 해야 할 일의 일부를 남이 대신 해주었으니 나는 스스로 하지 않고도 그 앞에 도달한 셈이며, 내가 이루어야 할 과제를 남이 나 대신 이루었으니 나는 이제 거기에 매달리지 않고도 원하던 과제를 이루어낸 셈이다. 한마디로 내가 해야 할 힘든 일을 덜게 되었을 뿐이다. 물론 보기에 따라 내가 할 일이 없어졌다는 점에서 허전할 수도 있지만 학문의 세계에는 해야 할 일이 한 가지만 있는 것이 아니다. 한 가지가 이루어지면 그것을 디디고 올라가 해야 할 일이 얼마든지 있으며, 설혹 어떤 일이 완성되었다 하더라도 그것 말고 아직 우리 손을 기다리는 너무나 많은 일이 주변에 널려 있다.

실제로 경쟁 대상이 되는 것은 학문이 아니라 학문 성취에 부수되는 영예와 보상이다. 그 무엇을 '누가' 했느냐를 중시하는 풍토에서 그 '누가'를 빼앗겼다는 아쉬움이 있을 뿐이다. 그러나 이것은 원칙적으로 학문과는 무관한 일이다. 오히려 학문을 타락시키는 일이기도 하다. 제사에 뜻이 있는 것이 아니라 젯밥에 마음을 두는 것이다. 물론 이러한 젯밥을 통해 학문을 촉진하는 일면이 있음을 부정하는 건 아니다. 그러나 이러한 학문은 결국 불균형을 초래하고 말 것이며 급기야 인류를 멸망으로 몰아넣을 것이다. 현대 문명의 위기가 학문의 부족에서 온 것이 아니라 타락한 학문의 만연에서 온다는 사실을 한 번쯤 생각해보아야 한다.

흔히 국내적 활동에서는 양보를 미덕으로 생각하다가도 국제적 관계에 나가면 경쟁해서라도 앞서야 한다고 생각하는 사람들이 있다. '내 나라 사람들끼리야 서로 양보하는 것이 좋지만 외국 사람들에게까지 양보해서야 되겠는가. 국익을 위해서라도 우리 학문이 외국에 뒤져서는 안 된다'고 하는 생각이다.

그러나 이것 역시 짧은 생각이다. 당연히 우리에게 필요한 학문은 우리가 해야 하겠지만 이것을 다른 나라보다 앞서기 위해서 해야 한다든가 국가의 위신을 올리기 위해서 해야 한다고 생각하면 이는 잘못이다. 학문의 목표가 결코 국가적 목표의 수단이 되어서는 안 된다. 학문이야말로 인류 공유의 자산이지 어느 국가의 것이 아니다. 그리고 지금 가장 시급한 것은 국가의 생존이 아니라 인류 그리고 생명 전체의 생존이다. 이는 결코 국가와 민족의 문제를 경시해서 하는 말이 아니다. 국가와 민족이 살아가야 할 길을 제대로 찾기 위해서는 이것을 넘어서는 안목이 필요하며, 이것이 바로 이러한 학문을 통해서 가능하다고 말하는 것이다.

다른 한편 이른바 '자기와의 경쟁'을 말하는 사람도 있다. 우리는 부단히 자기를 넘어서는 싸움을 해야 하며 이 싸움에서 이겨야 한다는 말을 하기도 한다. 그런데 이것 또한 경쟁이니 싸움이니 하는 관념에 지나치게 묶여 있는 데서 나오는 언사이다. 왜 자기가 최선을 다하면 될 일을 군이 경쟁이니 싸움이니 하는 언사를 동원해서 표현해야 하는가? 이는 이를 통해 경쟁 심리, 싸움 심리를 최대한 동원해서 있는 모든 힘을 짜내게 하자는 취지로 읽힌다. 그러나 이것 또한 학문에 대해서는 현명하지 못한 자세이다. 학문은 필생의 과제이지 결코 단기적으로 무리한 힘을 동원해 이루어낼 일이 아니다. 학문이 곧 삶이 되어야 하는데, 삶 자체를 항상 싸움으로만 생각하고서야 어떻게 원만한 삶이 이루어지겠는가?

흔히 야생은 무자비한 경쟁의 세계로 묘사되지만 사실 야생에서는 생존을 위해 불가피한 경우를 제외하고는 주어진 여건과 조화를 이루어나갈 뿐 경쟁을 위한 경쟁은 하지 않는다. 야생의 세계에는 '길들여진 경쟁'이 없다. 강아지나 야생동물을 길들이는 과정을 생각해보라. 하나같이 미끼를 활용하고 경쟁을 조장한다.

교육에서도 마찬가지이다. 경쟁 학습에 길들여진 학자들이 다시 경쟁 연구를 해나가는 것이 제도권 학계의 이지러진 모습이다. 그래서 조금이라도 더 많이 인정받으려고 서로 물고 뜯는다. 아직 정신적으로 미숙한 어린 단계에서 학습을 조장하기 위해 일정 범위 안에서 이러한 방식을 사용할 수는 있다. 인간이 지닌 원초적 경쟁 심리와 보상 심리를 교육적으로 활용하여 어려운 고비를 쉽게 넘어가게 해주기 때문이다.

그러나 이것이 성인의 단계, 심지어 사후까지 연장된다면 이것이야말로 추한 일이다. 학문은 어디까지나 그 자체가 보상이다. 배우는 즐거움, 아는 즐거움이 우리를 이끌어가는 것이며, 이것이 인류 문명에 어떤 기능을 할지가 작업 선정의 기준이어야 하는 것이다. 야생에서 경쟁에 덜 길들여지고 인위적인 미끼에 덜 물든 자세가 그래서 소중하다.

어떻게 보면 나 자신도 경쟁 과정을 전혀 밟지 않고 지나온 것은 아니다. 나 자신은 최대한 경쟁을 피하려 했지만 그 과정에도 남들이 보기에 그리고 내 생각에도 큰 경쟁 과정이라고 생각했던 관문을 몇 개 넘었다. 그 가운데 대표적인 일이 서울대학교 입학시험이었을 것이다. 내가 아니면 서울대학교가 큰일 나기에 서울대학교에 지원한 것이 아니라 남을 제치고라도 서울대학교에 가겠다는 생각으로 지원한 것이 사실이다.

사실 이것은 마음이 좀 아픈 일이었다. 그래서 나는 속으로 나보다 더 적합한 사람이 있다면 내가 가지 않고 그가 가는 것이 마땅하다고 생각했다. 앞에서 이미 이야기한 바 있지만 나는 이 문제를 놓고 하느님께 어떻게 기도를 드려야 할지 고민한 일까지 있다. 결국 나는 내가 가장 적합한 사람이라면 시험 과정에서 실수만은 하지 않게 해달라고 기도를 드렸는데, 지금 생각해보면 너무도 우스꽝스러운 일이었다. 그러나 남들 눈에는 어떻게 보였든 나 자신은 이곳이 당시 내가 취하고 싶었던 최선의 학습 여건을 갖춘 곳이었기에 가려 했던 것일 뿐 추호도 남을 제치고까지 가야겠다고는 생각하지 않았다. 실제로 경쟁이냐 아니냐 하는 것은 현실적 상황의 문제가 아니라 당사자의 마음의 문제가 아닌가 생각한다.

경쟁과 관련하여 내가 겪은 또 한 가지 일은 공군사관학교에서 있었던 장거리 경주였다. 내가 공군사관학교 교관으로 있을 무렵 공군사관학교에서는 연례행사로 '관악산 오르기 경주'라는 것을 했다. 현재 보라매공원 자리가 당시 공군사관학교 교정이었는데, 거기서 출발하여 관악산 정상에 있는 연주암까지 달려서 누가 빨리 도착하느냐는 것으로, 생도와 사병 들은 단체전이었고 장교는 개인전이었다. 이것도 일종의 훈련이어서 희망자만 하는 경기가 아니라 전원이 의무적으로 참여해야 했지만 경주라는 형식을 띠어 등수에 드는 사람에게는 푸짐한 상품도 주었다.

나는 본래 체력이 약한 편이기는 해도 체중이 워낙 가벼워 평지에서 달리는 것보다 산에 오르는 일이 남보다 월등히 뛰어났다. 그래서 관악산 아래까지 달리는 과정에서는 겨우 중간 정도로 달렸지만 일단 산에 오르기 시작하자 남보다 빨라 거의 선두에서 달리게 되었다. 그렇게 한참 달리다 보니 내 앞에 또 한 사람이 가고 있었다. 불과 종점에서 100여 미터 정도 남겨둔 지점이었다. 속력으로 보면 내가 훨씬 빨라 얼마든지 추월할 수 있겠는데 목표가 빤히 보이는 지점에서 도저히 추월할 용기가 나지 않았다. 남을 제치고 내가 앞서겠다는 속셈이 너무도 빤했기 때문이다. 그래서 나는 바로 그의 등 뒤에 가 "같이 갑시다. 힘내세요" 하고 떠밀듯이 함께 뛰어 끝내 선두를 빼앗지 않았다. 이를 바라보던 심판관들은 동시 일등이라고도 했지만 그런 규정은 없어서 나는 '명예로운 2등'을 한 셈이 되었다.

사회생활을 하면서도 나는 남과 경쟁 관계에 서는 일이 거의 없었다. 실질적으로 가장 중요한 관문이었던 서울대학교 교수직을 얻는 과정에서도 어떠한 경쟁이 있었던 게 아니라 오히려 빨리 와달라는 요청을 받았을 뿐이다. 그 후 승진이나 보직, 기타 특정 조직의 회장 자리를 맡을 때도 몇 차례 사양한 후 부득이 맡았을 뿐 한 번도 내가 하겠다고 나서본 일은 없다. 대학에서 맡게 되는 강의조차도 남들이 원하거나 내 판단에 내가 안 해도 될 강의는 늘 사양했고, 아무도 원하지 않거나 하기 어렵다고 하는 것만 내가 맡았다. 그래도 결과적으로 내가 손해 본 일은 거의 없다. 결국 나는 누군가가 해야 하지만 사람들이 잘 하지 않는 일을 찾아 한 셈이 되는데, 이것이 결과적으로는 중요한 일들이며 또 새로운 일들이었다. 그리하여 결과적으로 나는 남들이 가지 않는 새로운 길을 항상 가게 되었는데, 학문 세계에서 개척이라는 것이 바로 그러한 것이 아닌가?

이러한 것을 '양보의 미덕'이라 한다면 이 미덕을 유별나게 몸에 두르고 살아간 물리학자가 한 사람 있다. 그가 바로 앞에서도 언급했던 내 지도교수의 지도교수 유진 위그너 교수였다. 그분은 논문을 많이 써놓고도 늘 선반 위에 올려놓았을 뿐 앞다투어 발표하려 하지 않았던 것으로 유명하다. 그런데 그의 이러한 '양보의 미덕'이 때로 지나쳐 주변 사람들을 곤혹스럽게 했다. 사람들과 함께 건물의 문을 들어서거나 나올 때면 반드시 뒤로 물러서서 '당신 다음에After you'를 주장하기 때문에 특히 연하의 사람들을 난처하게 만드는 것이다. 그래서 물리학자들 사이에는 이런 농담이 생겼다. 만일 위그녀가 쌍둥이였다면 세상에 나오지 못했을 거라는 것이다. 어머니 자궁 속에서 쌍둥이가서로 '당신 다음에'만 외쳤을 것이기 때문이다. 이렇게 미덕이넘쳐서 그랬는지 그는 노벨상조차도 물리학자로는 뒤늦은 나이인 60세가 넘어서야 받았다.

메타과학, 협동과정, 자연과학기초론

그렇다면 나는 대학에서 구체적으로 어떠한 작업을 했나?

처음에는 당연히 내 전공에 해당하는 과목들을 중심으로 강의했지만 점차 이 분야의 후임 교수들이 들어오면서 내가 굳이이 과목들을 맡을 필요가 없다고 느끼게 되었다. 오히려 젊은이들일수록 더 자기 전공 분야를 가르치고 싶어한다는 느낌을 받았다. 그래서 나는 오랫동안 새로 입학한 학생들의 물리학 입문과목을 가르쳤고, 다시 일반 학생들을 위한 교양물리학을 가르쳤다. 특히 물리학에 관련된 교양과목인 '물리학의 개념과 역사'는 강의 명칭뿐 아니라 교육 내용도 내가 구상하여 만든 과목이었다. 과학을 전공으로 하느냐 안 하느냐를 떠나서 이 시대의 지성인이라면 당연히 알아야 할 물리학의 기본 개념과 그 형성의 역사적 배경을 공부하는 과목이었다.

내가 여기서 특히 역점을 둔 것은 물리학에 대한 수박 겉핥기식 소개가 아니라 그 진면목에 해당하는 몇몇 본질적인 내용을 이해시키는 것이었다. 뒤에 다시 이야기하겠지만 이러한 노력은 물리학에 대한 나 자신의 이해를 깊이 하는 데도 크게 기여했다. 물리학에 대한 기초가 전혀 없는 상태에서 출발해 내가 말하고자 하는 본질적 내용에 이르는 지적 발전의 전 역정을 한눈에 파악하여 이를 다시 가장 손쉽게 이해하도록 재구성하는 과정에서 주제에 대한 나 자신의 이해가 깊어지지 않을 수 없었던 것이다.

기존 교육과정에 대한 이러한 작업과 함께 다시 과학과 철학을 연결하는 새로운 학문의 형성 가능성도 시도했다. 즉 물리학은 무엇이며 그 학문적 구조는 어떻게 되어 있는가, 그리고 이러한 문제 또한 과학적 방법으로 규명할 수 있지 않을까 하는 것이었다. 여기에 대해서도 일정한 성과를 거두었으며, 나는 이를 뭉뚱그려 '메타과학'이라 지칭했다. 그리고 이와 함께 이러한 학문적 연구와 그에 관계되는 교육을 수행할 공식 기구로 서울대학교 대학원에 '과학사 및 과학철학 협동과정'이라는 것을 만드는 데 기여했다.

이것은 본래 서울대학교 화학과 교수로 부임한 김영식 교수가 '과학사 협동과정'이라는 것을 만들어보려 노력하다가 거기에 과학철학까지 합하여 아예 '과학사 및 과학철학'으로 그 영역을 넓히도록 내가 제안하여 이루어진 것이다. 나는 특히 이 과정의 학생들을 위한 기초 과목으로 '자연과학기초론'이라는 새 강좌를 제안했고, 내가 서울대학교를 떠날 때까지 약 20년에 걸쳐 내가 맡아 가르쳤다. 이것 또한 어쩌면 세계 어느 나라에서도 찾아볼 수 없는 독특한 강좌였을 텐데, 이를 통해 철학적 사유를 위해 필요한 과학 이론의 주요 면모를 살필 수 있는 계기를 마련했다.

이 협동과정을 거쳐 많은 학생이 배출되어 과학과 연관된 다방면의 학술과 문화 활동을 하게 되었고, 특히 내 관심 분야에서는 두세 명의 박사와 상당수의 석사가 배출되어 학문적인 활동을 지속하고 있다.

이 밖에도 물론 정규 물리학 교육을 통해 내가 배출한 박사와 석사 들이 상당수 있으며, 이들 또한 활발한 학술 활동을 지속하고 있다. 그러나 개인적으로 어떤 분야의 학문을 하든지 내 아래에서 배출된 이 아인슈타인의 고손자高孫子 세대는 내가 멀리 아인슈타인에게서 물려받은 그리고 내 손으로 다시 개조한 특이한 학풍의 전수자들이며, 그런 점에서 세태를 추종하는 학자들이 아니라 오히려 통합 지향의 미래 학문을 선도하는 학자들이 되리라는 것이 내 기대이며 희망이다.

나를 바깥세상으로 이끌어낸 아인슈타인

대학 안에서의 이러한 활동과 더불어 대학 밖에서의 활동 또한 지난 몇십 년 동안의 학문 활동에서 빼놓을 수 없는 부분을 차지한다.

그런데 나를 이렇게 바깥세상으로 뛰쳐나오게 만든 당사자는 공교롭게도 아인슈타인이라고 해야 할 것 같다. 내가 서울대학교에 부임하고 오래되지 않아 옛날 문리과대학에서 과학철학 강의를 함께 듣던 송상용 선배가 찾아왔다. 용건인즉, 전파과학사에서 '현대과학신서'라는 교양과학 시리즈를 계획하는데, 그 안에 들어갈 책 한 권을 번역해달라는 것이었다.

몇 권의 후보를 제시했는데 그 가운데 제러미 번스타인Jeremy Bernstein의 『아인슈타인』이 들어 있어서 주저 없이 번역을 맡겠다고 했다. 그러나 생각과는 달리 몇 년이나 걸려 1976년에야 겨우 번역을 마쳤는데, 이 번역 작업은 나에게 좋은 공부거리가 되었을 뿐 아니라 우리나라 젊은이들에게 아인슈타인을 소개하는 좋은 계기가 되었을 것이라 생각한다. 이 책은 아인슈타인의 생애와 학문, 사상 등을 부담 없이 에세이 형식으로 매우 잘 소개해서 우리 독자들에게 아인슈타인을 제대로 알게 해준 첫 번째 책이 아니었나 생각한다.

그러고 나서 3년이 지난 1979년에는 국내에서도 아인슈타인 탄신 100주년을 기념하는 몇몇 행사가 열렸다.

나는 그때 두 곳에서 기념 강연을 하게 되었는데, 그 하나가 서울대학교에서 있었던 '아인슈타인의 생애와 사상'이라는 강연이었고, 다른 하나가 과학사학회와 과학저술인협회 공동 주최로 동숭동에서 있었던 '사회개혁자 아인슈타인'이라는 강연이었다. 이 가운데 '사회개혁자 아인슈타인'이라는 연제는 송상용 교수가 제안했는데, 당시 대부분의 사람들이 아인슈타인을 세상일에 어두운 순진한 물리학 천재로만 여겼기에 특별한 관심을 끌었던 것 같다.

나는 이 강연에서 세상에는 긍정형의 천재와 부정형의 천재 두 가지 유형이 있다고 하면서 아인슈타인을 대표적인 부정형 천재로 설명했다. 부정형 천재는 일반적으로 기존의 관념을 비판적으로 검토하여 받아들일 수 없는 것을 과감히 척결한 후 그로써 생기는 공백을 자신의 창조적 작업을 통해 메워나가는 사람들이라고 보았다. 그러므로 이들은 대안이 없는 비판자가 아니라 대안을 창조하는 비판자가 된다. 이러한 작업이 과학으로 향하면 혁명적인 새 과학 이론이 나오며, 사회로 향하면 혁명적인 새 사회사상이 나온다.

아인슈타인은 물론 일차적으로는 과학자였지만 정치와 사회에 대해서도 예리한 안목을 지니고 있었고, 또 이를 과감히 전파하기도 한 사람이었다. 그러나 아인슈타인의 이러한 안목이 당시 일반 사회 통념과는 너무도 거리가 멀어 사람들이 이를 수용할 단계에는 이르지 못했지만 앞으로는 그 중요성이 더욱 커질 것이라고 한 것이 내 강연의 개략적인 요지였다.

그런데 이날 동숭동 강연의 청중 가운데에는 민주화운동과 관련하여 해직 상태에 있던 고려대학교 화학과 김용준 교수도 계셨다. 그때까지도 나는 그분과 일면식도 없는 사이였는데, 그분이 내 발표 내용을 녹음하여 당시 함석헌 선생이 발간하던 잡지 《씨알의 소리》에 나도 모르게 게재해버렸다. 이것은 나를 위한 배려이기도 했는데, 당시 당국에게 매우 불순하다고 지목받던 이 잡지에 내가 자진하여 글을 보냈다면 혹시 나에게 어떤 피해가 가지 않을까 하는 생각에서 그랬던 것이다. 그러나 이것은 좀 지나친 배려였다. 내가 미리 알았더라면 최소한 원고 검토라도 했을 텐데 그러지 못해 몇 곳에 불분명한 내용이 섞여 들어가고 말았다.

어쨌든 나는 그 후 곧 김용준 교수를 정식으로 만났고, 다시 김용준 교수의 주선으로 당시 학술적 내용을 많이 소개하던 모 주간지에 과학과 관련된 학술 칼럼을 한동안 연재하게 되었다. 그러고는 다시 여기저기서 원고 혹은 강연 청탁을 받게 되어 좀 더 넓은 분야에서 글도 쓰고 사람들과 이야기도 하면서 특히 과학과 인문사회 분야의 공동 관심사가 되는 모임 혹은 연구에 가담하여 단순한 과학자의 작업을 넘어서는 일들을 하게 되었다.

그 가운데 대표적인 것이 '과학과 윤리', '과학과 종교' 기타 과학 문명의 성격과 관련된 다양한 주제였다. 여기서 보다시피 이 주제들이 모두 한편에 '과학'이라는 말을 붙이고 있다. 나는 아무리 멀리 외유를 나가더라도 최소한 과학과 연계를 맺었고, 가능하다면 물리학에다 줄을 매고는 그 줄을 항상 붙잡고 다니겠다고 하는 기본 전략에서 크게 벗어나지 않았다.

보는 관점에 따라 평가가 달라질 수 있겠지만 이러한 작업들은 특히 과학에 대해 좁은 시각을 지닌 사람들에게는 내가 본연의 학문 영역을 벗어나 외도하는 것으로 보일 수도 있다. 이러한 시각이 실제로 있었는지는 모르겠지만 설혹 있었다 하더라도 나는 이에 전혀 개의하지 않았을 것이고 또 개의할 필요도 없었다.

단지 나는 우스갯소리로 나를 '타락시킨' 원흉이 송상용 교수와 김용준 교수라고 종종 말했다. 좋은 뜻에서이건 나쁜 뜻에서이건 이들이 없었더라면 나는 아마 여전히 상아탑 안에만 갇혀 있는 '상아탑 공부꾼'에서 별로 벗어나지 못했을 것이다. 그런데 가만히 보면 아인슈타인이야말로 원흉 가운데 원흉이라는 생각이 든다. 그는 필요할 때면 언제나 사회적 발언을 마다하지 않는 모범을 보여주었고, 나 또한 그의 이름 때문에 사회로 불려나오지 않았나?

산에서도 공부한다

내가 서울대학교 근무를 좋아했던 이유 가운데 하나는 바로 뒤에 관악산이 있기 때문이었다. 시간대는 그때그때 달랐지만 내가 학교에서 근무하는 날에는 거의 언제나 관악산의 어느 한 부분이라도 다녀와야 하는 습관이 들어 있었다. 어느 때는 새벽 일찍 출근하여 8시 이전에 다녀온 적도 있었고, 어느 때는 점심 식사를 마치고 동료 교수들과 함께 중턱 정도를 다녀온 적도 있었다. 그리고 마지막 7~8년간은 서울대입구 전철역에서 관악산 자락을 통해 연구실까지 걸어가기도 했다. 어디 그뿐이랴! 연구실에 앉아 있다가도 틈이 좀 나고 머리를 쉬고 싶으면 무작정 밖으로 나와 산기슭을 거닐다가 들어오는 일도 적지 않았다.

그럼 도대체 나는 왜 그렇게 관악산을 좋아했나? 그것은 아마 학문과 산이 서로 궁합이 잘 맞는 짝을 이루기 때문일 것이다. 사람이 책상에만 붙어 앉아 있는 것은 몸의 건강으로 보나 정신의 건강으로 보나 결코 좋은 일이 아니다. 그렇다고 해서 축구라든가 정구·야구 같은 운동을 겸하기도 무척 번거로운 일. 가볍게 어느 시간에나 주변의 눈치 볼 일도 없이 걸어 나갔다가 오는 것이 가장 좋았다.

그래서 역사적으로는 칸트의 산책이 유명하며, 일본 교토에도 이른바 '철학의 길'이라 하여 그곳에서 학문을 이룬 유명한 철학자가 거닐던 길을 기념하고 있다. 물론 평지를 걷는 것도 좋지만 요즈음같이 모든 길이 자동차로 뒤덮인 시대에는 평지에서 사색하며 한적하게 걸어 다닐 만한 길을 찾기가 어렵다. 그러니까 자동차를 피하기 위해서도 산길을 택해야 한다.

그리고 다른 하나는 산에 오르면 비교적 짧은 시간 안에 필요한 정도의 운동을 하게 된다. 그만큼 온몸의 에너지를 쓰게 되는 것이다. 평지에서 같은 정도의 운동을 하려면 훨씬 더 많은 시간을 걷든가 뛰어야 하는데, 아직 우리에게는 '뛰기 문화'가 정착되지 않아 그런지 대낮에 어른이 이유 없이 뛰어다니는 것은 꽤나 멋쩍은 일이다. 그래저래 가장 무난한 것이 산에 오르는 일이고, 또 가까이 손쉽게 갈 수 있는 곳이면 그 이상 좋을 수 없다.

나는 가끔 동료들에게 농담으로 서울대학교 교수는 한 달에 보너스 100만 원을 더 받는다고 했다. 관악산을 즐기는 값이 100만 원 이상은 된다는 이야기이다. (아쉽게도 교수들은 대부분 100만 원짜리 보너스를 거저 내버리고 있다.) 이것은 이른바 헬스센터나 골프회원권을 염두에 두고 값을 매겨본 것이지만 사실 학문과 등산의 관계는 이것보다도 훨씬 더 깊다. 내가 시간만 나면 산야를 쏘다니니까 어떤 사람들은 그러다가 공부는 도대체 언제 하느냐고 묻는다. 그러나 공부를 책상머리에 앉아 하는 것이라고 생각하는 이가 있다면 그는 아직 공부꾼 후보에도 끼지 못하는 사람이다.

내 경우로 보면 공부하는 장소는 세 군데이다.

그 하나는 물론 책상머리에 앉는 일이다. 이것을 빼놓고는 공부할 수 없다. 그다음은 산책길이다. 한가한 들길도 좋고 가벼운 등산길도 좋다. 무엇인가 깊게 생각할 일이 생기면 나는 중요한 요지만 머릿속에 넣고 산책길에 나선다. 그리고 주위 경관에 이끌려 그 문제를 잊기도 하고 때때로 생각하기도 한다. 그렇게 한참을 헤매다가 보면 불현듯 좋은 아이디어가 떠오르는 경험을 여러 번 했다. 책상에만 앉아 있을 때는 머리가 제자리걸음을 하기 쉽다. 그럴 때 머리에 휴식을 주면서 생각이 자연스럽게 떠돌게 내버려두면 제가 스스로 해결의 실마리를 찾아 연결해놓는다. 산책길에서 이런 묘미를 아직 느끼지 못한 사람이라면 부지런히 이 방면으로 내공을 쌓을 일이다.

세 번째 공부 장소는 모두 부러워할 바로 잠자리이다. 어릴 때 어느 친구가 내게 한 말이 잊히지 않는다. 베개 밑에 책을 넣으면, 자는 동안 그 내용이 머릿속에 전부 들어왔으면 좋겠다는 것이다. 마치 마취제를 맞고 잠을 자고 나면 수술이 끝나 있듯이. 사실 나는 공부하다가 피곤해지면 역시 내가 생각하던 문제를 머릿속에 넣고 잠자리에 든다. 그러면 피곤하던 차여서 쉽게 잠이 온다. 그런데 놀라운 일은 새벽에 잠에서 깨어나면 어느새 고민하던 문제가 내 머릿속에서 빙빙 돌고 있다가 많은 경우 깨끗하게 풀려나온다. 만일 이 경험이 없다면 그 사람 또한 아직 공부꾼 대열에 끼기가 어렵다.

그러니까 공부는 책상에 앉아 힘들여 하기도 하지만 산에 올라가 놀면서도 하고, 잠자리에 들어가 쉬면서도 하는 것이다.

문제는 이 모두가 공부의 과정이 되도록 사고 습관을 조정하는 일이다. 그렇게 되면 나는 하루에 몇 시간 공부하는가? 책상 앞에는 한두 시간 혹은 서너 시간 앉아 있지만 사실은 24시간 공부하는 것이다. 그것도 전혀 힘들지 않게, 지루하지 않게.

마지막으로 나는 학문 자체가 등산 같다는 말을 하고 싶다.

앞에서 나는 학문하는 일을 바둑에 비기기도 했고, 또 어떤 사람은 장거리 경주에 비기기도 하지만 학문은 역시 등산에 비기는 것이 가장 적절하리라 생각한다. 바둑이나 경주와 달리 등산은 승부에 매달리지 않고 경쟁을 조장하지도 않는다. 자기 능력과 취향에 맞게 목표를 정하고, 자기 흐름에 따라 걸음을 조정할 뿐이다.

사람에 따라서는 정상을 목표로 삼고 여기에 빨리 이르는 것을 대수롭게 여기지만 이것이 등산의 본령은 아니다. 이건 오히려 등산의 백미를 놓치게 한다. 산에 오르는 묘미는 산과 내가 조화를 이루어 한 걸음, 한 걸음 옮기는 데서 느껴지는 작은 즐거움을 이어가는 데 있다. 서 있는 나무, 돋아나는 들풀 그리고 간혹 지나가는 다람쥐들과 호흡을 같이하면서 같은 듯 달라지는 주변 경관에 넋을 놓는다. 날이 맑으면 원경이 보여서 좋고, 안개가 덮이면 수목 하나하나가 제 모습을 드러내줘 좋다. 들리는 물소리, 새소리, 풀벌레 소리마저 놓치면 서럽다. 그러다가 고지에 올라 탁 트인 조망을 만나면 이 또한 얼마나 큰 즐거움인가!

학문은 말하자면 일생을 두고 오르는 등산길이다.

빨리 올라가 멋진 조망을 보고 남이 오르지 못한 새 봉우리에

첫발을 디뎠다는 영예를 누리고 싶은 마음이 어찌 없겠는가? 그러나 이것을 목적으로 해서는 안 된다. 길게 보면 이것은 곧 자신의 잠재력을 소진시켜 더는 진전을 어렵게 하고, 성급한 나머지 발을 잘못 디뎌 다칠 위험을 가중시킨다. 오직 자기 몸과 학문의 세계를 하나로 조화시켜 그 안에서 지속적인 즐거움을 찾아나가는 길만이 장기적인 성취를 가능케 하며, 설혹 특별한 성취가 없더라도 그 삶 자체로 값지다.

등산길과 마찬가지로 학문의 길에도 가파르고 힘든 고비가 있고, 지루하게 이어지는 황막한 여정도 있다. 그럴 때 커다란 위안을 주는 것이 좋은 동반자이다. 다행히도 교단에 서게 되는 이들에게는 매우 좋은 동반자들이 있다. 바로 학생들이다. 교단은 단순히 학문을 나누어주는 자리가 아니다. 학생이라는 동반자들과 더불어 학문의 길을 함께 걷는 여정이다. 물소리, 새소리가 번거롭지 않듯이 학생들의 소리 또한 즐거움의 한 요소로 들릴 때 교단은 빛난다. 대학에서 보내는 한 생애는 이래서 즐겁고 보람되며, 이 점에서 나는 그 무엇보다도 다행이었다고 여긴다.

우주설과 동양 학문

오래 묵혀둔 숙제

나뿐만 아니라 이 땅에서 학문하는 사람들이라면 누구나 느끼는 묘한 허탈감이 한 가지 있다. 우리 사회는 전통적으로 학문을 크게 숭상해왔고, 우리는 모두 이런 뿌리 깊은 학문 전통을 자랑하지만 막상 지금 학문을 하는 우리 자신은 이러한 학문 내용에 대해 아는 바가 거의 없다는 것이다. 우리 학계에는 국학자나 동양학을 전문으로 연구하는 사람들이 없지는 않지만 이들 또한 서구 학문 중심의 주류 학계와는 노는 물이 달라서 서로 주고받는 것이 많지 않다. 이들이 자신들의 학문에서 현대적 의미를 찾고 이것을 우리의 주류 문화로 끌어들이려고 애쓰는 데 비해 우리의 주류 학계는 그것을 대체로 외면하는 형국이다. 우리의 교육체계가 그렇게 되어 있고, 서구 일변도의 학문 연구 풍토가 그렇게 되어 있다.

　내 경우를 놓고 예를 들어보자. 내가 『주역』을 읽지 않았다고 해서, 조선의 이기理氣 철학을 모른다고 해서 학자로서 나를 탓할 사람은 아무도 없다. 오히려 이러한 것을 읽고 이러한 것에 관심을 가진다고 하면 학자로서 옆길로 새는 것이 아닌가 하는 의혹을 받을 수 있다. 이처럼 현대의 거의 모든 학문 분야에서 그것은 '필요 없는 것'으로 인식되고 있다. 따라서 그런 것을 하면 '필요 없는 것'을 해서 시간과 노력을 낭비하는 것으로 보이기 십상이다. 그러니까 우리 전통 학문은 그쪽 분야의 특별한 전문가들이나 할 일이지 보통 학자가 하면 오히려 이상한 것이 되어버렸다.

그런데 이제 한번 관점을 바꾸어 생각해보자. 적어도 근대 서구 학문이 들어오기까지 짧게는 몇백 년, 길게는 천 년 넘게 이어온 우리 학문은 그렇게 모두 무의미했을까? 그 많은 학자는 그렇게 무의미한 일에 매달려 시간과 노력을 낭비했을까? 더구나 그들이 해온 학문은 요즈음처럼 어떤 전문 분야의 종사자들이나 하는 것이 아니라 사람이 사람 노릇을 제대로 하려면 꼭 필요하다고 간주되었던 것인데, 이제는 그 사람 노릇이 필요 없는 시대가 되었는가? 정말 그렇다면 우리는 무엇 때문에 문화 민족임을 내세우고 우리의 학문 전통을 자랑하는가?

바로 여기에 이 땅에서 학문하는 사람이 느끼는 보이지 않는 딜레마가 있다. 아주 무의미한 것이라면 털어버려야 하고 그렇지 않다면 받아 가져야 하는데, 이것도 저것도 하지 못하는 것이다. 그렇게 되는 데는 물론 그럴 만한 이유가 있다. 막상 그쪽으로 관심을 기울여보려 해도 넘어야 할 문턱이 너무도 높다. 학자로서 갖출 최소한의 요구 조건은 원전을 읽는 것인데, 이것이 현대 교육을 받은 우리에게는 쉽지 않은 일이다.

그리고 이에 못지않게 중요한 점은 이것을 내가 받아 내 지적 자산으로 쌓아나갈 '앎의 자리'가 마련되어 있지 않다는 것이다. 이것이 들어와 기존 체계와 전혀 무관하게 물과 기름처럼 따로 놀게 할 바에는 이를 굳이 받아들일 이유가 없다. 더구나 나같이 서구 학문 가운데서도 가장 서구적인 물리학을 해온 사람에게는 물리학과 이것을 관계 지을 일이 난감하다. 내가 이것을 '물리학을 위해' 한다는 논리도 세울 수 없고, 또 내가 이것을 '물리학을 통해' 남보다 더 잘하리라는 논리도 세울 수 없는 일 아닌가? 학자가 그 무엇에 시간과 노력을 바칠 때는 최소한 그 안에서 논문 하나는 내놓을 자신이 있어야 하는데, 이런 상황에서 내가 그 안에 들어가 무슨 소득을 얻을 것인가?

이러한 점 때문에 내가 접근해보지 못한 그러나 한번 들어가 보아야 하리라 느껴지는 우리의 전통 학문을 멀찌감치 쳐다보고만 있을 뿐 감히 접근하려는 생각은 하지 못하고 있었다. 그러나 그 어떤 중요한 창고도 그냥 버리고 지나기 어려운 학문도 둑에게는 역시 어떤 틈이 보이는가 보다. 나는 드디어 비집고 들어갈 틈을 하나 찾아냈다. 이 틈은 의외로 우리 집안의 가학家學 속에 있었다.

내가 미국에서 귀국한 지 몇 년 안 되어 아버지는 작고하시고, 어머니와 동생들은 객지에서 지낼 형편이 안 되어 뒤늦게 연로하신 부모님(내 조부모님)도 봉양할 겸 고향 오천으로 합류했다. 그 무렵부터 나는 시간이 허락하는 대로 고향 방문 횟수를 늘렸고, 그곳에 가면 집에서 가첩을 뒤지기도 하고 때때로 선조들의 묘소도 찾아보았다.

용고개 할아버지 산소를 처음으로 참배한 것도 그 무렵이었다. 과거에는 기차를 타기 위해 그쪽으로 지나다녔다지만 이제는 철길도 폐쇄된 마당에 그리 지나다닐 이유가 없어 그때까지나는 한 번도 그곳을 찾지 못했다. 과연 상 할아버지 산소와 또그 아래 아무도 묻혀 있지 않은 빈 무덤이 푸른 소나무 숲 속에 고즈넉이 자리 잡고 있었다.

"진작 찾아뵈었어야 했는데 너무 늦게 찾아왔습니다."

"그래, 그동안 무엇을 하고 지냈느냐?"

"공부한다고 했지만 그리 큰 성과는 얻지 못하고 있습니다."

"공부가 어디 그리 쉬운 일이냐? 너무 성과에 연연하지 말고 바른 공부를 해나가기 바란다."

"전에도 여쭈어본 일이 있는데, 남들이 아무도 모른다던 할아버지 뜻을 이제 좀 들려주실 수 있겠습니까?"

"그건 여헌 선조의 말을 생각해보면 알 것이니라."

"내 한 몸은 곧 백천만 대 선조께서 전해준 것을 물려받은 것이다. 그렇다면 가히 내 몸은 내 소유라고 말하겠는가?' 하신 말씀을 기억하고 있습니다."

"그렇지, 한 번 생각해도 선조를 생각하여 선조 뜻에 어긋남에 있을까 염려하고, 한 번 말해도 선조 덕망에 어긋남이 있을까 염려하라고 했지. 그런데 나는 아직도 그 선조의 뜻을 바로 알아듣지 못해 그것을 늘 가슴에 두고 답답하게 생각해왔느니라. 너는 이제 학문을 한다니 여헌 선조의 가르침이 뭣인지 좀 깊이 공부해보았느냐?"

"부끄럽게도 제 공부가 아직 거기까지 닿지 못하고 있습니다."

"그래가지고야 어디 학문한다는 말을 하겠느냐? 직계 후손조차 자기 뜻을 헤아리지 못한다면 일생 학문에만 몸을 바친 그 어른이 얼마나 섭섭해하시겠느냐?"

"제가 좀 더 깊이 헤아려보겠습니다."

이런 마음의 다짐을 하고 돌아와 나는 여헌 선조의 가르침에 접근해볼 길을 이리저리 모색해보고 있었다.

우주설의 발견

어려서부터 우리가 여헌旅軒 자손이라는 말을 늘 듣고 자랐기에 나는 이분의 성함이 장현광張顯光이라는 것과 이분이 내 14대조라는 것은 알았지만 막상 이분이 과연 어떤 사람인지는 깊이 알지 못했다. 가첩에 이분의 신도비명神道碑銘이 있어서 그 안에 상세한 내역이 적혀 있지만 아직 한문 독해 능력이 거기에 미치지 못해 별로 읽을 생각을 하지 않았다. 그러다가 어느 날 문득 『우리말큰사전』을 찾아보면 어떨까 하는 생각을 했다.

이 책에 과연 장현광이라는 항목이 있었는데, 무심코 읽어나가다가 그만 내 눈이 멈칫하고 말았다. 벼슬에 뜻이 없어 모두 사퇴하고 학문 연구에만 전념했다든가, 후에 영의정에 추증되었다든가, 저서로 『역학도설易學圖說』, 『성리설性理說』이 있다든가 하는 것은 모두 그 당시 학자로서 으레 있음 직한 이야기인데, 그 저서 목록 가운데 의외로 「우주설宇宙說」이 있었던 것이다. 우주설이라면 요즈음 말로 우주론宇宙論이라는 뜻인데 혹시 잘못 기록한 것은 아닐까? 그 당시에 어느 분이 우주론을 저술했으리라는 것도 잘 믿어지지 않는데, 하물며 천문학자도 아닌 이분이 그런 것을 쓰다니? 그리하여 집에 있는 가첩을 뒤져 여헌 신도비명(이 비명은 여헌 문하에서 공부한 일이 있는 허목許穆이 찬撰한 것임)을 찬찬히 살펴보니 틀림없이 저서명 마지막에 「우주설」이 있었다.

그런데 더욱 묘한 것은 저술 시기이다. 이분은 1554년에 태어나서 1637년에 돌아가셨으니 1564년에 태어나서 1642년에 작고한 갈릴레이보다 10년 먼저 세상에 나와 5년 먼저 돌아가신 셈이다. 근대 과학의 창시자라고 할 만한 갈릴레이가 한창 실험하고 새로 만든 망원경으로 천체를 올려다보고 있을 때 이분도 나름대로 자기가 아는 우주에 대해 「우주설」을 쓰고 있었던 것이다.

만일 한 분은 아시아 대륙의 한쪽 끝 조선 반도에, 다른 한 분은 지중해로 돌출한 이탈리아 반도에 따로따로 태어나지 않고 같은 곳에서 태어났더라면 어땠을까?

"여보게, 갈 군. 자네 요즘에 우주에 대해 뭐 이상한 생각을 하고 있다면서? 하늘이 도는 게 아니라 땅이 돈다고 한다는데, 그게 그 코페르 아무개의 설이 아닌가?"

"말도 마십시오, 여헌 형님. 요즈음 그 이야기 때문에 교황

청에서 어떻게 못살게 구는지 죽을 지경입니다."

이런 대화가 충분히 오갔을 것이다. 그러나 아침에 여헌의 어깨 위에 따뜻이 내려앉았던 햇살이 저녁에 갈릴레이의 콧잔등을 간질이기 73년, 그동안 이들은 같은 지구 위에 같은 공기를 호흡했건만 서로 알지 못했음은 물론 완전히 딴 세상에서 살았다. 같은 시기에 이렇게 살아간 이들 두 학자가 본 우주는 서로 어떻게 다를 수 있었던가? 이러한 생각이 내 호기심을 크게 자극했다.

다시 여헌의 연보年譜를 통해 「우주설」이 저술된 연대를 자세히 알아보니 1631년으로 갈릴레이가 교황청을 통해 그 유명한 종교재판을 받기 2년 전의 일이었다. 더구나 이해에는 명나라 사신으로 갔던 정두원鄭斗源이 서구의 천문서天文書, 천문도天文圖뿐 아니라 천리경千里鏡, 자명종自鳴鐘, 서포西砲 등 서구 물품을 가져왔으니 어쩌면 「우주설」은 서구의 영향을 받지 않고 고스란히 동양 고유의 우주관을 담고 있는 마지막 문헌이 될지도 모르는 일이다. 그렇다면 단순한 호기심에서뿐 아니라 사상사적 관심에서라도 이 책을 꼭 한번 읽어야겠다는 생각이 들었다.

다행히 서울대학교에 있는 규장각 도서관에서 이 「우주설」을 어렵지 않게 찾아낼 수 있었다. (이 책은 「우주설」이라는 독립 제호로 목록에 있지 않고 8권 6책으로 된 『여헌성리설旅軒性理說』 가운데 제8권으로 1책을 구성하고 있다.) 그러나 책을 열어본즉 "上下四方日字則上焉至于上之極下焉至于下之極四方焉至于……"로 시작되어 페이지마다 거의 한 글자의 빈틈도 없이 한자漢字만으로 꽉 차 있어서 당시 내 한문 실력으로는 도저히 반 페이지 이상 해독해낼 수 없었다. 읽는 것을 포기할 생각도 없지 않았으나 명색이 학문한다는 후손이 바로 그 전문 분야를 저술한 직계 선조의 글마저 안 읽는다면 학문적 태만을 넘어서 선조께 불경한 일이 아니겠는가?

나뿐 아니라 우리나라에서 과학, 특히 물리학 공부를 한 사람들은 근대 과학의 시조를 갈릴레이로 삼고, 뉴턴, 패러데이Michael Faraday, 맥스웰James C. Maxwell, 아인슈타인, 보어, 하이젠베르크, 슈뢰딩거 등의 학문적 계보를 스스로 이어받은 것으로 생각한다. 이 가운데는 우리나라 사람은 물론이고 동양인조차 한 사람 들어 있지 않다.

그뿐만 아니라 심지어 '옛사람들의 자연관'이라 하더라도 으레 고대 그리스 사람들의 이야기이거나 아니면 중세 유럽 사람들의 자연관을 떠올리게 된다. 과학 교과서에 그렇게 나와 있고, 우리 또한 그렇게 배웠고 가르치기 때문이다. 우리에게도 선조가 있었고, 그들이 생각한 자연관도 있었겠으나 교과서에는 물론이고 일반 교양 서적에서도 이를 접해볼 기회가 거의 없는 것이 우리 실정이다. 우리는 적어도 과학 사상과 관련된 문화 전통에서는 백지나 다름없이 되었고, 또 이를 당연한 것으로 받아들여왔다.

이러한 상황에서 이제 우리나라 학자가 직접 쓴 그리고 내게는 내 선조가 직접 쓴 우주에 관한 책인 만큼 이것을 읽고 내용을 밝히는 일은 대단히 큰 의미를 지니는 것이었다. 그러나 당시 내 역량으로는 작업 자체가 워낙 방대해서 쉽게 뛰어들지 못하고 틈틈이 한문 공부를 하며 몇 년 더 기다리면서 기회를 살

폈다.

그러다가 1988년 유난히도 무덥던 여름, 해야 할 일이 옆에 높이 쌓였는데도 덥다는 핑계로 일단 제쳐놓고「우주설」을 붙잡았다. 주변의 알 만한 분의 도움을 받아가며 옥편을 들고 한여름 내내 씨름한 끝에 결국 일독을 하고 말았다. 그러나 비교적 단순한 호기심으로 읽기 시작했던 것과는 대조적으로 읽은 후 느낌은 마치 어떤 진지한 연구 과제를 떠맡은 것 같은 무거운 기분이었다.

처음 생각으로는 나 자신이 현대 과학을 제법 배웠고, 연구 경력도 꽤 있다고 여겼으므로 이 책에는 내가 아는 이러한 우주가 얼마나 초보적인 수준으로 피력되어 있는지 보고자 하는, 마치 대학생이 초등학생의 시험 답안지를 대하는 듯한 기분으로 접한 것이 사실이다. 어쩌면 점성술이나 풍수설 같은 이상야릇한 묘법이 적혀 있지나 않을까, 아니면 어떤 신화적 이야기로 꽉 차 있지나 않을까 하는 생각도 해보았다. 그러면서도 혹시 예상외로 수준 높은 내용이라도 발견되지 않을까 하는 희망도 안 가져본 것은 아니다. 우리 선조들도 이미 이 시대에 이러한 생각까지 했다고 하는, 세계에 내놓고 자랑 한번 해볼 만한 그 어떤 소재가 들어 있기를 은근히 바라는 마음도 분명히 있었다.

그러나 내 예상은 크게 빗나갔다. 결과는 이 두 가지 가운데 어느 하나에도 해당되지 않았고, 오히려 '아, 이러한 관점도 있을 수 있구나!' 하는 것이 일차적으로 내가 받은 느낌이었다. 그러면서 한편으로는 이를 통해 현재 우리가 배워야 할 그 무엇이 반드시 있겠구나 하는 생각과 함께 이를 진지하게 찾아보아야겠다는 생각을 하게 되었고, 또 다른 한편으로는 이 어른이 옆에 계시다면 "그건 그렇지 않고 이렇습니다" 하고 조목조목 일러드림으로써 그 어른이 추구하던 학문에 도움을 드릴 수 있었을 텐데 하는 안타까움도 있었다.

이러한 느낌을 좀 확대해서 해석해보면 이러한 전통문화를 좀 더 깊이 이해함으로써 현대 과학 문명 자체가 그 부족함을 메우고, 더욱 조화롭고 안정된 문명을 이루는 데 도움을 받을 수 있으리라는 점과 한편, 이러한 전통문화를 역사 속에 묻어버리지 않고 현대 문명의 한 부분으로 살려내려면 현대 과학이 밝혀준 많은 내용이 큰 도움이 될 것이라는 점을 말해준다고 할 수 있다.

그렇다면 이 책의 어떠한 점들이 나에게 이러한 생각이 들게 했는가? 이 점을 밝히기 위하여 내가 읽은 「우주설」의 내용을 더 자세히 살펴보자.

대지는 왜 떨어지지 않는가

지금도 그렇지만 특히 내가 처음 「우주설」을 읽을 때 내 한문 독해력이 몹시 빈약해 많은 부분을 내 선입관과 상상에 의존해 읽어나가지 않을 수 없었다. 이제 그 한 가지 예를 들어보자.

「우주설」 셋째 장 후면(제6면)에 "蓋以大地之厚重其能悠久不墜者以周天大氣旋運不息"이라는 말이 나온다. 이 구절이 내 눈에는 '대지(지구)의 그 두껍고 무거운 영향을 받는데도 (하늘의 천체

308

가) 영구히 (땅에) 떨어지지 않을 수 있는 것은 하늘과 대기가 쉬지 않고 계속 돌기 때문이라'는 의미로 비쳤다. 물론 내가 보아도 이는 다소 무리한 구석이 있는 해석이었지만 처음에는 달리 해석할 도리가 없다고 여겼다.

그런데 이러한 해석을 받아들인다면 이는 이미 뉴턴이 태어나기 여러 해 전에 중력을 확인하고 그 영향을 천체에까지 연장했을 뿐 아니라 이른바 원심력이라는 회전 관성의 효과조차 말하는 것이 된다. 이것은 이미 대단한 물리학 지식이며 만일 어떠한 과학적 직관에 따라 이러한 말을 할 수 있었다면 그 직관력을 매우 높이 평가해주지 않을 수 없다. 그런데 이러한 해석은 바로 그다음 구절에서 문제를 일으킨다. 즉 "故扛得大地而能不墜也"가 따라 나오는데, 이는 문자 그대로 하면 '그래서 대지를 떠받치고 떨어지지 않을 수 있다'가 된다. 이것은 무슨 소리인가? 대지를 떠받치다니?

거듭 생각한 끝에 결국 처음 해석이 내 근대 과학적 편견에 따른 것이라는 결론에 도달했다. 처음 구절과 나중 구절을 붙여서 옳게 해석하면 '대지가 그렇게 두껍고 무거운데도 이것이 영구히 떨어지지 않고 유지되는 것은 하늘과 대기가 쉬지 않고 계속 돎으로써 대지를 떠받치고 있기 때문이다'가 된다. 여기에 이르러 나는 실망하면서도 한편 경탄하지 않을 수 없었다. 실망은 그러한 높은 물리적 직관을 더는 인정하기 어렵다는 데서 온 것이고, 경탄은 '하! 사물을 이렇게도 볼 수 있구나' 하는 생각에서 온 것이었다. 지구가 왜 안 떨어지느냐가 문제가 되다니!

현대인의 상식으로는 이것은 말이 되지 않는 물음이다. 오늘의 관점에서 보면 지구 상의 물체가 떨어지는 것은 바로 지구의 중력 때문인데, 그 지구 자체가 자신의 중력을 받아 어느 방향으로 떨어진다는 것은 있을 수 없는 일이다. 구태여 지구의 추락을 논한다면 지구가 왜 태양 쪽으로 끌려가지 않는지 논해야 하지만 여기서는 물론 그 단계까지 가지 않았다.

그러나 조금만 더 깊이 생각해보면 이러한 물음을 묻지 않는 것 자체가 이상한 일이다. 물체의 낙하가 지구의 중력 때문이라는 것은 우리가 경험해서 스스로 얻은 지식이 아니다. 우리의 일상적 경험은 오히려 '공간에는 본래 상하 구분이 있고, 무게를 지닌 모든 것은 공중에 자유롭게 놓일 때 아래쪽으로 떨어진다'는 무의식적 관념을 바탕으로 수행된다. 그러니까 고전역학이라는 인위적 설명 체계를 받아들이기 이전에 우리가 만일 지구가 공중에 떠 있다는 사실을 받아들이기 위해서는 이 물음을 당연히 거쳐야 한다.

우리가 가령 초등학교 3학년 때 지구가 둥글다는 것, 지구가 허공에 떠 있다는 것을 배운다면 당연히 교실 안에 몇몇 고사리 손들이 올라가야 한다. 그러고는 "그러면 그 지구는 왜 안 떨어져요?"라는 질문이 쏟아져야 한다. 그런데 우리는 '상식'이라는 이름으로 마치 이해도 되지 않는 이유를 미리 던져줌으로써 이 소중한 논의의 기회를 박탈한다.

「우주설」에는 대지가 허공에 떠 있다는 사실을 기정사실로 받아들이고 있다. 이는 아마도 천구와 천체가 대지를 중심으로 회전한다는 사실에서 의심의 여지가 없다고 본 듯하다. 그러나 아직 이를 설명할 바탕 이론인 고전역학은 당시 조선에서는 물론이고 서구에서조차 마련되어 있지 않았다. 그러니까 당시 서구에서도 이러한 문제가 당연히 제기되었어야 하는데, 실제로 제기되었는지, 제기되었다면 그 해답은 어떻게 마련했는지 나는 지금 잘 모른다. 다시 말한다면 갈릴레이도 같은 물음을 물어야 했고 그 역시 적절한 답변을 제시할 계제에 있지 않았다.

어쨌든 「우주설」에서는 이 문제를 제기했고, 나름대로 합리적인 이유를 찾아 나서고 있다. 「우주설」에서는 대지를 둘러싼 대기大氣가 쉼 없이 돌면서 떠받쳐주기 때문이라고 설명했다. 이것은 물론 오늘의 관점에서 보면 틀린 문제에 대한 틀린 답이다. 정말로 지구가 지표면에서 우리가 느끼는 중력 정도의 외부 중력장 내에 놓여 있다면 대기 정도가 둘러싸고 있다고 해서 추락하지 않을 수 없으며, 설혹 이것이 돌고 있다 하더라도 이로써 부력이 증가하지도 않는다. [만일 대지의 모형을 위가 편편하고 아래가 둥그런 형태로 가정한다면(「우주설」에서는 암암리에 이렇게 보았을 가능성이 크다) 베르누이Bernoulli 정리에 의하여 대기가 빨리 돌수록 오히려 아래 방향으로 힘을 받게 된다.]

「우주설」에서는 가벼운 대기가 무거운 대지를 받쳐주기 위해서는 아무래도 대기의 운동만으로는 부족하다고 생각했음인지 대기층의 두께가 충분히 두꺼워야 하리라고 상정했다. 대지가 추락하지 않기 위해 필요한 힘이 유한할 것이고, 이만한 힘을 내게 될 대기층의 유한한 두께가 존재할 것이므로 이 두께를 산출해낼 수도 있으리라고 주장한다. 이는 우주를 이해하는 데 합리적 설명을 시도했다는 점뿐 아니라 정량적定量的 관심을 보였다는 점에서 주목할 만하다.

이와 관련해 특히 흥미로운 점은 이러한 대기층의 끝에 어떤 딱딱한 껍질이 있어야 한다고 본 것이다. 만일 그러한 것이 없다면 대기가 계속 밖으로 확산됨으로써 지구 주변에 지속적으로 일정량의 대기를 유지할 수 없기 때문이다. 그러나 이러한 껍질, 즉 구각軀殼이 무엇으로 구성되어 있는지 또 그 너머에는 무엇이 있는지는 땅 위에 사는 우리로서는 알 방법이 없다고 하면서 지상의 동식물을 비롯한 모든 물체의 껍질들이 그 물체 구성 물질의 일부로 되어 있는 것을 보아 이것도 대기를 구성하는 것과 동일한 기氣로 구성되지 않았겠는가 하는 추측을 던지고 있다.

오늘의 관점에서 이 해답은 크게 잘못된 것이지만 문제 제기를 제대로 했고, 나름대로 합리적 설명을 시도했다는 점만은 높이 평가해야 한다. 단지 이 문제를 더 줄기차게 붙들고 중력의 개념에까지 나갈 후속 연구가 계속되지 않았던 점이 몹시 아쉬울 뿐이다.

소라 껍데기 화석의 해석

「우주설」에는 대지에 관련된 이러한 논의와 함께 대규모 공간과 시간 구조 그리고 구체적인 자연물들에 대한 이야기가 나오는데, 그 가운데 흥미로운 것 하나가 소라 껍데기螺蚌殼 화석의 해석 문제이다. 비단 소라 껍데기뿐 아니라 많은 동식물의 화석들은 동서양에서 일찍부터 발견되어 여기에 대한 많은 이론이 제기되어왔다. 그러나 기독교의 성서적 자연관을 굳게 믿던 서구에서는 이들이 신神이 흙을 빚어 생물을 만드는 과정에서 실패하여 내버린 흔적이라거나 자연이 인간의 눈을 속이며 장난을 치기 위해 만들어낸 모조품이라고 여겨오다가 15세기 후반의 레오나르도 다빈치에 이르러서야 비로소 합리적인 설명이 시도된 것으로 알려졌다. 그런데 동양에서는 이보다 몇 세기 앞서는 11세기 북송北宋의 심괄沈括이 소라 껍데기 화석을 언급하고 여기에 대한 합리적 해석을 시도한 바 있다.

동양의 레오나르도 다빈치라 불리기도 하는 심괄은 작은 관직을 지낸 박학다식한 학자로, 자연과학에 뛰어난 직관을 지녔던 사람이다. 그는 달빛이 햇빛의 반사광이라든가 자침이 남쪽만을 가리키는 현상 등에 대해 객관적으로 서술했고, 깎인 지형을 보고 물의 침식작용으로 이루어졌다고 해석하는 등 자연현상에 대한 많은 합리적 설명을 독창적으로 해낸 사람이다. 그의 저술 가운데 현존하는 대표적인 것이 『몽계필담夢溪筆談』인데 위에 말한 소라 껍데기 화석에 대한 언급과 함께 이러한 자연과학적 논의가 실려 있다. [과학사상사적인 관점에서 보아 이 책은 대단히 중요한 문헌인데도 우리나라에서는 한 번도 출간된 적이 없는 듯하다. 따라서 우리 선조들 가운데 누가 이 책을 직접 접했을 가능성은 많지 않다. 현재 서울대학교 도서관에 소장되어 있는 책도 금세기 초 중국에서 출간한 것이다. 이 책은 자연현상만을 다룬 것이 아니라 인물, 풍토, 사회제도 등 다양한 내용을 다루었으며, 그 안에는 당시 중국에 표류된 고려(제주도) 선원들에 대한 상세한 묘사가 있어서 우리의 흥미를 끈다.]

그의 기록에 따르면 그가 하북河北의 변경에 관리로 갈 때 태행산太行山을 넘게 되었는데 산의 절벽 틈에 소라 껍데기와 새알 같은 돌멩이들이 띠를 이루어 박혀 있는 것을 보았다. 그런데 소라는 바닷가에 사는 동물이고, 그 위치는 바다에서 천 리 가까이 떨어진 곳이니 이는 분명히 대륙이 그동안 변한 증거라는 것이다. 그리고 대륙은 바다 위에 흙이 쌓인 것이니 서에서 동으로 흐르는 커다란 강이 흙을 실어다 바다를 메운 결과일 것이라고 해석했다. 물론 이는 현대적 관점으로 보아 정확히 옳은 해석은 아니다.

그러나 오로지 자연현상과 법칙만으로 설명해보려는 시도는 매우 합리적이며, 근대 과학적 설명의 전형적인 형태를 지니고 있다. 이러한 심괄의 사상은 신유학의 대성자인 주희에게 커다란 영향을 미친 것으로 알려졌으며, 주희 역시 높은 산에서 발견되는 소라 껍데기 화석을 언급하면서 낮은 것이 위로 올라갈 수 있으며, 연한 것이 굳어질 수 있다는 말을 했다.

그런데 이 소라 껍데기 화석 문제가 「우주설」에 다시 등장하며 이번에는 이것이 만들어진 연유와 함께 우주 내의 만물이 형성된 순서와 관련하여 논의되었다. 「우주설」에서는 이 소라 껍데기 화석이 현 천지가 생겨나기 전에 있었던 전前 천지의 생물이 남긴 잔해인가 혹은 현 천지 형성 이후에 생겨난 생물들의 잔해인가를 묻고, 그 해답으로 현 천지의 만물 형성 과정에서 이루어졌다는 주장을 폈다. 즉 소라螺蛳라는 동물은 물과 흙이 선명히 나뉘지 않은 상태의 기氣를 받아 살아가게 된 존재인데, 후에 물과 흙이 분리되는 과정에서 흙이 굳어져 산을 이루어 높이 솟아오를 때 함께 딸려가 굳은 것이라고 설명했다. 그리고 이러한 설명과 함께 만물은 모두 동일한 시기에 태어난 것이 아니라는 설명을 제시했다. 가령 수편생水便生, 육편생陸便生 등 편기偏氣를 지닌 생물은 천지가 제 위치를 잡기 전에 태어날 수 있으나 전기全氣를 얻어야만 태어날 수 있는 존재인 사람은 천지가 제 위치를 잡은 뒤에야 태어날 수 있었다고 설명한다.

나는 이 글을 읽으면서 이 설명을 오늘의 관점에서 어떻게 이해해야 할지를 놓고 몇 가지 생각을 해보았다. 우선 이것이 전前 천지의 잔해인가, 현現 천지의 생성물인가 하는 것은 어차피 우리는 전 천지를 인정하지 않기에 큰 뜻이 없지만 그것의 생성 과정과 생성 순위는 우리의 흥미를 끈다. 이들 생물은 물이나 흙 같은 특정 성향의 기氣, 곧 편기偏氣를 받아 태어나기도 하고 사람같이 이 모두가 구비된 기, 곧 전기全氣를 받아야 태어나기도 한다는 것이다.

우리는 오늘날 생체의 구성 물질, 환경, 진화 등의 개념으로 이러한 것들을 이해했지만 여기서는 물, 흙 등 오행五行의 개념과 기氣 개념 등이 서로 연결되어 사물 이해의 틀을 이루었음을 볼 수 있다. 소라 껍데기 화석을 높은 산 위로 밀어올린 지각운동 또한 오행의 두 요소인 물과 흙이 나뉘는 과정으로 생각했다. 그러므로 설명의 옳고 그름을 논하기 전에 그 바탕이 되는 이해의 틀이 서로 다르다는 점과 그 이해의 틀 자체의 적절성을 먼저 생각해보아야 한다는 점을 이 사례가 강하게 시사하고 있다.

「우주설」에 담긴 사물 인식론

그런데 내가 「우주설」을 읽으면서 특별히 감명을 받은 것은 적어도 자연현상을 탐구하는 방법론과 인식론의 측면에서 매우 높은 수준을 유지하고 있다는 점이다.「우주설」에서는 궁리窮理, 곧 이치 추궁의 중요성을 말하면서 이것이 결코 추상적인 관념의 세계에서 멋대로 뛰노는 것이 아니라는 점을 강조하고 있다. 더 구체적으로는, 하늘을 관찰하여 이를 바탕으로 하늘의 이치를 추궁하고, 땅을 관찰하여 이를 바탕으로 땅의 이치를 추궁해야 하며, 또 자연계에서 이름 붙일 수 있는 거의 모든 사물을 일일이 열거하면서(日, 月, 星, 辰, 水, 火, 土, 石, 寒, 暑, 晝, 夜, 風, 雲, 雷, 雨, 山, 嶽, 川, 瀆, 飛, 走, 草, 木) 우리 눈이 닿을 수 있는 모든 것을 관찰하여 본 바에 따라 그 이치를 모두 꿰뚫어야 한다고 말한다. 그리고 눈이 닿지 않는 것은 귀로 들어서 추궁해야 한다고 하면서 인식을 위한 일차적 감각소여의 중요성을 강조한다.

「우주설」의 인식론적 논의에서는 단순히 감각기관을 통한 일차적 관찰의 중요성만을 강조하는 것이 아니라 합리적 추리를 통해 구체적 앎에 이르는 과정과 그 한계도 말해준다. 즉 구체적 관찰을 통해 밝혀진 오늘의 일을 바탕으로 추리해감으로써 지나간 만고의 일과 앞으로 다가올 만세의 일을 알아낼 수 있다는 것이다.

이는 근대 과학, 특히 고전역학의 기본 구조에 해당하며, 18세기의 수리물리학자 라플라스Pierre Simon de Marquis Laplace의 말을 빌리면 현재의 상태, 즉 초기조건을 완전히 관찰하고 이를 적용하여 운동방정식을 정확히 풀어낼 지능만 있으면 과거와 미래의 모든 일을 산출할 수 있다는 것과 같은 맥락의 이야기라고 할 수 있다. 라플라스는 고전역학에 나타난 이러한 구조를 뒤늦게 파악하여 이를 명시적으로 말해주지만 「우주설」이 고전역학이 나타나기도 전에 이와 똑같은 이야기를 한다는 것은 적어도 이론 구조의 이해 측면에서 크게 앞선 일이라고 할 수 있다.

그러나 라플라스가 과거와 미래의 '모든' 일을 산출할 수 있다고 주장하는 데 비하여 「우주설」에서는 사물 가운데 "알 수 있는 것可知者"과 "알 수 없는 것不可知者"이 있다고 하여 인식의 가능성에 대한 어떤 한계를 설정했다. 여기서 '알 수 있는 것'은 대체로 보편적 합법칙성에 따라 일어나지 않으면 안 될 현상이며, '알 수 없는 것'은 우연적 요소에 따라 발생하는 것들로, 그것을 직접 보지 않고는 발생 여부를 가릴 수 없는 것들을 말한다.

그리고 그는 우리가 사물을 알거나 알지 못하게 되는 것이 우리 자신의 인식 구조와도 관계된다고 인정했다. 현대적 의미로 보아 지각知覺 기구에 해당하는 정신혼백精神魂魄이 통할 길이 열리느냐, 그렇지 않느냐에 따라 '알 수 있는 것'과 그렇지 못한 것이 구분되며, 이렇게 되는 것은 인간이 본질적으로 형기形氣에 국한되는 존재이기 때문이라 했다. 그러므로 설혹 성인聖人이라 하더라도 역시 사람이므로 사람이 지닌 형기의 통로가 차단되면 그 어떤 사물에 대해서는 아무것도 알 수 없다고 주장했다. 바로 이 점은 서구 근대 과학의 창시자들조차도 신의 직접적 계시를 통한 또 하나의 지식 통로를 믿었던 것과 대조적이다.

우리가 「우주설」에 담긴 인식론을 여기까지 고찰해볼 때 어째서 이러한 「우주설」이 곧 근대 자연과학으로 이어지지 않았는지 궁금하지 않을 수 없다. 즉 「우주설」에서 주장하는 방법론과 인식론은 추상적이 아니라 대단히 구체적이며, 신비적이 아니라 매우 합리적이기 때문이다. 그러나 이것을 특히 근대 자연 과학의 방법론에 비추어 가만히 검토해보면 그 속에는 근대적 자연과학으로 직접 이어지기 어려운 몇 가지 중대한 결함이 내 포되어 있음을 알 수 있다. 이제 그 결함이 무엇인지 좀 더 자세 히 살펴보자.

위에 말한 바와 같이 「우주설」에서는 각종 구체적 대상에 대 해 격물格物할 것을 강조하지만 그 어느 곳에서도 격물을 통해 알려진 내용 자체를 구체적으로 서술하지 않았다. 그렇다고 하 여 그 격물의 내용이 단순한 명상에만 그치지는 않았을 것이다. 그 속에서 명백히 자연의 합법칙성을 파악하고, 그 법칙의 내용 도 직감적으로 체득했겠지만 이러한 내용을 언어 형태로 서술 할 가능성을 진지하게 고려하지 않았다. 따라서 결과적으로 '서 술된 내용의 형태'로 우리에게 남겨진 것이 거의 없다. 이는 마 치 기술 수준이 매우 높은 장인이 그 기술 내용을 서술할 방법 을 몰라 전혀 기록으로 남기지 못하는 경우와 비슷하다.

이러한 점은 비단 신유학뿐 아니라 동양 학문 일반이 지니는 결정적 약점이 아닐 수 없다. 언어적 표현을 통하지 않았을 때 한 개인이 파악한 학문 내용이 그 개인에 머물고 주위 학문 사 회에 파급되지 못할 뿐 아니라 당사자도 자신의 지식 내용을 비 판적으로 검토하여 더 정련된 형태로 다듬어내기 어렵기 때문 이다. 이 점이 자연의 모든 원리와 법칙 내용을 언어적으로 명 확히 서술해나가는 근대 서구 과학의 방법론과 대조를 이루는 면이다.

그리고 「우주설」을 통해 노출되는 또 하나의 중대한 약점은 이미 알려진 지식에 대한 실험적 검증 방식을 지니지 못했다는 점이다. 물론 일정한 실험적 또는 경험적 검증 방식이 무의식적 차원에서조차 활용되지 않았다고 보기는 어렵다. 어떠한 학문에서도 이것을 본질적으로 배제할 수는 없기 때문이다. 그러나 이것을 의식적으로 채택하느냐, 아니냐에 따라 학문 발전에 미치는 영향은 지대하다.

마지막으로 이 모든 현상을 파악하는 관념의 틀, 곧 이해의 틀이 이러한 자연현상을 적절히 담아내기에 부적절했다고 할 수 있다. 물론 서구 과학이 여러 번 겪었듯이 이러한 이해의 틀이 혁명적으로 변화되는 일 또한 불가능한 것은 아니다. 그러나 이것이 동양 사상과 서구 과학의 경우같이 근본적인 차이가 있는 경우에는 좀처럼 그 틀이 자연발생적으로 전환되리라고 생각하기는 어려울 듯하다.

인간의 도道

「우주설」이 현대 과학과 구분되는 또 한 가지 중요한 특성은 이것이 자연을 이해해 인간의 당위를 추구해왔다는 점이다. 아는 것을 힘에다 비교했던 베이컨 이후의 실용주의 지식관과 달리 자연을 이해하고자 진지하게 노력했던 동양의 학자들은 대부분 그 목적을 올바른 자연을 이해해 인간이 바른 삶의 길, 즉 인간의 도道를 찾으려는 데 두어왔다. 「우주설」에서도 역시 인간이 어떠한 우주 안에 살고 있으며, 이 안에서 인간이 지니는 위치는 무엇인가 그리고 이러한 위치를 점유한 인간으로서 당연히 해야 할 일은 무엇인가 하는 형태의 논의를 진행한다.

「우주설」에서는 우주가 비록 크기는 하나 태극太極의 이理, 즉 어떤 보편적 질서에 따라 운행되는데, 이러한 보편적 질서를 그 전체로 파악할 수 있는 존재가 오직 인간뿐이므로 인간의 도道는 우주 만사에 참여하고 천지 고금을 파악하여 그 모든 것을 헤아리며 그 모든 것을 해내는 데 있다고 한다. 그리고 각분刻分의 휴식이나 두서頭緖의 혼란이 없는 우주 질서를 승계하여 만사를 사려하고 만물의 화육을 돕는 일이 곧 인간이 마땅히 해야할 일이라고 한다.

인간은 만물 가운데 가장 존귀하고 신령하여 만물의 화육을 돕는 일, 곧 참찬화육參贊化育 사업을 주도하는 존재이므로 그 맡은 바 사명이 지대하다는 것이며, 이것이 바로 옛 성현들이 우주 간의 사업을 자신에게 부과된 책임으로 알고 그 능사를 다했던 소치라고 한다. 그렇다면 그 능사能事란 무엇인가? 이것은 집에는 집의 도가 있고, 나라에는 나라의 도가 있으며, 사람은 사람의 본성을 다하고, 사물은 사물의 본성을 다하게 되니 천지 안에서 그 분명한 위치를 지키고 고금을 통해 일관된 내용을 지니는 그 무엇이라고 한다. 이는 아마 우주와 그 안에서 인간의 위치를 파악함으로써 우리에게 명백히 떠오르게 될 어떤 당위적 자각 내용을 말하는 듯하다.

한편 이러한 인간의 과업을 다하는 것은 쉬운 일이 아니라고 한다. 음양오행陰陽五行의 질서에 따른 우주의 운행 양상은 대단히 심오하여 오직 성인聖人만이 그 필연의 이理를 파악하여 인사人事와 변통變通을 바르게 조정하고 어려움에서 벗어나게 할 수 있다는 것이다. 만일 인사人事 결정권을 맡은 사람이 시기에 따라 변통變通에 적절히 대처하지 못하고 자연상제自然相濟의 이理에 위배되는 일이 있으면 재화 요인을 부를 수 있는데, 이는 지나간 역사를 통해 밝혀볼 수 있다고 한다.

이 시기에 따라 변통에 적절히 대처해야 하며 자연상제의 이에 위배됨이 없어야 한다는 말은 어떤 신비적인 자연의 힘에 무조건 복종해야 한다는 것을 의미하기보다는 자연의 합리적 운행 질서를 분명히 파악하고 이에 적절히, 능동적으로 대처해야 한다는 것이다. 좁게는 인간 사회, 넓게는 전체 생태계에서 우리가 행해야 할 행위 지침을 자연을 이해함으로써 얻어내야 한다고 강조한 것이다.

분명히 사실의 논리만을 채용하는 과학의 내용은 어떠한 형태의 당위의 주장과도 논리적으로 연결될 수 없다. 그뿐만 아니라 사실적 진리를 추구하는 과정에 어떤 형태로든 가치판단에 따른 편견이 개입되어서도 안 된다. 그런데도 「우주설」을 비롯한 동양의 학문에서 올바른 인간의 도를 추구하려고 우주와 그 안에서 인간의 위치에 대한 올바른 파악을 앞세운 것은 어떻게 이해해야 하는가? 여기에 사실 이해와 가치판단 사이의 비대칭성이 있다. 즉 사실 이해는 가치판단에 따라 편견 없이 해야 하지만 가치판단 자체는 사실 이해, 즉 이렇게 해서 얻은 객관적 상황에 관한 지식의 바탕 위에 할 수밖에 없다는 점이다.

그러므로 올바른 가치판단과 당위 설정을 위해서는 기필코 사실에 대한 바른 이해가 선행되어야 하며 또 자연의 객관적 이해를 비롯한 모든 사실의 이해가 궁극적으로는 바른 삶의 방향을 설정하는 일에 활용되어야 한다는 「우주설」에 내포된 동양의 전통적 관점은 오늘날에도 여전히 유효하다.

대생 지식으로서 동양 학문

결국 학문의 목적은 무엇인가? 내 삶을 온전히 하기 위해 내가 알아야 할 모든 것을 '나에게 납득되도록' 알아보자는 것이다. 이것이 바로 치지致知의 의미이기도 할 텐데, 내가 여헌의 「우주설」을 통해 얻은 가장 중요한 사실은 우리 전통 학문이 출발에서 끝나는 데까지 바로 이 정신으로 일관한다는 점이다. 물론 서구 학문도 크게 보면 이 정신에서 벗어날 수 없다. 그러나 거기서는 학문의 주체가 되는 각 개인이 이러한 목표를 직접 달성하려고 시도하지는 않는다. 오히려 이것의 일부 한 조각만 기여해도 훌륭한 것이며, 사실 그 이상을 요구하지 않는다. 따라서 각 개인은 이러한 궁극적 목표를 별로 의식하지 않으며, 심지어 전체 사회로도 이것을 잊어버리고 지나기 일쑤이다.

　나는 이러한 상황을 이해하기 위해 지식의 성격을 크게 세 가지로 분류해본 일이 있다. 지식은 결국 우리 경험을 바탕으로 그것을 일반화하는 데서 온다면 우리가 겪게 되는 원초적 경험의 성격에 따라 지식의 성격이 결정될 터인데, 우리의 원초적 경험을 크게 세 가지로 나눌 수 있다는 것이다. 사람이 태어나 제일 먼저 접하는 것이 부모와 주변 사람들이라고 한다면 이러한 사람을 접하는 경험이 가장 원초적일 것이다. 그다음에는 사람이 아닌 여타 사물을 대하는 것이 또 하나의 원초적 경험일 것이다. 그리고 세 번째는 외부 대상이 아닌 자기 삶 자체가 요구하는 내적 경험, 예를 들면 배고프다든가 무엇을 하고 싶다고 하는 경험이 있을 것이고, 이것 또한 하나의 원초적 경험이 된다. 그래서 이 세 가지 경험을 각각 체계화해 얻는 지식이 바로 대인對人 지식, 대물對物 지식, 대생對生 지식이 된다. 그러므로 사람은 태어나 성장하면서 자기도 모르게 이 세 가지 카테고리의 지식을 스스로 발전시키며 살게 되어 있다.

그러나 사람은 자신의 앎을 되도록 하나 또는 둘로 통합하여 이해하려는 성향이 있으며, 따라서 이 세 가지 지식도 가능한 한 좀 더 강력한 어느 하나 또는 두 지식 아래 통합된다. 어린아이나 원시사회에서는 대개 대인 지식을 중심으로 모든 것이 묶이는 경향이 있으며, 이것이 바로 신화적 세계관이다. 모든 대상에 인간의 속성을 부여해 이해해보려는 관점이다. 그러나 지식이 점점 더 정교해지면서 이 통합은 붕괴되고 새로운 형태로 변형되는데, 이때 서양과 동양 사이에 일정한 차이가 생긴다는 것이 내 기본 가설이다.

서양에서는 결국 이 통합이 대인 지식과 대물 지식으로 양분되어 인문학과 자연학이 갈라지게 되고, 동양에서는 오히려 대생 지식의 카테고리 안에 이 두 가지가 흡수된다고 생각했다. 그러니까 서양에서는 대생 지식이 인문학 또는 자연과학으로 편입되는 양상을 보이는 반면, 동양의 학문은 기본적으로 대인 지식과 대물 지식이 모두 대생 지식의 형태로 통합되어 성공적인 삶, 사람다운 삶을 지향하는 학문으로 발전하게 된다는 것이다. 예를 들어 동양의 음양陰陽이나 오행五行 그리고 역易이라든가 기氣라는 개념은 서구 인문학이나 자연과학 그 어느 틀에서도 대응하는 내용을 찾을 수 없는 대생 지식의 기초 개념이다.

한편 동양의 학문 안에도 사람人이나 물질物의 개념이 없는 것은 아니지만 이들은 모두 대생 지식의 틀 안에서 파악된다. 그러므로 동양에서는 학문한다는 것과 '바른 삶의 길'이 둘이 아니라 하나이며, 이것이 유일한 학문의 목적이 된다. 반면 서구의 인문학이나 자연과학은 이런 대생적 구속에 묶이지 않고 그것들 자체로 독자적인 체계를 이루어나가며 오직 필요할 경우에 한해 대생적 요구에 부응하는 성격을 지닌다. 이러한 점에서 대생적 요구는 본능이라든지 종교 같은 학문적 영역 밖에 위치하게 되며, 학문은 이들과 독립해 발전하면서도 언젠가 이들에게 봉사해야 하는 성격을 지닌다.

결과적으로 보면 동서양 학문 사이의 이러한 성격 차이는 서로 장단점이 있으며 따라서 상호보완적 관계에 있다고 볼 수 있다. 예를 들어 부분의 정확성을 중시한 것이 서구 학문이라면 전체의 균형을 중시한 것이 동양 학문이라고 할 수 있다. 그리고 이들은 모두 내 삶을 온전하게 한다는 목표를 지향하는데 이를 위해서는 두 가지 성격을 함께 구비해야 한다. 단지 서구 학문은 이를 위한 통합과 조화에 어려움이 있으며, 동양 학문은 내용의 구체성과 정확성을 기하는 데 어려움이 있다.

하나의 구체적 사례로, 인간의 도道를 말함에 동양에서는 기본 방향에서 이를 찾아내는 데 별 어려움을 겪지 않지만 구체적 지식 결여로 현실적 행동 지침을 마련하기 어려워지는 반면, 서양에서는 구체적 지식을 바탕으로 이를 찾아나가려는 것은 좋으나, 이를 가능하게 하는 통합된 안목을 마련하기 어렵다는 약점이 있다.

이러한 점을 인정한다면 오늘 동양에서 학문하는 우리나라의 학자들은 비교적 어렵지 않게 양쪽 학문을 접할 수 있으므로, 이 둘을 다시 연결하여 한층 고양된 학문적 비전을 얻을 수 있는 중요한 이점을 지니고 있다. 더 구체적으로는 동양 학문이 이룬 직관적 이해를 안내자로 삼아 방대한 서구 학문을 통합·정리하여 학문의 최종 목표인 '완전한 삶'의 길을 더욱 확고하게 닦아나가는 일이 가능하리라고 본다. 이것이야말로 이 땅에서 태어나 학문하는 사람, 특히 나 자신이 누리는 특권인 동시에 의무이기도 하다. 내가 「우주설」을 관문으로 삼아 동양 학문에 접해봄으로써 얻게 된 가장 중요한 성과를 꼽으라면 바로 이 점에 대한 좀 더 명료한 의식을 얻은 것이 되지 않을까 생각한다.

온생명과 낱생명

생명의 신비는 생명체 밖에서 온다! | 낱생명과 보생명 그리고 온생명 |
조각달의 눈썹은 어디를 향하는가 | 우주인의 눈에 보이는 생명 |
온생명 훔쳐내기 | 나는 누구인가 | 온생명을 통해 보는 현대 문명

생명의 신비는 생명체 밖에서 온다!

어느 물리학자에게서 들은 이야기이다. 초등학교에 다니는 딸이 물리학이 뭐냐고 자꾸 묻는데, 마땅히 대답해줄 말이 없어 조금 더 자라면 알려주겠다고 슬슬 미루고 있었다. 그러던 어느 날 학교에서 돌아온 딸아이가 싱글벙글하며 뛰어 들어왔다.

"아빠, 나 물리학이 뭔지 알았어요."
"그래? 그게 뭔데?"
"산 것을 공부하는 게 생물학이고, 죽은 것을 공부하는 게 물리학이에요."

아주 명쾌해서 좋다. 물리학이 시체를 다루는 학문으로 오해하지만 않는다면. 이것이 대개 초등학교 아이들뿐 아니라 일반 사람들이 물리학과 생물학에 대해 생각하는 것이다. 사실 물리학자들은 대부분 구체적 연구 대상으로 '살아 있지 않은 것'을 다룬다. 그러나 그게 본질은 아니다. 물리학의 기본 법칙은 살아 있는 것이든 아니든 물질로 구성된 것에는 어디에나 적용된다. 그러므로 물리학의 기본 법칙을 먼저 충분히 파악하고 이를 통해 살아 있는 것을 연구하는 사람도 있는데, 이런 사람들을 흔히 생(물)물리학자라고 한다. 그리고 요즈음은 생물학자들도 점점 물리학에 관심을 두고 이를 통해서 자신들이 다루는 대상을 이해하려는 경향을 보이고 있다. 그러니까 사실은 생물학과 물리학의 경계는 점점 옅어져가는 셈이다.

그러나 아직도 전형적인 생물학자와 전형적인 물리학자 들은 있고, 이들이 사물을 보는 시각 사이에도 차이가 있다. 특히 이 두 유형의 학자가 생명을 보는 시각에는 묘한 아이러니가 있다. 생물학자들이 대부분 환원론적 관점에서 생명을 이해한다면, 물리학자들 사이에는 생기론적 관점으로 이를 보려는 사람이 많다. 환원론적 관점은 생명 현상이 모두 물리학과 화학의 법칙으로 풀이될 수 있다는 견해이며, 생기론적 관점은 생명 현상에는 무언가 특별한 것이 있어서 물리학과 화학으로 이해되는 것 외에 어떤 특별한 원리나 본질이 첨부되어야 비로소 설명될 수 있다는 견해이다.

오히려 생물학자들이 생기론을 더 주장하고 물리학자들이 환원론을 주장해야 할 것 같은데, 이건 어떻게 된 일인가? 내 추측에는 대상과의 거리 차이에서 오는 게 아닌가 한다. 생명체에 직접 접해서 그 내부를 들여다보는 사람에게는 어디를 보나 물리, 화학 법칙에 어긋나는 현상이 나타나지 않는다. 또 물리나 화학으로 규명할 수 없는 어떤 특별한 물질도 그 안에 들어 있지 않다. 그러나 물리학자들같이 생명 현상을 멀찌감치 떨어져 보는 사람은 그 현상이 너무도 신비로워 도저히 자신들이 늘 다루는 방법으로는 이해되지 않을 것 같은 느낌을 지니게 된다.

그러니까 이른바 '생명의 신비'를 강하게 느끼는 사람은 생물학자들이 아니라 오히려 물리학자들이라는 이야기도 된다. 사실 생물학자들은 자신들이 다루는 대상이 '생명'임에도 '생명이란 무엇인가?' 하는 물음을 많이 제기하지 않는다. 실제로 지금까지 '생명이란 무엇인가'라는 제호로 발간된 책이 몇 권 있지만 그중 가장 유명한 책이 물리학자 에어빈 슈뢰딩거Erwin Schrödinger가 1940년대에 쓴 책이다. 물론 생명을 신비롭게 여기는 사람은 물리학자, 생물학자 들만이 아니다. 거의 모든 종교인이 생명의 신비를 말하고 시인과 철학자 또한 생명의 신비에 매료되지 않은 이가 별로 없다.

그런데도 물리학자들이 생명의 신비에 관심을 가지는 데는 한 가지 현실적 이유가 첨부될 수 있다. 이들은 실제로 이 신비를 풀어낼 수단을 지녔다는 점이다. 그것이 곧 물리학 이론이다. 그렇기에 물리학자 슈뢰딩거가 감히 '생명이란 무엇인가'라는 도전적인 제호의 책을 낼 수 있었던 것이다. 단순히 생명이 신비롭다든가 더 알고 싶다는 말을 하기 위해 이런 제목의 책을 낼 수는 없다. 그 안에는 적어도 이것을 풀어낼 어떤 암시가 담겼다고 스스로 생각했기에 이런 책을 낸 것으로 보아야 한다.

바로 이 지점에 이제 막 물리학에 대한 배경 지식을 갖추고 생명의 신비에 매료되던 나 자신이 놓여 있었다. 1960년대 말에서 1970년대 초에 이르는 시기였다. 당연히 나는 슈뢰딩거의 책을 읽었고 그 밖의 문헌들도 이것이 생명 자체를 이해하는 데 도움이 되는 것이라면 무엇이든지 닥치는 대로 찾아 읽었다. 일반적으로 슈뢰딩거의 책은 유전자의 DNA 구조를 규명한 제임스 왓슨James Watson과 크릭 등 현대 분자생물학 형성의 주역들에게 중요한 영향을 준 것으로 잘 알려져 있다.

이 책에 DNA구조 자체에 대한 언급은 없지만 그 어떤 대형 분자 안에 유전정보가 담겨 있을 가능성을 강하게 암시했으며, 당시 젊은 물리학자들, 생물학자들에게 그런 방향의 연구에 착수할 강한 동기를 부여했다. 그러나 내가 이 책에서 관심을 가졌던 것은 이런 방향이 아니었다. 이 연구는 이미 성공적으로 수행되어 구체적인 사항이 자세히 밝혀졌고, 나 또한 다른 문헌들을 통해 이 점에 대해서는 잘 이해하던 터여서 굳이 이 책에서 그러한 단서를 얻을 필요는 없었다. 오히려 중요한 것은 과연 생명이란 무엇인가 하는 점, 즉 생명의 그 어떤 본질에 대한 무슨 암시를 받을 수 있는가 하는 점이었다.

그러나 여기에 대해서는 오직 한마디, "생명이란 음(-)엔트로피negative-entropy를 먹고 사는 존재이다" 하는 것 이상 더 깊은 내용은 찾을 수 없었다. 물론 이 언급은 매우 중요하며 나는 계속 이 점과 관련하여 생명의 본성을 파악하려 노력했지만 이 말을 이해하는 것으로 그친다면 생명을 이해하는 데 별로 큰 진전을 거두었다고 하기 어려울 것이다. 이것은 또 달리 이야기하면 생명체는 '열린계open system'라는 말에 해당하는데, 이 점은 이미 많은 사람이 강조하는 바이기도 하다.

문제는 여기서 한 걸음 더 나가야 하는데, 어느 방향으로 어떻게 나갈까가 관건이었다. 그래서 내가 생각한 것은 생명의 신비, 곧 생명의 생명다운 점은 그 생명체 내부에 있는 것이 아니라 '그것과 바깥에 있는 그 무엇과의 결합'에 있다는 사실이었다. 즉 생명의 신비는 생명체 내부에 있는 것이 아니라 그 생명체의 밖에서 온다는 것이다. 우리가 지금까지 생명을 이해하기 어려웠던 것은 생명의 본성을 그 생명체 내부에서만 찾으려 했기 때문이다.

생명은 생명체 내부에 있는 그 무엇으로도 규정할 수 없다. 물론 많은 사람이 어렴풋이 그렇게 생각하여 생명은 음엔트로피를 먹고 산다느니, 열린계라느니 하는 말을 했지만 딱 부러지게 그 본질을 내부의 그 무엇으로도 규정할 수 없다고 본 사람은 아마 내가 처음일 것이다. 지금까지는 암묵적으로 '음엔트로피를 먹는 그 무엇, 열린 그 무엇이 있어서 이것이 생명이다'고 생각해왔다면 나는 '음엔트로피를 먹는 그 무엇, 열린 그 무엇으로는 아직 생명이 아니고, 이것이 생명이 되려면 이것 밖에 있는 (이것 못지않게 중요한) 본질적인 그 무엇과 결합해야 생명이 된다'고 주장하는 것이다. 이것이야말로 생명 자체의 개념을 근본적으로 뒤집어놓는 일이다.

그런데 사실 이것은 나 혼자만의 생각은 아닌 것 같다. 한두 해 전에 일본 교토에서 개최된 한·일 인문진흥정책 포럼(제3회, 2006년 11월 25일)에 참석했다가 일본의 시인 요시노 히로시吉野弘의 시 「생명生命은」에 다음과 같은 구절이 있는 것을 발견했다(그의 시집 『北入曾(호구닝소우)』에서).

생명은/자기 자신만으로는 완결이 안 되는/만들어짐의 과정.

꽃도/암꽃술과 수술로 되어 있는 것만으로는/불충분하고
벌레나 바람이 찾아와/암꽃술과 수술을 연결하는 것.
생명은/제 안에 결여를 안고/그것을 타자가 채워주는 것.

물론 이 시에서도 아직 생명의 정의를 바꾸는 데까지 이르지
는 않았지만 안과 바깥이 함께해야 비로소 생명이 된다는 것을
강하게 암시한다. 이 시는 우연히 내 눈에 띈 것일 뿐 아마도 많
은 사람이 생명의 이러한 성격에 공감할 것이다. 그러나 그 누
구도 아직 생명에 대한 개념 체계를 바꾸어야 한다는 생각에까
지 도달하지는 않은 듯하다.

낱생명과 보생명 그리고 온생명

그렇다면 나는 왜 유별나게 생명의 개념을 온통 바꾸어야 한다
고 주장하는가? 이를 말하려면 생명을 이해하기 위해 내가 그동
안 거쳐온 사고의 여정을 다시 한 번 되짚어볼 필요가 있다. 나
는 오래전부터 영국의 시인 앨프리드 테니슨Alfred Tennyson의 「갈
라진 벽 틈에 피어난 꽃 한 송이」라는 짧은 시를 늘 마음속 깊이
간직하고 있다. 시의 전문은 이러하다.*

---

* Flower in the Crannied Wall: Flower in the crannied wall,/ I pluck you out of the
crannies,/ I hold you here, root and all, in my hand,/ Little flower—but if I could under-
stand/ What you are, root and all, all in all,/ I should know what God and man is.

갈라진 벽 틈에 피어난 꽃 한 송이.

내 너를 벽 틈에서 뽑아냈구나.

여기 내 손 안에, 너를 들고 있다. 뿌리까지 모두.

어린 꽃이여—내 만일 네가 무엇인지를, 뿌리까지 모두, 속속들이 모두, 이해할 수 있다면

나는 신神이 그리고 인간이 무엇인지를 알 수 있으련만.

이 안에는 두 가지 의미가 담겨 있다.

하나는 생명의 신비이다. 이 작은 꽃 한 송이가 생명을 담고 있는 한 이것은 우주 전체의 신비와 연관된다는 것이다.

둘째는 가장 작은 것 하나만 확실하게 이해하면 결국 아무리 큰 것도 이해할 수 있으리라는 것이다.

나는 이 두 가지가 다 마음에 들었다.

생명을 이해하자, 생명을 이해하지 못하고 물질만 이해하면 산 것은 모르고 살아 있지 않은 것만 아는 어리석은 짓이다. 그리고 가장 작은 생명부터 이해하자, 그러면 결국 생명을 이해할 것이다. 가장 작은 것이 생명이 되는 연유를 안다면 결국 더 큰 것들이 생명이 되는 연유 또한 알지 않겠는가?

그렇다면 생명을 지닌 가장 작은 것은 무엇인가?

테니슨의 눈에는 어쩌면 갈라진 벽 틈에 피어난 꽃 한 송이가 가장 작은 생명체로 비쳤을지 모르지만 요즈음 우리는 이보다 훨씬 더 작은 생명체를 알고 있다. 박테리아, 아메바 같은 단세포 생물 그리고 더욱 작은 것으로 바이러스 같은 것들도 있다.

그뿐인가? 갈라진 벽 틈에 피어난 꽃 한 송이를 구성하는 세

포 하나 하나도 여전히 살아 있는 생명체이다. 박테리아와 아메바가 생명체인데, 이것들이라고 생명체가 아니라고 할 이유가 있는가? 그러니까 이 가운데서 세포 하나만 떼어내도 이것이 여전히 생명을 지녔을 것이고, 따라서 우리는 생명을 알기 위해 굳이 더 복잡한 생명체를 붙들고 애써 고민할 필요가 없어진다.

그래서 나는 생명을 가졌다고 할 만한 가장 간단한 게 무엇인지 생각해보았다. 이렇게 내려가다 보면 바이러스까지 도달하는데, 여기서는 새로운 문제에 부딪힌다. 즉 바이러스가 과연 생명을 가진 것이냐 아니냐 하는 문제이다.

분명히 바이러스는 저 혼자 생명으로 기능을 다하지 못하고 숙주가 되는 생물체 속에 들어가서만 생명체 기능을 하게 된다. 그런데 이것으로 생명을 가지지 않았다고 할 것인가? 만일 그렇다면 동식물에 기생하는 각종 기생충 또한 숙주 속에서만 생명체 기능을 나타내는데, 이런 것들 또한 생명을 담고 있지 않다고 해야 할 것인가?

이런 여러 문제에 부딪히다 보면 결국 다음 몇 가지 결론에 도달한다.

첫째, 생명이냐 아니냐 하는 명백한 기준은 없다.

이는 물론 어느 정도 선에서 정의하느냐는 것, 즉 가르는 선을 정하기 나름이라고 할 수도 있겠지만 그 선이 현실적으로 두드러진 게 아니라면 그렇게 정의된 생명 또한 별 의미를 지니지 못할 것이다.

둘째, 그 어느 선에서 정의하더라도 그 대상에 담긴 내용만 가지고는 생명 활동이라 할 그 어떤 것을 이루어내지 못한다는 것이다. (내가 뒤에 언급할 온생명은 이 점에서 예외이다.) 반드시 그 대상 밖에 있는 그 무엇에게서 결정적인 지원을 받아야 하게 되어 있다.

물론 '외부의 그 무엇'이 항구적으로 뒷받침해준다는 전제 아래 최소한에 해당하는 생명을 정의할 수는 있겠지만 이렇게 정의된 생명이야말로 그다지 신비로울 것도, 경이로울 것도 없는 단순한 물질 체계일 뿐이다. 그것 자체만으로는 이른바 생명 현상에 해당하는 그 무엇도 해낼 수 없는 단순한 분자 몇 덩이를 놓고 생명이라고 하는 격이 된다. "내 만일 네가 무엇인지를 (……) 이해할 수 있다면, 나는 신神이 그리고 인간이 무엇인지를 알 수 있으련만"이라던 테니슨의 염원이 무색하게 실제 생명이 지녔던 모든 속성을 날려버리는 일이 된다.

이것은 내가 보기에 생명을 이해한 것이 아니라 생명의 대부분을 잘라버리고 극히 작은 한쪽 끝만 바라보는 결과가 된다. 말하자면 건물을 감상해야 할 사람이 벽돌 하나를 뽑아놓고 건물이라고 하는 셈이다. 이것은 생명이 본래 그래서가 아니라 생명에 대한 우리 이해의 틀이 잘못되어 생명을 있는 그대로 파악하지 못하고 그 조각조각을 생명이라고 보는 과오를 범하고 있음을 말해주는 것이다.

그렇다면 어떻게 해야 생명을 있는 그대로 바라볼 수 있는가?

이는 매우 간단하다. 생명에 대한 기존의 관점을 조금만 바꾸면 된다. 이렇게 하여 새 개념 체계를 얻을 때 생명의 모든 것을 되살려내는 동시에 기왕에는 보지 못했던 생명의 참모습을 볼 수 있게 된다. 이게 바로 '낱생명'과 '보생명' 그리고 '온생명'이라는 새로운 개념 틀을 통해 생명을 파악하는 방식이다.

즉 우리가 지금까지 '생명'이라고 생각했던 것은 진정한 의미의 생명이 아니라 이것의 한 부분인 '낱생명'이었다. 이것이 생명으로 기능하기 위해서는 이것의 밖에 있으며 이것 못지않게 본질적인 존재인 '보생명'과 함께해야 한다. 이렇게 함께해서 진정한 의미의 생명 구실을 하는 그 전체가 바로 '온생명'이라는 이야기이다.

비유하면 이렇다. 우리가 진정한 의미의 나무를 파악하고자 하는데, 그동안은 여기에 달린 나뭇잎만 보고 나무라고 생각했다고 하자. 그리고 줄기라든가 뿌리를 포함한 나무의 둥치는 나무를 지탱해주는 여건이라고만 생각했다고 하자. 이렇게 되면 도대체 나무를 규정하기가 매우 어려워진다. 가을이 되어 낙엽이 지면 나무가 없어지는 게 되고 봄이 되어 잎이 돋아나면 나무가 생겨나는 게 된다.

물론 이런 불편만 있는 것은 아니다.

나무의 생리를 이해하려면 나무 전체를 보아야 하는데 잎만 보고 있기에 여러 가지 무리가 따른다. 나무를 소중히 여기고 보살피려 해도 잎만 우선하기 때문에 줄기나 뿌리에 문제가 생기는 것은 오로지 부차적 관심사가 될 수밖에 없다. 이때 누가 나타나 나뭇잎 하나하나가 독자적 실체가 아니라 오히려 나무 전체('온나무')에 붙은 부분일 뿐이라고 일러줄 수 있다. 그래서 이것을 그냥 나무라 하기보다 나뭇잎('낱나무')이라 하는 것이 적절하며, 이것이 제 기능을 하기 위해서는 반드시 나무둥치('보나무')에 붙어 있어야 한다고 설명해줄 수 있을 것이다.

338

우리는 물론 실제 나무에 대해서 이런 어처구니없는 과오를 저지르지는 않는다. 우리 눈에 나무는 둥치와 연결되어 있는 것이 너무도 잘 보이기 때문이다. 그러나 개구리가 본다면 이야기가 달라진다. 개구리 눈에는 움직이는 것들만 감지되기 때문에 나뭇잎은 보이지만 나무둥치는 보이지 않는다. (이 점에 대해서는 『야생초 편지』를 비롯해 몇 권의 저서를 낸 황대권 선생의 글에 재미난 이야기가 있다. 옥중 생활을 하며 잠시 마당에 나갔다가 청개구리 한 마리를 잡아 방에서 길러본 이야기이다. 처음에 파리를 아무리 잡아 눈앞에 가져다놓아 주어도 전혀 먹지 않더라는 것이다. 그러다가 우연히 살아 있는 파리를 눈앞에서 날려주었더니 잽싸게 혀로 채서 먹더라는 것이다. 그래서 그분은 청개구리가 살아 있는 파리만 먹는다고 했는데, 사실은 그것의 눈에 움직이지 않는 것은 아무것도 보이지 않았기 때문이다.)

이제 이러한 개구리들이 나무를 본다면 어떻게 될까?

아마도 위에 말한 것과 같은 상황이 벌어질 것이다. 나뭇잎은 의미 있는 대상이 되지만 우리가 생각하는 나무의 개념은 거의 떠올리지 못할 것이다. 이런 상황에서 어떤 '학자 개구리'가 나타나 나무는 이러저러한 게 아니고 이러저러한 것이라고 설명해준다면? 역시 잘 알아듣지 못할 것이다. 눈에 직접 보이고, 눈으로 구분되는 것만 실체라고 하는 관념이 너무도 깊이 박혀 있어서 나무 전체를 머릿속에 떠올리며 이것이 더 의미 있는 개념이라는 생각을 좀처럼 하기가 어려울 것이다.

지금 우리의 생명 개념이 이와 매우 유사한 상황에 놓여 있다.

내가 지난 몇십 년 동안 매우 타당한 이런 이야기를 해도 알아듣는 사람이 별로 없었다. 사람들 눈에 살아 있는 생명체까지는 잘 보이지만 이것과 연결되는 보생명의 모습은 잘 보이지 않는 것이다. 그래서 이것은 생명이 아닌, 그러면서도 생명을 돕는 다른 무엇인 줄만 아는 것이다. 마치 나무둥치는 나무가 아닌 나무를 돕는 다른 무엇인 줄 아는 것과 비슷한 일이다.

그러나 생명이 존재하는 양상을 그 아래 흐르는 자연의 법칙을 통해 인과의 사슬로 파악해보면 생명체와 보생명은 결코 분리될 수 없는 한 연속체이며, 결국 이들이 합하여 더는 외부 여건에 의존하지 않는 완결된 실체, 곧 온생명을 이루게 되는 것을 알 수 있다.

그러므로 온생명이야말로 더는 외부에서 본질적 지원을 받지 않고도 생명 활동을 지탱할 수 있는 생명의 온전한 모습이다. 따라서 이를 일러(그리고 이것만을 일러) '생명'이라 지칭함이 매우 타당하나 이미 생명이라는 용어가 너무도 다양하게 사용되므로 '이런 온전한 의미의 생명'이라는 뜻에서 '온생명'이라 따로 지칭할 필요가 있다.

그렇다면 실제 온생명은 어떤 모습을 하고 있는가? 그리고 그 모습은 우리가 어떻게 파악할 수 있는가? 이것을 말해줄 수 있는 것이 현재 우리가 지닌 최선의 지식, 곧 현대 과학의 안목이라 할 수 있다.

조각달의 눈썹은 어디를 향하는가

나는 대중 앞에서 강연하면서 "조각달의 눈썹은 어디를 향하는가?"하는 질문을 종종 던진다. 조각달의 밝은 면이 어느 쪽을 향하느냐 하는 물음이다. 그런데 이 간단한 물음에 청중에게서 바른 대답을 들은 일이 아직까지 두 번밖에 없다. 정답은 "태양을 향한다"이다.

그러니까 새벽에 뜨는 그믐달은 태양이 동쪽에 있으니 동쪽을 향하고, 초저녁에 나타나는 초승달은 태양이 서쪽으로 넘어갔으니 서쪽을 향한다. 보름달은 항상 우리를 향하지만 사실 우리를 향한다기보다 우리 뒤에 있는 태양을 향하는 것이다. 그런데 이 간단한 사실을 누구도 눈여겨보지 않는 것 같다. 그러나 이것은 눈여겨보아야 아는 일이 아니다. 달빛이 다 햇빛을 반사한 것이니 반사하는 쪽에 해가 있음은 너무도 당연하다.

수많은 사람이 태곳적부터 지금까지 달의 모양이 변해가는 모습을 매우 신기하게 생각해왔다. 그러면서 그들은 달에 그 어떤 신비한 요소가 있어서 달이 그렇게 모양이 변해가는 것으로 생각해온 것이다. 그러나 우리가 이제 잘 아는 바와 같이 달의 신비는 달에 있는 어떤 요소 때문에 나타나는 것이 아니라 달과 태양 사이의 관계에 따라 나타나는 것이다. 다시 말해 달의 신비는 달 안에 있는 것이 아니라 달 밖에서 온다.

이러한 점에서 달과 생명은 매우 비슷하다.

앞서 말한 바와 같이 생명의 신비는 생명체(낱생명) 자체에서 오는 것이 아니라 그것과 밖에 놓인 무엇(보생명) 사이의 관계에서 온다. 달 자체만 들여다보아 달의 모습이 변하는 이치를 알수 없는 것같이 생명체 자체만 들여다보아 생명의 신비로운 이치를 파악할 수는 없다. 그래서 나는 달의 신비가 달 밖에서 오듯이 생명의 신비가 생명체 밖에서 온다는 이야기를 했던 것이다. 그런데도 달의 모양이 변해가는 현상을 보고 달이 변한다고 생각했지 달과 태양의 관계가 변한다고 생각한 사람은 극히 적었던 것처럼 생명 현상을 보고 생명체 자체가 나타내는 그 무엇이라 생각하지 생명체와 그 보생명이 함께 만들어내는 그 무엇이라 생각하는 사람은 그리 많지 않다.

이것은 누구를 탓할 일이 아니다.

우리 지구 상의 일상사에 매여 있는 눈에는 당연히 그렇게 보이도록 되어 있다. 더 정확히는 지구인의 경험이 그렇게밖에는 생각하지 못하도록 우리 관념의 틀을 묶어놓았다. 그리고 우리는 이렇게 무의식에서 만들어진 관념에서 벗어나기가 얼마나 어려운지 물리학을 통해 잘 알고 있다. 그러면서 또 이것을 벗어나는 일이 가능하다는 것 그리고 벗어나야 한다는 것 또한 물리학을 통해 알고 있다.

이것이 바로 깨달음이고, 이러한 깨달음이 가능하다는 것이 바로 물리학이 알려주는 교훈이다.

그런데도 이 깨달음이 그렇게 어려운 이유는 눈에 보이는 현상을 그것이 놓인 대상의 성질로 생각하려는 성향이 우리에게 너무도 강하기 때문이다. 앞에서 이야기했듯이, 어릴 때 달을 배경으로 사람들이 지나가는 실루엣을 보았기 때문에 나는 달에 사람이 있다는 믿음에서 벗어나기가 그렇게도 어려웠다. 그러니까 우리에게 가장 위험한 것은 본 것을 잘못 해석하는 일이다.

옛사람들이 "백 번 들은 것이 한 번 본 것만 못하다百聞不如一見"

라고 했다지만 사실은 '백 번 본 것이 한 번 깨달은 것만 못하다百見不如一覺'라고 해야 한다. 오히려 격언을 뒤집어 '백 번 본 것이 한 번 듣는 것만 못하다百見不如一聞'는 말도 경청할 필요가 있다.

사실 현대 문명의 위기는 바로 깨달음의 위기이기도 하다. 현대 문명의 위험은 과학이 제공해주는 깨달음을 외면하고 과학이 제공해주는 힘, 곧 그 기술적 능력만을 받아들여 개체로서의 인간 안에 각인된 눈먼 본능만을 끝없이 만족시키려는 데서 오는 필연적인 결과라고 할 수 있다. 그러므로 이러한 위험의 고리에서 벗어나는 첫 번째 작업은 자신들이 얼마나 어리석을 수 있는지를 아는 데서 출발해야 한다.

이러한 점에서 나는 종종 과학을 통해 깨달음에 도달한 눈을 가상하여 '우주인의 눈'이라는 용어를 쓰기도 한다. 이는 우리의 일상적 경험에 길들여진 눈, 곧 '지구인의 눈'과 대비하여 만들어낸 이름이나. 우리가 '지구인의 눈'을 벗어나 치옴으로 우주인의 시각으로 바라보게 되는 체험이 바로 지구의를 통해 지구를 이해하는 일이다. 지구인은 결코 지구의 둥근 모습을 직접 볼 수 없다. 적어도 상상으로나마 지구를 벗어나 먼 우주에서 보는 모습이 바로 둥근 지구이고, 이를 모형화한 것이 지구의이다.

그러나 우주인의 눈은 거기에 그치는 것이 아니다.

과거로 거슬러 올라가 태양계와 지구가 만들어지던 모습을 볼 수 있고, 더 거슬러 올라가 우주 시초의 대폭발, 곧 빅뱅까지도 볼 수 있다. 물론 미래의 세계도 본다. 지구의 종말, 태양계의 종말이 어떻게 될지는 거의 확실하게 예측할 수 있으며, 우주의 종말에 대해서도 이런저런 추측을 한다. 우리는 다시 원자 세계로 내려가 육안으로 혹은 현미경으로 보이는 세계를 훨씬 넘어간 초미세 세계도 볼 수 있으며, 다시 우주 전체로 눈을 돌려 우주 공간의 광활한 모습과 그 안에 놓인 수많은 기기묘묘한 현상 역시 볼 수 있다. 이 모두 바로 '지구인의 눈'을 넘어선 '우주인의 눈'이 보여주는 우리 우주의 모습이다.

우주인의 눈에 보이는 생명

그렇다면 우주인의 눈에 비친 우리 생명의 모습은 어떠한가? 이를 생각하기 위해 이러한 우주인들이 약 40억 년 전에 지구를 한 번 방문했다고 가정해보자. 아마 화성이나 금성의 사진이 보여주는 것처럼 풀 한 포기, 개미 새끼 한 마리 없는 황량한 들판에 바람이 불고 가끔 천둥 번개가 치고 비가 내렸을 것이다. 바다는 이미 넓게 자리 잡았겠지만 역시 살아 움직이는 것이라고는 플랑크톤 한 점 없었을 것이다.

그렇게 둘러보고 떠난 우주인이 오늘 지구를 다시 방문한다면 어떻게 될까? 아마 엄청나게 놀랄 것이다. 우선 사람만 예를 들어 생각해보자. 40억 년 전 바위 속, 물속, 바람 속에 굴러다니던 원자, 분자 들이 그동안 무슨 조화를 일으켰는지 이렇게 모여 사람 몸을 이루고는 말도 하고, 생각도 하고, 슬퍼도 하고, 즐거워도 한다. 이게 도대체 어떻게 해서 가능한 일인가? 이것을 설명하지 못하면 생명을 이해하지 못한 것이다.

우주인은 우선 한 가지는 쉽게 설명할 것이다. 즉 생명체를 이루는 '질서'의 문제이다. 사람 몸을 비롯한 모든 생명체가 이러한 기능을 나타내기 위해서는 그 몸을 이루는 원자, 분자 들이 대단히 정교한 방식으로 구성되어야 하는데, 이러한 정교성, 곧 '그 배치의 확률적 희소성'을 '질서'라 한다. 널리 알려진 열역학 제2법칙에 따르면 고립된 계 안에서는 기왕에 존재하던 '질서'가 붕괴되기는 해도 새로운 질서가 생겨날 수는 없게 되어 있다.

그런데 지구 상에 이런 질서가 생겨난 것이 일견 놀랍기도 하겠지만 이는 지구가 고립된 계가 아니고 태양에서 지속적으로 뜨거운 형태의 에너지가 유입되고, 반대로 지구에서는 지속적으로 차가운 형태의 에너지가 방출되는 비평형 상태에 놓여 있다는 것으로 설명할 수 있다. 이것이 바로 슈뢰딩거가 생명체는 음엔트로피를 먹고 사는 존재라고 말한 내용에 해당한다. (엄격히 말하면 이 설명은 슈뢰딩거보다 반세기 앞서 오스트리아의 물리학자 루트비히 볼츠만Ludwig Boltzmann이 이미 말한 내용을 슈뢰딩거가 인용했을 뿐이다.)

그러나 이것만으로는 이러한 질서의 형성이 불가능하지는 않다고 하는 최소한의 가능성만 제시하는 것일 뿐 구체적으로 어떻게 하여 가능하게 되었는지 말해주지는 않았다. 예를 들어 40억 년 전에 지구 상에 형성되었던 분자와 원자가 그동안 무작위적인 충돌만 거듭했다면 사람 몸에 해당하는 이런 정교한 배치가 이루어졌을 확률은 거의 영에 가깝다.

그렇다면 그동안 무슨 일이 있었기에 이러한 것들이 가능해졌는가? 여기서 우리는 앞서 언급한 바 있는 프리고진의 "요동을 통한 질서order through fluctuation"라는 설명을 활용할 수 있다. 태양에너지에 흐름이 있어 지구상의 물질이 요동을 일으키게 되면 그 안에 우연히 일정한 질서를 지닌 물질이 모여 일정 기간 그 질서를 유지해갈 수 있다는 것이다. 이렇게 형성된 잠정적 물질의 모임을 '국소질서local order'라 하기로 한다.

이러한 국소질서는 주변 여건에 따라 여러 형태로 만들어졌다가 없어지고, 만들어졌다가 없어지고를 반복할 것이다. 예를 들어 대기권의 요동으로 우연히 태풍이 형성되었다가 일정한 시간이 지나면 없어지는 경우를 머릿속에 그려보아도 좋다. 그러나 이런 것만으로는 우리가 아는 형태의 생명체가 만들어지지 않는다.

이러한 국소질서 가운데 대단히 희귀한 일이기는 하지만 '자체촉매적 기능을 하는 국소질서'가 만들어질 수 있다. 이는 만들어진 국소질서가 지닌 기능 가운데 일부로, '주변에 자신과 아주 닮은 국소질서를 형성하는 데 결정적인 기여를 하는' 국소질서를 말한다. 만일 이러한 것이 발생하여 자신의 존속 기간보다 짧은 기간 안에 자신과 흡사한 국소질서를 하나 이상 형성할 수 있게 된다면 상황은 크게 달라진다. 즉 아주 우연히 이러한 '자체촉매적 국소질서'가 하나 발생했다고 하면 시간이 지남에 따라 이러한 것의 숫자가 기하급수적으로 증가하다가 주위 여건이 더는 이를 허용할 수 없는 한계 수준에까지 이르게 될 것이다.

쉽게 말해 전 지구가 이런 것들로 둘러싸이게 되고, 여건이 변하지 않는 한 이런 상황이 무제한 지속된다고 할 수 있다. 그러나 이들 사이에 또 요동은 지속될 것이며, 따라서 한층 높은 단계의 '자체촉매적 국소질서'가 또 발생할 수 있다. 이들을 바탕으로 한층 더 높은 단계의 '자체촉매적 국소질서'가 거듭 발생하여 시간이 지날수록 점점 더 다양한 '국소질서' 체계가 쌓일 수 있다. 이러한 과정은 '변이'를 통해 가능해지는데, 이것이 바로 다윈이 밝혀낸 진화의 기제이다.

이것이 곧 지구 상에 생명이 형성되는 과정인데, 이러한 상황을 한눈에 내려다본 우주인은 지구 상에 하나의 생명, 곧 하나의 온생명이 생겨났다고 말할 것이다. 그의 눈에는 이 모든 현상이 태양과 지구 그리고 그 안에 존재하는 각종 물질 성분 사이의 절묘한 조화 아래 서로 탄탄한 인과적 사슬로 엮인 한 덩어리의 질서 체계로 보일 것이며, 이것이 곧 참된 생명의 모습이다. 그러므로 우리 온생명은 공간적 규모에서 태양과 지구를 포함하게 되며, 시간적 규모에서 대략 40억 년 동안 성장 과정을 거쳐온 것이다. 이 인과적 사슬 뭉치에서 벗어난 그 어떤 것도 따로 생명 노릇을 할 수 없다.

그런데도 지구에서 태어나 육안으로 감촉되는 경험 한계를 넘어서지 못한 '지구인'에게는 이 전체 모습이 보이지 않으며, 오직 이 안에 형성된 각 단계의 '국소질서'만을 감지하여 이를 생명체라 하고, 그 안에 '생명'이라고 할 그 무엇이 담겨 있겠거니 생각하게 된다. 이 각 단계의 국소질서가 바로 앞에 말한 '낱생명'들인데, 이들은 전체 질서, 곧 온생명 질서에 결정적으로 의존하며 한시적 생존을 유지하게 된다. 그러므로 생명을 바로 이해하려면 우리 시각을 교정하여 온생명과 낱생명이라는 새로운 개념 틀에서 전체를 바라볼 수 있어야 하며, 특히 '우주인의 눈', 곧 현대 과학이 밝혀주는 온생명의 생리에 더욱 많은 관심을 기울여야 한다.

온생명 훔쳐내기

나는 앞에서 나 자신을 규정하여 앎을 훔쳐내는 도둑이라 지칭한 일이 있다. 그렇다면 나는 어떻게 학문의 창고에 들어가 온생명 개념이라는 진귀한 물품을 들고나왔는지 그 과정을 좀 살펴보자.

이미 이야기했듯이 나는 물리학이라는 만능열쇠를 손에 쥐자 생명이라는 창고 문을 따고 들어가 그 안에 번쩍번쩍하는 보물이 잔뜩 들어 있는 것을 보았다. 그러나 그 안에서 이것저것 잡동사니를 들어내기보다는 열쇠를 좀 더 가다듬어 정말 탐나는 진짜 보물만 꺼내 오기로 마음먹었다. 내가 보기에 가장 탐나는 물건이 바로 '생명의 정수精髓'라는 것인데, 과연 그런 것이 존재하기나 하는지, 존재한다면 그게 도대체 어떤 것인지 먼저 찾아내야 했다.

그러나 아무리 살펴보아도 생명체 안에는 그런 것이 없는 것 같고, 굳이 존재한다면 모든 생명체를 다 포함하는 어마어마하게 큰 물건이 되어야 하리라는 생각을 했다. 그러므로 이 물건을 들어내기 위해서는 엄청나게 큰 그물을 마련해야겠다고 생각했는데, 막상 언제 어떻게 그 작업을 해야 할지 몰라 막연히 시간만 흘려보내고 있었다.

그렇게 오랜 시간을 보내다가 1987년에 이르러 좋은 기회가 왔다. 항상 나를 밖으로 끌어내는 일에 앞장섰던 송상용 교수가 다음 해에 열리는 국제과학철학 모임에 나가 논문을 하나 발표하라고 했다. 그 모임의 주제가 바로 '생명'과 '분석철학', 이렇게 두 가지였는데, 나에게는 '생명'에 관해 발표하라고 권하고, 이화여대 소흥렬 교수에게는 '분석철학'에 관해 발표하라고 권했다.

내가 발표하려던 주제는 앞에서 이미 소개한 온생명을 중심에 둔 새로운 개념 틀이었지만 이에 접근하는 방법으로는 '생명의 단위'라는 것을 화두로 삼는 것이 좋으리라고 생각하게 되었다. 사실 그동안 수많은 생명 논의에서 그 누구도 생명의 '단위' 자체를 문제 삼은 사람은 없었다. 그래서 생명의 단위에 대한 논의를 체계적으로 해나가다가 자연스럽게 온생명 개념에 도달해보자고 생각했다. 나는 일단 논문의 영문 제목을 「The Units of Life: Global and Individual」로 삼았다. 우리말로는 「생명의 단위: 온생명과 낱생명」인데, 당시에는 아직 우리말 표현으로 '온생명'과 '낱생명'이라는 용어를 찾아내지 못하고 우선 영문으로만 이렇게 표기했다.

그다음 해 4월, 소흥렬 교수와 나는 당시 유고슬라비아 땅이던 두브로브니크Dubrovnik로 국제과학철학 모임 참석차 함께 출발했다. 두브로브니크는 발칸반도 서부 아드리아 해변에 있는 유서 깊은 도시인데, 오랜 중세풍의 건축물이 해안을 따라 잘 보존된 아름다운 곳이었다. 당시 유고슬라비아는 사회주의 국가여서 호텔을 비롯해 모든 물가가 저렴하여 적은 비용으로도 잘 즐길 수 있었고, 우리에게는 특히 이국 풍물이 많아 여러 가지를 새로 경험하고, 느껴보는 좋은 계기가 되었다.

그 학술 모임은 일주일 동안 계속되었는데, 공교롭게도 내 논문은 모임이 끝나는 마지막 날, 마지막 시간으로 잡혀 있었다. 아마도 발표자 이름을 알파벳 순서로 나열하여 그렇게 된 게 아닌가 싶은데, 이미 그 시간에는 미리 떠나간 사람들도 많았고, 남은 사람들도 지칠 대로 지쳐 있어서 발표장 분위기가 별로 좋지 않았다. 거기다가 발표 후에는 곧 헤어지는 일정이었으므로 다른 사람들의 반응을 알아볼 기회도 찾기가 어려웠다. 다행히 논문을 미리 읽어본 사람들 가운데 몇 분이 평을 좋게 해주어 고마웠다.

그런데 발표가 끝나고 밖으로 나와 쉬는 동안 한 참석자가 내게 의외의 질문을 했다. 혹시 내가 그러한 생각을 한 것이 내가 동양인이기 때문이 아니냐고 했다. 전혀 뜻하지 않은 이 질문에 나는 전혀 그렇지 않다고 대답했다. 사실 내가 생명에 관심을 두게 된 계기나 생명 문제에 접근해온 방식이 모두 서구과학의 맥락에서 이루어졌으며, 나는 한 번도 이것이 동양 사상이나 동양의 학문 전통과 어떤 관련이 있다고는 생각해본 일이 없기 때문이다.

그런데 나는 그 후 그 질문에 대해 다시 곰곰이 생각해보면서 어쩌면 그런 이유도 있겠다는 느낌을 조금씩 가지게 되었다. 왜 대부분의 사람들이 접근하는 대로 생명을 미시적으로 보지 않고 오히려 거시적으로 보려 했는가? 그리고 왜 생명 현상의 여러 구체적 측면을 제쳐놓고 굳이 생명의 본질 혹은 생명의 정수만을 파헤치려고 했는가? 이러한 점들이 그 어떤 동양적 학문 정신과 일맥상통하는 점은 없는가? 그리고 이러한 생각은 그후 내가 동양 학문에 대한 이해를 깊이 하면서 조금씩 더 구체화되었다.

같은 해 가을, 서울에서는 이른바 88서울올림픽이 개최되었다. 그리고 이를 계기로 올림픽 기념 국제학술회의가 서울에서 열렸다. 나는 이 회의에 초대되어 앞서 발표한 논문에 인간이라는 존재를 첨부한 「생명의 세계 속의 인간」이라는 논문을 발표했다.

마침 이 발표장에는 국제회의답게 각자 자국어로 발표하면 전문적인 동시통역원들이 있어서 이를 즉석에서 몇몇 주요 언어로 통역해주는 기능이 있었다. 이 무렵 나는 온생명에 해당하는 영어 표현 'global life'라는 말은 찾아냈으나 이를 우리말로 어떻게 옮길지 고민하던 중이어서 전문 통역원에게 이것의 우리말 표현을 찾아달라고 부탁했다. 그랬더니 그는 서슴없이 '지구촌 생활'이라고 대답했다. 온생명이 '지구촌 생활'이라니! 거리가 멀어도 너무 멀었다.

그런데 사실은 영어의 'global life'가 문맥에 따라서는 이렇게도 읽힐 수 있으며, 오히려 내가 생각하는 '온생명'이라는 뜻으로 읽을 사람은 거의 없을 테니 이 영어 표현이 별로 좋은 표현은 아닌 것이 분명했다. 그렇지만 아직은 여기에 별다른 대안이 없어서 영어로는 여전히 이렇게 표기한다. 그러나 더 시급한 것이 적절한 우리말 표기법이었는데, 그 후 한두 해가 지나서야 우연히 '온생명'이라는 용어가 떠올랐다. 그 후 우리말로는 이 개념을 항상 '온생명'이라고 쓰는데, 나는 지금도 이것이 아주 적절한 표현이라고 생각한다.

그 올림픽 학술회의에는 미국에서 발간되는 학술지로 과학과 종교의 관계를 주로 다루는 《Zygon》의 편집인이던 칼 피터스Karl Peters도 참석했다. 그는 내 발표장에는 들어오지도 않았는데, 나중에 원고들을 검토하고 나서 내 원고를 자기네 학술지에 싣겠다고 통보했다. 이리하여 내 영문 원고는 국제학술회의 논문집 말고도 다음 해 초에 발간된 《Zygon》에 따로 실리게 되었다.

나는 누구인가

온생명 개념을 통해 생각해볼 매우 흥미로운 점은 인간은 어떤 존재인가 하는 것이다. 온생명에는 그 구성 요소로 보아 각 단계에 해당하는 낱생명과 태양, 대기 그리고 땅과 바다, 하천 등 지구를 구성하는 여러 요인이 절묘한 조화를 이루어 커다란 생명 체계를 형성하고 있다. 이러한 생명 체계를 우리는 온생명의 몸이라 할 수 있는데, 그 안에서도 특히 갖가지 생물종種이 각자 특별한 기능을 가지고 중요한 기능을 담당하고 있다.

이러한 생물종이 하는 기능은 사람 몸으로 비유하면 각각의 장기가 담당하는 기능과 비슷하다. 인간 또한 하나의 생물종으로서 온생명 안에 한 자리를 차지하는데, 그렇다면 인간이 담당하는 기능은 무엇인가? 언뜻 보면 인간은 별다른 기능을 담당하지 않은 채 오로지 자기 목적을 위해 다른 모든 것을 활용하기만 하는 것같이 보인다. 과연 인간은 그러한 소비자 역만 담당하는가?

이 점을 생각하기 위해 사람의 신체 구조를 한번 살펴보자. 이 안에는 두뇌가 있고 그 속에 무수히 많은 신경세포가 모여 활동하고 있다. 그런데 이 신경세포들은 도대체 그 안에서 무엇을 하는가? 언뜻 보면 역시 몸 자체를 위해 별로 기여하는 것도 없이 다른 세포들이 만들어주는 영양이나 소비하며 저희끼리만 따로 모여 놀고 있는 듯 보인다. 그러나 알고 보면 이들은 인간의 정신 기능이라는 매우 중요한 기능을 담당하고 있다. 인간의 의식이라든가 마음, 감정 등 적어도 인간의 주체적 삶에서 가장 소중하게 여겨지는 것들이 이 안에서 모두 이루어진다.

그러면 다시 온생명으로 돌아가보자. 온생명 안에도 인간의 정신 기능에 해당하는 그 어떤 기능을 담당하는 기구가 있는가? 있다. 이것이 바로 인간이 나타내는 집합적 의미의 정신 활동이다. 인간은 온생명 밖에 있는 존재가 아니라 온생명 안에 있으며, 실제로 온생명의 매우 중요한 부분을 점유하고 있다. 그리고 인간은 이미 각 개체 단위로 정신 활동을 하고 있으므로 이것만으로도 온생명 안에 정신 활동이 출현했다고 보아야 한다.

그러나 더 중요한 것은 이러한 개별적 정신 활동이 아니라 인간이 상호 소통하여 인류 사회 전체가 공유하는 집합적 의미의 정신 활동을 전개한다는 점이며, 이것이야말로 온생명의 정신 활동이라고 보아 마땅한 것이다. 이른바 과학이라든가 또 과학의 눈을 통해 찾아볼 수 있는 온생명의 모습 등은 모두 이러한 인간의 집합적 정신 활동을 통해 가능하게 된 것이다.

이러한 사실을 온생명 견지에서 한번 서술해보자. 우리 온생명은 대략 40억 년 전에 출생하여 계속 성장하다가 최근에야 스스로 의식하는 인간이라는 종이 그 안에서 발생했고, 다시 이들이 모여 집합적 정신 활동을 지속하더니 급기야 자신이 온생명이라고 의식하기에 이르렀다. 즉 온생명으로 태어난 지 40억 년 만에 처음으로 자기가 자신을 의식하는 자의식이 발생한 셈이다. 다시 말해 생명이 출현하여 자기를 의식하기까지 40억 년이라는 세월이 필요했다는 이야기이다. 40억 년을 뜸을 들여 처음으로 가능해지다니 이 얼마나 엄청난 사건인가?

여기서 우리는 '역사적 사건'이라고 하기에는 너무 커서 굳이 붙이자면 '우주사적 사건'이라고 해야 할 하나의 사건을 접하게 된다. 즉 우리 온생명이 40억 년의 성장 과정 끝에 드디어 스스로 의식하는 자의식에 이르게 되었다는 이 놀라운 사건에 접하는 것이다. 만일 생명이 이렇게 번성하고도 자의식조차 갖지 못한다면 얼마나 처량한 일이겠는가! 사실 우리 온생명은 겨우 얼마 전까지도 그러한 신세를 못 면하고 있었는데, 우리 인간이 자기 생명의 진정한 모습, 곧 온생명을 파악함으로써 온생명은 이제 자의식을 가진 존재 그리고 주체적인 삶을 영위할 수 있는 존재로 새롭게 태어나게 된 것이다. 그리고 바로 이것을 가능하게 해주는 존재가 오늘 살아 있는 우리 인간이다.

이러한 점에서 오늘 살아가는 우리야말로 진정한 의미에서 자긍심을 가져야 할 존재라고 생각한다. 생명의 탄생 이래 수없이 출현했다 사라져간 무수한 낱생명 가운데도 오늘 살아가는 우리 인간은 온생명 생애의 이 중요한 시점에 태어나 우리 온생명이 이러한 역사적, 아니 우주사적 사건을 겪게 만드는 주역으로 활동하게 된 것이다. 세상에 이 일이 자랑스럽지 않다면 다른 무엇이 또 자랑스러울 수 있겠는가?

우리 인간은 태어나서 10년이면 벌써 자기를 의식한다고 하지만 이는 사실 이미 태어날 때부터 온생명의 이러한 긴 성장 과정이 바탕에 깔렸기에 가능한 일이다. 따라서 실제로는 온생명의 이런 긴 여정의 결과가 의식이라는 형태로 내게 나타난 것이며, 이런 점에서 나는 이제 내 존재를 새롭게 각성할 필요가 있다.

나는 한 개체로서 10년, 20년 혹은 60년, 70년 전에 출생한 그 누구누구가 아니라 이미 40억 년 선에 태어나 수많은 경험을 쌓으며 살아온 온생명의 주체이다. 내 몸의 생리 하나하나, 내 심성의 움직임 하나하나가 모두 이 40억 년 경험의 소산임을 나는 알아야 한다. 그러니까 내 진정한 나이는 몇십 년이 아니라 장장 40억 년이며, 내 남은 수명 또한 몇 년 혹은 몇십 년이 아니라 적어도 몇십억 년이 된다. 내 개체는 사라지더라도 온생명으로 내 생명은 지속된다. 지금 나는 오직 '현역'으로 뛰면서 온생명에 직접 기여할 기회를 누리는 존재가 되어 있다. 그러나 좀 더 큰 의미의 생명 그리고 좀 더 큰 의미의 '나'는 앞으로도 몇십억 년 혹은 그 이상으로 지속될 온생명이 된다. 그렇기에 나는 지금 짧은 몇십 년 살아갈 내 여생을 염려하는 것이 아니라 몇십

억 년 혹은 그 이상을 지속해야 할 내 온생명의 안위를 염려하게 되는 것이다.

이 점과 관련하여 나는 진정한 '생명의 신비' 한 가지를 말하지 않을 수 없다. 나는 앞에서 생명의 신비는 생명체 밖에서 온다고 했다. 이것은 생명은 낱생명 단위에서는 이해할 수 없고 오직 온생명으로 보아야 이해할 수 있는 생명의 '신비로운 성격'을 지칭한 것이었다. 이러한 의미의 신비는 이제 물리학적 이해를 통해 온생명을 파악하게 됨으로써 풀렸다고 할 수 있다. 그러나 물리학으로도 풀 수 없는, 물리학적 이해를 통해 오히려 더 분명해지는, 진정한 의미의 신비가 생명 안에 나타나고 있다. 이것이 바로 '생명이 주체 의식을 허용한다'는 신비이다. 생명체 안에서는 그 어느 단계에 이르면 자신을 자신으로 파악하여 주체적인 삶을 가능하게 하는 '내적' 의식이 발생하는데, 이것이야말로 물리학으로는 설명할 수 없는 물질의 그리고 이러한 물질로 형성된 체계의 또 한 가지 속성이라 하지 않을 수 없다.

그렇다고 해서 물질과는 동떨어진 마음이라는 것이 따로 존재한다는 의미는 아니다. 적어도 외적 측면에서 보면 사람의 신체, 사람의 두뇌를 포함한 그 어떤 물질적 구성물도 물리학의 법칙에 따라 움직일 뿐 이것의 범위를 벗어날 수 없다. 만일 대단히 정교한 물리학적 계산을 해낼 사람이 있다면 그는 앞으로 내가 어떠한 말을 하게 될지, 내가 어떠한 행동을 하게 될지 완벽하게 예측할 수 있을지도 모른다.

그러나 그렇다 하더라도 나는 매순간 내가 하고자 하는 것을 내 의지에 따라 해낼 수 있다. 밖에서 보면 나는 물리법칙이 규정하는 대로 움직이는 한갓 로봇 같은 존재일 수 있지만 내 내면에서 보면 나는 여전히 내 의지에 따라 내가 지향하는 삶을 영위하는 존재이다. 여기서 내가 신비라고 말하는 것은 이 두 가지가 양립하기 때문이다. 이것이 가능한 이유는 내 몸(물질)과 내 뜻(마음)이 둘이 아니라 하나라는 데 있다. 물질과 마음, 이 두 가지가 결합되어 있는 것이 아니라 물질이면서 마음이라는 이 중요한 사실 때문에 이 두 가지가 아무런 모순 없이 양립하게 된다는 것이다. 그러면서도 물질의 이러한 내면성, 즉 주체가 되어 스스로 삶을 이루어 나아가는 이 놀라운 사실은 생명이 제공해주는 진정한 의미의 신비이다.

결국 나라는 존재는 바로 이러한 신비를 스스로 영위하는 존재이며, 그러한 점에서 우리 삶이야말로 진정한 의미의 신비가 그 스스로 엮어내는 과정이라고 할 수 있다.

온생명을 통해 보는 현대 문명

내가 온생명을 이해하고 그 안에 놓인 내 존재를 생각하면서 얻게 된 가장 큰 보상은 어떻게 나에게 이런 놀라운 세계가 주어졌느냐 하고 스스로 감탄하기에 이른 것이다. 삶이라는 것이 이렇게도 놀랍고 소중하다는 사실을 온생명 그리고 그 안에 놓인 나 자신을 살피지 않고는 미처 파악하기 어렵다. 이것이야말로 옛 성현들이 이르렀던 깨달음의 단계에 버금가는 것이 아닐까 하는 생각도 해본다.

그러다가 다시 한 번 눈을 돌려 오늘 우리 온생명의 몸을 한 번 돌아다보자 이야기는 크게 달라졌다. 우리 온생명이야말로 살아 있는 몸이며, 살아 있는 몸에는 반드시 건강 문제가 따르게 된다. 우리 온생명이 아무리 크다 하더라도 어떤 우주적 재앙이 닥치면 하루아침에 사멸할 수도 있는 무척 섬약한 존재이다. 예를 들어 태양 같은 대규모 천체와 충돌하는 경우를 생각해보자. 그러면 바로 그 순간 이후 우리 온생명의 존재는 영구히 사멸된다. 이러한 확률은 물론 그리 높지 않겠지만 그럴 수 있다는 것 자체가 우리 온생명의 안위를 걱정해야 하는 이유이다. 그러나 우리 온생명이 지난 40억 년 동안이나 이런 참사를 겪지 않았고 혹은 겪었더라도 요행히 잘 치유되어 오늘에 이른 것을 보면 이러한 대규모 충돌 가능성은 크게 걱정할 일은 아니다. 오히려 더 중요한 것은 온생명 안에 있는 우리 스스로 무엇인가 잘못하여 온생명 자체를 병들게 할 확률이다.

사실 아직까지도 온생명의 생리를 제대로 파악하여 무엇이 건강한 상태이며 무엇이 병적인 상태인지 판정할 확실한 방법은 없다. 그리고 오늘날 세계에는 사람의 건강을 보살피는 의사들은 수없이 많지만 이 소중한 온생명의 건강을 보살필 전문적인 의사는 아직 따로 배출한 바 없다. 그러나 우리는 여러 가지 경로를 통해 온생명의 건강 상태를 알아볼 수 있으며, 그 결과 이것이 매우 위험한 상황에 접근하고 있다는 사실을 염려하지 않을 수 없게 되었다. 마치 사람의 신체에서 건강에 이상이 발생하면 여러 가지 징후가 나타나듯이 우리 온생명 안에서도 건강에 이상이 생겼음을 말해주는 여러 징후가 나타난다. 그 가운데 대표적인 것 몇 가지만 살펴보면 다음과 같다.

우선 사람이 병을 앓으면 체온이 올라가듯이 우리 온생명의 체온이 크게 오르고 있다. 이것이 바로 요즈음 큰 걱정을 자아내는 지구온난화 현상이다. 얼마 전까지만 해도 전문가들 사이에만 거론되던 이 현상이 이제는 우리 모두의 피부에 느껴질 정도가 되었다. 우리 인간이, 좀 더 구체적으로 이야기하면 현대문명이 막대한 온실가스를 배출하여 이른바 온실효과를 일으키는 것이다. 남북극의 빙하가 녹아내리며, 해수면이 상승하고, 일찍이 볼 수 없었던 각종 기상이변이 속출하고 있다.

그리고 건강하지 못한 환자들의 혈액에 불순물이 끼듯이 우리 온생명의 혈액에 문제가 발생하고 있다. 각종 하천과 바다 그리고 대기가 모두 오염되는 것이다. 그리고 환자의 신체 여기저기 고름이 고이듯이 우리 온생명의 몸에 처리하지 못한 그리고 처리하기 어려운 쓰레기가 여기저기 쌓이고 있다. 오랫동안 내가 정말 놀랍게 생각해온 사실은 지구생명이, 우리 온생명이 거의 40억 년 가까이 바로 이 지구 위에서 서식해왔는데도 그동안 지구 상에 쓰레기가 쌓인 일이 없었다는 것이다.

여기저기에 지난 생명체들의 유해가 쌓인 곳이 없지는 않았으나 이들은 모두 유용한 자원으로 활용될 그 무엇으로 남아 있지 처리 못할 쓰레기가 되어 생존을 저해하지는 않았다. 사실 인간이 더럽히기 이전 원시 자연이야말로 얼마나 깨끗했는가! 이게 바로 건강한 온생명의 모습 아니었는가! 그런데 지금은 온통 처리하지 못할 쓰레기로 뒤덮이고 있으니 이것이 건강이 악화되는 징조가 아니고 무엇이겠는가?

그러나 무엇보다 걱정스러운 사실은 우리의 생물종이 급속히 사라져 간다는 것이다. 하버드대학교 에드워드 윌슨Edward Wilson 교수의 추정에 따르면 연간 2만 7천 종이 멸종한다는데, 이런 속도로 진행된다면 천 년이 지나면 2,700만 종, 2천 년이 지나면 5,400만 종이 멸종한다는 이야기가 된다. 현재 지구 상에 존재하는 생물종의 총수는 학자에 따라 추정치가 천만 종에서 1억 종까지 다양하지만 그 중간치를 잡아 5,500만 종으로 생각할 때 이런 속도로 나가다 보면 2천 년이 지나면 생물종이 모두 사라져버리고 없다는 이야기가 된다. 물론 온생명의 생리는 단순한 생물종의 수만이 아니라 이들 사이의 조화와 균형이 더욱 중요하기 때문에, 이러한 조화와 균형이 깨지는 문제는 이보다 훨씬 빨리 대두될 것이다.

이제 이러한 온생명의 건강성적표를 사람의 몸과 비교해보자. 온생명의 나이를 사람 나이와 비교할 때 1억 대 1로 생각하면 대략 맞는다. 현재 온생명의 나이 40억 년을 사람 나이 40세로 보고, 앞으로 태양계 안에서 생존 가능한 온생명의 수명을 50억 년으로 볼 때 이것은 사람의 시간으로 50년이 되어 결국 우리 온생명은 태양계에서 대략 90세까지 생존할 수 있게 된다. 그런데 이제 2천 년 이후면 생존하는 생물종이 없게 될 것이라고 하니 이 상황을 사람의 시간으로 환산해보자. 2천 년을 1억으로 나누면 대략 10분 15초에 해당한다. 즉 현재 40세이고 앞으로 50년의 수명을 앞둔 우리 온생명이 신체검사를 받아본 결과 자신의 몸을 구성하는 세포들이 급격히 사멸하고 있는데, 이대로 두면 겨우 10분 15초가 지나면 다 없어진다는 이야기가 된다. 이 얼마나 황당한 이야기인가! 그러나 이것이 바로 우리가 당면한 사실이다. 이 소중한 온생명은 이런 사멸 위기에 놓여 있는 것이다.

그런데 그 원인을 살펴보면 더욱 기가 막히게 된다. 이 온생명의 두뇌에서 온생명의 의식을 담당하게 될 바로 그 인간이 출현하면서 이런 일이 발생한 것이다. 사실 인간이 이른바 문명을 만들어내기 전까지는 우리 온생명은 무척 건강했다. 건강했을 뿐만 아니라 무척 생산적이어서 인간 같은 영특한 생물종마저 빚어낼 수 있었다. 그런데 이렇게 빚어진 인간이 자기 본연의 기능인 정신적 기능을 마치 수행하기도 전에 온생명의 생리를 극도로 왜곡해 온생명으로 하여금 죽음에 임박하게 만든 것이다. 이것을 인간이 지닌 질환과 비교해보면 바로 암이라는 질환에 해당한다는 것을 알 수 있다.

암세포는 본래 밖에서 침투한 침략자가 아니다. 이것은 사람의 몸 자체의 세포인데, 그만 어떠한 이유 때문에 스스로 증식해야 할지 말아야 할지를 판단하는 상황 판단 능력을 상실한 세포들이다. 이러한 세포들이 같은 종류의 세포들을 계속 만들어 냄으로써 결국은 신체 전체의 생리에 치명적 결과를 초래하는 것이 바로 암이라는 질병이다. 그런데 지금 온생명 안에서 인간이 빚어내는 행태가 바로 이에 해당한다. 결국 우리 인간이 자신의 몸에 해당하는 온생명을 죽이는 것이다.

우리가 지금까지 인간을 좀 더 잘살게 해보겠다고 산천을 깎아내고 물질을 제조한 일이 결국은 내 몸에 상처를 내고 내 주위에 독을 뿜어내는 것 이외에 다른 것이 아니었다. 이른바 생산은 온생명의 한 부분을 잘라내 인간에게 유익하리라 생각하는 다른 부분에 옮겨 붙이는 작업에 해당하는데, 알고 보니 온생명의 생리를 그르치는 암적인 기능인 것이다. 그나마 인간의 기술적 능력의 한계 때문에 원하는 바를 다 취할 수 없을 때는 그런대로 문제가 적었지만 이제 막대한 화석에너지와 핵에너지를 흥청망청 파헤치고 뒤집어씀으로써 죽음 가까이 가는 일을 급격히 앞당기고 있다.

그렇다면 이에 대한 견제 장치는 아무것도 없는가? 이것은 근본적으로 인간이 이러한 자기 상황을 자각하고 문명의 향방을 되돌리는 길밖에 다른 방법이 없다. 그렇게 하려면 생명이 무엇이며 나 자신은 또 무엇인가, 그 안에서 내가 어떠한 구실을 하는가에 대해 철저히 반성해야 한다. 이렇게 했을 때 내가 온생명의 사멸이 아니라 치유에 기여하겠다는 마음가짐을 얻을 수 있고, 이러한 마음이 모여 현실적인 치유의 길로 나설 수 있다. 아마도 스스로 암세포가 되어 우리 온생명을 죽이는 일에 즐겨 가담하려는 사람은 많지 않을 것이다. 문제는 자기가 지금 어떠한 상황에서 어떠한 기능을 하는지 알지 못하기에 이러한 일이 지속되는 것이다.

온생명이 출생하여 40억 년 만에 처음으로 온생명의 정신이 출현하여 수동적인 생존 유지에서 능동적인 주체적 삶으로 전환하는 이 소중한 시점에 이 일의 주체로 등장한 우리 인간이 그리고 나 자신이 바로 온생명 자체를 죽이는 암세포의 기능을 수행한다는 이 역설적 상황이 우리를 그리고 나 자신을 극도로 우울하게 만든다.

가르침과 깨달음

스승의 손가락을 보지 마라

가르치는 자리에 있는 사람이 누릴 수 있는 가장 큰 보상은 자기 자신이 깨달음에 다가갈 좋은 여건에 놓인다는 점이다. 우리는 흔히 책을 읽거나 강의를 들으면 그 무엇을 '알게' 된다고 생각하지만 많은 경우 그것은 착각이다. 그 착각은 스승(또는 책)의 말과 스승(또는 책)에 대한 신뢰에서 온다. 그 말을 알아듣고 그 말을 기억하면 그것으로 안다고 생각하며, 스승(또는 책)에 대한 신뢰를 통해 스스로 검증해보지 않고도 그 말이 옳을 것이라고 믿어버린다.

그러나 이것은 '달을 보지 않고 달을 가리키는 스승의 손가락만 보는 경우'에 해당한다. 그리고 그 손가락의 방향만 기억하면서 마치 달을 본 것으로 착각하는 것이다. 그러다가 자기가 막상 가르치는 자리에 서게 될 때, 즉 자기가 직접 손가락질을 해야 할 때 정말 허둥지둥 달을 살피게 된다. 그러니까 많은 경우 가르치는 자리에 서보지 않으면 진정한 앎에 이르기 어렵다는 이야기이다.

물론 사이비 교사도 많다. 이들은 스승의 손가락질만 기억하고 있다가 자기도 같은 손가락질만 하는 사람들이다. 사실 우리 주위에 달은 보지도 않고 손가락질만 하는 교사들이 얼마나 많은가? "공자님이 이렇게 말씀하셨다", "나는 부처님께 이렇게 들었다", "성경에 이런 말씀이 있다"는 것만 내세우는 교사들이 대부분 그런 사람 아닌가? 그런데 이것은 철학이나 종교에서만 그러한 것이 아니라 가장 엄밀하고 명확해야 하는 물리학에서조차 그러하다는 것을 알고 나는 많이 놀랐다. 이 점에 대해 나 자신 반성도 많이 했고 또 하고 있다.

우리는 지금도 고전역학을 뉴턴의 제1법칙, 제2법칙, 제3법칙을 통해 배운다. 이것은 뉴턴이 당시 역학을 이런 형식으로 체계화하여 소개했다는 점에서 역사적 의미가 있지만 우리가 지금 앵무새같이 따라 읊을 필요는 전혀 없다. 또 아인슈타인은 상대성이론을 처음 도입하면서 두 가지 가설을 설정하고 이것에서 연역해가는 형식으로 전개했는데, 지금도 대부분의 교재나 학습 과정에서 이것을 따르고 있다. 이것보다 한층 심한 것은 많은 교재가 열역학이나 통계역학에 엔트로피 개념을 도입하면서 개념 파악이 사실상 불가능에 가까운 클라우지우스Rydolf Clausius의 정의에 여전히 의존한다는 점이다.

이러한 일들은 두 가지 잘못된 신화에 바탕을 두고 있다. 첫째는 그러한 주제에 대해서는 그 발견자가 가장 잘 알 것이라는 신화이고, 둘째는 이것이 가장 처음 소개된 방식인 만큼 가장 쉬운 방식일 것이라는 신화이다. 그렇다면 그 후 100년, 200년 동안 다른 물리학자들은 도대체 무얼 했단 말인가? 그리고 그것이 그렇게도 쉬운 방식이라면 그러한 이론들이 초기에 부딪혔던 엄청난 반대 또는 저항은 어떻게 설명할 것인가? 당시 일급 학자들이 요즈음 교실에 앉아 배우는 고등학생, 대학생보다 이해력이 낮았다는 이야기인가?

그런데도 많은 사람은 그렇게 배웠고, 또 그렇기에 그렇게 가르치고 있다. 결국 이들은 스승의 손가락질만 기억하고 있다가 자기도 같은 손가락질만 하는 것이다. 그래서 대부분 이해는 포기하고 그저 그 주제에 익숙해지는 것만으로 그것을 아는 양 착각하고 있다.

그래서 나는 이 신화를 깨어버리는 방편으로 종종 동굴의 비유를 사용한다. 대부분의 유명한 동굴은 여기에 들어가는 입구가 두 개 있다. 그 하나는 이른바 '천연 입구'로, 자연적으로 어느 한 곳에 틈이 생겨 만들어진 입구이다. 처음에 사람이 동굴을 발견하게 되는 것은 대개 이 입구를 통해서이다. 그러나 이것은 사람을 위해 만든 것이 아니기 때문에 대체로 좁고 험하다.

그러나 사람들이 동굴의 지형이나 주위와의 관계를 잘 파악하고 나면 이보다 훨씬 편리한 곳에 아주 드나들기 쉬운 입구를 인위적으로 뚫을 수 있음을 알게 된다. 이렇게 해서 만든 것이 '인공 입구'인데, 결국 관광객들은 이 입구를 통해 쉽고 안전하게 드나들게 된다.

학문도 마찬가지이다. 처음에 발견한 사람은 우연히 아주 험한 경로를 밟아 거기에 도달했을 수 있다. 그러나 우리가 학문의 내용을 제대로 알고 보면 훨씬 가깝고 쉽게 접근할 수 있는 길을 알게 된다. 그러니까 교사는 이 길을 찾아내어 그곳으로 학생을 안내해야 한다. 그러자면 무엇보다도 그 학문 내용을 입체적으로 훤히 꿰뚫어 알 필요가 있다. 이 앎은 처음 발견자가 우연히 알고 찾아낸 것을 훨씬 능가할 수 있고, 또 그렇게 되는 것이 바람직하다.

만일 교사가 그렇게 할 수 있다면 교사는 그 새로운 길로 학생들을 쉽게 안내하면서도 처음의 발견자가 험한 출입구를 얼마나 고생하며 찾아갔는가 하는 무용담까지 곁들여 흥미진진하게 안내해줄 수 있다. 그러지 못할 경우에는 동굴에는 들어가지도 못하면서 겉보기 무용담만을 늘어놓고 말게 된다.

이러한 작업은 물론 말처럼 그렇게 쉬운 일이 아니다. 이것을 하기 위해서는 상식적인 사고의 틀을 넘어서는 새로운 사고의 틀이 필요한 경우가 많은데, 이를 마련하기가 그리 쉽지 않다. 예를 들어 지구 상의 모든 위치를 지도 위에 담는 작업을 생각해보자. 지구 상의 모든 위치가 하나의 평면 위에 놓여 있다고 생각하는 사람에게는 이 작업이 불가능하다. 결국 이것들을 배열해낼 수 있는 둥근 구면을 머릿속에 상정할 수 있어야 하는데, 이것을 상상해내지 못하면 결국 이해되지 않는 내용을 놓고 억지를 부려야 한다.

예를 들어 평면에 그린 지도로 보면 아이슬란드와 그린란드 사이가 극에서 극으로 멀리 떨어져 있는데, 실제로는 서로 인접해 있다는 것을 이해할 수 있다. 그러니까 지구를 상상하지 못하는 교사는 "탐험가가 가보니 그렇다고 하더라"라는 말 말고는 더 할 수 없게 된다. 설혹 처음에 그 길을 찾았던 탐험가 자신은 그것을 이해하지 못하고 경험 사실만 이야기하더라도 구면을 이해한 교사는 지구의를 활용해 그것을 훨씬 더 쉽게 짚어줄 수 있다.

마찬가지로 그 어떤 것을 제대로 이해하려면 이것을 담을 수 있는 사고의 틀을 마련해야 하는데, 이것은 당사자가 스스로 깨달아 마련하는 것이지 교사가 직접 만들어 머릿속에 넣어줄 수는 없다. 그러므로 교사는 최소한 이를 먼저 스스로 깨닫는 노력부터 해야 하며, 다음에는 깨달은 자로서 다시 이것을 깨닫게 해줄 최선의 방안을 찾아내야 한다.

만일 교사가 가르친다는 사명을 의식해서라도 스스로 먼저 깨우침에 이를 수 있다면 그가 설혹 학생들마저 깨우치게 하는 데는 성공하지 못한다 하더라도 자기 자신을 위해서는 큰 보상을 받게 되는 셈이다. 교사가 여기까지만이라도 도달한다면 그는 적어도 절반은 성공한 것이다.

교사의 욕심

이것이 바로 내가 한평생 동안 가르치는 자리에 있으면서 애써온 일이다. 나는 우선 나 자신이 '알고' 가르치자는 데 중점을 두었다. 나 자신은 설혹 '스승의 손'만 보고 배웠다 하더라도 지금은 '달'을 직접 보고 손가락질하자는 것이다. 그리고 내가 시도하는 것은 물론 학생들에게 내 손을 보지 말고 달을 보게 하자는 것이다. 그러나 바로 이 두 번째 부분이 더욱 어려운 일이었으며, 이 점에서는 오직 절반의 성공만 거두었다고 말할 수 있다.

내가 이것을 위해 사용한 방법 한 가지는 모든 시험을 언제

나 '오픈노트open-note', '오픈북open-book'으로 한다는 것이다. 그러니까 학생은 무슨 노트든지 무슨 책이든지 다 가지고 와 보면서 시험을 치라고 하는 것이다. 책이나 노트에 있는 것을 달랑 외워 와서 적어내고 나가는 시험이야말로 '스승의 손가락'을 그려놓고 나가는 것 이외에 아무것도 아니다. 그러니까 적어도 책에 적힌 대로, 노트에 적힌 대로 적어내는 것은 무의미하며, 학생 자신이 자기가 본 '달'의 모양을 적어달라는 것이다. 나는 지난 30여 년 동안 거의 한 번의 예외도 없이 이 방법을 시행했다. 가끔은 '오픈북'을 제외했다. 이유는 간단하다. 내 강의에 해당하는 내용은 어느 책에도 없기에 공연히 책만 부산하게 들고 왔다 갔다 하는 것이 전혀 무의미하기 때문이다.

그러니까 이 방법은 학생이 제대로 달을 보든 보지 못하든 최소한 달을 보려는 노력은 하라고 강조한 것이다. 그리하여 제대로 달을 찾아본 학생들에게는 큰 깨달음이 되었고, 그러지 못한 학생들에게는 지극히 어려운 강의가 되었다. 그간 많은 학생이 '교사의 손가락' 그리는 것이 학습이라 생각했는데, 그것을 인정해주지 않으니 학습할 내용이 없어진 것이다.

때때로 학생들은 나에게 찾아와 내가 하는 강의 내용이 어느 책에 있느냐고 묻기도 했다. 참 딱한 일이다. 이들은 나 또한 어느 스승의 손가락을 그리고 있을 텐데, 그 스승의 손가락을 어디서 찾을 수 있느냐고 묻는 셈이다. 나 또한 여러 스승의 손가락을 보았지만 그것을 통해 최종적으로 달을 파악하고 내 눈에 보이는 달을 향해 몸짓 발짓을 다 하는데, 그게 누구 손가락이냐고 물으니 맥이 빠지는 일이 아닌가?

나는 학기가 끝날 때마다 내 강의에 대한 학생들의 평가를 받았다. 이것은 학교에서 공식적인 강의 평가 질문지를 마련하기 훨씬 전부터 내가 자의적으로 해온 일이다. 이럴 때마다 나는 거의 모든 평가에서 아주 좋은 성적을 받았는데, 오직 한 항목에서만 엇갈리는 평가를 받았다. 그것이 바로 '난이도'를 묻는 항목이다. 소수의 학생, 아마도 깨달음에 도달한 학생들은 당연히 여기에도 좋은 점수를 주었지만 그러지 못한 많은 학생은 너무 어렵다는 평가가 지배적이었다. 이것이 바로 내가 학생들을 깨우치는 일에 절반의 성공밖에 거두지 못했다는 말의 의미이다.

여기에는 물론 내가 지닌 다소 지나친 욕심도 작용했다. 학생들에게 '진짜' 학문의 정수를 맛보이자는 것이다. 이것은 물론 무리이다. 나 자신도 저들의 연령에서는 도저히 이해하지 못했던 것을 이해시키고자 했고, 심지어 나 자신도 어제까지는 이해하지 못했던 것을 오늘 이들에게 이해시키겠다는 욕심이 작용한 것이다. 이것이 바로 교사의 욕심인데, 나는 이 욕심을 끝내 물리치지 못했던 것이다.

스님 방에서 본 지구의地球儀

나는 지금도 젊은 시절 한 스님 방에서 본 지구의를 종종 떠올린다. 통도사에 있는 어느 암자를 찾았을 때 노스님은 자기 방에 지구의를 하나 놓아두셨는데, 과연 그 스님은 이것을 보고 어떤 생각을 하셨을까? 이것을 단지 장식품으로 생각하고 갖다 놓으셨는지, 아니면 이것이 어떤 깨달음에 도움이 된다고 생각하셨는지? (여섯째 마당에 이 일화를 좀 더 자세히 적었다.)

내가 이렇게 생각하는 이유는 실제로 지구의란 생각의 깊이를 더하는 데 큰 도움이 될 수도 있기 때문이다. 우선 이것은 '지구 반대쪽 사람들은 왜 아래로 떨어지지 않나?' 하는 의문을 야기할 수 있다. 이 물음에 대해서 현대인들은 어떻게 대답할까? 가능한 대답들은 다음과 같다.

첫째 대답은 '나는 잘 모르겠지만, 과학자들이 그럴 이유가 있다고 하더라'는 것이다. 이 대답을 하는 사람은 지구가 둥글다는 사실을 알고 있고, 거기에 부수되는 문제들은 과학자가 대답해줄 수 있음도 알고 있다. 이 지식만 가지고도 지구 반대편까지 안심하고 왔다 갔다 할 수 있다. 어쩌면 지구 상에 사는 사람 상당수가 바로 이런 '건전한' 상식을 가지고 살 것이다. 이것은 알기는 하면서 이해가 없는 전형적인 사례이다.

둘째 대답은 이렇다. '천장에 거꾸로 매달리는 파리를 봐라. 얼마든지 거꾸로 매달려 살 수 있지 않으냐? 지구 반대쪽 사람들도 마찬가지이다.' 이것은 대표적인 틀린 설명이다. 이해를 하는 척했지만 잘못 이해를 했다. 이것은 실제로 우리나라에 지구가 둥글다는 이야기가 처음 들어왔을 때, 일부 식자들이 이를 설명하기 위해 사용했던 설명이기도 하다. 지금도 양자역학과 같이 어려운 과학 이론을 설명하는 계몽 서적에는 이러한 종류의 설명들이 적지 않게 활용된다. 이해의 바탕이 형성되지 않은 사람들에게 고개를 끄떡끄떡하게 해주는 유일한 방법은 그들도 알아들을 틀린 설명을 해주는 것이다. 이러한 방법은 사실을 받아들이게 만드는 데는 효력이 있겠지만 결과적으로 잘못된 이해를 유포시키는 해악을 지니고 있다.

셋째 대답은 이렇다. '그것은 지구가 사람을 잡아당기기 때문이다.' 이것을 흔히 모범 답안이라 생각하지만, 이 대답 또한 매우 불완전하다. 이 속에는 지구가 잡아당기지 않으면 떨어질 것이라는 의미가 함축되어 있기 때문이다.

그렇다면 바른 대답은 무엇인가? 물음을 야기한 바탕 관념이 잘못되어 있다는 말을 해야 한다. 통상 물음을 제기할 때는 일정한 바탕 관념 곧 통념을 깔고 그 안에서 이해되지 않는 부분을 지적하는 것인데, 이 통념 자체가 잘못되었을 경우에는 물음의 적절성 자체가 성립되지 않는다. 위의 경우에는 '모든 것이 아래로 떨어지게 되어 있다'는 통념 아래 질문을 제기하는 것이므로 이 통념이 잘못되었다는 것부터 밝혀야 하며, 그럴 경우 따라서 제기된 형태의 질문은 자동적으로 폐기되고 만다. 여기서 만일 이 질문에 대한 직접적 대답을 시도한다면 이는 스스로 잘못된 통념을 공유하는 과오를 범하게 된다.

그럼에도 우리가 종종 이러한 과오에 빠지는 것은 암묵적으로 수용되고 있는 이러한 통념을 수정하기가 몹시 어렵기 때문이다. 사람들은 지성이 형성될 무렵에 이미 무거운 것이 아래로 떨어진다는 사실을 바탕 관념 안에 저장하고 이를 통해 사물을 보게 되므로, 이를 의식적으로 검토하고 재조정하지 않는 한 여기에서 벗어나기가 매우 어렵다. 실제로, 아래로 떨어진다고 하는 사실 자체가 공간의 보편적 성질에 기인하는 것이 아니라 중력의 부가적인 작용에 의한 것이라는 고전역학의 이해가 함께 하지 않으면 위의 물음에 대한 바른 해명은 얻어지지 않는다.

이제 다시 스님 방의 지구의로 되돌아가보자. 스님은 지구의를 보고 어떤 물음을 떠올리고 어떤 대답을 떠올리셨을까? 불가에서는 범인들이 제기하는 많은 물음에 대해 "그런 것도 아니고, 그렇지 않은 것도 아니다"라는 대답을 하고 있는데, 이는 곧 그 물음을 제기하는 바탕 관념 자체가 잘못된 것임을 말하며, 급기야 제대로 된 관념을 발견하여 그 모든 것을 한층 높은 차원에서 파악할 때 '깨달음'이라는 말을 사용하는 것이 아닌가 생각한다. 그렇다면 지구의가 우리에게 야기하는 통념적 물음을 벗어나 과학적 이해에 도달하는 경험을 하는 것 또한 작은 '깨달음'에 속하는 것이 될 터이고, 그런 의미에서 스님의 그 지구의가 깨달음을 가르치는 한 도구로 사용되지 않았을까 하는 부질없는 상상을 해본다.

공간은 몇 차원인가

지구에 대한 이러한 이해는 결코 가벼운 깨달음이 아니다. 이것이 어쩌면 무의식적으로 만들어진 자기의 사물 이해 방식을 의식적으로 검토하여 좀 더 나은 새 이해 방식으로 전환하는 최초의 경험일 수도 있기 때문이다. 이러한 '깨달음'을 매우 놀랍게 그리고 만족스럽게 경험하는 사람들은 '물리'를 재미있는 것으로 받아들이는 반면, 이 깨달음의 장벽을 넘지 못하면서 '물리'

를 그저 겉껍질로만 배우는 사람들은 '물리'가 그지없이 어렵고 재미없는 것이라 여기게 된다. 그래서 나는 세상 사람들을 두 가지 부류로 나눈다. '물리'가 가장 재미있는 과목이라고 생각하는 부류와 '물리'가 가장 재미없는 과목이라고 생각하는 부류, 이렇게 두 가지이다.

그런데 물리학을 공부하다 보면 제2의 그리고 제3의 지적 도약을 경험하는 일이 있다. 바로 상대성이론을 이해하게 될 때와 양자역학을 이해하게 될 때 경험하는 일이다. 그리고 이러한 제2, 제3 도약의 장벽들은 누구나 쉽게 넘어설 수 있는 것이 아니다. 그래서 설혹 '물리'가 가장 재미있다고 여기던 사람들 가운데서도 여기에 부딪쳐 좌절하는 사례가 얼마든지 있다.

지구의에 대해 내가 이야기한 내용을 이해한 독자라면 적어도 첫 번째 도약은 이루어낸 사람이라고 할 수 있다. 그런데 만일 제2의 도약마저 경험하고 싶다면 이번 마당의 나머지 부분을 마저 읽어보기 바란다. 그리고 만약 그럴 생각이 없거나 그것은 좀 뒷일로 미루고 싶은 사람이라면 다음 마당으로 건너뛰어도 좋을 것이다. 이번 '마당'을 마주 읽기 위한 지적 준비물로는 약간의 수학(삼각함수 등)과 물리학 개념(속도의 의미 등)이 필요하지만 상식 수준을 넘어서지는 않는다. 그보다는 오히려 탐정소설을 읽을 때 필요한 정도의 상상력과 지적 긴장이 요구되는데, 일단 이것을 넘어서기만 하면 '상대성이론을 이해하는 사람'이라고 하는 새 카테고리의 인간이 되느니만큼 그 지적 소득은 엄청나게 크다.

이 새로운 도약을 위해서는 궁극적으로 '4차원'이란 개념을 이해해야 한다. 우리는 종종 '차원'이라는 말을 다소 부주의하게 사용하고 있지만, 과학적 논의를 위해서는 '차원'의 의미를 좀 더 엄격히 규정할 필요가 있다. 이것을 살펴보기 위해 우리에게 이미 익숙한 다음의 두 물음을 생각해보자.

(1) 대지大地는 왜 아래로 떨어지지 않나?
(2) 사과는 왜 아래로 떨어지나?

첫째 물음은 앞에 소개한 「우주설」(1631)에 나온 물음이며, 둘째 물음은 뉴턴이 만유인력을 발견할 당시(1666) 제기했다고 알려진 물음이다. 여기서 우리가 관심을 가지는 점은 이러한 물음들은 공간 즉 상하사방上下四方에 대한 어떠한 관념을 바탕으로 제기된 것인가 하는 점이다. 답부터 이야기하자면 앞의 물음은 공간을 (1+2) 차원으로 전제하고 제기한 물음이고, 뒤의 것은 공간을 3차원으로 전제하고 묻는 물음이다. (1+2) 차원이라고 하는 것은 상하(1차원)와 사방(2차원)이 본질적으로 서로 다르다는 관점인데, 물체가 떨어지는 것은 상하 차원의 공간이 지닌 내재적 성질이라 본 것이다. 즉 이런 내재적 성질로 인해 모든 무거운 것은 아래로 떨어지게 되어 있는데, 그 무거운 대지가 떨어지지 않는다는 것이 이상하다고 하는 관점이다. 반면 공간을 3차원으로 보는 경우에는 상하 곧 위아래라는 방향도 다른 방향들과 다를 것이 없는데, 왜 이 방향으로는 떨어짐이라는 현상이 발생하느냐 하는 것이다. 즉 한쪽에서는 상하와 사방을 본질적으로 서로 다르다고 보았고 또 한쪽에서는 이들을 본질적으로 서로 같은 것으로 보아, 한쪽에서는 떨어지지 않는 것이 설명을 요하는 문제로 되었고 한쪽에서는 떨어지는 것이 설명을 요하는 문제로 되었다.

흥미로운 점은 이들이 양쪽 다 자기들이 전제하고 있는 공간의 차원이 무엇이라는 것을 명시적으로 표출하고 있지 않다는 것이다. 이들은 자기들이 무의식적으로 전제하고 있는 공간의 차원이 자명한 것으로 보아 거기에 대해서는 일말의 의문을 지니지 않는다. 그렇다면 이들은 공간의 차원 관념을 어떻게 마련한 것일까? 일상적 경험만을 기준으로 본다면 이 두 가지 관점 가운데 어느 것을 택해도 이상하지 않다. 그러나 앞은 경우가 좀 더 손쉽게 얻어지는 가정이라면 뒤의 것은 다소 추상적 사고를 요하는 가정이라 할 수 있다. 역사적으로 보아도 앞의 질문은 더 오래된 것이고, 뒤의 것은 근대 과학이 출현할 무렵 마련된 것이다.

여기서 한 가지 알 수 있는 것은 우리 바탕 관념의 틀 안에는 알게 모르게 '차원'의 개념이 포함되는데, 이것은 우리 경험을 통해 일의적으로 마련되는 것이 아니라 상당한 추상의 과정을 거쳐 마련되는 것이며 경험의 영역이 넓어짐에 따라 더 적절한 것과 그렇지 못한 것이 판정된다는 것이다. 예를 들어 지구와 중력에 대해 훨씬 많은 것을 알게 된 오늘에는 공간을 (1+2) 차원이라 보는 관념이 얼마나 부적절한 것이었는가를 곧 알게 된다.

여기까지는 사실상 현대인의 상식에 속하는 일이며 이것에 대해 지금 그 누구도 의문을 제기하지 않는다. 그렇다면 시간과 공간 사이의 관계는 어떠한가? 여기에 대한 우리의 상식적 관념은 공간이 3차원이고 시간은 이와 독립한 1차원 구조를 가져, 시간·공간의 구조는 (1+3) 차원을 이룬다는 것이다. 하지만 이것 또한 우리의 지성이 우리의 관념 속에 만들어 넣은 사고의 틀일 뿐 그래야 할 필연적 이유는 없다. 실제로 상대성이론에서 보는 관점은 이들이 합쳐서 4차원을 이룬다고 봄이 더 적절하다는 것이다. 이는 마치 상하와 사방 사이에 본질적인 차이가 없기에 이를 3차원으로 보아야 하듯이, 시간과 공간 사이에도 본질적인 차이가 없어서 (1+3) 차원이 아닌 4차원으로 보아 마땅하다는 것이다.

상대성이론을 이해하기 위한 제2의 지적 도약은 바로 이러한 주장의 의미가 자기 자신에게 확신이 올 만큼 철저히 파악될 때 이루어지는 것이라 할 수 있다.

4차원 시공간과 상대성이론

이제 시간·공간의 개념을 좀 더 엄격히 표현하기 위해, '언제, 어디서'라는 내용을 수치적으로 나타낼 시간변수와 공간변수들을 각각 t, x, y, z로 놓자. 여기서 t는 가상적인 시간 축 위의 한 원점을 기준으로 모든 시점의 값을 (예를 들어 초 단위로) 나타낸 값이며, x, y, z는 공간상에 서로 수직한 세 축을 기준으로 모든 위치의 값을 (예를 들어 미터 단위로) 나타낸 값이다. 그래서 어떤 사건이 발생한 시간과 장소를 표현하기 위해 우리는 이 네 쌍의 수치 (t, x, y, z)를 사용할 수 있는데, 이것은 아직 4차원이라 말할 수 없다. 시간과 장소는 서로 대등한 개념이 아니기 때문이다. 우선 이들을 재는 단위부터 서로 다르다.

하지만 우리는 다음과 같은 의미에서 시간과 공간이 4차원이라는 가정을 해볼 수 있다. 즉 시간변수 t에 (속도의 단위를 가지는) 특정한 상수 k를 곱해 새로운 변수 w를

$$w \equiv kt$$

의 형태로 정의할 때, 이 변수 w는 가능한 모든 의미에서 공간변수 x, y, z와 대등하다는 가정을 해보는 것이다. 그렇게 되면 시간을 대표하는 새 변수 w까지 합친 네 쌍의 수치 (w, x, y, z)가 4차원 시공간상의 위치를 나타내게 된다. 이것이 진정 4차원을 이룬다는 이야기는 자연의 법칙들을 표현함에 있어서 네 개의 변수 w, x, y, z가 완전히 대등한 형태로 포함된다는 것을 말한다. 자연의 기본 법칙을 서술함에 있어서 이 가운데 어느 한 변수가 특별한 지위를 누린다면 그것에 해당하는 방향이 특별한 성격을 띠게 되어 이렇게 서술되는 자연계 자체가 4차원 구조를 벗어나는 것이다. 이를 또 달리 이야기한다면 이 네 변수로 이루어진 공간에서 어느 방향으로 기준 축을 잡더라도 자연의 법칙은 동일한 형태를 취한다는 의미가 된다. (이것은 다소 이해하기 어려운 내용이지만, 공간 내의 모든 방향이 대등하다고 하는 말의 의미가 결국 이 말과 다른 것일 수 없다는 사실을 깊이 통찰하기 바란다.)

한편, 이를 우리가 경험하는 실제 세계와 연결하기 위해서는 이 표현에 나오는 모든 w를 시간변수 t로 환산해야 한다. 우리는 결국 w를 직접 관측하는 것이 아니라 (시계를 통해) 시간 변수 t

를 관측하기 때문이다. 그렇게 하기 위해서는 여기서 도입된 상
수 k가 무엇인지를 알아야 한다. 그런데 결과적으로 보면 모든
표현에서 k는 항상 k^2의 형태로 나타나게 되고, 이때 이 k^2을 $-c^2$
이라는 표현으로 치환하면 우리가 아는 현실 세계의 서술이 된
다. 여기서 c는 광속도에 해당하는 자연의 보편상수이다. 논리
적으로는 k의 값을 이렇게 규정하는 것 또한 하나의 가정이고,
이 가정은 우리의 실제 시간·공간이 우리가 가상하는 4차원 시
공간과 어떻게 연관되는가를 말해주는 연결 고리에 해당한다.

요약하면, 특수상대성이론이라는 것은 '자연의 모든 법칙은
시공간 변수 (w, x, y, z) [$w \equiv kt$] $(k^2 = -c^2)$를 활용한 4차원 형태
(즉 변수 w, x, y, z가 대등한 자격으로 들어가는 형태)를 지닌다'는 말 하나로
모두 표현된다. 나머지 모든 것은 이를 전제로 연역적으로 도출
해내면 되는 것이다. 이 얼마나 간단한 이야기인가? (처음 접하는
사람은 이것이 무슨 소리인지 아마 어리둥절해질 것이다. 그러나 깨달음이라는 것이 어
디 그리 쉬운 일인가? 이것 하나를 화두로 삼아 두고두고 생각하다가 보면 언젠가 이해
의 지평이 확 열릴 날이 올 것이다.)

그러나 아인슈타인이 처음부터 이러한 사실을 알고 있었던
것은 아니다. 이것은 대학에서 아인슈타인을 가르쳤던 수학 교
수 민코프스키가 몇 년 후 밝혀낸 사실이며, 이를 통해 아인슈
타인의 상대성이론이 비로소 대중에게 이해되기 시작했다. 역
사적인 이야기를 좀 더 하자면, 아인슈타인은 그의 이론을 두
가지 가정 위에서 출발했는데, 그 하나는 비교적 받아들이기 쉬
운 가정이었고 다른 하나는 도저히 받아들이기 어려운 가정이
었다. 그는 이 두 가정을 제시하고 이들을 통해 자연의 법칙들

을 연역적으로 재구성해냈다. 이제 이 두 가정이 무엇이었는지 조금 자세히 살펴보자.

이른바 '상대성원리'라고 하는 그의 첫째 가정은 "등속도로 움직이는 모든 기준계에서 자연의 법칙은 동일한 형태로 표현된다"라는 것이다. (여기서 상대성원리와 상대성이론을 혼동하지 말기 바란다. 상대성원리는 이 따옴표 속에 들어가는 진술 자체를 말하는 것이고, 상대성이론은 이를 포함한 전체 이론 체계를 의미한다.) 이것은 4차원 공간에서 좌표축을 어느 방향으로 잡아도 된다는 이야기와 같은 것인데, 위에서 보았다시피 이는 4차원을 이룬다는 말 속에 이미 함축되어 있는 내용이다.

둘째 가정은 "광속도는 어떤 관측자에게도 동일한 값을 취한다"라는 것이다. 그런데 이것이야말로 '상식'에서 크게 벗어나는 가정이다. 예를 들어 우리가 지금 동쪽으로 광속도 c로 움직이는 물체를 본다고 하자. 내가 만일 동쪽으로 이 속도의 90퍼센트 곧 0.9c의 속도로 달리면서 이 물체를 보면 이것의 속도가 0.1c 곧 광속의 10퍼센트로 달리는 것으로 보여야 할 텐데, 그렇지 않고 여전히 광속도 c로 달리는 것으로 보인다는 이야기이다. 이는 곧 시속 100킬로미터로 달리는 자동차를 시속 90킬로미터로 달리는 자동차에서 관측하면 그 상대속도는 시속 10킬로미터로 달리는 것이 될 텐데, 이것이 여전히 그 자동차에 대해 시속 100킬로미터로 간다고 하는 이상한 주장에 해당하는 것이다.

그는 이것을 가정이라 하고 무조건 받아들이라 하는데, 이는 기존에 우리가 지니고 있는 시간·공간 개념과 너무나 달라서 크게 당황하게 된다. 물론 기존의 우리 개념이 잘못되었으니 이를 받아들이라 한다면 기존의 개념을 무시하고 받아들일 수 있겠으나, 이 경우에도 기존 개념 가운데 어떤 것은 그대로 활용해야 하고 어떤 것은 버려야 하는지 그리고 왜 그래야 하는지를 명확히 해주지 않으면 도무지 종잡을 수 없게 된다. 무리하게나마 꾹 참고 그가 안내하는 논리를 쫓아가다 보면 결국 4차원 논리를 통해 얻게 되는 것과 대등한 결과에 이르지만, 이는 마치 도깨비에 홀려 어디로 가는지도 모르고 따라가는 경우에 해당하는 것이다.

이것이 바로 아인슈타인이 우리를 안내해 가는 길이었다. 그는 이미 그 길에 익숙하여 이 길이 그 자신에게는 당연해 보일 수도 있으나, 처음 따라가보는 사람에게는 몹시 헷갈리는 관념의 험로여서 혀가 내둘릴 지경이 된다. 하지만 반대로 시간·공간의 4차원 구조를 먼저 가정하고 거꾸로 길을 가보면 모든 것이 너무도 자연스럽게 전개됨을 알 수 있다.

4차원 세계가 보여주는 놀라운 결과들

그렇다면 시간·공간의 4차원 구조라는 것은 구체적으로 어떤 의미를 지니고 있는가? 이것은 우리에게 이미 익숙한 시간·공간의 (1+3) 차원 구조와 현실적으로 어떤 차이를 가지는가? 이 점을 생각하기 위해 다음과 같은 하나의 구체적 사례를 살펴보자.

지금 속도 v(예컨대 시속 100킬로미터)로 달리는 자동차 A와, 같은 방향으로 속도 u(예컨대 시속 40킬로미터)로 달리는 자동차 B가 있다고 하자. 이때 자동차 B를 기준으로 관측한 자동차 A의 속도 v′의 값은 얼마가 되겠는가 하는 문제를 생각하자. 이것은 자동차 B를 타고 보았을 때 자동차 A는 얼마나 빨리 가는 것으로 보이느냐 하는 것과 같은 문제이다.

이 두 자동차의 운동은 〈그림 1〉에 보인 바와 같이 2차원 시간·공간 좌표(w, x)로 나타낼 수 있다. [실제로는 4차원이 되겠으나 여기서는 한 방향의 공간(X축 방향)만을 고려하므로 2차원이 되었다.] 여기서 가로축 W는 시간을 대표하는 축이고, 세로축 X는 공간상의 거리를 나타내는 축이다.

이 그림에서 자동차 A의 운동은 직선 OA로, 자동차 B의 운동

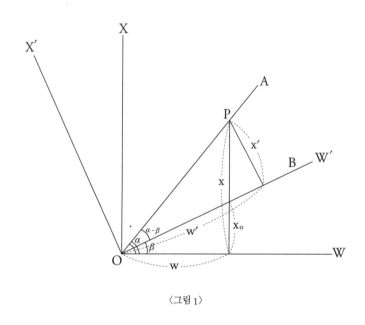

〈그림 1〉

은 직선 OB로 나타나고, 그들의 속도 v와 u는 각각 각 α와 β의 탄젠트(tan)로 나타낼 수 있다. 〈그림 1〉에서 보는 바와 같이

$$\tan\alpha = \frac{x}{w} \,,\ \tan\beta = \frac{x_0}{w}$$

이며, 여기서 w는 kt이고, 경과한 거리를 시간으로 나눈 값, 곧 $x/t, x_0/t$이 바로 속도 v, u이므로

$$\tan\alpha = v/k,\ \tan\beta = u/k$$

가 된다.

반면에 자동차 B를 기준으로 한 자동차 A의 운동은 자동차 B의 운동을 정지한 것으로 보므로, 시간 축을 OB 직선과 일치하는 새로운 방향으로 잡은 새로운 좌표 W′를 기준으로 서술된다. 즉 땅에 대한 자동차 A의 속도는 각 α의 탄젠트와 관계되지만 자동차 B에 대한 자동차 A의 속도는 각 $(\alpha-\beta)$의 탄젠트와 관계된다. 따라서 〈그림 1〉에서 보는 바와 같이

$$\tan(\alpha-\beta) = \frac{x'}{w'}$$

인데, 여기서 w′는 kt′이고, x′/t′가 우리가 구하고자 하는 속도 v′에 해당하므로

$$\tan(\alpha-\beta) = v'/k$$

가 된다. 한편, (어느 고등학교 교재에나 나와 있는) 삼각함수의 기본 성질인

$$\tan(\alpha-\beta) = \frac{\tan\alpha - \tan\beta}{1 + \tan\alpha \cdot \tan\beta}$$

의 관계를 활용하면 상대속도 v′는 속도 v와 u를 안다고 할 때

384

$$v' = \frac{v - u}{1 + vu / k^2}$$

의 관계로 표현된다. 이것은 시간(w≡kt)과 공간이 합쳐 4차원을 이룬다는 가정만을 통해 나온 결과이다. 그런데 실제 시간·공간은 k²이 임의의 값을 취하는 것이 아니라 −c²에 해당하는 값을 지닌다는 가정 하나를 더 보태면 매우 흥미로운

$$v' = \frac{v - u}{1 - vu / c^2}$$

의 관계식을 얻게 된다.

이제 이 관계식이 함축하는 내용 몇 가지를 살펴보자. 자동차 A의 속도 v가 광속도 c와 같다면 위의 식에서 관측 기준이 되는 자동차 B의 속도 u에 무관하게(u가 c 자체만 아니라면) v'=c라는 결과를 얻는다. 이것이 바로 아인슈타인이 가정했던 내용인데, 이 이상스러운 결과를 우리는 좀 더 자연스러운 가정으로 깨끗이 도출해낸 것이다.

또 한 가지 사례로 A가 광속도의 90퍼센트 속도로 달리는 로켓이라 하고, B가 반대 방향으로 광속도의 90퍼센트 속도로 달리는 또 하나의 로켓이라 해보자. 우리의 상식에 따르면 로켓 B를 기준으로 본 로켓 A의 속도는 광속도의 180퍼센트, 곧 1.8c가 되어야 한다. 그런데 우리의 이 관계식은 어떤 값을 주는가? 위의 식에 v=0.9c, u=−0.9c를 대입하면 간단한 연산에 따라 v'=(1.8/1.81c)≒0.994c, 즉 여전히 광속도 c보다는 작은 값이 되는 것을 알 수 있다.

그렇다면 어떻게 해서 우리 상식과 크게 어긋나는 이런 결과

를 얻었는가? 우리 상식에 따르면 시속 100킬로미터로 달리는 자동차를 시속 40킬로미터로 달리는 자동차에서 보면 시속 60 킬로미터, 즉 $v'=v-u$가 되어야 맞다.

이제 이러한 상식은 어떤 사고방식에 의해 나온 것인지를 살펴보자. 위의 논의 과정에서 우리는 시간과 공간이 합쳐 2차원이 된다고 가정했다. 그러나 우리 상식에 따르면 시간과 거리는 각각 1차원 공간을 이루고 있을 뿐 합쳐서 2차원이 되는 것이 아니다. 그러므로 설혹 자동차 B를 기준으로 하더라도 자동차 A가 O 점에서 출발하여 P 점까지 가는 동안(〈그림 1〉 참조) 경과한 시간은 여전히 w'이 아닌 w이며 자동차 B에서 멀어진 거리 또한 x'이 아닌 $(x-x_0)$일 뿐인 것으로 생각하게 된다.

이렇게 생각할 경우 상대속도 v'은 x'/t'이 아니라 $(x-x_0)/t$ 즉 $(v-u)$가 된다. 이 과정에서 우리는 자신도 모르게 시간변수와 공간변수가 (합해서 2차원을 만드는 것이 아니라) 각각 독립적으로 1차원을 이룬다고 가정했던 셈인데, 이러한 가정들이 우리 관념의 바탕 안에서 기성 개념으로 자리 잡고 있었던 것이다. 이러한 관념의 바탕 또한 놀랍고 정교하기는 마찬가지이지만 그렇다고 하여 반드시 옳은 것은 아니라는 점이 상대성이론이 우리를 일깨워주는 매우 중요한 교훈이다.

이 논의와 관련하여 또 한 가지 매우 흥미로운 사실을 상기할 수 있다. 우리는 흔히 상대성이론에서 시간 간격과 공간 간격이 늘어나기도 하고 줄어들기도 한다는 말을 듣고 매우 신기하게 생각하는데, 위의 논의에서 보면 이것은 너무도 당연한 사실이다.

다시 〈그림 1〉에서 자동차 A가 O 점에서 출발하여 P 점까지 가는 동안 경과한 시간을 생각해보자. 이것은 W 축을 기준으로 보느냐 W' 축을 기준으로 보느냐에 따라 w가 될 수도 있고 w' 이 될 수도 있다. 마찬가지로 이동한 거리도 $(x-x_0)$일 수도 있고 x'일 수도 있다. 이것은 마치 평면상의 위치를 (x, y)로 나타낼 때 x와 y의 값이 기준이 되는 좌표축을 어떻게 잡느냐에 따라 달라지는 것과 완전히 같은 것이다. 그러므로 시간변수가 독립된 차원을 형성하는 것이 아니라 4차원의 한 성분을 이룬다고 말할 때 우리는 이미 관측 좌표축의 방향에 따라 이 값이 길어질 수도 있고 짧아질 수도 있음을 인정하고 들어간 셈이다.

마지막으로 이러한 4차원 시간·공간 변수를 사용하면 자연법칙들 또한 4차원 형태로 나타나게 되므로 이를 고려하지 않았던 종래의 모습에서 약간의 수정이 불가피하게 된다. 이제 우리가 잘 아는 뉴턴의 운동법칙(이른바 뉴턴의 제2법칙이라는 관계식)을 이러한 형태로 재구성해보면 그 조정 과정에서 다음과 같은 두 가지 매우 놀라운 결과가 나타나게 된다. (이 결과가 얻어지는 과정까지 또 이야기하고 싶지만 그렇게 하면 이 책이 무슨 물리학 책이냐는 항의가 터질 듯해 생략한다.) 그 하나는 물체의 관성을 나타내는 질량 m이 속도에 무관한 상수가 아니라 속도 v에 의존하는 형태, 즉

$$m = \frac{m_0}{\sqrt{1-v^2/c^2}}$$

로 바뀌게 된다는 것이며, 둘째는 이렇게 정의된 질량 m은 에너지 E와 사이에 유명한 관계식

$$E = mc^2$$

가 성립된다는 것이다. (여기서 m_0는 속도가 영일 때의 질량을 나타낸다.) 그 이외에 상대성이론과 관련하여 말할 수 있는 흥미로운 이야기가 많지만 이것에 대해서는 독자들이 다른 기회에 학습하기를 부탁하며 이것으로 마친다.

열두째 마당

낙엽과 씨앗

끝이 아름다운 삶 | 가장 살기 좋은 곳 | 낙엽이 지니 줄기가 보인다 |
『성학십도』를 보며 떠오르는 생각 | 자신의 어깨 위에 올라서서 |
진리는 뫼비우스의 띠 구조를 지녔다 | 결코 늙지 않는 사람들

끝이 아름다운 삶

산다는 것, 더구나 사람으로 산다는 것은 참 경탄할 일이다. 내가 태어나고 싶어 태어난 것도 아닌데, 어느 날 문득 생각해보니 이렇게 놀라운 삶의 한가운데 내가 놓여 있다는 것, 이것을 경탄이란 말 이외에 어떻게 표현해야 할 것인가? 물론 여기에도 끝이 있다. 하지만 이 제한된 삶이나마 값지게 채울 수 있다면 이처럼 복된 일이 없을 것이다.

한데 삶이 가진 한 가지 특성은 지난 일을 되돌릴 수 없다는 점이다. 그래서 주어진 삶은 언제나 남아 있는 삶이 된다. 더욱 섭섭한 일은 이것이 그리 화려하지 않을 수도 있다는 사실이다. 이것은 일생 학문을 대해온 대학 교수에게도 마찬가지이다. 정년 때까지 대학 교육을 하고 물러나면서 얻게 된 명예교수라는 칭호가 그리 '명예롭게' 느껴지지 않는 이유이다. 신체 기능이 하향 곡선을 그리고 있는 마당에 미래의 기대치가 언제고 높을 수만은 없다.

그래서 우리는 고민하게 된다. 끝까지, 아니 끝으로 갈수록 더 보람되고 알차게 살 수는 없을까? 삶이 하나의 예술 작품이라면 그 종결 부문을 가장 멋지게 이뤄내야 할 텐데, 정녕 그럴 수는 없을까? 나는 이것이 가능하리라 본다. 오직 한 가지, 이를 위한 체질을 가지고 있다면. 사람은 체질을 타고나기도 하지만 나이가 들어갈수록 자기 체질을 자기가 만들어 가진다.

교수들은 일단 교수 체질에 순응하고 있다. 교수들이 교수 체질에 맞지 않으면 건강을 상실하거나 혹은 딴전을 피우게 된다. 요절하는 사람 혹은 다른 일로 뛰쳐나가는 사람들은 일단 교수 체질에 적합하지 않은 경우들이라 할 수 있다. 그런데 교수 체질에 잘 순응한 사람이 퇴직 교수 체질에도 잘 맞는다는 보장은 없다. 퇴직을 하고도 여전히 현직 교수와 똑같이 뛰어야 하는 사람은 교단을 물러나 '할 일 없는' 시간을 배겨내기 어려울 것이다. 현직에 있으면서도 직장에서 물러나게 되면 어쩌나 걱정하는 사람들이 바로 그런 부류에 속한다.

그러니까 퇴직 교수 체질에 가까운 사람들은 정년 무렵이 되면 정년이 기꺼이 기다려지는, 그리고 퇴임을 하면 고향에 돌아온 듯 느긋한 마음을 가지게 되는, 바로 그런 사람들이다. 하지만 진정 퇴직 교수 체질이 되기 위해서는 여기에 한 가지를 더 보태야 한다. 곧 학문을 진정으로 즐기는 체질이다. 이런 조건까지 구비된 이들은 이제야말로 내가 하고 싶은 공부를 아무런 제재도 받지 않고 마음껏 할 수 있구나 하고 마치도 물고기가 큰물을 만난 듯 학문의 세계에 뛰어드는, 바로 그런 사람이다.

왜 굳이 학문인가? 학문이 아니어도 좋다. 그리고 교수가 아니어도 좋다. 그가 일생 공들여 연마한 일을 이어나갈 수만 있으면 된다. 이제 거기서 한 걸음 더 깊이 들어가 남들은 하지 못하던 새로운 경지를 넘나드는 것, 이것이 가능하면 된다. 여기에서 어떤 성과를 내느냐 하는 것은 중요하지 않다. 평생 그러한 것 때문에 얼마나 시달려왔는가? 그러니 이제라도 성과에 무관하게 마음껏 몰입하는 것, 그러다가 성과가 나오면 그것은 그것대로 좋은 일이지만 여기에 구애됨 없이 즐길 수 있다는 것, 이것이 마지막 생애가 누릴 최상의 경지 아니겠는가?

이것을 나는 끝이 아름다운 삶이라고 말하고 싶다. 눈앞에 닥친 필요에 의해서 그리고 생계를 잇기 위해 부득이 하는 것이 아니라 그 자체가 지닌 가치에 의해서 그리고 그 자체가 주는 즐거움에 의해서 활동하고 살아가는 일, 이것을 마음만 먹으면 할 수 있다는 것이 바로 공식적인 직장을 벗어나는 사람이 누릴 수 있는 최상의 축복이다.

그런데 여기서 나는 왜 군이 체질을 이야기하는가? 오히려 마음의 자세라든가 심정적 기질이라고 보는 것이 더 적절하지 않은가? 그렇기도 하지만 군이 체질이라 말하는 것은 이 모든 것이 결국은 몸의 바탕에 깊이 연관되기 때문이다. 아무리 마음의 자세를 고쳐먹고 싶어도, 심정적 기질을 바꾸어보고 싶어도, 이들이 몸속 깊숙이 각인되어 있지 않고는 모두 공염불이 된다.

공부의 달인이라고 할 공자님도 이 점을 아마도 일찍이 깨달은 듯하다. "아는 것은 좋아하는 것만 못하고, 좋아하는 것은 즐겨 하는 것만 못하다知之者不如好之者, 好之者不如樂之者"라고 한 말씀이 그것이다. 이를 공부와 연관해 풀어보면, '공부를 해야 함을

(머리로) 아는 사람은 공부를 (마음으로) 좋아하는 사람만 못하고, 공부를 (마음으로) 좋아하는 사람은 공부를 (온몸으로) 즐기는 사람만 못하다'는 이야기이다.

이 말은 곧 공부를 머리로만 할 것이 아니라 마음으로, 그리고 다시 온몸으로 해야 한다는 것이다. 공부를 머리로만 할 때는 머리만 지치면 끝이다. 아무리 공부가 중요하다는 것을 알고 있더라도 더 이상 공부하고 싶은 마음이 없어진다. 공부를 마음으로 하는 사람은 공부하고 싶은 생각은 늘 있겠지만, 일단 책을 들면 눈부터 감기는 경우가 많다. "마음은 원이로되 몸이 말을 듣지 않는다"라는 말이 여기에 해당한다. 결국 몸마저도 공부에 신명을 내는 경지가 되어야 한다는 것이다.

이것은 말하자면 공부에 중독된 것이라고도 할 수 있겠지만, 게임에 중독되는 것과는 다르다. 공부의 체질이 되는 것과 여느 중독 사이의 차이는 이것이 결코 전반적인 건강을 해치지 않는다는 것이다. 공부를 하기에 몸도 더 건강해지고, 건강하기에 공부도 더 잘되는 상승적 효과가 나타난다. 이러한 경지에 도달하기 위해서는 물론 일정한 수련이 필요하다. 공부를 하되 몸이 지치지 않게 하며, 몸을 움직이되 머리 또한 창조적 활동을 멈추지 않게 하는 수련이 자연스러운 습관으로 몸에 배어야 하는 것이다.

이는 물론 하루 이틀에 되는 일이 아니다. 가장 좋기로는 어려서부터 시작하는 것이지만 그러지는 못하더라도 몇십 년 정도의 준비가 필요하지 않을까 생각된다. 그러나 시간과 노력이 많이 드는 것은 아니다. 관심을 가지고 그저 몸과 마음의 쓰임

새에 무리가 없도록 배려하면 된다. 그리고 이것이 일단 습관으로 굳어지고 나면 그다음부터는 저절로 굴러간다. 지난 시기의 삶을 되돌릴 수는 없지만, 지난 시기에 마련한 체질은 남은 삶을 빛내는 데 큰 도움을 준다.

가장 살기 좋은 곳

잘 산다는 것, 이것보다 더 소중한 것이 어디 있나? 그러나 이게 그리 간단한 일이 아니다. 젊은 시절 나는 '좋은 삶'의 한 본보기로 헬렌 니어링Helen Nearing과 스콧 니어링Scott Nearing 부부가 살아간 방식을 흠모해왔다. 이들이 쓴 책『좋은 삶을 살다Living the Good Life』(국내 출간 제목은 '조화로운 삶')에는 약간의 물물교환을 제외하고는 거의 자급자족에 가까운 생활을 하면서도 여러 가지로 만족스러운 생활을 해나가는 모습이 담겨 있다.

이미 읽은 지가 오래되었지만, 이들의 흥미로운 생활 방식 가운데서 특별히 기억에 남는 것 두 가지가 있다. 하나는 이들이 농사일 등 생계를 위한 일을 하지만 이것은 오직 오전 중에만 국한하고, 오후에는 음악 연주 등 취미 활동을 하거나 혹은 독서, 저술 등 정신적 창조 활동을 하는 데 온전히 바친다는 것이다. 또 하나 이색적인 것으로 저녁 식사는 고기나 곡물을 전혀 먹지 않고 오로지 채소와 과일만을 먹는다는 것.

이 책을 처음 읽을 당시 나는 상당 부분 공감을 하면서도 이들이 과연 이러한 생활을 얼마나 지속할 수 있을 것인가, 과연 나이를 먹어 체력이 소진하고 정신력이 감퇴되어도 이런 생활이 유지될 수 있을까, 심지어 이런 방식으로 얼마나 오랫동안 생존을 유지할 수 있을까, 하는 생각들을 해보았다.

그러다가 훗날, 남편 스콧이 세상을 떠나고 아내 헬렌이 자신들의 지난 일을 회상하며 쓴 글을 보고 나는 이러한 우려가 부질없는 것이었음을 알았을 뿐 아니라 다시 더 큰 감동을 받았다. 스콧 니어링은 100세에 이르기까지 건강하게 자급자족의 생활을 유지했으며, 100세가 되던 생일을 맞이하여 체력의 한계로 더 이상 자급자족 활동을 할 수 없음을 느끼자 이후 일체의 음식을 입에 대지 않고 침대에 조용히 누워 생을 마감했다는 것이다. 이 얼마나 건강하고 아름다운 종말인가? (후에 어느 다른 글에서 헬렌 부인의 이 서술이 다소 과장되었다는 평을 읽은 일이 있지만, 큰 줄거리가 달라진 것은 아닐 것으로 본다.)

이것은 물론 아무나 흉내 낼 수 있는 삶의 방식이 아니다. 이들은 젊은 시절부터 사회구조의 제약을 벗어나 진정 자유로운 삶을 영위하기 위해 철저한 연구와 준비를 거쳤으며, 또 과감하게 이를 실행에 옮길 용기를 가졌던 몇 안 되는 특별한 사람들이었다. 그러나 설혹 여건은 다를지라도 이들의 정신과 방법의 일부는 누구나 취할 수 있고, 이를 통해 나름의 독창적 삶을 이루어내는 데 도움을 받을 수도 있다.

나는 정년에 이르기까지 직장에 묶여 있었지만, 이후의 삶이라도 나름의 '좋은 삶'을 살아가기 위해 준비할 여건들이 무엇인가에 대해 이것저것 궁리해본 일이 있다. 이 가운데서 내가 중요하게 생각했던 것은 우선 생태적으로 건전한 생활을 해야겠다는 것이었고 이제야말로 공부를 본격적으로 해보아야 하겠다는 것이었다. 평생 공부하는 직장에 있었던 사람이 새삼스럽게 공부를 본격적으로 해야겠다는 것은 또 무슨 뜻인가? 그 하나는 공부하는 자리에 앉아 있으면서도 실제로는 만족스럽게 공부하지 못했다는 자성이며, 다른 하나는 직장이라는 것이 주는 사소한 제약에서나마 완전히 벗어나 정말 공부에만 몰두할 수 있는 생활을 해보고 싶다는 것이었다.

이러한 점에서 직장에서 놓여난다는 것은 내게 커다란 해방이었다. 이것은 자유로운 시간을 준다는 것과 더불어 자유로운 공간을 준다는 것을 말하기도 한다. 나는 이제 더 이상 직장 가까운 곳에 매여 살 필요가 없는 것이다. 그러니까 전국 방방곡곡이 어디나 내 가능한 삶의 터가 될 수 있다. 취향으로 말하면 가장 산수가 수려하고 주위의 방해를 덜 받는 곳이 되겠지만, 사람이 어찌 혼자 살 수 있는가? 그리하여 사람들과의 만남도 고려해야 한다. 그러니까 자연과 사람 사이의 적절한 절충이 불가피하다. 말하자면 불필요한 모든 것에서는 되도록 멀리 떨어져 있으면서 필요한 모든 것과는 되도록 가까이 있는 곳, 이런 곳을 찾아내야 한다.

이렇게 해서 내가 찾아낸 해답을 바로 말하기 전에 특히 내 경우 '필요'라는 것이 도대체 무엇이었는지에 대해 조금 설명해야겠다. 내 경우 삶을 위해 고려한 가장 중요한 사항은 공부와 함께 건강을 어떻게 증진시켜나갈까 하는 점이었고, 이를 가능케 하는 모든 것이 내 '필요'의 종목들이었다. 그래서 나는 이러한 필요를 가장 적절히 충족시킬 삶의 터전이 어디가 될 것인가를 항상 염두에 두고 살펴보고 있었다.

이미 앞에서도 이야기했지만 나는 다소 특이한 공부 습관을 가지고 있다. 책상 앞에 앉아 공부하는 것이야 피할 수 없는 일이지만, 이것 외에도 산책길에서 공부하며, 심지어 잠자리에 누워서도 공부한다. 이렇게 할 경우 건강을 해칠 일은 별로 없다. 책상 앞에 너무 앉아 있는 것은 별로 안 좋지만, 산책길이나 잠자리에서 하는 공부는 건강을 오히려 돕는다. 산책길이나 잠자리에서 공부한다고 하여 그 기간 내내 머리만 쓴다는 이야기가 아니다. 오히려 그 반대이다. 머리를 쉬면서 몸 전체의 생리를 돕는 가운데 두뇌 활동도 자유롭게 열어놓는다. 이렇게 하면 책상 앞에서 집중적으로 작업할 때 얻지 못했던 새로운 착상들이 종종 떠오르는데 이것이 내게는 매우 소중한 것이다.

이를 위해 필요한 것은 비교적 소박하다. 쉽게 접근할 수 있는 한적한 산책길이면 된다. 그런데 이 간단한 요건을 갖추는 것이 그리 쉽지 않다. 요즈음 길이라고 하면 거의 대부분 자동차 길이며, 특히 도심에서는 인도가 있어도 인파에 부딪쳐 걷기조차 쉽지 않다. 이 점은 시골이라고 별로 더 낫지 않다. 얼마 전부터 올레길, 둘레길 등등으로 불리는 보행로들이 따로 만들어지기는 하나 이는 아직 특별한 지역에 국한된 것이며, 대부분의 농촌에서는 있던 오솔길조차 끊고 넓혀서 인도조차 없는 자동차 길로 바뀌고 있다.

그리고 평지에 나 있는 산책로보다는 여러 갈래로 등산로가 이어지는 나지막한 야산이면 더욱 좋다. 주변의 나무며 풀이며 다람쥐들도 보면서 계절의 변화를 즐길 수 있을 뿐 아니라 경사를 오르내리면서 몸의 신진대사도 활발해지기 때문이다. 하지만 대도시 주변에서는 이런 호사를 누리기가 쉽지 않다. 이미 사람들이 너무 붐벼 한적한 산책을 기대하기 어렵기 때문이다.

그래서 나는 이러한 조건을 어느 정도 만족시키면서도 사회적 왕래가 불편하지 않을 만한 장소를 찾아 나섰다. 이 경우 대중교통 특히 철도를 활용할 수 있는 것이 중요하다. 걷는 데는 한계가 있고 자동차는 되도록 사용하려 하지 않기 때문이다. 그렇게 해서 찾아낸 곳이 내가 지금 살고 있는 충남 천안-아산 지역이다. 이곳은 말하자면 전국 인구 분포의 무게중심 혹은 교통망의 무게중심이라 할 만한 지점이다. 자주 다녀야 할 곳은 비교적 쉽게 가고, 자주 다니지 않아도 될 곳은 좀 멀지만 그렇다고 아주 불편하지도 않은 그러한 위치이다. 그리고 당연히 산책길이 여러 갈래로 나 있는 나지막한 야산이 집 뒤에 있어서 하루에도 몇 번씩 헤집고 다닌다.

주변 사람들은 나에게 무슨 연고가 있어서 이곳에 오게 되었느냐고 가끔 묻는다. 이런 밋밋한 곳을 아무 연고도 없이 찾아왔을 리는 없으리라 생각하는 것이다. 이럴 때마다 나는 전국지도를 펴놓고 가장 살기 좋은 곳이 어딘가 살펴보던 중 "바로 이 지점이다"하고 점을 꼭 찍은 곳이 여기라고 말한다. 이곳 사람들은 납득이 안 가는지 다소 의아해하면서도 내심 좋아하는 표정이다. 물론 나는 가장 공부하기 좋은 곳을 찾다가 보니까 이곳으로 온 것이지만, 내게는 공부하기 좋은 곳이 곧 살기 좋은 곳이니 그리 과장된 표현은 아니다.

낙엽이 지니 줄기가 보인다

이미 꽤 오래전이지만, 어떤 사람이 학자들의 학문 수명에 대해 연구한 결과를 발표한 일이 있다. 이 연구에 따르면 학자들이 발표하는 논문의 질은 학자마다 많이 다르지만 한 사람이 발표하는 논문은 그의 연령에 따라 크게 달라지지 않는다고 한다. 그리고 분야별로 보면 수학을 하는 사람들의 학문 수명이 가장 짧고, 그다음이 이론물리학이며, 생물학이나 의학은 상대적으로 학문 수명이 길고, 철학 등 인문학 쪽 학자들이 가장 늙은 나이까지 학문을 하는 것으로 되어 있다. 이러한 사실은 굳이 이런 연구가 아니더라도 주변에서 이미 많이 보는 바이기도 하다.

그런데 여기서 우리가 생각해볼 바는 왜 이런 결과가 나타날까 하는 점이다. 나는 요즘 나이를 먹으면서 그렇게 되는 이유를 몸을 통해 조금씩 느껴가고 있다. 나이를 먹으면 두뇌 또한 노화할 것이고 따라서 지적인 능력이 떨어질 것임은 틀림없는 사실이다. 이렇게 되면 공부의 효율 또한 많이 떨어질 것이지만 이것을 주관적으로 느끼기는 좀 어렵다. 자기 속도를 자기가 알아내기가 어렵듯이 내 사고의 속도를 내 사고를 통해 가늠하기는 어렵다. 하지만 기억력이 떨어지는 것은 내게도 확연히 느껴진다. 이것만은 결코 속일 수 없는 사실이다. 그런데 매우 다행스럽게도 이것이 바로 학문 활동을 하는 데 결정적인 장애를 주는 것은 아니다. 오히려 활용하기에 따라서는 도움도 준다.

기억이 감퇴되는데 학문 활동에는 도움을 주다니, 이것은 또 무슨 소린가? 이는 마치도 낙엽이 진 나무를 보는 것과 같다. 잎이 무성할 때는 나무의 줄기가 잘 보이지 않지만, 잎이 떨어지고 나면 그제야 나무의 줄기들을 제대로 볼 수 있다. 마찬가지로 기억력이 왕성하여 수많은 내용을 머릿속에 다 담고 있으면 정작 더 중요한 것과 덜 중요한 것을 구분해내기가 어렵지만, 기억력이 감퇴하여 덜 중요한 사소한 것들이 자동적으로 제거되고 나면 그제야 더 중요한 단단한 내적 구조물들이 보이기 시작한다는 것이다.

이러한 점은 학문의 성격과도 관계가 있다. 학문 자체가 몹시 정교하고 치밀하여 그 논리적 단계 하나라도 빠트리면 학문으로 성립하지 않는 경우에는 이 모두를 빠트리지 않고 이어내는 세심한 지적 집중력이 요구되지만, 학문의 성격이 좀 더 포괄적이어서 주로 그 전체적 맥락에 주목을 해야 할 경우에는 사소한 부분들을 적절히 걷어내고 큰 줄거리를 보는 원숙한 사고력이 필요하다. 이때 만일 사소한 부분들이 노화 생리의 도움으로 자동적으로 제거되어나간다면 오히려 이러한 학문 수행에 도움을 받을 수도 있으리라는 것이다.

그렇기에 어느 누가 학문 분야들 사이를 잘 건너뛰어 가며 학문들이 지닌 이러한 성격을 최대한 활용하려 한다면, 그는 가장 젊었을 때 수학에서 시작하여 이론물리학을 하고 다시 나이를 먹어가며 생물학과 철학을 거쳐 인문학 쪽으로 뻗어나가는 전략을 세울 수가 있을 것이다. 그런데 의도한 것은 아니지만, 나자신의 학문 경력이 이것과 매우 흡사한 방향으로 흘러갔다. 가장 젊었을 때 수학을 상당 부분 자력으로 학습했고, 그다음 대학 전공 과정에서 물리학을 그리고 대학원에서 이론물리학을 전공하여 박사학위를 받은 후, 뒤늦게 생물학 쪽으로 뛰어들어 생명 이해에 관심을 쏟았으며, 다시 과학이 지닌 철학적·인문학적 성격에 대한 탐구에 열을 올리고 있기 때문이다.

이런 점에서 나는 마치도 내 학문 생애를 신체의 자연스러운 지적 생리에 가장 잘 맞도록 설계하여 이를 현실적으로 수행해나가는 과정에 있다고 볼 수 있다. 결코 이를 의식한 적이 없었지만, 나는 자신도 모르게 학문을 해나가기에 가장 자연스러운 경로를 밟았으며, 이것이 결과적으로는 나로 하여금 나이에 무관하게 장기간 학문을 해나가는 행운을 가져다준 셈이 되었다.

하지만 이것 또한 끝이 있는 법. 내 능력이 다하거나 내 수명이 다할 때 결국 중단해버리지 않을 수 없는 일이다. 그런데 자연은 이것마저 지혜롭게 넘어서는 방법을 제공하고 있다. 곧 씨앗을 만드는 일이다. 개체로서의 자기 수명이 끝날 때 씨앗을 남겨 다음 세대가 이어가게 하는 지혜이다. 크게 보면 교육이라는 것이 바로 그러한 기능을 하는 것이기도 하다. 하지만 이것은 세대와 세대를 이어가는 사회 전반의 기능을 말하는 것이고, 한 개인의 학문 생애를 의미 있게 이어갈 후속 조처를 마련하기 위해서는 마치도 한 식물 개체가 씨앗을 남기듯 '학문의 씨앗'을 마련해보는 것도 생각해볼 만한 일이다.

그렇다면 이 씨앗에 담아야 할 내용은 무엇인가? 이것은 이 한 개인의 학문 경력 전반을 통해 걸러낸 학문의 정수만을 담아 다음 세대가 이 모든 과정을 일일이 새로 거치지 않아도 그 요체를 알아차리고 거기서부터 쉽게 성장해나가도록 해주는 그 무엇이 아닐까 생각된다. 여기서 고려해야 할 중요한 점은 이것이 거친 토양에서나마 쉽게 뿌리를 내리고 성장을 시작할 수 있을 만큼의 영양가가 있어야 한다는 점이다. 현실적으로 이것은 후속 세대가 쉽게 받아들여 자기 것으로 성장시킬 핵심 내용을 의미 있는 매체 안에 심어놓는 일이 될 것이다. 쉽게 말해 자신이 깨달아 안 내용을 그 누군가가 읽어 깨달을 수 있는 한 편의 좋은 글을 남기는 일이다.

공자님은 "아침에 도를 깨달으면 저녁에 죽어도 좋다朝聞道 夕死可矣"라고 하셨지만, 나는 여기에 한마디 덧붙이려 한다. '아침에 도를 깨닫고 낮에 이를 적어놓으면 저녁에 죽어도 좋다.'

『성학십도』를 보며 떠오르는 생각

오래전 나는 우연히 인사동의 한 고서점에서 제목을 겨우 판독할 수 있는 고서古書 한 권을 구입했다. 바로 퇴계 말년에 간행된 『성학십도聖學十圖』이다. 이 책이 내게 소중한 것은 이 안에 퇴계 선생이 남기신 학문의 '씨앗'이 담겨 있기 때문이다. 말하자면 이 책이 지난 400여 년 동안 어딘가에 묻혀 있다가 지금 내 품에 들어와 내 안에서 싹을 틔우게 된다는 이야기이다.

물론 이 내용은 이미 알려져 있으며 그간 여러 곳에서 싹을 틔웠을 것이다. 나 역시 이 고서가 아니더라도 최근에 간행되고 주석까지 달린 책을 통해 그 내용을 대략 알고 있다. 하지만 퇴계 당시의 책을 직접 손에 들면서 마치도 선생을 면전에서 대하는 듯한 감회를 느끼는 것 또한 사실이다. 이것이 바로 문명의 따스한 손길을 직접 느끼며 공부해가는 즐거움이 아닐까? 그래서 나는 종종 이 책을 손에 들고 이것이 마련된 연유와 함께 그 내용을 음미해보는 즐거움에 잠기곤 한다.

1568년(선조 1년) 당시 68세 되던 퇴계 이황은 17세의 어린 임금 선조宣祖에게 열 폭의 도표를 중심으로 유학儒學이 지닌 핵심적 내용을 정리한 『성학십도』를 바치고 정계를 물러났다. 그는 이와 함께 바친 글 「진성학십도차進聖學十圖箚」에서 그 취지를 다음과 같이 밝히고 있다.

도道는 넓고 넓어서 어디서 착수해야 할지, 옛 가르침은 천만 가지여서 어디서 시작해야 할지 알기가 어렵습니다. 하지만 성학聖學에는 커다란 단서가 있고 심법心法에는 지극한 요지가 있습니다. 이러한 단서와 요지를 드러내어 도표를 만들고 여기에 해설을 붙여 사람들에게 도道로 들어갈 문과 덕德을 쌓게 될 터를 보여줄 수 있습니다.

이것은 어린 임금 선조가 이를 잘 익혀 성군聖君이 되어주기를 바라는 마음에서 나온 일이다. 이 안에는 임금에게 필요한 전문적 지식이 담겨 있지 않다. 임금이기 이전에 먼저 이상적 인간형이라고 할 군자君子가 되어야 함을 전제하고, 그것에 이르는 길을 집약적으로 담고 있다.

퇴계가 이 『성학십도』를 올릴 무렵, 당시 젊은 학자였던 율곡

이이 또한 여기에 관심을 가졌다. 그는 그 내용에 대한 자신의
견해를 퇴계에게 알렸고, 이것이 곧이어 『성학십도』의 내용 일
부를 수정하는 계기가 되기도 했다. 그러나 율곡은 이것으로 만
족하지 않고, 7년 후 자신이 직접 편찬한 『성학집요聖學輯要』를
다시 선조에게 올렸다.

후에 선조는 임진壬辰·정유丁酉 두 왜란을 맞아 많은 고초를 겪
게 되지만, 스승 복福 하나는 유별나게 타고난 셈이다. 우리 지
성사에서 둘째가라면 서러워할 두 학자가 각각 자신들의 온 정
성을 바쳐 그를 위해 '맞춤형 교재'를 만들어냈고, 이를 통해 그
로 하여금 어진 임금이 되도록 숱한 성의를 베풀었다.

한편 선조는 이 책들을 받고 진지하게 공부하겠다고 하는 반
응을 보이기는 했으나, 실제로 얼마나 진지하게 학습했는지 지
금 우리로서는 알기 어렵다. 확실한 것은 이 두 권의 책이 그 후
학계의 많은 관심을 끌었다는 사실이다. 퇴계 철학의 정수를 담
고 있다고 인정되는 『성학십도』는 곧이어 여러 지역에서 책으
로 발간되었고, 이후 영조와 같은 임금은 이것을 조정에서 발간
하여 모든 관료가 읽고 학습하도록 권유하기도 했다. 이 책에
관해서는 지금도 우리 학계에 여러 번역서와 연구서 들이 나와
있으며, 마이클 칼턴Michael Kalton과 같은 서구 학자는 이것을 영
문으로 번역하여 'To Become a Sage(성인 되기)'라는 제목으로 출
간하기도 했다.

실제로 이러한 책을 올린 사람들 또한 이것을 군주 한 사람만
을 위한 것으로 생각하지는 않았다. 율곡은 『성학집요』를 올리
면서 "(학문의) 요지를 파악하게 해줄 책 한 권을 지어 위로 임금

께 바치고 아래로 후세를 일깨우려 한다"라고 말하고 있다. 이들은 오히려 이러한 형식을 빌려 학문의 핵심적 내용을 이를 필요로 하는 모든 이에게 전달할 효과적인 방편을 마련하려 했던 것이다. 왕정의 틀 안에서 군주야말로 세상을 움직이는 가장 큰 영향력을 행사할 위치에 놓여 있으므로 그로 하여금 삶의 바른 길을 알게 하는 것이 일차적으로 중요한 것이 사실이지만, 삶의 바른길이라는 것은 또한 주체적 삶을 영위하려는 모든 이에게 요청되는 것이다. 이러한 점에서 이 책들은 학문의 수련을 통해 삶을 풍요롭게 하고자 하는 모든 이를 염두에 두고 집필된 것으로 보아야 한다.

이와 함께 우리는 이 책들에서 다음과 같은 몇 가지 특징을 살필 수 있다. 첫째로 이 책들은 전문적인 학자들을 겨냥하고 있지 않다는 것이다. 조선조에서 아무리 제왕의 학문적 소양을 강조했다 하더라도 제왕이 전문적인 학자가 될 수는 없다. 따라서 이 책들은 그 분량에서도 제약을 받는다. 추리고 추려 최소의 분량만을 담고 있다. 군왕이 바쁜 시간을 쪼개어 읽어야 하는 점을 배려해야 한 것이다. 이러한 배려는 일생을 학문에만 몰두할 수 없는 일반 생활인에게도 마찬가지로 적용된다.

그러면서도 이 책들은 학문을 통해 얻게 되는 단순한 교훈의 전달에 만족하지 않고 깊은 학문적 추구를 통해서만 얻게 되는 학문의 정수를 직접 체득하도록 종용하고 있다. 학문의 목표가 진리의 추구에 있고 이러한 진리가 삶의 본령에 이어지는 것이라면, 이러한 진리의 추구를 통해 얻어지는 최선의 성과를 삶을 진지하게 영위해보려는 모든 사람이 함께 나누어야 함은 오히려 당연한 일이다. 그러나 이것은 학문의 성과를 간접적으로 전해 듣는 것만으로는 부족하고 학문의 세계에 직접 접하여 그 참이치를 깨우쳐야 하는 일이다. 그렇기에 전문적인 학자가 아니라 하더라도 최소한 이러한 경지에는 이르게 하려는 것이 바로 이 책들이 겨냥하고 있는 바이다.

사실상 학문의 내용은 너무도 방대하기에 이를 모두 학습하여 그 안에 담긴 가장 긴요한 내용을 깨우쳐 알기가 대단히 어렵다. 그렇기 때문에 이를 다시 정리하여 임금을 비롯한 삶의 모든 행위자가 시간을 많이 소모하지 않으면서도 그 안에서 가장 중요한 내용들을 깨우쳐 알게 하는 특별한 방식을 찾아내는 이러한 작업은 그 자체로서 매우 중요하면서도 어려운 것임에 틀림없다. 학문의 본령을 터득한 학자가 학문 전체의 내용을 재음미해가면서 그 안에 가장 본질적인 내용을 추려내고 이것을 다시 일반 지식인들이 함께 깨우쳐내게 하는 매우 적절한 방식을 강구해야 하는 것이다. 이러한 작업이 이루어지지 않는다면 학문이라는 것이 오직 이를 전문적으로 추구하는 몇몇 사람들만이 향유하는 전유물로 전락하고 말 것이다.

학문에 관련된 이러한 사정은 오히려 학문의 내용이 더욱 다양해지고 그 분량이 방대해진 오늘에 이르러 한층 절실하다고 말할 수 있다. 수많은 학문 분야에서 수많은 학자가 무수히 많은 학문적 성과들을 쏟아내고 있지만, 이것을 정리하여 학문의 직접적 영역 밖에 놓인 모든 사람에게 그들의 정신적 삶에 보탬이 되도록 이를 효과적으로 전달해주는 작업이 이루어지고 있다는 말을 하기 어렵기 때문이다.

사실 이러한 형태의 작업은 아직 우리 학계에서는 매우 낯선 일이어서 여기에 대한 정당한 명칭조차 부여된 바가 없다. 종래의 '인문학'이 이에 다소 가깝기는 하나 이것 또한 근대에 이르러 전문화·파편화되는 경향에서 자유롭지 못하다. 그렇기에 이와 구분하는 의미에서 이러한 작업을 '삶 중심life-centered' 학문이라 부르기로 한다. 이렇게 할 때, 이 학문은 대체로 '앎 중심' 학문과 구분되는 의미를 지니며, '앎 중심' 학문에 바탕을 두면서도 이를 삶의 의미와 연관시키는 메타적 성격을 함축하게 된다. 이렇게 볼 때, 오늘 우리의 학문 풍토는 '앎 중심' 학문의 풍성함에 비해 '삶 중심' 학문은 지극히 빈약한 실정에 놓여 있다는 말을 할 수 있다.

나는 이렇게 마련된 내용을 하나의 '씨앗'으로 비유하기도 했지만, 이러한 상황을 다시 식품과 음식에 견주어 생각해볼 수도 있다. '앎 중심' 학문이 식품의 생산에 해당한다면 '삶 중심' 학문은 음식의 마련에 해당한다고 할 수 있다. 아무리 식품이 풍성하다 하더라도 이것이 요리의 과정을 거쳐 음식으로 만들어져 나오지 않으면 우리는 이것을 먹어 소화시킬 수가 없다. 이러한 점에서 볼 때 오늘의 상황은 엄청나게 많은 식품이 쏟아져 나오고 있음에도, 이를 적절히 선택하고 배합하여 우리에게 정말 필요한 음식을 만들어줄 요리사가 부족한 실정이라 할 수 있다. 우리 모두는 말하자면 그 많은 식품을 눈앞에 두고도 먹을 것이 없어 굶주리거나 영양가가 거의 없는 혹은 영양의 균형이 전혀 맞지 않는 음식으로 배를 채우고 있는 실정에 놓인 셈이다.

이제 퇴계와 율곡이『성학십도』와『성학집요』를 내놓은 지도 400여 년이 흘렀다. 그 후 인류의 지식은 사상 유례가 없는 큰 진전을 보았고, 명목상으로 이 '성학'을 수납할 주체인 임금 또한 더 이상 존재하지 않게 되었다. 하지만 조금 달리 생각해 보면 우리 모두가 임금이 되었다고 할 수도 있다. 민주民主의 시대에는 민民이 곧 주主가 되는 것이다. 이와 함께 우리의 책임도 무거워졌다. 왕정 시대에는 임금이 깨어 있지 못하면 나라를 망쳤지만, 오늘의 세계에서는 우리가 깨어 있지 못하면 나라뿐 아니라 문명을 망치고 생명을 망치게 된다. 그래서 여전히 '성학'이 필요하다. 왕정의 시대에 임금을 위한 '성학'이 필요했다면, 오늘의 세계에서는 우리 모두를 위한 '성학'이 필요한 것이다.

그간 이러한 '성학'의 작업이 지속되었더라면, 퇴계와 율곡 이후의 엄청난 학문 발전을 담은 수많은『성학십도』,『성학집요』가 새로 저술되고 논의되었어야 하겠지만, 아쉽게도 그러지 못했다. 지금 인류의 학문은 그 어느 때보다 풍요를 구가하고 있으나, 이 학문의 수혜자가 되어야 할 우리 모두는 오히려 정신적 기아에 시달리고 있다. 그 결과 우리 앞에는 반갑지 않은 방문객들이 나타나고 있다. 바로 문명의 위기이고 생명의 위기이다.

자신의 어깨 위에 올라서서

2000년 벽두 이른바 새 천 년을 맞으면서 시행된 한 여론조사에서 과학자들은 지난 천 년 동안의 가장 위대한 과학자로 아이작 뉴턴을 꼽았고, 시사 주간지 《타임TIME》에서는 20세기의 가장 위대한 인물로 물리학자 알베르트 아인슈타인을 선정했다. 이들이 과학에서 혁명적 업적을 남겼을 뿐 아니라 근대 과학기술 문명의 초석을 이루었다고 보기 때문이다. 적어도 지적 업적 면에서 이 두 인물을 당할 사람은 당분간 찾아보기 어려울 것이다.

그런데 두 사람 사이에는 흥미로운 공통점이 있다. 이들은 각각 24세와 26세의 젊은 나이에 혁명적인 놀라운 학문적 성취를 이루어냈다는 사실이다. 뉴턴은 24세이던 1666년 광학, 미적분학 그리고 오늘날 고전역학이라 부르는 학문의 기반을 마련했으며, 아인슈타인은 26세이던 1905년 상대성이론을 비롯한 네 편의 놀라운 논문을 쏟아냈다. 그래서 과학사학자들 사이에서는 이 두 해를 일러 '기적의 해'라고 부른다. (본래 '기적의 해annus mirabilis'라는 말은 영국의 한 시인이 흑사병이라는 무서운 역경을 디디고 일어선 1666년을 기리는 시의 제목으로 사용한 데서 기인한다. 그러나 이해에 뉴턴의 업적이 이루어졌음을 뒤늦게 알게 된 후세의 사람들은 이해와 그리고 아인슈타인의 업적이 이루어진 1905년을 기적의 해라 부르게 되었다.)

그런데 사람들이 별로 주목하지 않았던 한 가지 흥미로운 사실은 이 두 사람에게는 모두 그 업적을 이루어내기 이전에 각각 두 번씩의 의미 있는 공백 기간이 있었다는 점이다.

첫 번째 공백은 이들이 열대여섯 살이 되었을 무렵, 학교교육을 중단하고 홀로 공부할 처지에 놓였던 일이다. 출생 이전에 이미 아버지를 여읜 뉴턴은 16세 되던 해에 어머니의 명에 따라 학업을 중단하고 2, 3년간 집에서 농사일을 했다. 그러나 온통 관심이 공부에 가 있고 농사에는 그저 실수만 연거푸 하자 주변 사람들이 어머니를 설득해 대학에 보내게 했다. 한편 아인슈타인은 우리 학제로 보아 고등학교 1학년에 해당하는 15세 되던 해에 자기가 다니던 명문 루이트폴트 김나지움을 스스로 뛰쳐나와 간혹 집안일을 도우면서 1, 2년을 홀로 공부했다. 그러고는 곧장 대학 입학을 시도했으나, 몇몇 과목이 부실하다는 이유로 입학 허가를 받지 못하고 얼마간의 예비학교를 더 다닌 후, 17세의 나이에 대학에 진학해 학업을 이어갔다.

　　이들이 겪었던 두 번째 공백은 대학 교육을 마치자마자 이러저러한 사정으로 최소한 1년 이상을 백수로 보낸 일이다. 뉴턴은 때마침 흑사병이 창궐하여 대학이 문을 닫자, 고향 집에 가서 누구의 어떤 간섭도 받지 않고 학문적 상상력을 마음껏 발휘했다. 이렇게 1년을 보낸 다음 해가 바로 유명한 기적의 해인 1666년이다. 아인슈타인의 경우는 사정이 좀 달랐지만 홀로 시간을 보내야 하기는 마찬가지였다. 대학 졸업 후 아무도 대학의 조교 자리에 채용해주지 않았고, 정규 교사 자리도 구하지 못해 몇 년간이나 방황했다. 뒤늦게 특허국 3급 기사의 자리를 얻기는 했으나, 일반적 상식의 눈에는 이제 학문과는 완전히 담을 쌓고 사는 사람으로 비칠 무렵, 기적 같은 일이 일어났다. 1905년의 업적들이다.

이러한 사실들은 흔히 이들의 '천재성'을 입증하는 일들로 거론된다. 이들은 이러한 역경에도 불구하고 위대한 업적을 쌓았다는 것이다. 그러나 나는 그렇게 생각하지 않는다. 오히려 이러한 역경이 아니었더라면 이러한 위대한 일들이 나오지 못했으리라 하는 생각이다. 이는 나 자신이 겪은 경험 때문이기도 하다.

이미 앞에서 자세히 말했지만, 나 또한 좀 다른 이유 때문에 다니던 초등학교를 다 마치지 못하고 중단하여 1, 2년간 홀로 서기 공부를 해본 경험이 있다. 나는 이 기간 동안 혼자 공부하는 것이 무엇이라는 것을 스스로 체득했고, 이후 이것이 내 일생의 공부 방식으로 굳어지게 되었다. 내가 수시로 미지의 분야에 뛰어들어 새로운 공부를 시도할 수 있었던 것도 이것을 바탕으로 가능했으리라 생각한다. 그리고 나 또한 대학 졸업 후 공식적으로는 학업 수행의 과정을 떠나 있으면서 비로소 내 학문을 정리해본 경험이 있다. 대학 교육을 통한 수동적 학업에 지치고 질린 나머지 학업을 거의 포기할 상황에서 나 홀로 몇 년간 공부에 몰두할 수 있었던 것이 평생의 학문적 자산으로 남아 있는 것이다.

물론 이런 시간 여유와 공간만 있다고 해서 누구나 뉴턴이 되고 아인슈타인이 되는 것은 아니다. '그 무엇'이 더 있어야 하겠는데, 그게 과연 뭘까? 아마도 '천부적 재능'이라고 말할 사람이 있을 것이다. 그러나 이것은 믿을 만한 견해가 못 된다. 실제로 사람의 두뇌 구조는 근본적으로 서로 같고, 단지 이것이 어떤 방향으로 어떻게 숙성되어가느냐에 따라 차이가 날 뿐이다.

설혹 '천부적 재능'으로 보일 어떤 요소가 있다 하더라도 이것이 어떻게 싹이 터 어떻게 자라나느냐 하는 점이 매우 중요하다. 이에 대해 아인슈타인의 말을 직접 들어보자. 그가 만년에 쓴 『자서전적 노트Autobiographical Notes』(1949)에 다음과 같은 말이 나온다.

> 만일 한 개인이 정리된 생각well-ordered thoughts을 즐긴다면, 이 방향을 향한 그의 자질은 다른 것들에 비해 월등히 잘 성장할 것이고, 그래서 이것이 그의 지적 성향을 결정하는 데 그만큼 더 기여할 것이다. (⋯⋯) 나 같은 사람에게는 이러한 전환이 자신의 주된 관심사가 점차 일시적이거나 개인적인 것들에서 벗어나 사물에 대한 지적 파악을 희구하는 쪽으로 광범위하게 쏠리게 되는 시점에 나타난다.

이는 곧 어떤 일을 계기로 그의 지적 성향이 '사물에 대한 지적 파악'을 희구하는 쪽으로 쏠리게 되고, 그렇게 되면 그의 지적 능력이 그쪽으로 발전하게 된다는 것이다. 그러니까 우리가 흔히 '천재성'이라고 말하는 지적 자질이 만들어지기 위해서는 이러한 전환의 계기가 마련되는 것이 중요하다는 것이다. 요약하자면 뉴턴이나 아인슈타인같이 큰 업적을 이루어내기 위해서는 학문 탐구의 역량을 배양할 자기만의 시간과 함께 '사물에 대한 지적 파악'을 희구하는 지적 성향이 형성되어야 한다는 것이다.

여기서 중요한 점은 이 두 가지가 함께 가야 한다는 것이다.

즉 이러한 지적 성향이 나타나면서 이를 자기만의 힘으로 자유롭게 키워낼 기회가 주어져야 한다는 것이다. 특히 첫 번째 공백 기간이 이를 위해 대단히 중요한 기간이다. 이 기간 동안 자신의 지적 성향을 스스로 길러낼 토대를 닦는다면 그는 항상 이 토대 위에 올라서서 성장할 수 있게 된다.

뉴턴은 자기가 남들보다 멀리 볼 수 있었던 것은 자신이 거인의 어깨 위에 올라서서 보았기 때문이라고 말한 일이 있다. 이는 그 자신보다 한 세대 앞섰던 데카르트의 선구적 방법론에 힘입었음을 말하는 것으로 이해되고 있다. 그러나 데카르트의 방법론을 익힌 사람이 뉴턴만은 아니었을진대, 오직 그만이 멀리 보게 될 이유는 없었을 것이다. 그에게는 이미 스스로의 공백 기간을 통해 마련한 자기만의 토대가 있었기에 가능했다고 보는 것이 오히려 더 적절하다. 이러한 점에서 나는 뉴턴과 아인슈타인이 각각 기적의 해를 열 수 있었던 것은 그들 자신이 만들어놓은 토대, 비유적으로 말하자면 '자기 어깨' 위에 올라설 수 있었기에 가능했던 것이라 보고 있다.

여기까지 생각하면서 나는 다시 나 자신을 되돌아본다. 나 또한 뉴턴이나 아인슈타인같이 두 번의 공백 기간을 가졌으면서 왜 기적의 해를 열지 못했나? 상식이 말하는 '천부적 능력'이 부족했기 때문일 수도 있고, 또 아인슈타인이 말하는 '사물에 대한 지적 파악을 희구하는 지적 성향'을 효과적으로 형성시키지 못했기 때문일 수도 있다. 그러나 나는 이것들보다는 오히려 성장을 이루어내는 시간의 차이라고 본다. 능력의 부족이든 혹은 여건의 차이이든 이것들은 오직 작업의 속도에 영향을 줄 뿐 작업의 질을 바꾸는 것은 아니라고 생각한다. 그러므로 그들이 1년 안에 해낸 것을 나는 10년이 걸려 할 수도 있고 혹은 평생에 걸쳐 할 수도 있다. 공부는 경주가 아니므로 이것이 조금도 문제 될 것은 없다.

사실 나는 뉴턴이 산 기간만큼은 아직 살지 못했지만 아인슈타인이 산 것보다는 조금 더 오래 살고 있다. 그러니까 나는 아직도 '무엇인가'를 할 시간을 가지고 있고, 내게도 '기적의 해'가 다가올 가능성은 여전히 남아 있다. 어쨌든 분명한 것은 나 또한 '내 어깨' 위에 올라서 있으며, 시간이 지나면서 완만하나마 내 어깨 높이도 조금씩 올라가고 있다는 점이다. 그리고 내 눈에 들어오는 시야 또한 하루하루 더 넓어지고 있음을 느끼고 있다.

진리는 뫼비우스의 띠 구조를 지녔다

누가 내 학문 생애에서 황금기가 언제냐고 묻는다면 나는 바로 지금이라고 대답할 것이다. 어쩌면 내일이라고 말해야 할지도 모르겠다. 그럴 수밖에 없는 것이, 지금까지 내가 공부해온 내용이 아직 대부분 내 안에 남아 있고 오늘도 또 공부하고 있으니 내 생애에서 오늘만큼 내 앎의 수준이 높았던 적이 또 있겠는가? 그러면서 나는 내일 하려는 공부 계획을 가지고 있으니 내일은 또 오늘보다 한 단계 더 올라갈 수가 있을 것이다.

주변의 공부 여건 또한 지금이 과거의 그 어느 때보다 좋으며, 내일이라고 해서 못해질 이유도 아직은 찾을 수 없다. 그래서인지 내 학문에 대한 기대도 그 어느 때보다 높다. 나는 이제 모든 학문을 하나로 연결해보자는 계획을 가지고 있다. 이것은 과거에는 꿈도 꾸어보지 못한 계획이다. 한 분야의 학문에 통달하기도 어려운데 어떻게 모든 학문을 섭렵하고 다시 이를 하나로 연결해낼 수 있겠는가?

그런데 이러한 가능성을 느끼게 된 것은 역설적으로 나이를 먹어가며 잊히는 것이 많기 때문이기도 하다. 사소한 모든 것이 머릿속에서 자연스레 제거되면서 굵은 선들만 남아 있다 보니 전체의 연결 구조가 보인다고나 할까? 이것이 내가 늦가을 산행을 즐기는 이유이기도 하다. 학문의 늦가을에도 이런 재미가 있다.

하지만 단순히 잊히는 것이 많다고 하여 학문의 연결 구조가 보이는 것은 아니다. 앞에서 내가 학문의 길을 등산에 비교한 일이 있지만, 사실 학문이라고 하는 산도 위로 자꾸 오르다가 보면 주변의 초목이 점차 줄어들면서 오히려 시야가 넓어지는 지점에 이르게 된다. 그러다가 정상에 가까이 다가서면 드디어 사방이 보이면서, 주변에 뻗어 있는 산줄기들을 모든 방향으로 조망할 수 있다.

사실 요즈음 학문의 융합 혹은 통섭이란 말들이 심심치 않게 거론되고 있지만, 나는 의도적인 융합이나 통섭을 시도해본 일은 없다. 자칫 백과사전식의 지식에 머무르거나 또는 피상적인 유사성에 현혹되어 그 본질을 오도할 수 있기 때문이다.

학문 융합의 어려움은 세계지도 작성의 어려움에 비견된다.

우리는 세계 여러 지역의 지도를 그려낼 수 있다. 그러나 이들을 모두 축척에 맞추어 한 장의 큰 종이 위에 담아내려면 어려움에 부딪친다. 한 국가 정도의 지형은 종이 위에 비교적 무리 없이 그려낼 수 있으나 지구 전체의 표면은 오직 지구의와 같은 공 모양의 표면 위에만 무리 없이 담아낼 수 있다. 마찬가지로 분과 학문이라는 것들을 평면적으로 연결한다고 해서 학문 전체의 모습이 드러나는 것이 아니다. 분과 학문들은 대체로 자신들이 지정한 바탕 평면 위에 무난히 담기지만 전부 동일한 평면 위에 놓인 것이 아니기에 이들 바탕 평면들이 놓인 입체적 구조를 먼저 밝히지 않고는 이들을 무리 없이 연결해낼 수 없다.

그런데 내가 학문이라는 산을 이리저리 배회하다 보니까 어느 사이에 산의 지형을 대략 감지하게 되고 여러 방향으로 시야가 열리면서 인간의 앎 곧 우리의 학문 구조가 지닌 전체의 모습이 한눈에 들어옴을 느끼게 되었다. 아직 그 구체적 양상에 대해서는 훨씬 더 깊은 성찰을 거쳐야겠지만, 개략적으로 말해서 이것이 한 특이한 기하학적 구조 즉 뫼비우스의 띠와 같은 모습을 지녔다는 것이 현재의 내 생각이다. 잘 알려진 바와 같이 뫼비우스의 띠는 표면과 이면을 지닌 하나의 띠로서 크게 원형을 그리며 처음 부분과 끝 부분이 맞물리게 되는데, 이때 처음 부분의 표면과 끝 부분의 이면이 서로 이어지는 구조를 지닌다.

학문의 구조가 결국 출발과 결말이 연결되는 원형 구조여야 한다는 생각을 내가 처음으로 제시한 것은 2008년 늦가을에 있었던 '석학과 함께하는 인문학강좌'에서였고, 그 결과는 이듬해 『물질, 생명, 인간—그 통합적 이해의 가능성』이란 책으로 출간되었다. 그러다가 다시 이것이 중간에 한 번 꼬여 뫼비우스의 띠 모습을 지닌다고 생각하게 되었는데, 이 생각은 내가 금년(2014) 초에 발간된 책 『생명을 어떻게 이해할까?』에 간략히 서술한 바 있다. 이제 여기서 그 개요를 간단히 소개하면 다음과 같다.

우리가 묻는 물음들은 대개 '왜'라는 부사를 동반한다. 이것은 사실 자체뿐 아니라 사실과 연관된 인과의 뿌리를 찾겠다는 것이다. 그리고 그 해답은 '이러이러해서 그러해'라는 형태를 취한다. 그러면 우리는 또 물을 수 있다. 이러이러하다는 것의 근거는 또 무엇인가? 그러면 그 근거의 근거를 또 제시할 수 있다. 그러면 그 근거의 근거의 근거를 다시 묻는다……. 그런데 과연 이렇게 한없이 나갈 수 있을까?

과학에서조차 그것은 불가능하다고 본다. 그렇게 나가다가 결국 제1원리에 도달하게 되고 제1원리에 도달하면 더 이상 갈 곳이 없다고 한다. 그러면 제1원리는 어떻게 정당화되는가?

이것은 반대로, 이 원리를 바탕으로 도출되는 모든 결과가 실험 사실에 맞으면 이것을 잠정적으로 인정하고, 만일 이 가운데 하나라도 실험 사실에 어긋나면 이를 폐기하거나 수정해야 한다는 논리를 편다. 그러니까 이 원리에서 도출되는 모든 결과가 실험 사실에 어긋나지 않는다는 전제 아래 이를 받아들인다는 것인데, 이것은 결국 일종의 순환논리이기도 하다. 설혹 순환논리에 바탕을 두는 것이기는 하나, 이 원리가 적용되는 영역이 충분히 넓고 이것이 많은 것을 설명하고 예측해낸다면 이를 굳이 거부할 이유는 없다.

그런데 현실에 있어서는 이런 이상적 이론 체계는 잘 구현되지 않는다. 한때 뉴턴역학을 비롯한 고전물리학이 그러한 지위를 누리는 듯했으나 곧 불완전함이 드러나고 이보다 훨씬 더 보편적이고 정밀하다고 할 수 있는 양자역학이 현재는 이른바 제1원리의 지위를 누리고 있다. 그런데 많은 사람들은 양자역학의 이론 체계가 그다지 깔끔하다고 느끼지 않는다. 그리고 그 불만의 주된 요인은 (지금까지의 과학 이론 속에는 등장하지 않던) 인식 주체의 역할이 명시적으로 드러나고 있다는 점이다. 즉 양자역학은 동역학 자체로 완결되지 않고 메타이론적으로 재구성되어야 하는데, 이를 위해서는 앎의 인식적 구조에 대한 이해가 요망되고 있는 것이다. 이는 곧 양자역학이 더 이상 최종적 제1원리가 아니라 더 보편적인 인식론을 통해 설명되어야 하며, 이러한 인식론은 다시 생명에 대한 이해를 바탕으로 설명되어야 하는 상황에 도달하고 있다.

한편 우리는 생명을 이해하기 위해 우주의 기원을 비롯해 우주의 기본 질서들을 살펴야 하고 다시 우주의 기원이나 우주의 기본 질서들은 양자역학이 주축이 되는 물리학의 기본 원리들을 통해 이해된다. 다시 말하면 양자역학을 통해 우주가 이해되고 우주를 통해 생명이 이해되며 생명을 통해 앎의 구조가 이해되고 앎의 구조를 통해 다시 양자역학이 이해되는 하나의 커다란 '이해의 순환 구조' 속에 놓이게 된다는 것이다. 엄격히 말하면 이것 또한 순환논리에 해당하는 것이지만, 이 순환이 우주의 모든 것을 망라하는 대순환일 경우 이는 곧 모든 것을 하나의 틀 속에서 이해하는 지식의 완결된 모습이기도 하다. 앎이 어떤 절대 진리에서 도출되는 구조를 가지지 않는 이상, 이것을 넘어서는, 더 이상 합당한 진리 주장을 해낼 다른 방도가 없는 것이다.

그런데 우리는 이 순환의 한 여정을 밟으면서 다음과 같은 한 가지 흥미로운 사실을 발견하게 된다. 즉 이 순환의 여정이 마치도 뫼비우스의 띠와 같은 모습을 지녔다는 사실이다. 우리는 분명히 자연의 물리학적 원리에서 출발했음에도, 결국 한 바퀴 돌아 이 물리학적 원리를 이해하는 자리에 서게 될 때는 물리학적 원리 자체로 돌아온 것이 아니라 이것을 주체적으로 담아내고 있는 정신에 대한 논의로 되돌아온 것이다. 물질과 정신이 뫼비우스의 띠가 지닌 양면을 나타낸다고 하면, 우리는 뫼비우스 띠의 앞면(물질적 측면)에서 출발했지만 되돌아오고 보니 어느덧 띠의 뒷면(정신적 측면) 위에 서 있는 자신을 발견하게 되는 것이다. 그리고 이 가운데서 생명이라는 존재가 바로 이러한 꼬임을 가능하게 해주는 마력을 발휘한다는 것이 현재의 내 생각이다.

지금 내게 남아 있는 마지막 과제가 바로 이것이다. 즉 이 띠의 연결 구조를 좀 더 철저히 밝히고 이 위에 우리의 모든 앎을 하나의 체계로 엮어 세우자는 것이다. 말하자면 '앎의 지구의'를 완성하고 싶은 것이다. 이것은 물론 내 유한한 생애 안에 이루어지기 어려울 것임을 잘 안다. 그래서 나는 이것을 하나의 '씨앗' 속에 담았으면 한다. 찬 겨울을 거쳐 이듬해 봄 따뜻한 햇살이 비

칠 때 그 누구의 가슴속에서 싹터 나와 무제한의 생명을 이어가
도록.

결코 늙지 않는 사람들

전혀 예상치 않았던 어떤 일로 인해 나는 요즈음 스스로 아인슈
타인이 되어보는 즐거움을 누리고 있다. 즉 나는 '인생 교과서'
라고 하는 프로젝트에 걸려든 것인데, 이것은 동서고금을 통틀
어 인류의 위대한 스승이라 할 스무 분을 모시고, 우리 삶이 부
딪치고 있는 가장 절실한 문제 20가지에 대해 이분들의 대답을
직접 들어보자는 것이다. 이렇게 선정된 스승 가운데 한 분이
아인슈타인이고, 그분이 할 대답을 대신 해야 할 사람의 하나로
내가 선정된 것이다.

이를 위해 나는 잠시 '살아 있는 아인슈타인'이 되어 그분이
이 물음들에 하게 될 대답을 대신 하는 것이다. 말하자면 '현자
아인슈타인'이라고 하는 다큐 영화 속에서 아인슈타인 역을 맡
은 셈인데, 주어진 대사를 암송하는 것이 아니라 그 대사를 내
마음속에서 뿜어내어야 하는 입장이다. 평소에 그분의 삶에 대
해 관심이 있었고, 나 자신 아인슈타인에게서 배운 바가 워낙
많기에 기꺼이 수락은 했지만, 막상 '그의 목소리'를 내려다보
니 새삼 그가 살아간 삶의 자취를 더듬지 않을 수 없었다.

이 과정에서 나는 다시 한 번 삶의 여러 영역에서 그와 생각
이나 느낌을 함께한다는 것을 재확인했는데, 더욱 놀라웠던 점

은 그가 이미 자신을 한 개체로서가 아니라 '온생명'의 일부로 느끼고 있었다는 사실이다. 물론 그 당시 '온생명'이라는 개념은 없었기에 그가 그런 말을 명시적으로 하지는 않았지만, 그의 언행으로 보자면 마치도 그가 이것을 알고 여기에 맞추어 살아가기라도 한 것 같은 느낌을 받는다.

한 가지 사례를 보자. 아인슈타인이 비교적 젊었던 시절, 한 기자가 아인슈타인에게 다음과 같은 물음을 던졌다. "만일 당신이 임종의 자리에서 당신 생애를 되돌아본다고 할 때, 무엇을 가지고 자신의 생애가 성공이었는지 혹은 실패였는지를 판가름하시겠습니까?"

이에 대해 아인슈타인은 이렇게 대답한다. "내 임종의 자리에서나 또 그 이전에라도 나는 자신에게 그런 질문을 던지지 않을 겁니다. 자연은 제작자나 계약자가 아닙니다. 나 자신이 바로 자연의 한 부분입니다." 그리고 그는 다른 곳에서 또 이런 말도 한다. "나는 스스로 너무도 깊이 모든 살아 있는 것들의 한 부분이라 느끼고 있기에, 어느 한 개인의 구체적 존재가 이 영원한 흐름 속에서 시작을 가지게 되고 끝을 가지게 된다는 것에 대해서는 아무 관심도 가지지 않습니다."

여기서 보다시피 그는 개인으로서의 자신과 '자연' 혹은 '모든 살아 있는 것들' 사이에 어떤 구분도 설정하지 않고 있으며, 이런 의미에서 자신이 이룩한 큰 업적도 자연이 스스로 수행한 것으로 보는 입장을 취한다. 그는 심지어 자신을 포함한 한 개인이 태어나고 죽는 것조차 이들 안에서는 그리 중요한 일로 보지 않는다. 그런데 여기서 아인슈타인이 말하고 있는 '자연'이라든가 '모든 살아 있는 것들'이라는 표현은 내가 말하고 있는 '온생명'과 그 내용에 있어서 크게 다르지 않다.

그러면서 그는 다른 글에서 "인간의 참된 가치는 그가 자기 자신으로부터 얼마나 그리고 어떤 의미에서 해방되느냐에 의해 주로 결정된다"라고 말하고 있는데, 이는 곧 참된 삶의 의미 그리고 삶의 가치는 한 개체로서의 자기가 지닌 구속과 애착에서 벗어나 진정한 온생명으로서의 삶을 지향할 때 나타나는 것이라는 의미를 함축하고 있다. 그는 결코 자연 위에 올라서거나 자연을 지배하려는 생각을 가지지 않으며, 또 그에게는 그 누구도 그 무엇도 남이 아니다. 그 모두가 오직 한 몸 곧 '자연'일 뿐이라는 강한 확신을 가지고 있다.

특히 내가 아인슈타인에게서 배우는 점은 개인으로서의 짧은 삶을 어떻게 자연과 조화된 하나의 예술 작품으로 승화시켜 나가느냐 하는 것이다. '개인으로서의 삶'으로 보자면 그는 어느 누구보다도 큰 업적을 낸 삶이며 또 성공적인 삶이었다고 할 수 있지만, 그는 이를 그저 자연의 일부로 보고 자연과 조화시킴으로써 다시 이 전체를 통해 진정한 한 편의 '삶의 예술'을 연출하고 있다.

여기서 자신의 삶에 대해 그가 자신을 조롱해가며 스스로 즐기고 있는 다음과 같은 몇몇 글귀들을 살펴보자.

"유명해지면서 나는 자꾸자꾸 어리석어집니다. 이건 아주 흔한 현상이지요."

"권위에 대한 내 경멸을 벌하기 위해 운명은 나 자신을 권위로 만들어버렸어요."

"나는 만년의 생활에 만족합니다. 나는 그런대로 유머 감각을 유지하고 있으며 나 자신이나 내 옆 사람을 심각하게 대하지 않고 있어요."

그는 이처럼 자신의 삶을 예술의 경지로 끌어올리면서, 여기에 다시 조롱과 해학의 옷을 입혀놓음으로써 보는 이들이나 자기 자신에게 흐뭇한 즐거움을 선사하고 있다. 나는 지금 앞서 간 한 공부 선배의 이러한 삶의 자세를 대하면서 나 자신의 삶 또한 한 차원 승화시켜 예술의 경지로 이끌 수가 없을까 하는 생각을 해보고 있다. 나 또한 온생명의 한 부분이라는 생각을 그와 공유하고 있기는 하지만, 이 위에 다시 해학과 조롱마저 입혀놓고 흐뭇하게 스스로 즐길 수 있는 그의 이런 여유로운 자세까지도 공유할 수 있을지?

그러면서도 내게는 끝까지 그와 공유하고 싶고 또 공유할 수 있다고 느껴지는 한 가지가 있다. 이것이 바로 그가 말하는 '늙지 않는 삶'이다. 아인슈타인이 거의 만년에 이르렀을 무렵, 그의 한 친구가 어느덧 80세 생일을 맞이한다는 소식을 듣고 보낸 편지에 이런 구절이 있다.

"당신이나 나 같은 사람은 다른 이들과 마찬가지로 결국은 죽을 테지만, 아무리 오래 살더라도 늙지는 않을 겁니다. 우리는 우리가 그 안에 태어난 이 거대한 신비Mystery 앞에서 호기심 많은 아이들처럼 이것과 대면하기를 결코 멈추지 않을 것이기 때문이지요."

이러한 그의 말을 입증이라도 하려 했던 것일까? 몇 년 후 그가 임종하던 날 밤, 그의 침상에는 통일장이론에 대해 계산하다

둔 종이 몇 장이 놓여 있었다. 다음 날 아침 이 신비와 또 한 번 대면하기 위해…….

찾아보기